EUROPAVERLAG

ROSWITHA QUADFLIEG
BURKHART VEIGEL

FREI

ROMAN

EUROPAVERLAG

MIX
Papier aus verantwortungsvollen Quellen
FSC® C014889
www.fsc.org

Umschlaggestaltung: Hauptmann & Kompanie Werbeagentur, Zürich,
unter Verwendung eines Fotos von © plainpicture/Andreas Süss
Lektorat: Rainer Wieland
Layout & Satz: BuchHaus Robert Gigler, München
Druck: Pustet, Regensburg
ISBN 978-3-95890-186-5

www.europa-verlag.com

Nicht: Es muss etwas geschehen!
Sondern: Ich muss etwas tun!

HANS SCHOLL

PROLOG

Schwarze Stille. Selbst wenn er die Augen öffnet, bleibt es dunkel. Wohin er den Kopf auch wendet, das Schwarz bewegt sich mit ihm, klebt an ihm. Da trifft ihn der erste Schlag der knochigen Hand am Kopf, der zweite in die Rippen. Aber das tut einem anderen weh, nicht ihm, der gar nicht da ist. Und irgendeiner hört die Großmutter schreien: »Was geisterst du hier herum, mitten in der Nacht? Das werde ich deiner Mutter sagen, du Nichtsnutz!« Noch ein Schlag in die Rippen. »Du bist wie dein Vater!« Doch das geht ihn nichts an. Wenn nur die Tür geschlossen ist, damit die anderen nicht wach werden. Er tastet, sie ist zu. Jetzt geht sie auf; er spürt, wie einer in sein Zimmer gestoßen wird. Er rettet sich in sein Bett und zieht die Decke über den Kopf.

Ein Dröhnen, ein Rauschen. Er sinkt in die Dunkelheit, in schwarzes Wasser, es schlägt über ihm zusammen. Aber er atmet. Wieso kann er atmen? An der Oberlippe spürt er die Luft, die aus seiner Nase strömt. Und seine Brust hebt und senkt sich. Also lebt er, auch da unten. Allmählich lässt das Dröhnen nach, er sinkt nicht tiefer, schwebt langsam weiter, vorbei an bläulich und grünlich leuchtenden Dreiecken, Vierecken, Kreisen. Sind sie Teile von etwas Größerem? Er kann es nicht erkennen. Sie bleiben fern von ihm, bedrängen ihn nicht.

Das Dunkel reißt auf, plötzlich ist es taghell. Er sieht eine rötlich braune Mauer, Stein an Stein, ganz regelmäßig, zwischen den Apfelbäumen auf der Wiese hinter dem Haus, endlos, darüber ein blauer Himmel, sehr nah. Vor der Mauer stehen seine Spielkameraden. Er schwebt auf sie zu. Als er bei ihnen ist, öffnet er den Hosenladen und pinkelt an die Mauer, so wie sie. Das dürfen nur Jungs. Warm und weich streicht der Wind über seine Beine.

Allmählich lässt die wohlige Wärme nach, seine Hüfte wird kalt. Er versucht wegzurücken. Da klopft etwas in seinem Kopf, klopft von innen gegen die Wand aus Knochen, einmal, zweimal, immer wieder. Plötzlich schießt ein Blitz von hinten in seine Augen, weckt ihn: Er hat wieder ins Bett gemacht! Im hohen Bogen wirft er die noch trockene Decke zum Fußende, drückt sich hoch aus der Feuchte, steht aufrecht, windet sich aus dem Nachthemd.

Nackt, das Hemd in der Hand, schleicht er aus dem Kinderzimmer, öffnet die Tür zum Schlafzimmer und trippelt, das Beweisstück voraus, ans Bett der Mutter. Sie atmet leise. Von der Großmutter im anderen Bett hört er nichts. Noch einen Moment der Ruhe, bevor das Unheil über ihn hereinbrechen wird. Aber er muss die Mutter wecken und ihr sagen, dass er wieder etwas Böses getan hat.

Sie fährt aus dem Schlaf, schlägt die Decke zurück, ihr dumpfer süßlicher Geruch bedrängt ihn. Zornig zieht sie ihn mit sich ins Kinderzimmer. Die beiden kleinen Geschwister schrecken auf, ducken sich aber gleich wieder weg in ihre Betten; jetzt ist es besser, nicht anwesend zu sein. Aber die Mutter reißt ihnen die Decken weg und scheucht sie an die Wand. Dann klatscht sie ihm das nasse Hemd ins Gesicht, links, rechts. Nackt muss er sich über einen Stuhl beugen. Der Ledergürtel trifft ihn, fünf Mal, sechs Mal. Den Geschwistern ruft sie zu: »Passt gut auf! So geht es einem Buben, der nicht gehorchen will!«

Bei jedem Schlag bäumt er sich auf, stumm. Schreien darf er nicht, das hat ihm die Mutter schon früher mit »Du weckst noch das ganze Haus!« und weiteren Schlägen eingebläut. Plötzlich ist auch die Großmutter wieder da und schimpft: »Ja, hau ihn her wie ein' Nusssack!«

Nachdem das Urteil vollstreckt ist, dürfen die Geschwister zurück in ihre Betten. Die Mutter geht in ihr Zimmer, um wieder zu schlafen. Zitternd vor Angst und Kälte muss er unter Aufsicht der Großmutter sein Bett abziehen – schwer für einen Sechsjährigen, dessen Arme kaum über die Matratze reichen – und das nasse Leintuch und das Nachthemd in die Badewanne in der Küche legen. Jeden falschen Handgriff bemängelt sie mit der Faust. Als ihm ein Zipfel des Leintuchs beim Zusammenlegen aus der Hand rutscht, ein Schlag, ein weiterer, als er den grünen Lappen anstatt des gelben zum Säubern des Gummituchs aus der Küche bringt. Ein neues Hemd und ein frisches Leintuch gibt es in dieser Nacht nicht. Er rollt sich auf dem kalten Gummituch zusammen.

Warum schreit die Großmutter immer: »Du bist wie dein Vater!«? Der hat doch mit den anderen Soldaten gegen den Feind gekämpft! Er ist stolz auf ihn.

Am nächsten Morgen weckt ihn die Großmutter. Er muss ihr helfen, den Badeofen anzuheizen, Hemd und Betttuch in der Wanne auszuwaschen und zum Trocknen aufzuhängen. So schafft er es nicht, sein Frühstücksbrot aufzuessen. Wie jeden Morgen nimmt er seine Geschwister an die Hand und bringt sie in den Kindergarten. Dann rennt er zur Schule. Der Weg ist lang, in seinem Ranzen rappeln Schiefertafel, Griffel und das Lesebuch. Gemeinsam mit seinen Klassenkameraden begrüßt er fröhlich die Lehrerin: Heil Hitler! Aber heute wollen ihm die Buchstaben und Zahlen nicht recht gelingen. Er hat Hunger. Der Rest des Frühstücksbrots, das weiß er, wird sein Mittagessen sein. Und die Großmutter wird schreien: »Hundsfotzen und kleine Steinchen bekommst du! Wer nachts in der Wohnung herumgeistert und ins Bett brunzt, braucht kein Mittagessen!«

West-/Ost-Berlin, 13. August 1961

DIE MAUER

Die Sonne ging auf über dem Studentendorf in Schlachtensee. Ein friedlicher Sonntagmorgen, der Wetterbericht hatte einen schwülen Tag vorausgesagt. Gefesselt von Gottfried Benns Wortkaskaden, hatte sich Janus Emmeran in dessen Briefen, Essays und Gedichten verlaufen. Erst weit nach Mitternacht hatte er seine Schlafcouch gerichtet, das Zimmer gelüftet und den Aschenbecher in den Abfalleimer der Gemeinschaftsküche entleert.

Plötzlich trommelte es an seine Tür. »Die machen die Grenze dicht!« Was? Wie spät war es? Janus fuhr hoch, schaute auf seinen Wecker – 6:15 Uhr –, sprang aus dem Bett und lief im Schlafanzug auf den Flur. »RIAS Berlin, eine freie Stimme der freien Welt!«, hörte er und rannte zu der offen stehenden Tür drei Zimmer weiter. »Panzerspähwagen und schwer bewaffnete Betriebskampfgruppen vor dem Brandenburger Tor.«

Zwei Kommilitonen saßen vor dem Radio, er rief ihnen zu: »Das müssen alle hören!«

Sie brachten Radio und Antenne in den Gemeinschaftsraum, öffneten die Fenster, drehten den Regler hoch und ließen die Meldungen durchs Dorf dröhnen. Bald saßen da fünf, dann acht, auch aus anderen Häusern kamen Kommilitonen angerannt.

Fassungslos folgten sie dem Dauerstakkato: »S- und U-Bahn-Verkehr unterbrochen«, »Oberbaumbrücke gesperrt«, »Das Pflaster am Potsdamer Platz wird aufgerissen, gerade werden Betonpfähle eingerammt«.

Janus war gerade zweiundzwanzig Jahre alt geworden. Ein hochgewachsener sportlicher Mann mit schwarzen Haaren und auffällig dunklen Augen. Vor einem halben Jahr hatte er seinen Studienort gewechselt, war von Tübingen – wo er geboren wurde und wo auch seine Mutter lebte – nach Berlin gezogen, dem Zentrum der freien Welt, dem Mekka der Kunst. Aufgrund seiner guten Noten im Vorphysikum hatte man ihm einen Studienplatz an der Freien Universität bewilligt.

Eigentlich hatte er vorgehabt, zusammen mit seinem Freund Fabian, den er von seiner Zeit bei den Gebirgsjägern in Mittenwald kannte, nach Berlin zu ziehen. An den Wochenenden hatten sie gemeinsam musiziert und darüber diskutiert, wie Fabian aus der Bürgerlichkeit seines Elternhauses ausbrechen und Janus sich aus der engen, aus selbstgerechten Gewissheiten zusammengekleisterten Welt seiner Mutter befreien könnte. Aber vier Wochen vor ihrem Umzug war Fabian bei einem Alleingang in den Bergen abgestürzt. Die Bergwacht hatte nur noch seinen Rucksack gefunden.

Janus' Zuhause war jetzt eine zehn Quadratmeter große Bude – Schreibtisch, Bücherregal, Glastisch, Kleiderschrank mit Kasten für die Bettwäsche, ein Stuhl mit blauem Polster, vor dem Fenster Leinenvorhänge, auch die Schlafcouch war blau bezogen.

Das Dorf, ein lockeres Ensemble aus zwei- und dreigeschossigen Häusern im Südwesten der Stadt – eine Stiftung der Amerikaner, gedacht als Beitrag zur Reeducation der deutschen Jugend nach dem Ende des Nationalsozialismus –, hatte eine eigene Verwaltung und einen studentischen Bürgermeister; kleine Zimmer, große Gemeinschaftsräume und Gemeinschaftsküchen, um Kontakte zwischen den Studenten zu fördern, die Häuser streng getrennt nach Geschlechtern.

Der Sound der Großstadt – anfahrende und abbremsende Autos, rumpelnde S-Bahnzüge, quietschende Straßenbahnen, startende und landende Flugzeuge –, die auch während der Nächte hell erleuchteten Straßen, das Meer von Zeitungen an den Kiosken, die Mädchen in Nylons und wippenden Petticoats faszinierten den jungen Mann aus der Provinz. Janus besuchte Kinos, Kabaretts und Konzerte im Westen, Opern und Theater im Osten, amüsierte sich, wenn die Ost-Berliner in den Pausen ihre Butterbrote auspackten und die West-Berliner mit schwarz getauschtem Geld protzig Sekt und Kaviar bestellten.

Mit einem amerikanischen Kommilitonen, einem Zwei-Meter-Riesen und Halbprofi, spielte er manchmal Tischtennis. Gemeinsam besuchten sie das erste Deutsch-Amerikanische Volksfest auf der Truman Plaza, ein Rummel, dessen größte Attraktion eine mobile Westernstadt war. Hier lernte er einen Offizier der amerikanischen Streitkräfte, Jim Stone, und dessen deutsche Frau Helga kennen. Gelegentlich luden sie Janus zu sich ein, Helga kochte für den armen Studenten, während Jim ihm die Fotosammlung sämtlicher Autos zeigte, die er in den USA und in Berlin gefahren hatte. Wegen dieser naiven Offenheit und ihrer Lässigkeit liebte Janus die Amerikaner. Aber auch wegen ihres bedingungslosen und dollarträchtigen Engagements für Berlin und die Freiheit auf der ganzen Welt.

Den Meldungen in den Tageszeitungen und im Rundfunk, dass täglich Tausende Bauern, Facharbeiter, Ärzte und Jugendliche aus dem »Arbeiter- und Bauernparadies« in den Westen flüchteten, schenkte er kaum Beachtung, die Spekulationen, wann die DDR-Regierung der Massenflucht einen Riegel vorschieben würde, beschäftigten ihn nicht.

Janus hatte geplant, trotz der Semesterferien den August über in Berlin zu bleiben, um sich auf das Gespräch mit dem Theologen vorzubereiten, der Ende des Monats über seine Aufnahme in die Studienstiftung befinden sollte. Dessen große Liebe galt, wie Janus erfahren hatte, Gottfried Benn, ein Anlass, sich intensiver mit dessen Werken zu beschäftigen. Außerdem musste er noch für den ersten öffentlichen Auftritt seines Quintetts am 2. September üben. Im Rahmen der Einweihung des Osteuropa-Instituts sollte er zusammen mit vier Freunden vor den Delegationen der Ford und der Rockefeller Foundation, die das Institut gestiftet hatten, das Schumann-Klavierquintett spielen. Gleich danach wollte er nach Griechenland fahren. Den Entschluss zu dieser ersten großen Reise seines Lebens hatte er schon nach dem Abitur am humanistischen Gymnasium gefasst; damals war ihm aber die Bundeswehr dazwischengekommen. Sechs Wochen lang würde er auf den Spuren der Minoer, Mykener, Athener und Spartaner wandern, den Olymp besteigen, wie einst die Götter aus dreitausend Meter Höhe die Sonne über dem Meer aufgehen sehen und in Olympia auf der ehemaligen Rennbahn die zweihundert Meter laufen. Zur Vorbereitung hatte er während des Semesters Neugriechisch gelernt; jetzt, in den Semesterferien, übte der Dozent freundlicherweise täglich mit ihm eine Stunde Konversation.

All das spielte im Moment keine Rolle. Gebannt lauschte Janus, zusammen mit seinen Kommilitonen, den sich überstürzenden Meldungen. Kurz nach acht Uhr dann das Ungeheuerliche: »NVA in Ost-Berlin! Bruch des Potsdamer Abkommens!« Dazu die Kommentare der Reporter: »Ulbricht macht die Sowjetzone zum KZ« und »Mitten in Berlin zementieren sie die bolschewistische Mordgrenze«.

Während seines Wehrdienstes hatte sich Janus immer darüber amüsiert, wenn sein Kompaniechef mit strammen Worten die militärische Lage darstellte: Grün macht das, Rot jenes. Sandkastenspiele. Aber das hier war kein Spiel, das war Realität, mitten in Berlin.

Die Stimmen seiner Kommilitonen rissen ihn aus seinen Überlegungen: »Diese Verbrecher!« – »Das ist doch nur das Vorspiel. Als Nächstes besetzen sie West-Berlin!« – »Unsinn, das lassen die Amis niemals zu.« – »Wenn die Amerikaner zurückschlagen, gibt es Krieg, und wir sitzen mittendrin.«

Eigentlich, überlegte Janus, tangieren die Absperrungen nur die Ostdeutschen. Er mit seinem bundesrepublikanischen Personalausweis müsste doch unverändert nach Ost-Berlin ein- und auch wieder ausreisen können. Oder brauchte er jetzt ein Visum?

»Ich probier's mal, ich fahr rüber«, sagte er.

»Sind Sie wahnsinnig?«, brauste einer auf. »Wenn die da drüben verrücktspielen ...« Bevor Janus den Raum verließ, hörte er noch: »An Ihrer Stelle würd ich mich erst mal anziehen.«

Weil er nicht sicher war, ob man ihn nicht wieder aus Ost-Berlin herausließ, räumte Janus sein Zimmer auf, legte die Bettwäsche in den Kasten unter dem Kleiderschrank, sortierte seine Bücher und Papiere auf dem Schreibtisch und stapelte die alten Zeitungen in der Ecke. Dann schrieb er einen Brief an seine Mutter, frankierte ihn und legte einen Zettel dazu: *Bitte zur Post bringen, falls ich nicht zurückkomme.*

Kurz überlegte er, was er anziehen sollte, und wählte ein buntes Sommerhemd. Das würde jedem Vopo zeigen, ich bin keiner von euch, mir könnt ihr nichts anhaben! Dann machte er sich auf den Weg.

Janus stieg in den Elf-Uhr-Bus, am Oskar-Helene-Heim wechselte er in die U-Bahn. Die Abteile waren fast leer.

Selbst notorische Kirchgänger saßen an diesem Sonntagmorgen zu Hause vor dem Radio, um keine der im Minutentakt eingehenden Schreckensmeldungen zu verpassen. Noch glaubte niemand, dass man eine Stadt wie Berlin in zwei Teile schneiden könne, ihre Verkehrsadern, ihre Seen, ihre Flüsse, die Kanalisation. Und jeder erwartete die Nachricht, dass die Amerikaner mit ihren Panzern die Stacheldrahtbarrieren niederwalzen und diesem Spuk ein Ende bereiten würden.

Gegen 12 Uhr erreichte Janus den Bahnhof Zoo. Erfreut stellte er fest, dass die S-Bahn Richtung Ost-Berlin wieder fuhr. Er stieg in einen dieser klapprigen Vorkriegs-Waggons, gespannt darauf, was ihn erwarten würde. Am Bahnhof Friedrichstraße blaffte es aus den Lautsprechern: »Endstation! Alle aussteigen!« Einige Uniformierte musterten die wenigen Ankommenden misstrauisch. Als Janus stehen blieb, um sich zu orientieren, wurde er augenblicklich zu der einzigen noch zugänglichen Treppe gescheucht. Ohne die Grenzer eines Blickes zu würdigen, stieg er in die düstere Halle hinunter. Hier war alles mit Bändern – zwei Ausgänge sogar mit Stacheldraht – abgesperrt, lediglich ein schmaler Durchlass blieb offen, bewacht von drei heftig schwitzenden Uniformierten. Janus hielt einem von ihnen seinen Personalausweis vor den Bauch, ließ sich von oben bis unten mustern – und war durch. Nur ein paar Schritte bis zum Ausgang. Er trat ins Freie, streckte sich, stand da im hellen Sonnenlicht, unangreifbar in seinem bunten Hemd. Er hatte es tatsächlich geschafft, nach Ost-Berlin zu kommen!

Vermutlich würde er hier auch wieder ausreisen können. Doch jetzt reizte es ihn, auszuprobieren, ob er nicht wie früher durch das Brandenburger Tor zurück nach West-Berlin gehen konnte, trotz der aufgefahrenen Panzerspähwagen und der Kampftruppen, die die Reporter im Radio beschrieben hatten. Auf den Straßen begegneten ihm Uniformierte mit grimmigen Gesichtern. Die wenigen Zivilisten wirkten teilnahmslos, als hätten sie eine Jalousie heruntergelassen, um ihr Inneres zu verbergen. Als Janus in die Prachtallee Unter den Linden einbog, sah er, dass der Pariser Platz komplett abgesperrt war. Hier kam niemand mehr durch.

Er lief weiter in Richtung Reichstag, dann, weil auch dort bereits alles abgesperrt war, zum Potsdamer Platz. Schon von Weitem hörte er das Schreien und Skandieren aufgebrachter West-Berliner und beobachtete verwundert, wie West-Berliner Polizisten, die Ellbogen zu einer Kette verhakt, die Menschen daran hinderten, an den neu verlegten Stacheldraht vorzurücken.

Die drei West-Alliierten hatten die absolute Befehlsgewalt in West-Berlin. Aus Sorge, ein lokaler Konflikt könnte sich zu einem Weltkrieg aufschaukeln, waren sie darauf bedacht, jede gewaltsame Auseinandersetzung an der Grenze zu vermeiden. Deshalb wiesen sie den Senat und die West-Berliner Polizei bereits in den frühen Morgenstunden des 13. August an, jede Art aggressiven Protests an der Demarkationslinie zu unterbinden.

Janus war fassungslos. Die Stadt wurde tatsächlich in zwei Hälften gerissen, mit westlicher Unterstützung und deutscher Gründlichkeit. Hilflos musste er mit ansehen, wie ein Mann, der an ihm vorbeirannte und über die Absperrung sprang, von zwei Vopos zu Boden gerissen und in Handschellen abgeführt wurde – ein unbewaffneter, harmloser Bürger! Unbändige Wut packte ihn. Er hatte wieder die Bilder vor sich, die am 4. November 1956 um die Welt gingen, als sowjetische Truppen den Volksaufstand in Ungarn niederwalzten. Panzer, Maschinengewehre, auseinanderstiebende Menschen. Empört waren an jenem Morgen die Schüler in die Klasse gekommen und hatten darauf gewartet, was ihr verehrter Religions- und Philosophielehrer, den sie respektvoll »Professor« nannten, ihnen dazu sagen würde. Während des Dritten Reiches, als Pfarrer, hatte er sich standhaft geweigert, im Gottesdienst die gefallenen Soldaten als Helden zu bezeichnen, und um Vergebung für die Schuld der Deutschen gebetet. Von 1942 bis 1945 hatte er im KZ Dachau gesessen, nach dem Ende des Krieges war er Religionslehrer geworden.

Der »Professor« hatte sich vor die Klasse auf einen Tisch gesetzt, die kalte Pfeife aus dem Mund genommen und seinen Schülern erklärt: »Was in Ungarn geschieht, ist entsetzlich. Aber wer in den beiden letzten Wochen auf eine friedliche Demokratisierung hoffte, hat aus der Geschichte der letzten vierzig Jahre nichts gelernt. Totalitäre Regime wie die Sowjetunion haben nur diese eine Sprache: Panzer, Terror und Gewalt.« Auf die Frage eines Schülers, warum dann immer noch so viele Menschen vom Kommunismus fasziniert seien, gab er zur Antwort: »Diesen Ahnungslosen rate ich, die ›Experten‹ zu befragen, die zu Millionen aus den kommunistischen Ländern in den Westen geflohen sind.« Janus erinnerte sich auch noch an seine Frage damals: »Warum greifen die Amerikaner, die doch die Freiheit in China und Korea verteidigt haben, in Ungarn nicht ein?« – »Weil sie keinen dritten Weltkrieg riskieren wollen.« Und nach einer Pause hatte der Lehrer hizugefügt: »Auch ich habe lernen müssen, Verbrechen und Not zu sehen und mit gebundenen Händen danebenzustehen.« Diese Antwort hatte Janus keine Ruhe gelassen. Er überlegte, ob er nicht wenigstens einigen Menschen in Ungarn helfen, sie vielleicht in einem Schlauchboot über den Neusiedler See nach Österreich holen könnte. Als er am anderen Tag seinen Klassenkameraden von dieser Idee erzählte, nannten sie ihn einen Spinner.

Plötzlich kam ihm sein Kommilitone Thomas Pospiech in den Sinn, einer der drei »Grenzgänger« im Semester, der bei seinen Eltern im Osten wohnte und in West-Berlin studierte. Vor zwei Monaten hatte er ihn im Anatomischen Institut kennengelernt. Wie sollte der jetzt noch in die Vorlesungen kommen? Kurz vor Semesterende hatte er Pospiech zuletzt gesehen und ihn gefragt, warum er nicht an der Humboldt-Universität studiere. Sein Lachen hatte er immer noch im Ohr: Die Studienplätze an der HU seien Funktionärskindern vorbehalten, als Sohn eines selbstständigen Fotografen habe er keine Chance gehabt. Janus erinnerte sich an seine Adresse, Oderberger Straße 24, und beschloss, ihn aufzusuchen.

Auf dem Weg in den Prenzlauer Berg sah er, wie Menschen, die auf der Straße stehen blieben und miteinander sprachen, von Vopos auseinandergetrieben wurden.

Janus betrat den dunklen Hausflur, stieg drei Treppen hinauf und klingelte. Eine Frau öffnete ihm die Tür. Ja, ihr Sohn sei zu Hause.

Pospiech begrüßte Janus erstaunt: »Was machen Sie hier?« Er drehte sich um zu seiner Mutter. Er werde seinem Bekannten die Grenze an der Bernauer Straße zeigen, zum Kaffee sei er zurück.

Sie verließen das Haus und gingen in Richtung Eberswalder Straße.

»Haben Sie eine Ahnung, wie es jetzt für Sie weitergeht?«, fragte Janus.

»Vermutlich werde ich Straßenbahnfahrer.«

»Unsinn!«

»Mein Traum vom Landarzt in der Uckermark jedenfalls ist passé.« Nach den ersten Meldungen heute Morgen sei er zum

Marx-Engels-Platz gelaufen und in die S-Bahn gestiegen, um auszuprobieren, wie weit er noch käme. An der Friedrichstraße sei Endstation gewesen. »Wie weit sind Sie gekommen?«

»Genauso weit wie Sie, nur auf einem anderen Gleis.«

»Sind Sie sicher, dass man Sie auch wieder rauslässt?«

Von der Schwedter Straße aus sahen sie die quer über die Bernauer Straße verlegte Stacheldrahtbarriere.

»Ich hoffe«, antwortete Janus.

»Würden Sie mir einen Gefallen tun und mein Büchergeld aus dem Studentenwerk holen?«

»Klar, wenn die es rausrücken. Mit einer Vollmacht von Ihnen möchte ich jetzt aber nicht über die Grenze gehen.«

Sie kehrten um. Plötzlich blieb Janus stehen. »Wenn ich mir's recht überlege, wäre es doch sinnvoller, wenn Sie zu Ihrem Geld gingen, nicht umgekehrt, oder?«

»Klingt ziemlich logisch. Bloß wie?«

»Können Sie schwimmen?«

»Jetzt, am helllichten Tag, in voller Montur? Ohne mich von meinen Eltern zu verabschieden?« Er überlegte. »Am Landwehrkanal zwischen Treptow und Neukölln wäre vielleicht eine Stelle ...«

»Also los!«

»Sie kommen mit?«

»Ich könnte Ihre Kleider retten.«

»Und meinen Eltern Bescheid sagen.«

Sie kamen aber nur bis zur Lohmühlenstraße. Erstaunlich, mit welcher Schnelligkeit die Abriegelung durchgezogen wurde. Vierundzwanzig Stunden vorher hätte Pospiech noch ohne Weiteres durch den Kanal schwimmen können. Enttäuscht fuhren sie zurück.

»Nicht aufgeben! Wir finden einen anderen Weg«, versprach Janus. Plötzlich hatte seine Neugier einen Sinn bekommen, plötzlich war aus seiner Erkundungstour ein Auftrag geworden. Am Marx-Engels-Platz trennten sie sich.

Janus fuhr weiter zur Friedrichstraße. Um zur S-Bahn in den Westen zu kommen, musste er den Bahnhof verlassen, einmal um das Gebäude herumgehen und die Halle von der anderen Seite her wieder betreten. Nach einem kurzen Blick in seinen Ausweis winkten ihn die Grenzer durch – ohne ihn zu registrieren oder in einer Fahndungsliste nachzusehen. Er konnte es kaum glauben: Thomas Pospiech brauchte also nur einen West-Ausweis mit einem Foto, das ihm ähnlich sah – und wäre gerettet.

Am Kiosk im Bahnhof Zoo überflog Janus die Überschriften der Sonderausgaben der Tageszeitungen. Der Regierende Bürgermeister Willy Brandt hatte den Wahlkampf abgebrochen, war bereits in den Morgenstunden nach Berlin geflogen und hatte eine außerordentliche Senatssitzung einberufen. Bundeskanzler Konrad Adenauer befand es offenbar nicht für nötig, nach Berlin zu kommen. Stattdessen hatte er eine Erklärung abgegeben, in der er die Deutschen aufrief, darauf zu vertrauen, dass die Bundesregierung »im Verein mit unseren Alliierten« Gegenmaßnahmen treffen werde. Nach einer Stellungnahme der West-Alliierten suchte Janus vergebens.

»Da kiekste, wa? Heut is wat los in Berlin, allet uff de Beene. Vorm Brandenburger Tor ham se demonstriert«, grinste der Kioskbesitzer hinter seinem Tresen.

»Ich schau nur, ob die Amis was unternehmen.«

»Die? Die müssen Moorhühner schießen, ha ick jelesen.«

Zurück im Studentendorf, fand Janus einen Zettel an seiner Tür: *Mutter anrufen!* Sie keifte gleich los, sie habe die Nachrichten im Radio gehört. Seine Entscheidung für Berlin sei definitiv falsch gewesen, das sähe er jetzt hoffentlich ein, er solle umgehend nach Hause kommen. Sie beruhigte sich erst, als er ihr sagte, er habe den ganzen Tag Griechisch gelernt, Geige gespielt und Gottfried Benn gelesen. Und als Westdeutscher sei er von der Schließung der Grenze ohnehin nicht betroffen.

In der Nacht lag Janus viele Stunden wach. War sich Pospiech über die Konsequenzen einer Flucht im Klaren? War er wirklich bereit, seine Eltern und Freunde zu verlassen, womöglich für immer? Und wo sollte er, Janus, einen Ausweis hernehmen? Außerhalb des Dorfes kannte er fast niemanden. Wäre das Studentenwerk eine Anlaufstelle? Seine Mutter würde toben, wenn sie erfuhr, was er plante. Egal, es war entschieden. Er würde morgen nicht zu seiner Griechisch-Stunde und nicht zum Geigenunterricht gehen. Notfalls musste er sogar seine Reise zum Olymp und das Konzert im Osteuropa-Institut absagen. Er hatte Pospiech versprochen, eine Fluchtmöglichkeit für ihn zu suchen, und er hatte sie entdeckt.

Janus schwitzte. Die Dunkelheit dröhnte, die Wände und die Decke kamen auf ihn zu. Die Tür war verschlossen.

West-/Ost-Berlin, 14. August 1961

DIE ERSTE FLUCHT

Gleich am nächsten Morgen ging Janus zum Studentenwerk der Freien Universität und erkundigte sich, ob er Thomas Pospiechs Büchergeld abholen könne. Die Sekretärin bat ihn, im Flur Platz zu nehmen, dann wurde er in das Büro des Chefs, Daniel Goldmann, gebeten. Goldmann holte Pospiechs Akte und füllte einen Zahlschein aus. Dann bot er Janus eine Zigarette an: »Sie waren gestern tatsächlich drüben? Mutig.«

Janus meinte, er als Westdeutscher habe doch nichts zu befürchten.

Goldmann lachte. »So kann nur ein ahnungsloser Bundesrepublikaner reden. Mich haben die Genossen zwei Jahre wegen Boykotthetze eingebuchtet, nur weil ich Ulbricht in einem Zeitungsartikel nicht entsprechend gewürdigt hatte. Den Brüdern drüben traue ich inzwischen jede Gemeinheit zu.«

»Ich habe aber noch eine andere Sache.«

»Okay, welche Akte soll ich holen?«

»Nein, etwas ganz anderes.«

Janus berichtete von seiner Entdeckung am Grenzübergang Friedrichstraße. Goldmann war elektrisiert, gab allerdings zu bedenken, dass es jetzt, mitten in den Semesterferien, schwierig sein könnte, passende Ausweise zu bekommen.

Inzwischen waren Dietmar Thiel, Goldmanns Stellvertreter, und drei weitere Mitarbeiter des Studentenwerks ins Zimmer gekommen. Auch sie waren begeistert von Janus' Idee. Irgendwie helfen wollte jeder. Aber einen Ausweis über die Grenze schmuggeln? Warum sollte man seine Freiheit riskieren für jemanden, den man kaum kannte? Bis vor zwei Tagen hätte Pospiech doch ohne Gefahr und ohne fremde Hilfe flüchten können.

Goldmann unterbrach die Debatte: »Einem Menschen in Not muss man helfen, er muss sich nicht rechtfertigen, was er in der Vergangenheit getan oder unterlassen hat.«

Alle schwiegen. Plötzlich sagte Wilfried Schultz, einer der Mitarbeiter: »Ich hol jetzt meine Freundin rüber. Und deren Freundin. Mit dem Ausweis meiner Schwester.« Wenn seine Freundin hier sei, könne ja ein anderer – vielleicht Janus Emmeran? – deren Freundin holen, mit demselben Ausweis.

»Sollte klappen«, sagte Thiel. »Und danach kümmern wir uns um Emmerans Bekannten. Wir werden einen Ausweis für ihn finden.« Er gab Schultz den Rat, das Papier in die Socke zu stecken. »Wenn Sie drüben mit einem falschen Ausweis erwischt werden, sehen wir Sie erst in drei Jahren wieder.«

Am Nachmittag wartete Janus vor dem Lehrter Bahnhof auf Wilfried Schultz. Und tatsächlich, gegen 17 Uhr kam er die Treppe herunter, eine junge Frau neben sich. Sichtlich stolz und erleichtert ging er auf Janus zu, umarmte ihn und steckte ihm dabei den Ausweis seiner Schwester in die Tasche. Es sei ganz einfach gewesen, sagte er, nach dem Vorzeigen des Ausweises sei seine Freundin durchgewinkt worden. Janus verabschiedete sich, schlenderte ums Karree, prägte sich die Daten des Ausweises ein und schob ihn in seine Socke.

Mit dem nächsten Zug fuhr er zur Friedrichstraße. Unbehelligt, ohne Leibesvisitation, kam er durch die Eingangskontrolle. Vor dem Deutschen Theater traf er, wie abgemacht, eine junge Frau, Kennzeichen: roter Rock. Sie liefen in Richtung Friedrichstadtpalast, und Janus erklärte ihr, wie sie für die nächste halbe Stunde heiße, wann und wo sie geboren sei. Sie kramte in ihrer Handtasche, blitzschnell steckte Janus den Ausweis hinein. Ihre Hand war eiskalt. Auf ihrer Stirn konnte er unter den braunen Locken winzige Schweißperlen sehen. Egal, da musste sie jetzt durch. Er drückte sie kurz an sich, dann schlenderten sie zum Bahnhof und stellten sich wie alle anderen in die Reihe, ein Liebespaar, das nach einem Besuch der Großmutter nach West-Berlin zurückfuhr. Problemlos kamen sie nacheinander durch die Kontrollen und stiegen in die S-Bahn.

Die von Janus entdeckte Fluchtmethode funktionierte also. Die jungen Frauen waren im Westen, sie waren frei! Auch mit Pospiech, davon war er überzeugt, würde es klappen. Janus hatte seinen Platz in der Welt gefunden. Er wusste, dass er das Richtige tat: Er schenkte anderen die Freiheit.

Berlin, Ende Juli 2016

DIE ANZEIGE

Janus fand Colette in einer Zeitungsanzeige: *Schnauze voll vom Mittelmaß. IQ und EQ, 40+, 175, HSA, sucht jugendlichen Helden 45–55 in Berlin. Duett und Duell, Tango und Tanga, Lyrik and more. BmB. Schnauzevoll@berlin.de.*

Sie musste eine echte Berlinerin sein – High Heels und Florett, selbstbewusst und frech. War das die Frau, nach der er schon so lange suchte? Wahrscheinlich stammte sie aus dem ehemaligen Ost-Berlin, HSA als Abkürzung für »Hochschulabschluss« kannte man im Westen nicht. Das könnte spannend werden, er, ein Wessi durch und durch, ehemaliger Fluchthelfer, Staatsfeind der DDR, und eine eigenwillige, von den Männern offenbar frustrierte Ost-Frau. Aber er war alt genug, Toleranz nicht als Schwäche zu sehen, und sie hoffentlich jung genug, um sich auf unbekanntes Terrain einzulassen.

Aber warum suchte sie einen Grünschnabel? Ein reifer Mann in der vollen Blüte seines Geistes passte doch viel besser zu ihr. Warum so konventionell, wo es doch um IQ und EQ ging, um Alles oder Nichts?

Janus Emmeran war jetzt siebenundsiebzig Jahre alt, ein immer noch aufrechter, im Lauf der letzten Jahre grau gewordener Mann mit wachen schwarzen Augen. Wenn man genau hinschaute, sah man, dass seine rechte Ohrmuschel eingerissen war. Er wirkte nicht müde, im Gegenteil, man merkte ihm an, dass er sich vorgenommen hatte, noch einmal durchzustarten.

Ein Leben als Orthopäde und Unfallchirurg in eigener Praxis sowie ein aufreibendes Familienleben mit vier Kindern, Urlaubsreisen, Geburtstags- und Weihnachtsfeiern lagen hinter ihm. Seine Beziehung zu einer Patientin, einer verheirateten Neurowissenschaftlerin, wurde ihm zum glücklichen Verhängnis; seine Frau reichte – nach zweiunddreißig Ehejahren – die Scheidung ein. Er überließ ihr das Haus, den Hund, die Fotoalben – plötzlich fühlte er sich grenzenlos frei. Ohne schlechtes Gewissen ließ er die gewohnten Pfade hinter sich. Ein brasilianisches Callgirl brachte Schwung in sein Leben, eine Weile zog er mit einer Nymphomanin durch die Swinger-Clubs Süddeutschlands, konnte der Atmosphäre dort aber letztlich nichts abgewinnen. Geblieben waren ihm Erinnerungen wie die an den jungen Mann, der ihm in der Club-Sauna den Schluss der Arie des *Barbiere di Siviglia* vorsang, oder an die Schwarze, die ihm ihr Brustwarzen-Piercing schenkte, das bei einer Ganzkörpermassage hinderlich gewesen war. Auch die Silvesternacht, in der die Brasilianerin, kaum dass sie die Tür hinter sich geschlossen hatte, ihren Pelzmantel fallen ließ und ihm splitterfasernackt einen Samba hinlegte, würde und wollte er nicht vergessen. Seine »Pirschgänge« hatten seinem Ruf als engagierter und fürsorglicher Arzt nicht geschadet, auch seine Freunde waren schon bald nach seiner Scheidung wieder aufgetaucht.

Am 13. August 2011 – zum 50. Jahrestag des Mauerbaus – hatte man ihn, einen der erfolgreichsten Fluchthelfer der Sechzigerjahre, als Zeitzeugen zu einer Talkshow nach Berlin eingeladen. In der Runde von Politikern und Historikern war ihm klar geworden, wie wenig er über den Zusammenhang von Flucht und Fluchthilfe einerseits und der Geschichte Berlins, der DDR und des Kalten Kriegs anderseits wusste, und er hatte sich vorgenommen, über diesen wichtigen Teil seines Lebens zu forschen. Er übergab die Praxis seiner ältesten Tochter Kitty und zog wieder nach Berlin, seine Schicksalsstadt.

Berlin schenkte ihm eine lange vermisste Leichtigkeit. Hier schien alles möglich – heute Verse zu schreiben und morgen mit Privatdrohnen die Menschheit von größenwahnsinnigen Diktatoren zu befreien, irgendwann seine geliebte *Pathétique* von Tschaikowsky in der Philharmonie zu spielen und ja, endlich auch seine »All-in-One« zu finden. Er tat sich in Partnerschaftsagenturen um, gab Annoncen auf, lernte zu seiner großen Enttäuschung aber nur Frauen kennen, die mit ihm verreisen, mit einem Glas Rotwein auf dem Balkon sitzen, den ziehenden Wolken nachsehen oder mit ihm ihren Schrebergarten hegen und pflegen wollten. War diese freche Anzeige jetzt seine große Chance? Mehr als ein virtueller Tod, weggeklickt in den digitalen Papierkorb, drohte ihm eigentlich nicht.

Er mailte: *Dein Feldzug gegen das Mittelmaß gefällt mir! Pass aber auf, dass ich Deine IQs und EQs nicht mit Pfeilen aus Amors Köcher durchbohre! Im Ernst: Darf Dein jugendlicher Held auch etwas älter sein (77), wenn intellektueller Anspruch, Größe (1,90) und vielleicht noch mehr zusammenpassen? Hat Dein Männersieb möglicherweise ein Loch, das mir, einem Wahlberliner, der mit dem unendlichen Erfahrungsschatz eines Geige spielenden Arztes ein neues Leben als leidenschaftlicher Forscher begonnen und sich gerade das Rauchen abgewöhnt hat, ein Durchschlüpfen erlaubt? Mein nimmermüder Geist flöge mit Dir über die höchsten Berge, entdeckte mit Dir die Welt, tanzte mit Dir den Tango und würde nicht erlahmen, Deine Schönheit zu preisen. Herzliche Grüße, Janus.*

Zweieinhalb Wochen später, längst hatte er seinen spontanen Höhenflug vergessen und sich wieder in seine Akten vergraben, ploppte ihre Antwort herein:

Hallo Janus, Dein Alter könnte tatsächlich ein K.o.-Kriterium sein. Aber Deine Luftschlösser machen mich neugierig, vor allem, wenn sie nicht mit Rauch gefüllt sind. Warum also nicht? Bei einem Glas Wein ließe sich die Stabilität meines Männersiebs trefflich testen. Anbei zwei Fotos, damit Du weißt, wie die Schönheit aussieht, die zu preisen Du gelobst. Lieben Gruß, Colette.

PS: Um Missverständnissen vorzubeugen, die reizende Colette ist keine Französin, sondern eine Berlinerin, verdankt ihren Namen einem frankophilen Vater und wohnt in Mitte. Und Du?

Erstaunlich! Sie schickte ihm zwei Fotos und verlor kein Wort darüber, dass er ihrem Wunsch nach einem Bild nicht nachgekommen war. Wieso schrieb sie ihm überhaupt noch? Hatte sich kein jugendliches Genie gefunden, war er jetzt ihre zweite Wahl? Immerhin, sie hatte ihn nicht weggeklickt. Auf dem ersten Foto prostete sie, ein Glas in der Hand, irgendjemandem zu, die dunkelblonden Haare nach hinten geworfen. Das zweite, ein Porträt, zeigte ein schmales Gesicht mit grünlichen Augen, ein Lachen, weit über den Bildrand hinaus.

Janus suchte das Foto heraus, das seine Tochter Jill im Herbst letzten Jahres geschossen hatte, als er versuchte, den Bergen und Gletschern in dreitausend Meter Höhe Bach vorzuspielen, eine müßige Darbietung, weil die Töne keinen Widerhall fanden und im Bergwind verwehten.

Liebe Colette, danke für Dein Lachen, Deinen Namen und Dein Angebot! Könnte es auch ein Frühstück sein? Wein ist nicht so meine Sache. Vielleicht schon am Wochenende? Ich wohne in Grunewald, komme aber gern in Deinen Kiez. Herzliche Grüße, Janus.

Schon am nächsten Tag kam ihre Antwort:

Hallo Janus, Danke für Dein Solo aus den Bergen! So was hatte ich noch nie! Aber – bitte nicht übel nehmen – von wann ist das Foto? Ich wüsste gern, wie Du heute aussiehst. Macht das Erkennen beim ersten Treffen leichter ;-) Und klär mich bitte auf: Woher kommst Du, was hat Dich nach Berlin verschlagen, und, entschuldige, warum suchst Du überhaupt eine Partnerin? Und warum eine so viel jüngere? Bis zum Frühstück kannst Du Dir ja ein paar kluge Antworten überlegen. Mein Vorschlag: Samstag 10 Uhr, Café Re am Märkischen Ufer, Nähe Spittelmarkt. Liebe Grüße, Colette. PS: Ich habe einen kleinen Verlag, also eigentlich nur am Wochenende oder am späten Abend Zeit.

Ein weiteres Angebot, wenn auch mit angezogener Handbremse. Er schrieb sofort zurück:

Liebe Colette, Frühstück am Samstag klappt! Bin gespannt auf Dein Männersieb, Deine munteren IQs und EQs und Dein Lachen. Im Übrigen hat mich der Text Deiner Anzeige fasziniert, nicht Dein Alter. Mein Foto stammt vom letzten Herbst. Zufrieden? Wenn Du mehr über mich wissen willst, kommst Du mit Janus Emmeran weiter. Du wirst sehen, dass ich Schwabe bin und mein halbes Leben in Tübingen verbracht habe. Und wie finde ich Dich? Herzliche Grüße, Janus.

Für alle Fälle schickte er ihr noch seine Handynummer.

Ihre Antwort am nächsten Morgen:

Hallo Janus, ich mag Deine Mails. Dennoch spüre ich ein leichtes Unbehagen. Du versprichst Dir vielleicht zu viel. Trotzdem freue ich mich auf Samstag! glg Coco. Von meinem iPhone gesendet.

Keine Handynummer, kein Nachname, und kleine Verlage gab es wie Sand am Meer. Aber wieso *Coco*? Hieß das bei allem Nein doch ein verstecktes Ja? Er war etwas verärgert, aber jetzt wollte er sie erst recht kennenlernen.

Liebe Coco, ab jetzt so? Übrigens bin ich beruhigt, dass Du bei unserem Treffen nicht gleich die nächsten zwanzig Jahre planen willst. Ich bin gespannt auf unser Frühstück. Herzlich, Janus.

Am Abend kam ihre Antwort:

Lieber Janus, Coco ist mein Deckname, mit so was kennst Du Dich ja aus ... Kleine Fahrplanänderung: Hol mich bitte von zu Hause ab, ich habe mir heute Morgen den Fuß verknackst und entdecke gerade die Langsamkeit der Welt auf Krücken. Am besten, Du bringst einen Rollstuhl mit, als Orthopäde hast Du so was doch sicher auf Lager. Meine Adresse: Neue Grünstraße 20. Klingle bei Weißbach, dann komme ich runter. Den Rest meiner Leidensgeschichte morgen. Colette.

Jetzt wieder Colette? War er zu weit gegangen? Aber immerhin ein Name. Auf ihrer Homepage las er: 1968 in Berlin geboren, Romanistik-Studium an der HU, 1995 Promotion, 2001 Habilitation, 2006 Gründung des Weißbach-Verlags, Profil: *Vergessene Bekannte, unbekannte Neue. Lyrik.* Und noch etwas elektrisierte ihn:

Liebe Colette, meine Berliner Vergangenheit holt mich immer wieder ein. Durch die Kanalisation unter der Neuen Grünstraße lief vor mehr als fünfzig Jahren eine unserer erfolgreichsten Fluchtaktionen. Dein Knacks ist für mich kein Beinbruch, er hat mir immerhin Deinen Namen geschenkt. Gern hole ich Dich ab! Janus.

Berlin, Samstag, 13. August 2016

1. TAG

Janus hatte sich für das helle Leinenjackett und den schwarzen Seidenschal entschieden. Er wartete im Auto, auf keinen Fall wollte er zu früh kommen und Colette bei der finalen Gestaltung ihres Outfits stören. Er hatte sie mit einer langstieligen Rose überraschen wollen, die Idee, sie ihr bei der Begrüßung zu überreichen, aber wieder verworfen – Dame auf Krücken, wohin mit der Rose? – und sein Präsent auf den Rücksitz gelegt.

Pünktlich um 10 Uhr – gerade wollte er aussteigen – ging die Haustür auf. Ein großer grauer Hund stürmte heraus, gefolgt von einem Mann im Trainingsanzug. Beide verschwanden in Richtung Park. Janus schwang sich aus dem Auto, schloss die Tür ab, fand das Namensschild *Weißbach* und klingelte.

Kurz darauf stand sie vor ihm – schlank, größer, als er sich vorgestellt hatte, die Krücken fest im Griff. Und lachte. Dieses unverwechselbare Lachen. Die Ärmel ihrer roten Bluse hatte sie über die Ellbogen gekrempelt, aus dem linken Hosenbein blitzte ein weißer Verband. Janus begrüßte sie mit Küsschen, Küsschen, sie machte mit. Er half ihr ins Auto. Trotz der Krücken bewegte sie sich erstaunlich sicher; von wegen Rollstuhl. Dann setzte er sich ans Steuer, nahm die Rose vom Rücksitz und überreichte sie ihr.

War sie gerührt? Oder irritiert? Sie zögerte kurz und meinte, jetzt fehle nur noch der Handkuss.

Auf dem Weg ins Café erfuhr er alle Details ihres gestrigen Missgeschicks: im Bad ausgerutscht, Notfallambulanz, Röntgen, Anlegen eines Salbenverbands. Ausgestattet mit den beiden Krückenmonstern habe man sie nach Hause geschickt. Er mochte ihre Stimme. Das leichte Vibrieren verriet, dass auch sie aufgeregt war. Ihr Florett würde ihn heute wohl nur kitzeln.

»Immerhin keine stationäre Einweisung übers Wochenende«, resümierte er, »sonst säße ich jetzt sehr einsam an der Ostfront.«

Colette drehte die Rose zwischen den Fingern. Als er vor dem Café einparkte, legte sie sie wieder auf den Rücksitz.

Sie wählten eine ruhige Ecke im hinteren Raum, er schob ihr den Stuhl zurecht, stellte die Krücken an den Nebentisch und setzte sich über Eck zu ihr. Sie kannte sich aus, bestellte Frühstück Nummer 3, er schloss sich an. Als Colette ihr Ei aufschlug, lief ihr das Eigelb über die Finger, ein unsicherer Blick streifte ihn.

»Ich würd's ablecken«, lachte er.

Dann fiel ihr auch noch das Messer zu Boden. Sie sei heute wohl etwas durcheinander, habe wegen des Verbandes kaum geschlafen. »Du musst dich eben zufriedengeben mit dem, was deine Kollegen von mir übrig gelassen haben.«

»Ich kann mich nicht beklagen. Der Rest kann immerhin essen, sich die Finger ablecken, mit den Augen blitzen, die Haare über die Schulter werfen. Das reicht für den Anfang.«

Sie leerte das Glas Orangensaft in einem Zug und lehnte sich zurück. »Dein Solo in den Bergen hat mir wirklich gefallen. Du magst Klassik, ja?«

»Die ganze Palette von Bach bis ...«

»Ich hab's befürchtet. Soll ich ehrlich sein? Ich steh eher auf Udo Lindenberg. Seit seinem Auftritt 1983 im Palast der Republik.«

»Wie alt warst du da?«

»Fünfzehn.«

Janus überlegte, ob er das Körnerbrötchen nur mit Butter oder mit Marmelade essen sollte, Colette spürte sein Abdriften: »So schlimm? Stell dir vor, in blauer FDJ-Uniform ziehen wir, meine Klassenkameraden und ich, geschlossen in die Hochburg des Sozialismus ein – ich weiß, du würdest abschätzig Erichs Lampenladen sagen, aber es war doch auch irgendwie ein Palast –, draußen skandieren die Massen Udo! Udo!, die Vopos prügeln auf sie ein, nehmen etliche fest. Und drinnen fahren wir ab im *Sonderzug nach Pankow*. Mein Vater war entsetzt, als er hörte, dass die Schulleitung uns Karten organisiert hatte. Einer, der unseren Honi einen Oberindianer schimpfte, sollte besser aus dem Verkehr gezogen werden. Für mich waren Udo Lindenbergs Songs Ausdruck meines Protests. Gegen meine Eltern, gegen die Schule, das ganze System. Kannst du mir folgen?«

»Klar, du warst jung, beeindruckt vom Glanz der Staatsmacht. Dann hast du an Udo Lindenbergs Respektlosigkeit begriffen, dass bei euch irgendetwas schieflief, hast protestiert. Verständlich, aber in der DDR von damals aussichtslos.«

»Interessant, wie du mich und die DDR interpretierst. Ist die Psyche junger Mädchen dein Hobby?«

»Damals hatte sich das System längst etabliert, alle hatten sich an die Mauer gewöhnt. Übrigens, genau heute vor fünfundfünfzig Jahren wurde dieses Paradebeispiel sozialistischer Baukultur errichtet.«

»Ich weiß. Im Radio war ja schon den ganzen Morgen von nichts anderem als von diesem 13. August 1961 die Rede.«

War sie genervt? »Findest du es falsch, sich daran zu erinnern?«

Ihren Blick konnte er nicht deuten. Er musste vorsichtiger sein. In ihren Mails hatte die DDR nur leise geknistert, jetzt saß sie leibhaftig neben ihm. Mit leicht geröteten Wangen, blitzenden Augen und kleinen Härchen auf dem Arm.

»Ich frage mich«, sagte er, »ob die Fans, draußen vor dem Palast, nicht lieber einen Sonderzug in die andere Richtung genommen hätten. Für mich hat Musik jedenfalls nichts mit Gruppenwohlgefühl und Protest zu tun. Enttäuscht?«

»Sagen wir, verwirrt. Lassen wir das. Deine Rose war sensationell, aber wenn du Udo statt ihrer auf die Rückbank gelegt hättest ...«

»Eigentlich wollte er mitkommen, war ihm bloß ein bisschen zu früh heute Morgen.«

»Okay, okay.« Colette lachte. »Bevor wir hier weiter herumspinnen, kann ich dich beruhigen. Der Feierabend meines Vaters gehörte Beethoven und Tschaikowsky, da ist auch bei mir was hängen geblieben. Abgeblockt habe ich allerdings die Bemühungen meiner Mutter, mir auf dem Klavier den *Wilden Reiter* und den *Fröhlichen Landmann* schmackhaft zu machen. Aber dich würde ich gerne mal spielen hören. Muss ja nicht im Hochgebirge sein.« Wieder lachte sie.

War Musik die Lücke in ihrem Männersieb? Als Janus ihren warmen Unterarm berührte, zog sie ihn nicht zurück, auch nicht, als er seine Hand länger liegen ließ. Ihre helle Haut und die kleinen Härchen darauf, ihre Stimme und immer wieder ihr Lachen machten ihn schwindelig. Nicht die Karrierefrau, die sie offensichtlich war, nicht die Professorin, nicht die in der DDR sozialisierte Frau und auch nicht die Lyrik-Liebhaberin zogen ihn in ihren Bann, sondern diese neugierige Eva. »Wenn du magst, spiele ich dir auch einen Tango oder Musik des Buena Vista Social Club vor. Die anderen Stimmen musst du dir dann dazu denken.«

»Wir werden bestimmt was finden.« Übrigens redigiere sie gerade ein spannendes Manuskript. Colette drehte den Löffel in ihrer leeren Tasse.

Janus strich über ihren Mittelfinger. »Und wann wird daraus ein Buch?«

»Das hängt davon ab, wie lange ich samstags mit gewissen Herren frühstücke«, sie zog ihre Hand zurück.

»Verstehe. Möchtest du noch irgendetwas?««

Sie schüttelte den Kopf. »Und wie sich bei mir zu Hause alles entwickelt.«

Janus fragte sich, was sie meinte.

»Meine beiden Kinder schaffen den Absprung einfach nicht, obwohl sie längst erwachsen sind.«

Kinder? Zu Hause? Nichts in ihren Mails hatte darauf hingedeutet.

Fast mechanisch, ohne ihn anzusehen, spulte Colette ihre häusliche Situation ab. »Meine Tochter Chantal ist sechsundzwanzig und studiert Kunst. Sie war schon mal weggezogen, wohnt aber seit zwei Wochen wieder bei mir, nachdem sie sich von ihrem Freund getrennt hat. Sie hat gerade eine Abtreibung hinter sich.« Colette machte eine Pause. »Mein Sohn Alex genießt alle Bequemlichkeiten der Abhängigkeit.«

Janus schob ein paar Krümel auf seinem Teller hin und her. »Hab ich deine Anzeige missverstanden?«

Sie lachte. »Wieso?«

»Na ja ...«

»Was spricht denn gegen einen Neuanfang mit Altbestand? Auch du kannst dein vergangenes Leben nicht über Bord werfen. Alex ist jetzt zweiundzwanzig und steht kurz vor dem Abschluss seines Studiums der Kommunikationswissenschaften. Meine zweite Tochter, Valerie, ist im Alter von fünf Jahren an einer Hirnhautentzündung gestorben. Hast du Kinder?«

»Vier.«

»Von einer einzigen Frau?«

»Ja. Aber sie lauern nicht mehr vor meinem Kühlschrank.«

»Wie angenehm.«

Gut, sie hatte ein bisschen getrickst, aber jetzt saßen sie zusammen, frühstückten, und sie leckte sich die Finger ab. Janus spürte wieder dieses Kribbeln, legte seinen Arm um ihre Taille und zog sie an sich. Mit ihren Kindern würde er irgendwie klarkommen. »Wie geht's eigentlich deinem Fuß?«

»Typisch Arzt! Man packt seine Seele auf den Tisch, und er fragt nach der Anatomie. Könntest du mal nachsehen?«

»Gern. Machen Sie sich frei, junge Frau.«

»Nicht hier.«

Das war die Antwort, auf die er gehofft hatte. Sie fuhren in ihre Wohnung, Chantal und Alex waren ausgeflogen. Colette bat Janus, eine Vase aus der Küche zu holen und die Rose auf den Tisch zu stellen. Im Schlafzimmer nahm er ihr den Verband ab und untersuchte sie.

Sie habe nur eine leichte Zerrung, das medizinische Equipment könne sie getrost weglassen. Erleichtert streckte sie sich aus, und seine warmen Hände waren erstaunliche Argumente, denen sie nichts entgegensetzen wollte.

Als sie aufwachten, war die Sonne längst untergegangen.

»Darf ich dich morgen Abend zu mir in den Grunewald einladen?«, fragte Janus.

»Müssen wir leider verschieben. Morgen kommt ein wichtiger Autor, der sich schon vor Wochen angesagt hat und nur für einen Tag in Berlin ist. Ich konnte ja nicht ahnen, dass mir just am Vorabend jemand über den Weg läuft, von dem ich mir gerade wünsche, dass er mich so schnell wie möglich wiedersehen will.«

Er umarmte sie: »Dann übermorgen.«

Erst im Auto fiel Janus ein, dass er ihr noch den Gully hatte zeigen wollen, durch den er in einer windigen Nacht im Oktober 1961 fast hundert Menschen in die Kanalisation hinuntergelassen hatte.

Ost-/West-Berlin, 24./25. September 1961

DIE PASS-TOUR / ACHMED

Janus sah Achmed zuerst. Wie verabredet stand er um 16 Uhr an der Weidendammbrücke in Ost-Berlin. Ein milder Sonntagnachmittag. Unten, am Ufer der Spree, lauerte ein Polizeiboot. Die Passanten bewegten sich mechanisch, mit stumpfen Gesichtern, kein Lächeln, kein lautes Wort, ab und zu verhaltenes Flüstern.

Um Achmed auf sich aufmerksam zu machen, beugte sich Janus weit über das Geländer. Achmed bemerkte ihn und ging los, die Friedrichstraße entlang in Richtung Unter den Linden. Janus beobachtete, ob irgendjemand seinem syrischen Freund folgte. Niemand. Auch als Achmed beim Passieren der dunklen S-Bahn-Unterführung plötzlich die Straßenseite wechselte und nach links in die Georgenstraße abbog, rannte ihm keiner nach. Offenbar wurde er nicht observiert, hatte also die sechs Ausländer-Pässe, die heute zum Einsatz kommen sollten, in den Taschen seines Trenchcoats sicher über die Grenze gebracht. In der Charlottenstraße überholte Janus ihn mit großen Schritten, ohne ihn anzusehen, das Zeichen für Achmed, dass er »sicher« war. Jetzt übernahm der die Observation.

Seit vier Wochen waren sie ein erfolgreiches Duo in der Fluchthilfeorganisation, die die beiden etwa dreißigjährigen ehemaligen Jurastudenten Daniel Goldmann und Dietmar Thiel innerhalb kurzer Zeit aufgebaut hatten. Achmed – Student der Elektrotechnik, mittelgroß und schlank, wilde schwarze Mähne, das Habichtsgesicht selten rasiert – wurde, weil er Bürger eines mit der DDR befreundeten Landes war, bei den Kontrollen keiner Leibesvisitation unterzogen und brachte für einen kleinen Obulus Ausweise und Pässe über die Grenze; sein Deckname: *Habicht*. Und Janus, der Neu-Berliner, der sein Medizinstudium auf das Nötigste beschränkt hatte und nur noch für seine Fluchthilfe lebte. Als sogenannter Läufer war er für die Instruktion und die Begleitung der Flüchtlinge über die Grenze verantwortlich, wobei er jeden Flüchtling mindestens zweimal vor der eigentlichen Aktion kontaktierte, einmal, um ihm das Fluchtdatum mitzuteilen, ein zweites Mal, um ihm den Pass auszuhändigen und ihm den Ablauf seiner Flucht zu erklären. Sein Deckname, wegen seiner schwarzen Haare und der dunklen Augen: *Schwarzer*.

Vor drei Tagen hatten sie in Achmeds Bude im Studentenheim Siegmunds Hof zusammengesessen. Aus klein geschnittenen Zwiebeln und Eiern hatte ihm sein Freund einen Fladen gebraten und ihm anschließend bei Kardamom-Kaffee und Baklava von Syrien erzählt. Eine zauberhafte Welt, die er hatte verlassen müssen, nachdem seine antikommunistische Familie in Ungnade gefallen und sein Vater vom Geheimdienst verhaftet und gefoltert worden war. Bei einer Rückkehr nach Syrien drohte Achmed ein ähnliches Schicksal.

In der Zentrale der Goldmann-Gruppe, den fünf Räumen des Studentenwerks in einem Nebengebäude des Rektorats der FU, stapelten sich die gesammelten Ausweise und Pässe. Goldmann und Thiel ordneten sie nach Geschlecht, Alter und weiteren Merkmalen, wählten die Flüchtlinge nach Dringlichkeit aus, besorgten die »Utensilien« – West-Mark, West-

Zigaretten, Streichhölzer, abgerissene Kinokarten aus West-Berlin – und präparierten die Läufer für ihre Aufgaben in Ost-Berlin. Deren Zahl schwankte, nur wenige waren ständig aktiv, viele mussten zwischendurch pausieren, um Prüfungen abzulegen; täglich waren drei bis zehn von ihnen unterwegs. Zum eingeschworenen Team gehörten außerdem Passfälscher, »Graphiker«, die die Stempel herstellten, »Photographen«, die die Passbilder der Flüchtlinge mit dem entsprechenden Stempelsegment versahen, »Feiler«, die die Originalbilder aus den Pässen feilten und die präparierten Bilder einhängten. Mit jeder gelungenen Flucht – die Tour lief jetzt ausschließlich mit ausländischen Pässen – steigerte sich die Professionalität der Gruppe.

Janus hatte inzwischen etwa vierzig Flüchtlinge in die Freiheit gebracht. Gottfried Benn war beiseitegelegt, das Gespräch mit dem Theologen war gut gelaufen, das Stipendium in Aussicht gestellt. Er war nicht nach Griechenland gefahren, nicht auf den Olymp gestiegen, und bei dem Konzert im Osteuropa-Institut hatte ein Kollege an seinem Pult gesessen. Thomas Pospiech lebte seit fünf Wochen glücklich in West-Berlin.

Heute war der Sockel des demontierten Reiterstandbilds Unter den Linden ihr Ziel. Zwischen Fußgängern und Radfahrern spielten sie ihre bewährte Szene: Janus dreht sich um, tut überrascht, Achmed zu sehen, umarmt ihn, wobei sich die Innentasche seines Parkas öffnet, Achmed steckt ihm blitzschnell die Pässe samt Utensilien zu. Heute sechs.

Keiner der Passanten bemerkte, was sich da direkt neben ihnen abspielte. Gemeinsam gingen Achmed und Janus weiter, rauchten, unterhielten sich angeregt, dann verabschiedete sich Achmed in Richtung Bahnhof Friedrichstraße. Sein Auftrag war erfüllt, für Janus begann die heiße Phase seines Aufenthalts in Ost-Berlin.

Seit seiner Einreise um 10 Uhr hatte er bereits sieben der acht Flüchtlinge aufgesucht, deren Flucht für morgen vorgesehen war, und ihnen mitgeteilt, aus welcher Stadt und welchem Land der Pass stammte, mit dem sie flüchten würden. Anhand von Atlanten und Lexika sollten sie sich über ihr Herkunftsland und ihren Wohnort kundig machen. Und er hatte jeden aufgefordert, sich auf die unangenehmste der möglichen Fangfragen vorzubereiten: Wieso haben Sie einen ausländischen Pass, sprechen aber nur Deutsch? Mit allen hatte er sich für morgen, irgendwann nach 16 Uhr, verabredet, dann würde er jedem seinen Pass aushändigen und ihn in die Fluchtaktion einweisen.

Bei dem achten Flüchtling, einer älteren Frau aus Pankow, hatte er auch beim dritten Anlauf vergeblich geklingelt und geklopft, und sich dann vorgenommen, noch einmal zu ihr zu fahren, wenn er die sechs Flüchtlinge für die heutige Aktion vorbereitet hatte. Sollte er sie auch dann nicht antreffen, müsste er sie von der Liste streichen.

Alle Daten, Namen der Flüchtlinge, Adressen, Kennworte, sämtliche zusätzlichen Informationen, hatte Janus – verschlüsselt in chemische Reaktionen – in seine Vorlesungsskripte für organische Chemie eingetragen. Für ihn ein idealer »Datenträger«, für die Grenzer ein Buch mit sieben Siegeln.

Janus spürte die sechs Pässe in seiner Brusttasche. Wie immer ging er sehr schnell und, um alles im Blick zu haben, auf der Straßenseite, auf der ihm der Verkehr entgegenkam. Auch die Passanten beobachtete er genau. Weiteten sich deren Augen, sahen sie hinter ihm irgendetwas, was ihre Aufmerksamkeit weckte und für ihn hätte gefährlich werden können? Er musste ja immer schneller sein als seine potenziellen Gegner, schneller beim Beobachten, beim Denken und auch beim Handeln.

Der erste Flüchtling der heutigen Aktion, Paul Miersch, ein zweiundzwanzigjähriger Philosophiestudent, wohnte in der Auguststraße 9. Nachdem Janus geklingelt hatte, bewegte sich wieder der Spion, die Tür ging auf, und er wurde in die Wohnung gezogen. Heute brauchten sie die vereinbarten Kennworte nicht mehr: »Ich wollte fragen, ob Sie im neuen Semester noch das Seminar über die Nikomachische Ethik besuchen« und »Leider habe ich im Moment keine Zeit für Aristoteles«.

Janus gab Miersch den vorbereiteten Pass, der klappte ihn auf – und erschrak. »Das bin ja ich!«

»Klar. Sicherheitshalber haben wir Ihr Bild eingehängt. Ihr Name?«

»Olaf Lundgren.«

»Und warum sprechen Sie kein Schwedisch?«

Nicht ohne Stolz trug Miersch seine Geschichte vor: »Meine Mutter ist Berlinerin, hat einen Schweden geheiratet, sich aber, als ich noch klein war, von meinem Vater getrennt und ist mit mir nach West-Berlin zurückgekehrt.« Janus war zufrieden, übergab ihm die Utensilien und ließ ihn die Unterschrift von Olaf Lundgren üben. Dann nahm er ihn ins Kreuzverhör: Wann und warum er nach Ost-Berlin eingereist sei, was er während seines Aufenthalts gemacht habe? Er sei herumgeschlendert, antwortete Miersch, an der Spree, zum Gendarmenmarkt, zur Oper. Ob er Bekannte getroffen habe? Nein, er kenne hier niemanden. Ohne Zögern rapportierte der Philosophiestudent seine angebliche West-Berliner Adresse, sein neues Geburtsdatum und seinen schwedischen Geburtsort. Zuletzt überprüfte Janus noch, ob Miersch alle Ost-Etiketten aus seiner Kleidung herausgetrennt hatte.

»Jetzt der genaue Ablauf der Flucht. Wir nehmen den Grenzübergang Bahnhof Friedrichstraße. Das hat den Vorteil, dass ich in Ihrer Nähe bleiben und beobachten kann, wie Sie kontrolliert werden. Wir treffen uns um 23:30 Uhr auf der Weidendammbrücke. Ich stehe an dem Adler spreeabwärts, Sie gehen an mir vorbei, wir kennen uns nicht. Ich nicke leicht, um Ihnen zu zeigen, dass ich Sie registriert habe. Wenn ich mir die Nase schnäuze und in Richtung Bahnhof losgehe, folgen Sie mir und reihen sich hinter mir in die Warteschlange vor dem Bahnhof ein. Auf dem Platz und später in der Halle stehen Vopos, Grenzer und die verdächtig unverdächtigen Zivilisten, die die Ausreisenden beobachten. Nehmen Sie das Ganze als Spiel, Sie sind ein genervter West-Berliner, der sich über die schleppende Kontrolle ärgert.«

Mierschs Augenlider zuckten.

»Am Eingang zur Bahnhofshalle wirft ein Grenzer einen kurzen Blick in Ihren Pass, prüft Ihr Bild, dann geht es weiter zu den Schaltern in der Halle. Hier geben Sie den Pass einem der dort stehenden Grenzer, der ihn durch einen Schlitz in eine nicht einsehbare Kabine schiebt. Jetzt müssen Sie etwa fünf Minuten warten, vielleicht auch etwas länger. Das ist völlig normal, bleiben Sie ruhig. Es kann nichts passieren, Ihr Pass ist perfekt gefälscht. Gestern habe ich auf die gleiche Weise vier Menschen in den Westen gebracht, und bei einem von ihnen hat es fast zehn Minuten gedauert.«

Miersch wischte sich den Schweiß von der Stirn.

»Auch während des Wartens werden Sie von den Grenzern beobachtet. Wenn Sie nervös sind, fummeln Sie an Ihren Schnürsenkeln oder zählen Ihr Geld, das Sie gleich beim Zoll deklarieren müssen. Selbst wenn Sie nach dem Abgeben Ihres Passes in einen separaten Raum geführt und aufgefordert werden sollten, Ihre Taschen zu leeren, keine Panik. Sie haben Ihre Story, kennen Ihre Rolle und haben nichts Verdächtiges bei sich. Ihre Zeugnisse und andere für Sie wichtige Dokumente werfen Sie, adressiert an Ihre Tante in West-Berlin, auf dem Weg zur Weidendammbrücke in einen Briefkasten. Falls die Stasi den Brief herausfischt, sind Sie zwar Ihre Zeugnisse los – aber längst im Westen.«

Miersch lachte trocken. »Noch sitze ich hier.«

»Irgendwann ruft ein Grenzer Sie mit Ihrem neuen Namen auf, prüft anhand des Passbildes, ob Sie es wirklich sind, und gibt Ihnen den Pass zurück. Dann gehen Sie weiter, den markierten Weg zum Zoll und zu den Fahrkartenschaltern. Dort kaufen Sie für zwanzig West-Pfennige eine Fahrkarte und gehen die Treppe hoch zur S-Bahn. Jetzt können Sie aufatmen, jetzt haben Sie alle Kontrollen hinter sich.«

»Und wo sind Sie?«

»Vermutlich stehe ich schon auf dem Bahnsteig. Aber auch hier kennen wir uns nicht. Wir nehmen den nächsten Zug, fahren zwei Stationen bis Bellevue. Dort folgen Sie mir, zusammen mit den anderen, die heute flüchten, die Treppe hinunter, dann nach links in einen kleinen Park. Hier sind wir sicher, Sie sind wieder Paul Miersch, und ich sage Ihnen, wie es in West-Berlin weitergeht.«

»Und wenn's schiefgeht?«

»Wenn Sie keinen Fehler machen, geht nichts schief!«

»Wissen mein Onkel und meine Tante, dass ich heute Nacht komme?«

»Die rufen Sie an, wenn Sie drüben sind.«

Inzwischen war es 18 Uhr, Janus hatte noch fünf Pässe in der Tasche, die er in den nächsten fünf Stunden »an den Mann« bringen musste – zwei belgische aus Eupen-Malmedy, zwei aus der Schweiz und einen aus Österreich. Und auch die ältere Frau in Pankow stand noch auf seiner Liste. Er musste Tempo zulegen; so lange wie bei Paul Miersch durfte er sich bei den anderen nicht aufhalten, maximal eine halbe Stunde pro Flüchtling. Zu der »Verlobten von Köpenick«, die ihm gestern ganz aufgeregt von ihrer bevorstehenden Hochzeit in West-Berlin erzählt hatte, fuhr er wieder mit der S-Bahn.

Zum Glück nahmen die fünf Flüchtlinge ihre neue Identität rasch an, stellten keine weiteren Fragen, und die Dame in Pankow war endlich zu Hause. In wenigen Sätzen bereitete er sie auf ihre Flucht morgen vor.

23:30 Uhr auf der Weidendammbrücke. Janus registrierte seine sechs Kandidaten, er schnäuzte sich, sie folgten ihm zur Warteschlange. Nur langsam ging es vorwärts. Plötzlich scherte die »Österreicherin« aus, lief auf einen der Grenzer zu und sprach ihn an. Janus stockte der Atem, hat sie den Verstand verloren oder ist sie ein Stasi-Spitzel und verrät gerade die ganze Aktion? Doch der Grenzer wies sie mit einer harschen Handbewegung zurück in die Reihe.

Am Eingang zum Bahnhof und in der Schalterhalle lief alles wie immer. Im Massenandrang – um 24 Uhr wurde die Grenze geschlossen – nahmen die Grenzer Personenkontrollen und Leibesvisitationen nur sehr selten vor. Nacheinander, wie Janus aus den Augenwinkeln registrierte, passierten die Flüchtlinge alle Kontrollen, niemand wurde festgenommen. Seine sechs Schützlinge stiegen mit ihm in denselben S-Bahn-Waggon und erreichten wohlbehalten die Station Bellevue.

Janus war stolz. An einem einzigen Tag hatte er sechs Menschen über die Grenze gebracht und acht für morgen vorbereitet. Weiter so, Schwarzer!, würde Goldmann sagen.

Mit federnden Schritten lief er die Treppe hinunter, öffnete die schwere Pendeltür, seine kleine Mannschaft folgte ihm nach links in den Park. Unter den ersten Bäumen blieb Janus stehen, drehte sich um und gab jedem die Hand. »Gratulation! Sie waren prima!« Keine Reaktion. Er zündete sich eine seiner Roth-Händle an und gab die Packung weiter – Stille. Erst als er sein amerikanisches Zippo-Feuerzeug herumreichte, kam Bewegung in die Gruppe – Husten und Lachen. »An Ihrer Nikomachischen Ethik habe ich mir ja fast die Zunge abgebrochen, Herr Miersch. Viel Spaß mit Aristoteles.« Janus steckte die Zigarettenschachtel wieder in seinen Parka.

Er fragte die »Österreicherin«, was sie eigentlich mit ihrem Auftritt am Bahnhof bezweckt habe. Schelmisch entgegnete sie: »Ich habe den Vopo gefragt, wo denn der Schalter für Österreicher sei, es könne doch nicht angehen, dass ich hier so lange warten muss. Er wies mich zurück in die Schlange, zurück auf meinen Weg in die Freiheit. Das war es, was ich wollte, einen Grenzer zum Fluchthelfer machen. Nach Ihrem ersten Besuch habe ich gleich angefangen, Österreichisch zu üben.« Keiner lachte.

Janus sammelte die Pässe und Utensilien ein, stellte seine übliche Scherzfrage: »Was wollen Sie heute Nacht in West-Berlin denn noch anstellen?«, und versicherte ihnen, dass sie im Notaufnahmelager Marienfelde nicht nach ihrem Fluchtweg befragt werden würden; sie seien bereits als »Neuzugänge« angemeldet.

Marienfelde war für jeden Flüchtling die erste Anlaufstation im Westen. Hier wurde er vom Verfassungsschutz und von den Geheimdiensten der drei West-Alliierten verhört. Erst wenn er von allen als unverdächtig eingestuft worden war, bekam er den sogenannten C-Schein, der ihn als politischen Flüchtling auswies und ihm steuerliche Vorteile brachte.

Schweigend fuhren sie mit der S-Bahn weiter zum Bahnhof Zoo. Fünf der frischgebackenen Westbürger riefen von den Telefonzellen ihre Angehörigen oder Freunde an, einer, der in Berlin niemanden kannte, wollte zur Bahnhofsmission gehen.

Janus wünschte ihnen alles Gute für den Neustart und stieg in ein Taxi. Im Wegfahren sah er, wie ein Auto vor den

Telefonzellen anhielt, ein junger Mann heraussprang und die junge Frau aus Köpenick in seine Arme schloss.

Gegen 2 Uhr erreichte er die Zentrale, wo Goldmann und Thiel wie immer auf ihn warteten. »Keine Probleme, alle durch. Nur hinterher wieder diese Tristesse.«

»Jede Flucht bedeutet eben auch Verlust«, sagte Goldmann.

»Auch. Aber ich wollte auf etwas anderes hinaus. Sobald sich die Flüchtlinge in die Schlange vor dem Bahnhof einreihen, verändern sie sich. Sie schalten ihre Angst ab, überhaupt ihre Gefühle.«

»Ab jetzt müssen sie nur noch funktionieren, da sind Gefühle hinderlich.«

»Diese Gefühllosigkeit hüllt jeden ein wie ein schützender Panzer, den er nach der Flucht nicht gleich wieder ablegen kann.«

»Schönes Bild.«

»Ich habe mich oft darüber gewundert, warum sich so selten jemand bei mir bedankt, niemand seine Freude über die gelungene Flucht zeigt. Obwohl ich es mir erklären kann, macht es mich traurig.«

»Interessant. Aber jetzt ran an die Arbeit, es gibt noch eine Menge zu tun.«

Janus bereitete sich auf die acht Flüchtlinge für heute, Montag, und die vier für morgen vor. Mit dem ersten Bus fuhr er ins Studentendorf. Essen. Schlafen. Um 8 Uhr rief er Achmed an und verabredete sich mit ihm für 9:30 Uhr am S-Bahnhof Tiergarten zur Übergabe der acht Pässe und Utensilien.

Janus war jetzt Full-time-Fluchthelfer, für sein Studium und seine Musik hatte er keine Zeit und keinen Sinn mehr. Auch seine Beziehung zu einer Kommilitonin, die als Au-pair-Mädchen bei einer amerikanischen Familie wohnte, war in die Brüche gegangen. Er arbeitete Tag und Nacht, weil er befürchtete, dass die DDR die Lücke in ihrem Kontrollnetz entdecken und schließen würde, bevor er und seine Freunde alle Flüchtlinge, die auf ihren Listen standen, in den Westen geholt hätten. Er ging an seine physischen und psychischen Grenzen, doch verantwortlich zu sein für andere und ihnen helfen zu können gab ihm Kraft.

Berlin, Montag, 15. August 2016

2. TAG

Seltsam. Er kannte diese Frau erst seit zwei Tagen, und alles war anders geworden. Plötzlich gab es ein »Wir«: Wann treffen wir uns? Was machen wir?

Der Sonntag war Janus lang geworden. Er hatte gelesen, Geige gespielt, die Akten über die beiden Spitzel durchgesehen, von denen die Goldmann-Gruppe unterwandert worden war – ein Grieche und ein schwuler Friseur –, sich aber nicht so recht konzentrieren können. In der Nacht hatten sie lange telefoniert. Colette war immer noch verärgert. Der Autor, mit dem sie sich hatte treffen müssen, sei ein ziemlich eitler Knabe und habe für fünfzig Euro Wein getrunken, endlos über sich und seine Bücher geredet, ihr dann aber immerhin erlaubt, eines seiner Gedichte in der Anthologie zu drucken. Leider sei sie auf ihn angewiesen, sein Name bringe Verkaufszahlen. Idiotisch, dass sie solche Bücklinge machen müsse. Dann war Janus auf ihre Kinder zu sprechen gekommen; ob die nicht, wenn sie noch länger zu Hause lebten, mit jedem Tag an Selbstständigkeit verlören. Sie hatte erwidert, jeder müsse selbst entscheiden, wo und wie er leben wolle. Nach diesem entschiedenen Widerspruch war er darum bemüht gewesen, die Wogen zu glätten, und hatte erzählt, er sei fast sein Leben lang selbstständig gewesen und habe sich dabei immer sehr wohl gefühlt. »Schön für dich«, hatte sie gesagt; solange ihre Kinder klein waren, hätte sie als Selbstständige nicht überlebt, da sei sie froh gewesen, die Universität als Schutzraum um sich zu haben. Mit einem Gähnen hatte sie das Zeichen für eine Beendigung des Gesprächs gesetzt. Sein Angebot, sie am nächsten Tag vom Verlag abzuholen, schlug sie lachend aus, die Befreiung ihres Fußes und seine Behandlung hätten eine Spontanheilung bewirkt. Um 17:03 Uhr sei sie am Bahnhof Grunewald.

Als Janus ins Bett ging, hatte er ein ungutes Gefühl. Warum musste er auch Themen anschneiden, von denen er hätte wissen müssen, dass Colette anderer Meinung war?

Er holte sie vom Bahnhof ab. Von einer Gehbehinderung oder einer Missstimmung konnte er nichts mehr feststellen. Auf dem Weg zu seiner Wohnung erzählte sie, Chantal habe mit Blick auf die Rose gefrotzelt, ihr jugendlicher Held sei wohl von vorgestern. Ganz und gar nicht, habe sie geantwortet, Männer mit Manieren seien voll im Trend, allerdings sei ihre Wahl tatsächlich auf ein etwas reiferes Exemplar gefallen. Janus war amüsiert; sie hatte ihre Kinder also über ihre Partnersuche informiert.

Er schloss die Wohnungstür auf, nahm ihr die Jacke ab, sie kickte ihre Pumps von den Füßen und umarmte ihn. Vor zwei Tagen noch auf Krücken und heute schon wieder fulldressed – er war beeindruckt. Er öffnete ihre Bluse; Rock, Spitzen-BH und der schwarze Tanga glitten zu Boden.

Als er aufwachte, hörte er Colette neben sich atmen. Er genoss die Ruhe, ihr Vertrauen, hatte das Gefühl, angekommen zu sein. Leise stand er auf, schnappte sich Hemd und Hose und verzog sich an seinen Schreibtisch.

Ein Luftzug streifte ihn, er drehte sich um, Colette stand, nur mit seiner Schlafanzughose bekleidet, vor ihm und nahm seinen Kopf zwischen ihre Brüste. »Schön bei dir. Gibt's irgendwann auch etwas zu essen?«

»Alles, was du willst, Eis und Tiefkühlpizza«, murmelte Janus, ohne seinen Kopf zu bewegen.

»Übersichtlich. Und was trinken wir dazu?«

»Warte.« Er befreite sich, ging in die Küche und kam mit einer Flasche Champagner und zwei Gläsern zurück. Beim Öffnen kleckerte Schaum über seine Finger.

»Ich würd's ablecken«, lachte sie. »Wie aufmerksam, kein Rotkäppchen.«

»Wie kommst du denn darauf?«

»Mein erster Westmann flüsterte mir bei unserem ersten Treffen bedeutungsschwanger ins Ohr, er habe Rotkäppchen-Sekt besorgt, damit ich mich ganz wie zu Hause fühle. Ich nahm meinen Mantel und ging.«

»Hoffentlich warst du wenigstens schon wieder angezogen.«

Sie knuffte ihn. »Noch gar nicht ausgezogen.«

Janus schenke ein, hob sein Glas. »Auf Duett und Duell!«

»Wirst schon sehen, was du davon hast. Übrigens sehr charmant, dass du mir zuliebe auch mal Alkohol trinkst. In einem Artikel über dich war nur von Milch und Cola die Rede.«

»Was du alles liest.« Janus stellte die Flasche zurück in den Kühlschrank.

»Warst du noch nie betrunken?«, fragte Colette, als er zurückkam, und ließ sich aufs Sofa fallen.

»Bis zur Besinnungslosigkeit noch nie. Aber falls es dich beruhigt, vor dreißig Jahren hab ich in einer spanischen Kneipe eine ganze Nacht durchgesoffen.«

»Warum gerade in Spanien?«

»Im Urlaub, bei einem Groschen-Skat.« Janus setzte sich neben sie. »Wir spielten und tranken und spielten weiter, und am Morgen hatte ich 450 Mark gewonnen. Aber dann kam's richtig dicke. Ich stürzte einen *gran café negro* hinunter, aß einen dieser in Öl schwimmenden *churros* – und übergab mich. Als ich dann blass und elend in die Pension kam, tobte meine Ex, was mir einfiele, sie die ganze Nacht mit vier Kindern allein zu lassen. Und weg war sie.«

»Heftig!«, konstatierte Colette.

»*Ein*mal! Manchmal kam es mir so vor, als setze sie das Regiment meiner Mutter fort.« Janus merkte, dass Colette ihn nicht ganz verstand, hatte aber keine Lust, das Thema zu vertiefen.

»Und, hat deine Ex sich wieder eingekriegt?«

»Irgendwann, aber daran kann ich mich nicht erinnern. Im Gedächtnis geblieben ist mir allerdings, dass ich die Kinder anzog, Frühstück machte, mit ihnen zum Strand lief, mich kurz ausruhen wollte – und einschlief. Als ich mittags aufwachte, hatte ich einen veritablen Sonnenbrand. Und niemand teilte meine Freude über den gigantischen Skat-Gewinn.«

»Mein Beileid. Aber ich sterbe vor Hunger.«

»Okay, okay, ich mach schon.« Janus verschwand in der Küche, Colette im Bad.

Als die Pizza auf dem Tisch stand, klopfte Janus an die Badezimmertür. »Wir wären dann so weit, Madame.«

Frisch geduscht, in Janus' Bademantel, erschien Colette, setzte sich auf seinen Schoß, zerschnitt die Pizza und schob abwechselnd ihm und sich ein Stück in den Mund. »Weißt du, ich kann mir das alles noch gar nicht so richtig vorstellen, mit dir, mit uns.«

Er spürte ihren Busen an seiner Brust. »Ich brauche mir nichts vorzustellen, ich genieße dich, deine Gegenwart, jede Sekunde mehr. Nur jetzt gerade erdrückt mich dein Dasein.«

Sie stupste ihn mit der Nase, setzte sich auf einen Stuhl und legte ihren Fuß in seinen Schoß. »Schaust du mal?«

Er massierte ihren noch leicht geschwollenen Knöchel. »Alles in Ordnung. Nur weglaufen kannst du noch nicht.«

»Wollte ich das?« Colette überlegte. »Ist außer Champagner noch was anderes im Haus?«

»Wasser und, wie du weißt, Milch und Cola.«

»Und was bietest du deinen Gästen an?«

»Notfalls gehe ich in eine Kneipe oder ein Restaurant.«

Janus holte den Champagner und eine Cola aus dem Kühlschrank. Als er zurückkam, sah er Colette vor dem Bücherregal stehen. »Hast du eigentlich nur DDR im Kopf?«, fragte sie.

»Heute Abend definitiv nicht.«

»Aber sobald ich deine Wohnung verlasse?«

»Noch bist du da.«

Janus schenkte ein, sie setzte sich wieder. »Schöne Bilder hast du. Miró, Tàpies. Du magst die Spanier?«

»Nicht nur. Eine Zeit lang habe ich Informel gesammelt, aber jetzt hat sich mein Interesse verlagert.«

»Aufs Forschen, ich weiß. Darüber würde ich gern mehr wissen. Aber jetzt was anderes. Was machen eigentlich deine Kinder?« Sie nippte an ihrem Glas.

Er rückte seinen Stuhl neben sie. »Meine Töchter sitzen fest im Sattel, mein Sohn hat die Kurve leider nicht ganz gekriegt.«

»Das heißt?«

Janus zögerte.

»Lass, wenn du nicht magst.«

»Ich habe ihn vor etwa drei Jahren zum letzten Mal gesehen, er wollte Geld für eine Reise nach Indien.«

»In einen Ashram?«

»Ja. Hast du eine Ahnung, was die jungen Leute dahin treibt?«

»Das wäre ein anderes Thema.« Sie blickte ihn an. »Und, hast du ihm was gegeben?«

»Nein. Aber ich bin sicher, er hat es auch ohne meine Hilfe geschafft.«

»Vermisst du ihn?«

Janus überlegte. »Allmählich lerne ich loszulassen.«

»Tja, das große Thema, die Freiheit der anderen.« Sie trank ihr Glas leer. »Und deine Töchter?«

»Kitty, meine Älteste, hat die Praxis übernommen, meine Zwillinge haben sich unterschiedlich entwickelt, Jill gibt jetzt Deutschunterricht für Immigranten in Stuttgart, Barbara arbeitet in der Gen-Forschung, ausgerechnet in Cleveland/Ohio, wo ich 1975 meinen Facharzt für Unfallchirurgie und Orthopädie gemacht habe und sie 1971 auch geboren wurde.«

»Ist deine Ex Amerikanerin?«

»Nein, Münchnerin, und sie hat, wie ich, ihre Facharztausbildung in Cleveland gemacht, als Anästhesistin.«

»Und dann ist sie mit dir durch Deutschlands Kleinstädte gezogen? Na ja, du warst Provinz ja gewohnt. Hättest du das auch für sie getan?«

»Die Frage stellte sich nicht. Ich hatte in Cleveland ein bisschen Karriere gemacht, hatte den besseren Job, und in Deutschland, in Tübingen, habe ich gleich die Praxis gegründet. Wir haben nie darüber diskutiert, wer von uns sich um die Kinder kümmert. Irgendwie war das selbstverständlich.«

»Das alte Spiel, wer bringt den Müll runter, wer windelt das Baby.«

»Bei uns etwas modifiziert: Tagsüber gehörten unsere Kinder ihr, nachts mir. Windeln wechseln, Fläschchen geben, die halbe Nacht bei mir kuscheln lassen, das war mein Part.«

»Auch ein Modell. Akzeptiert. Aber ich muss dir was Lustiges erzählen: Cleveland und Ohio waren mein Jugendtraum. In einem Buch hatte ich das Foto eines Segelboots auf dem

Eriesee gesehen und irgendwann Fontanes Ballade *John Maynard* gelesen! Du weißt?«

»Nee. Mediziner sind bekanntlich bildungsfern. Aber in Cleveland wurden die Weichen für mein weiteres Leben gestellt – da hast du gerade krabbeln gelernt.«

Colette lachte. »Die Stadt, die mein Leben prägte und an der ich immer noch hänge, ist Paris.«

»Beruflich oder privat?«

»Gute Frage. Wohl eher privat. Als ich zurückkam, hatte ich eine kleine Französin im Bauch. Geheiratet habe ich erst später, in Berlin. Sogar zwei Mal. Aber Jacques, Chantals Vater, war wichtiger für mich als meine beiden Ehemänner; er hat mich von meinen sozialistischen Altlasten befreit und mir vorgelebt, wie man hart arbeiten und trotzdem ein sinnlicher, fröhlicher, freier Mensch sein kann. Mit Alex' Vater habe ich's drei Jahre ausgehalten, mein zweiter Mann verschwand nach Valeries Tod nach Australien. Arschloch! Aber vielleicht hat mein Vater beide erdrückt.«

»Eine starke Persönlichkeit?«

»Kann man wohl sagen.«

»Starke Männer interessieren mich.«

»Hab ich mir fast gedacht.«

»Erzähl.«

»Es ist gleich zwölf.«

»Na und?«

»Dann brauch ich aber noch was zu trinken.«

Janus schenkte ihr den Rest Champagner ein.

»Er war Professor für Alte Geschichte an der Humboldt-Universität, Verfolgter des Nazi-Regimes, überzeugter Kommunist und SED-Mitglied. Die ganze Palette.«

»Wieso Verfolgter des Nazi-Regimes? Wann ist er denn geboren?«

»1915. Ich bin eine späte Tochter.«

»Jetzt mal von vorn.«

Colette erzählte die Geschichte eines jungen Mannes, der auf der Suche nach Wahrheit der Kommunistischen Partei beitrat, sich im Berlin der Dreißigerjahre blutige Straßenschlachten mit den Nazis lieferte und im Februar 1933, mit achtzehn Jahren, von der SA fast zu Tode geprügelt wurde.

»Und wie hat er die nächsten zwölf Jahre überstanden?«

»Nach zwei Wochen ließ ihn die SA frei, er konnte sogar Altphilologie und Geschichte studieren, schloss sich 1938 aber den Internationalen Brigaden in Spanien an. Und, so verrückt das klingt, gleich nach seiner Ankunft steckten ihn seine Gesinnungsgenossen in ein sowjetisches KZ in Barcelona.«

»KZ in Barcelona?«

»Auf einem Schiff im Hafen.«

»Und warum?«

»Im Rahmen der von Stalin befohlenen Säuberungen ermordeten die Kommunisten damals massenweise Genossen aus den eigenen Reihen, auch in Spanien. Und weil mein Vater ein paar Brocken Russisch sprach, wurde er verdächtigt, ein Spion zu sein.«

»Und mit solchen Methoden wollten sie den Faschismus besiegen?«

»Denen kam's wohl mehr auf die richtige Gesinnung an als auf den Sieg.« Colette drehte den Stiel ihres Glases zwischen den Fingern.

»Und weiter?«

»1939 konnte er mit einigen Genossen nach Frankreich fliehen und wäre wohl am liebsten für immer dort geblieben. Weltkommunismus am Lagerfeuer, Wein, schöne Frauen, Savoir-vivre.« Davon und von der französischen Literatur habe er zeitlebens geschwärmt, von Simone de Beauvoir bis Colette. »Das hab ich nun davon.«

»Entschuldige, war das nicht eine Dame vom Varieté?«

»Zunächst. Dann hat sie es immerhin zu einer weltweit gefeierten Schriftstellerin gebracht. Sie ist die erste Französin, der man ein Staatsbegräbnis zubilligte. Eine ziemlich verrückte Person. Ich bin sicher, dass meine Mutter nicht sehr glücklich über diesen Namen war.«

»Ich mag ihn, Coco. Colette, Baguette, im Bett.« Er wollte sie an sich ziehen.

»Lass mal! Ich bin noch bei meinem Vater. Nach der Kapitulation Frankreichs machten die Gestapo und die französischen Kollaborateure Jagd auf ihn, er floh ins nächste Paradies, in die UdSSR, aber in Leningrad schnappte ihn gleich der sowjetische Geheimdienst und verschleppte ihn nach Sibirien.«

»Wegen der bestechenden Logik solcher Lebensläufe schwärmte ja die halbe Welt vom Kommunismus sowjetischer Prägung.«

»Moment! Er riskiert sein Leben für die Sache, das muss dir doch bekannt vorkommen, und auch, dass euch niemand Lorbeerkränze dafür windet. Ihr hättet euch gut verstanden, glaube ich, jeder verrückt auf seine Art.« Sie küsste ihn. »Kannst du mir ein Paar Socken leihen?«

Janus holte aus dem Schlafzimmer ein Paar Wintersocken und zog sie Colette über die Füße. »Weißt du, für mich sind alle anderen verrückt, ich bin der einzig Normale.« Er steckte sich das letzte Stück Pizza in den Mund.

»Unbestritten.« Colette kraulte ihm den Nacken. »Weißt du, das Imponierende an meinem Vater war, dass ich mit ihm offen und ehrlich über alles diskutieren konnte, auch darüber, wer die Welt wirklich verändert hat, Marx oder doch eher Darwin. Sogar über das *Schwarzbuch des Kommunismus* haben wir Debatten geführt. Am Ende hat er mir sogar zugestimmt, dass Stalin und Mao Massenmörder waren. Bis heute wundere ich mich, dass er im Gulag nicht verrückt geworden ist.« Colettes Wangen glühten.

»Er lebt wie ein Hund und zweifelt nicht am System?« Janus streichelte ihren Unterarm.

»Er hat überlebt. Wer zweifelt, geht unter.« Colette entzog ihm ihren Arm, stand auf, lief im Zimmer hin und her. »Meinen Vater muss ich vor deiner ätzenden Logik nicht verteidigen. Erstens war er noch sehr jung, als er sein Herz an den Kommunismus verlor, und zweitens brachte ihm seine unbedingte Loyalität letztlich Erfolg. Als er 1955 in die DDR zurückkam, wurde er mit dem Vaterländischen Verdienstorden dekoriert, bekam eine Kämpfer-Rente, eine Professur, eine Villa mit Schwimmbad und Chauffeur, alles, was er wollte, selbst seine Vorzeigestudentin, meine Mutter. In seinen aktiven Jahren hat er sich nie als Opfer Stalins gefühlt. Für ihn waren die, die den Gulag überstanden, die Auserwählten, die Bannerträger der Zukunft.« Colette setzte sich wieder. »Warum sprechen wir überhaupt davon?«

»Weil ich begreifen will.«

»Meinen Vater?«

»Ja, und warum er dir so viel bedeutet. Außerdem verstehe ich nicht, warum es heute noch so viele Menschen gibt, die an den Kommunismus glauben.«

»Mein Vater proklamierte bis zu seinem Tod, dass der wahre Kommunismus erst kommen werde.«

Da ist er wohl nicht der Einzige, dachte Janus. Dabei sind die Katastrophen, die alle sozialistischen Diktaturen hinterlassen haben, offenkundig. »Wann starb er?«

»2002. Und jetzt halt dich fest, meine Mutter glaubt heute noch daran.«

»Mütter!«

Auf Colettes Stirn erschien eine Falte. »Ja, nein, ich wollte nur sagen, aus welcher Ursuppe ich an Land gekrochen bin. Zu meiner Mutter habe ich ein völlig anderes Verhältnis, sie war immer für mich da, wenn ich sie brauchte.« Colette blickte ihn an. »Genug von mir, jetzt bist du dran. Wie war denn dein Vater?«

Janus überlegte. »Einmal, ich muss etwa vier Jahre alt gewesen sein, habe ich hinter ihm auf seinen Skiern gestanden und mich ganz fest an seine Beine geklammert, an seine starken Beine. Und ich wusste, alles wird gut. Diese unerschütterliche Sicherheit ist mir geblieben, auch in kritischen Situationen.«

Colette strich ihm über den Arm. »Was war er von Beruf?«

»Pfarrer. Nazi-Pfarrer.«

Sie zögerte einen kurzen Moment, ehe sie fragte: »Du mochtest ihn nicht?«

»Ich kenne ihn so gut wie gar nicht. Als er fiel, für Führer, Volk und Vaterland, wie man damals sagte, war ich fünf. Alles, was ich über ihn weiß, haben mir andere erzählt. Er verließ seine Frau und seine Kinder, um Theaterstücke zu schreiben, in denen er eine neue Welt unter der Führung Adolf Hitlers entwarf.«

»Ach du liebes Lottchen!«

»Manchmal frage ich mich, ob er Hitler auch noch auf dem Schlachtfeld die Treue hielt. Und ob er auch dort noch an einen Gott glaubte.«

»Und deine Mutter?«

»Ich such dir mal einen ihrer Briefe heraus. Ihr bigotter Pietismus, ihr Selbstmitleid und ihre Herrschsucht haben mir als Kind, ja sogar noch als Student zu schaffen gemacht. Hilfe habe ich von ihr nie erfahren. Im Gegenteil, sie nannte mich einen Verbrecher, weil ich anderen half und nicht ihr, weil ich Pässe fälschte und zusammen mit einem Syrer Menschen über die Grenze schmuggelte. Wolltest du nicht eigentlich noch Eis?«

Colette lachte. »Morgen.«

West-Berlin, Ende September 1961

DIE VORLADUNG / MISTER X

11 Uhr, ein sonniger Herbsttag. Um diese Uhrzeit hastete Janus normalerweise durch Ost-Berlin, jetzt stand er vor der imposanten Villa in der Podbielskiallee 9. Ein Namensschild fand er nicht. Er drückte den Messingknopf.

Der amerikanische Stadtkommandant hatte ihn nach »P9« einbestellt – wie schon wenige Tage zuvor Daniel Goldmann und Dietmar Thiel. Seine beiden Freunde hatten berichtet, die Villa sei vermutlich Sitz einer Spezialabteilung der CIA. Mithilfe eines Dolmetschers seien sie von Zivilisten, harmlosen jungen Burschen, über ihre Fluchthilfe befragt worden. Nach zwei Stunden habe man sie entlassen, ohne irgendwelche Auflagen.

Das weiße Gartentor und die Haustür öffneten sich, ein lässiger Typ mit Bürstenhaarschnitt begrüßte ihn. Genau so hatte sich Janus einen Sendboten der freien Welt vorgestellt. In einem kleinen Zimmer im Souterrain bot er Janus einen Stuhl vor seinem Schreibtisch an und befragte ihn detailliert nach seinem Lebenslauf. Er mokierte sich darüber, dass Janus das Theologische Internat im Streit verlassen hatte und fragte ihn süffisant, weshalb man heute noch Griechisch und Latein lerne, tote Sprachen, die niemand mehr brauche. Dann wollte er wissen, warum Janus überhaupt nach Berlin gekommen sei, er habe seinen Wehrdienst doch schon ordnungsgemäß abgeleistet, und warum er DDR-Bürgern zur Flucht verhelfe, das sei doch nur ein Tropfen auf den heißen Stein. Janus bemühte sich, diesem Ignoranten schlüssige Antworten zu geben, doch der grinste nur, kaute weiter ungeniert Kaugummi und legte seine Füße – mit Schuhen – auf den Schreibtisch. Um ihn ein bisschen zu provozieren, erzählte Janus, dass es ihm schon mehrfach gelungen sei, die *black watchmen* – die um die Wohnblocks der Amerikaner patrouillierenden Security-Leute – auszutricksen und nächtens seine Freundin zu besuchen, die in dieser *restricted area* arbeitete und wohnte.

Der Vernehmer nahm seine Füße vom Tisch, holte aus der Schublade einen weiteren Fragebogen und bat um den Namen der Freundin. Als Janus sich weigerte, diesen preiszugeben, da sie nach Bekanntwerden der Affäre wohl ihren Arbeitsplatz verloren hätte, drohte er damit, ihn für einige Wochen in Camp King im Taunus festzusetzen. Dort werde ihm ganz sicher alles wieder einfallen.

Janus überlegte, wie er seinen Vernehmer von der Harmlosigkeit seiner nächtlichen »Hausbesuche« überzeugen könne: »Einmal sind meine Freundin und ich sogar mit dem Bett zusammengekracht und haben das halbe Haus geweckt – und niemand konnte sich den Lärm erklären.« Doch sein Gegenüber verzog keine Miene; Janus wurde klar, dass hier mit Witz und Humor nichts auszurichten war. »Falls Sie Zweifel an meiner Loyalität haben, erkundigen Sie sich bitte bei Jim Stone, einem amerikanischen Offizier, und seiner Frau Helga, Klopstockstraße 37 in Zehlendorf. Die beiden werden Ihnen bezeugen, dass ich durch und durch ein Freund der Amerikaner bin.«

Auch das beeindruckte seinen Vernehmer nicht. Im Gegenteil: Er bestellte ihn für den nächsten Tag erneut ein. Doch

Janus weigerte sich auch weiterhin, den Namen der Freundin zu nennen. Verärgert erklärte der CIA-Mann, dass es so keinen Zweck habe, unterschrieb die Protokolle und übergab ihn dem Chef der Abteilung.

Im dunkel getäfelten, nobel möblierten Herrenzimmer empfing ihn ein hochgewachsener, etwa zwanzig Jahre älterer Amerikaner in Zivil. Freundlich forderte er ihn auf, ihm gegenüber an dem großen Eichentisch Platz zu nehmen. Erfreulicherweise sprach er perfekt Deutsch, mit einem nur leichten amerikanischen Akzent.

Janus gab ihm spontan den Namen Mister X. Seine Mitarbeiter nannten ihn Boss, auch von ihm selbst erfuhr er nie, wie er eigentlich hieß.

Mister X drückte den Serviceschalter und bestellte bei dem augenblicklich durch eine Seitentür erscheinenden Boy für sich eine Tasse Kaffee und für seinen Gast – das sei ihm doch recht – belegte Brötchen und Cola. Kurz darauf wurde das Bestellte auf einem Teewagen, einem altertümlichen Gefährt mit großen Rädern, hereingeschoben, die Brötchen und eine gebügelte weiße Stoffserviette auf einem Silbertablett.

»Greifen Sie zu«, forderte Mister X ihn auf, lehnte sich zurück und schlug ein Bein über das andere. Sein rechtes Auge blickte seltsam starr geradeaus. Er habe sowieso vorgehabt, sich einen dieser Vögel, die da auf völlig neuen Bahnen im geteilten Berlin herumschwirrten, genauer anzusehen. »Sie sind ja so was wie ein Symbol der Freiheit. Dafür haben Sie schon mal meinen Respekt. Viel mehr als Ihr Eindringen in den Sicherheitsbereich und Ihr instabiles Liebeslager beschäftigt mich allerdings die Frage, warum Sie Fluchthelfer geworden sind. Wenn ich richtig informiert bin, haben Sie, anders als Ihre beiden Freunde, nie persönlich unter den Kommunisten gelitten und auch keine Verwandten im Osten.«

Janus nickte und zitierte Goldmann: »Einem Menschen in Not muss man helfen, ganz gleich, ob man ihn persönlich kennt oder nicht.«

Vielleicht war es diese Mischung aus Sachlichkeit und Idealismus, die Mister X davon überzeugte, dass Janus »echt« war. »Sie haben offensichtlich ein Freiheits-Gen«, konstatierte er lachend, »und machen vor keiner Grenze halt, egal, ob es sich um die amerikanische Sicherheitszone handelt oder um die Mauer. Sie erinnern mich ein wenig an mich selbst als jungen Mann – unerschrocken, aufrührerisch und den Kopf immer hoch oben.«

Der Verdacht, ein Spion zu sein, war anscheinend ausgeräumt, morgen und in Zukunft würde er unbehelligt wieder als Fluchthelfer arbeiten können. Aber wofür das ganze Theater? »Warum hat uns Ihr Stadtkommandant überhaupt einbestellt?«

Mister X zögerte. »Es gibt Leute bei uns, die Fluchthilfe am liebsten verbieten würden, um den Vier-Mächte-Status der Stadt und damit die politische und militärische Stabilität West-Berlins nicht zu gefährden. Hier sehe ich aber kein Problem. Machen Sie ruhig, nein, machen Sie unbedingt weiter! Wenn Sie keine amerikanischen, britischen und französischen Pässe einsetzen und keine Armeeangehörigen an Ihren Aktionen beteiligen, kann ich die Übervorsichtigen beruhigen.«

Janus nahm an, damit sei alles gesagt, und wollte aufstehen, aber Mister X bat ihn, noch einen Moment zu bleiben: »Ich habe gelesen, dass Sie Geige spielen; ich spiele leidenschaftlich gern Cello, komme leider nur selten dazu. Über die Musik hinaus haben wir sicher noch weitere interessante Themen. Ich würde mich jedenfalls freuen, wenn ich Sie ab und zu einladen dürfte.«

Warum nicht?, dachte Janus, ein freundschaftlicher Kontakt zu einem CIA-Mann konnte eines Tages vielleicht nützlich sein. Und belegte Brötchen und Cola waren eine stabile Grundlage für weitere Treffen. Was dieser Mister X wirklich von ihm wollte, würde sich zeigen. Beim Abschied bekam er zwei Stangen Zigaretten seiner Lieblingsmarke Roth-Händle zugesteckt. Offenbar wusste dieser Mann alles über ihn.

Ost-Berlin/West-Berlin, Mitte Oktober 1961

DIE KANALISATION

Janus gab Gas. Er hatte die Grenze passiert, fuhr mit dem geliehenen Roller die Heinrich-Heine-Straße hoch, bog nach links Richtung Spreekanal ab. Langsam wurde es dunkel, in der spärlichen Straßenbeleuchtung waren die Schlaglöcher im Asphalt kaum noch zu sehen. Er schaltete das Licht ein. Heftiger Wind wirbelte das Laub auf. In die Gegend um den Spittelmarkt war er bei seinen Touren durch Ost-Berlin bisher noch nicht gekommen – Brachen, Trümmergrundstücke, trostlos und menschenleer, fast wie auf den Fotos des zerbombten Berlin 1945. In dieser Totenlandschaft erschien ihm das Knattern des Rollers irgendwie unangemessen, und viel zu laut, um unbemerkt in die Nähe der Grenze zu kommen. Er stellte den Roller ab und ging zu Fuß weiter. Es war 18:30 Uhr.

In Ost-Berlin hatten die Staatsorgane jetzt alles fest im Griff. Die Stasi zog ihr Spinnennetz enger und enger um die eigene Bevölkerung, jeder war ihr bis in sein Privatleben hinein ausgeliefert. FDJ-ler zerstörten, angefeuert von der Presse, Antennen, mit denen Ost-Bürger West-Fernsehen empfingen. Die ehemaligen Grenzgänger-Studenten mussten sich »in der Produktion bewähren«, das hieß, Hilfsarbeiten verrichten. Der bekannteste Philosoph der DDR, der Marxist Ernst Bloch, kehrte nach einem Aufenthalt in der Bundesrepublik nicht mehr in die DDR zurück.

Die Sperrmaßnahmen an der Mauer wurden ständig perfektioniert, Signalzäune errichtet, Stolperdrähte gezogen, Hundelaufanlagen etabliert, Postenwege angelegt, Hinterlandmauern gebaut, Todesstreifen planiert, Wachtürme aufgestellt. Diese Grenze war inzwischen die am besten gesicherte der Welt. In den zwei Monaten seit dem 13. August waren hier schon sieben Flüchtlinge zu Tode gekommen – erschossen, ertrunken, abgestürzt. Die Volkspolizei rühmte sich, bereits zehntausend Querulanten, Gegner des Mauerbaus, festgenommen zu haben. Nur wenigen gelang die Flucht auf eigene Faust.

Die West-Berliner jubelten sich beim Besuch des amerikanischen Vizepräsidenten Lyndon B. Johnson und dem Konrad Adenauers aus ihrem Gefühl des Alleingelassen-Seins heraus. Viele betätigten sich in diesen ersten Wochen nach dem Bau der Mauer als Fluchthelfer und holten ihre Verwandten in den Westen. Ihr trotziges *Lieber tot als rot* wandelte sich zum *Wenn uns der Russe angreift, werden wir uns mit Klauen und Zähnen verteidigen, auch wenn es uns das Leben kosten sollte.* Wobei anzumerken ist, dass es im Insel-Jargon der West-Berliner nicht *die* Russen waren, die angriffen, sondern *der* Russe griff an, so wie auch nicht *die* Amerikaner die Stadt schützten, sondern *der* Amerikaner schützte sie.

Die Vereinbarungen des Vier-Mächte-Status von Berlin – eine ungeteilte Stadt, ungehinderter Zugang zu allen Sektoren für die vier Besatzungsmächte, keine deutschen Truppen im Stadtgebiet – waren auf Rudimente reduziert: Berlin war geteilt, die Besatzungsmächte konnten die Grenzen zum sowjetischen Sektor nur noch an einer Stelle, am Checkpoint Charlie, passieren, das DDR-Militär, die NVA, stand in Ost-

Berlin. Die gespaltene Welt stand sich waffenstarrend, aber mit gegenseitigem Respekt gegenüber. Die Grenzabfertigung für Westdeutsche und Ausländer war inzwischen etabliert und akzeptiert, selbst die organisierte Fluchthilfe war fast zur Routine geworden.

Janus sollte heute, in Vertretung eines anderen Kommilitonen, zusammen mit Dirk Wilfert, einem Chemiestudenten, den er aus der Zentrale kannte, bei der Kanalisationstour unter der Neuen Grünstraße den Gullydeckel wegheben und die Flüchtlinge in die Tiefe hinunterlassen. Die Aktion war auf 20 Uhr angesetzt; um diese Zeit lag die Neue Grünstraße bereits im Dunkeln, kaum noch einsehbar für die Grenzer, die in zweihundertfünfzig Meter Entfernung im hell erleuchteten Grenzstreifen der Kommandantenstraße patrouillierten. Das Ende war auf 23:30 Uhr terminiert; spätestens um 24 Uhr mussten die »Deckelmänner« den Grenzübergang Heinrich-Heine-Straße wieder passiert haben.

Diese Tour war die bisher erfolgreichste der Goldmann-Gruppe. Innerhalb von nur drei Wochen waren über vierhundert Flüchtlinge durch die einen Meter hohe Abwasser- und Fäkalien-Röhre in den Westen gekrochen. Hier musste niemand aufwendig instruiert werden, niemand eine andere Identität annehmen, ganze Familien und Freundesgruppen kamen durch – jeder, der seine Angst überwinden, in den Abgrund steigen und in völliger Finsternis etwa sechshundert Meter durch knietiefes Wasser krabbeln konnte.

Dietmar Thiel hatte die Tour bis ins Detail durchorganisiert: Die Läufer führten die Flüchtlinge zu festgesetzten Zeiten in Sechser-Gruppen zum Gully – meist kamen wesentlich mehr, weil jeder Flüchtling dachte, wo ich durchpasse, passen auch meine Freunde durch. Der Einstieg wurde während der Aktion von zwei Autos, die bereits Geflüchtete zurückgelassen hatten, getarnt. Das Öffnen und Schließen des Kanalschachts oblag den Deckelmännern. Zwei weitere Fluchthelfer – ausgerüstet mit hüfthohen Gummistiefeln, die der Gruppe auf Anweisung von Innensenator Joachim Lipschitz von den Berliner Wasserbetrieben zur Verfügung gestellt worden waren – empfingen die Flüchtlinge am durchgesägten Gitter, der Grenzsicherung im Kanal, unterstützten sie beim Durchsteigen und wiesen ihnen mit Taschenlampen den Weg zum Ausstieg in der Alten Jakobstraße im Westen. Dort angekommen, bekamen die Flüchtenden heißen Kaffee und zur Reinigung Toiletten- und Zeitungspapier. Anschließend wurden sie in VW-Bussen in verschiedene Studentenheime gebracht, wo sie duschen konnten und frische Kleidung erhielten.

Gegen 19 Uhr erreichte Janus den U-Bahnhof Spittelmarkt. Dirk Wilfert wartete bereits auf ihn.

»Sie haben den Autoschlüssel und wissen, wo der Wagen steht?« Janus nickte. »Dann zeig ich Ihnen den Einstieg.«

Sie schlenderten die Wallstraße entlang zur Neuen Grünstraße. Auch hier rechts und links Trümmerfelder, nur ein Haus, schräg gegenüber dem Gully, stand noch, von einer schwankenden Straßenlaterne schwach beleuchtet. »Ich parke meinen Wartburg direkt davor, Sie stellen den Opel zwei Meter hinter mir ab.«

»Okay.«

»Schauen Sie nach, ob Sie noch genug Benzin haben.«

Janus lief zu seinem Roller, fuhr zum Opel, stellte den Roller ab, nahm die beiden Deckelhaken aus dem Kofferraum, deponierte sie auf dem Beifahrersitz und fuhr in die Neue Grünstraße direkt an den Gully. Wilferts Wagen stand bereits da. Probeweise hoben sie den Deckel.

»Übrigens – nicht umdrehen! –, wir werden beobachtet. Hinter der Gardine im Parterre des Hauses steht eine Frau. Sie steht jede Nacht da. Keiner von uns kennt sie, eine heimliche Verbündete.«

Janus war fassungslos. »Warum flüchtet sie nicht?«

»Ihr Mann sitzt im Rollstuhl. Den kriegen wir nicht durch den Schacht.«

Nur noch wenige Minuten, dann würden die ersten Flüchtlinge eintreffen. Janus kauerte sich auf die Rückbank des Opels, Wilfert bezog seinen Posten auf einem Trümmergrundstück.

20 Uhr. Durch das Rückfenster sah Janus einen Pulk Menschen von der Wallstraße her auf den Einstieg zukommen, vorneweg der Läufer. Männer, Frauen, zwei Kinder, insgesamt acht. Er griff sich die Haken, sprang aus dem Auto, Wilfert kam dazu, sie hoben den Deckel. Der Läufer grüßte kurz und machte sich wieder auf den Weg, um die nächste Gruppe zu holen.

Wilfert schnappte sich einen der Flüchtlinge. »Sie machen den Anführer, immer vorwärts da unten, den Hauptkanal entlang. Ein Kilometer bis zum Gitter. Dort nehmen Sie unsere Freunde in Empfang.«

Sie packten ihn an den Armen und ließen ihn in die Tiefe. Auf dieselbe Weise verschwand einer nach dem anderen in dem Loch; jeder sollte sich beim Krabbeln in der Dunkelheit an einem Kleidungsstück des Vordermanns festhalten. In weniger als zwei Minuten war die Straße wieder leer, Janus und Wilfert schlossen den Gully. Wilfert bezog wieder seinen Beobachtungsposten, Janus legte die Haken ins Auto und ging der nächsten Gruppe entgegen.

Bis 23 Uhr lief alles nach Plan – im Viertelstunden-Takt verschwanden etwa einhundert Flüchtlinge in der Unterwelt. Als Janus sich mit einer weiteren Gruppe vom Spittelmarkt her dem Gully näherte, sah er, dass zwischen Wartburg und Opel, direkt neben dem Einstiegsloch, ein Streifenwagen der Volkspolizei stand, in den gerade zwei Vopos sprangen und in Richtung Grenze davonrasten. Janus drehte sich um, sah die erschrockenen Gesichter. »Warten Sie! Ich schau nach.« Er rannte zum Gully. Der Schacht stand offen, der Deckel lag daneben! Wo war Wilfert? Janus hetzte zurück; fast wäre er mit einem Rollstuhlfahrer zusammengestoßen, der sich gerade aus der Tür des Hauses schob. »Heute läuft nichts mehr«, raunte Janus den Flüchtlingen zu, »gehen Sie nach Hause, wir melden uns.« Er wollte in Richtung U-Bahnhof rennen, um die letzte Gruppe zu warnen, da packte ihn von hinten eine Hand und hielt ihn fest. Der Rollstuhlfahrer! »Hau ab! Ich mach das schon.«

Janus hetzte durch die dunklen Straßen, der Weg zum Roller schien endlos. Ohne Rücksicht auf Schlaglöcher, die schlechte Sicht und das Knattern preschte er zurück zum Grenzübergang. Nach einer Ewigkeit hob sich der Schlagbaum. Weiter! Hatte er Wilfert schon überholt oder konnte er ihn auf dem Weg zum Ausstieg aufgabeln? Er bog in die Alte Jakobstraße ein. Auf dem rechten Bürgersteig, im Halbdunkel, sah er eine Menschengruppe stehen, erkannte einige seiner Freunde, dann Dietmar Thiel. Zwischen ihnen, hustend und sich die Augen reibend, verdreckte Flüchtlinge. Einer fiel ihm sofort wieder auf, dieser große Mann mit Halbglatze, den er eben noch in seinem feinen roten Jackett in den Schacht hinuntergelassen hatte. Triefend stand er da.

»Was war da drüben los?«, rief ihm Thiel zu. »Die Schweine haben Tränengasgranaten in die Kanalisation geworfen.«

»Wir haben den Schacht dichtgemacht, ganz sicher«, verteidigte sich Janus. »Wieso der Deckel plötzlich danebenlag und wieso die Grenzer das offene Loch trotz unserer Tarnung gesehen haben, kann ich mir nicht erklären.«

»Und die nächsten Flüchtlinge?«

»Sind nach Hause geschickt.«

»Scheißbande! Wissen Sie, ob noch jemand unten ist?«

»Eigentlich müssten alle da sein; der da drüben, meine ich, war der Letzte.« Er zeigte auf den Flüchtling im roten Jackett.

Atemlos kam Wilfert angerannt. »Das waren zwei Passanten! Der Mann hat den Deckel weggehoben, mit bloßen Händen!«

»Und der Rollstuhlfahrer?«, fragte Janus.

»Der aus dem Haus? Weiß ich nicht!«

Die beiden »wild« Geflüchteten, das war ihnen klar, mussten noch unten sein und das Tränengas voll abbekommen haben. Janus und Wilfert erklärten sich bereit, dazubleiben, wenn Thiel ihnen die Gummistiefel überlasse. Sobald sich das Tränengas verzogen habe, wollten sie runtersteigen und nachsehen. Thiel gab das Zeichen zum Abmarsch; innerhalb von Minuten löste sich die Menschenansammlung auf.

Gegen 1 Uhr erschien der Kopf eines Mannes im Schacht.

»Alles gut, Sie sind im Westen«, beruhigte ihn Janus und half ihm heraus. Zitternd folgte eine Frau. Sie erzählten, sie hätten sich in einen Seitenkanal verkrochen, glücklicherweise seien die Tränengasschwaden an ihnen vorbeigezogen. Janus und Wilfert konnten es ihnen nicht verdenken, dass sie ihre Chance genutzt hatten. Wenngleich die Tour dadurch jetzt tot war.

Wenige Tage darauf trafen sich Janus und Dirk Wilfert zufällig an der Zionskirche in Ost-Berlin, Janus wieder mit falschen Pässen in der Tasche. Das dramatische Ende der Kanalisationstour steckte ihnen noch in den Knochen. Zusammen liefen sie durch den Weinmeisterpark. Wilfert erzählte Janus, wie es ihn in den Westen verschlagen hatte. Die Fahnenappelle an seiner Schule in Ost-Berlin, der Drill und das ganze militärische Gehabe seien ihm von Anfang an zuwider gewesen, und irgendwann habe er den Direktor gefragt, ob der ganze Zinnober nicht ein Abklatsch des Faschismus sei. Nach seinem Schulverweis habe ihn seine Großmutter in West-Berlin aufgenommen. Nach dem 13. August hatte er nach und nach seine ehemaligen Klassenkameraden rübergeholt. An der U-Bahn-Station Rosenthaler Platz trennten sie sich.

Janus mochte diesen Wilfert.

Berlin, Dienstag, 16. August 2016

3. TAG

Janus wachte auf und spürte Colettes Bein an seinem rechten Fuß. Er dachte an das Gespräch gestern Abend, an ihren Vater, an seine Mutter, welchen Einfluss sie immer noch hatten, auch wenn sie längst tot waren. Vorsichtig versuchte er, seinen großen Zeh unter ihr Bein zu schieben, sie reagierte nicht. Er wusste, dass sie pünktlich im Verlag sein wollte, stupste heftiger, sie wachte auf.

»Danke für deinen Kick.« Sie küsste ihn und verschwand im Bad.

Er ging in die Küche und machte Frühstück. Colette erschien in einer grauen Seidenbluse. Er lächelte ihr zu: »Steht dir!«

Sie setzte sich an den Tisch, warf einen Blick in die Zeitung, die auf dem Tisch lag, und überflog den Leitartikel: *»Das Drama des Ertrinkens auf ruhiger See. Flüchtlingsrettung im Mittelmeer.«*

Janus war ein wenig enttäuscht, dass sie kein Wort über den von ihm gedeckten Frühstückstisch verlor, auf der anderen Seite freute er sich, dass sie sich bei ihm wohlfühlte.

Colette nahm sich ein Croissant und fragte: «Beschäftigt dich dieses Thema?«

»Ich habe den Artikel gestern nur überflogen. Aber was könnte ich konkret tun? Als ich vor einem Jahr bei *Ärzte ohne*

Grenzen anklopfte, wurde ich abgebügelt, zu alt. Ich habe sogar überlegt, ob ich nicht ein Boot chartern soll, um Flüchtlinge aufzufischen. Aber das braucht mehr als guten Willen und Geld. Und inzwischen habe ich zu den Themen Migration und Integration so viele Fragen, dass mein Wille, mich zu engagieren, ziemlich abgenommen hat.«

»Interessant. Ich betreue einmal in der Woche ein arabisches Mädchen, das mit ihren Eltern und vier Geschwistern aus Kuwait nach Deutschland gekommen ist. Und wenn ich die Verhältnisse in dem Flüchtlingsheim sehe, in dem sie mit ihrer Familie lebt, das geringe Interesse an Bildung und die mangelnde Selbstinitiative, werden meine Zweifel immer größer, ob die Integration dieser vielen Menschen gelingt. Kleines Beispiel: Vor dem Heim stehen zig geschenkte, aber inzwischen defekte Fahrräder herum, aber keiner kommt auf die Idee, sie zu reparieren. Nicht mal Faizahs Vater, obwohl er Automechaniker ist. Dabei steht der Wunsch nach einem Fahrrad bei jedem Kind an erster Stelle.«

Sie griff nach ihrer Jacke, er half ihr beim Anziehen. Auf dem Weg zum Bahnhof fragte er sie: »Wie schaffst du das eigentlich, jede Woche mit diesem Mädchen? Du hast doch genug um die Ohren.«

»Weiß ich auch nicht. Aber wir müssen die Kinder der Flüchtlinge aus den Lebenswelten ihrer Eltern, in denen sie gefangen sind, herausholen.«

Die Bahn lief ein.

»Sehen wir uns heute Abend?«, fragte Janus.

Sie lachte. »Übermorgen ist Buchpremiere im *Roten Salon*; wie soll ich alles auf die Reihe kriegen, wenn das so weitergeht?« Sie küsste ihn und stieg ein. »Wie gestern? 17:03 Uhr?«

Janus nickte, die Türen schlossen sich. Er winkte ihr zu.

Zurück in der Wohnung, las er noch einmal den Artikel über die *Aquarius*, eines der Schiffe der Rettungsorganisation SOS Méditerranée, die von Sizilien aus vor den libyschen Hoheitsgewässern kreuzen, um Flüchtlinge zu retten. Immer wieder ist die Mannschaft mit dem immer gleichen Drama konfrontiert: Hunderte halb verdurstete Menschen, ausgestattet mit schadhaften Schwimmwesten, eingepfercht in ein viel zu kleines Schlauchboot, hilflos den Wellen ausgeliefert. Ihre einzige Hoffnung: Europa.

Während Janus den Artikel las, der auch die Schattenseiten dieser Rettungsaktionen nicht aussparte – überzogene Erwartungen, Gewalt unter den Flüchtlingen –, fragte er sich, ob das Motto *Wir schaffen das!* wirklich an der Realität orientiert war. Was kam auf Europa zu, wenn immer mehr Menschen in ihren Heimatländern keine Hoffnung mehr sahen und sich auf den Weg machten, in der selbstverständlichen Annahme, hier Aufnahme zu finden?

Janus beschloss, einkaufen zu gehen. Irgendetwas Festliches stellte er sich vor: Servietten, Kerzen, Weingläser. Dankbar für die Ratschläge der Verkäuferinnen kaufte er Baguette, Käse, Wurst, Oliven, Tomaten. Zum Dessert Eis. In einem Korb brachte er seine Schätze nach Hause.

Er holte sein Fahrrad aus der Garage und fuhr an der Havel entlang zum Grunewaldturm. Der frische Wind tat ihm gut. Als er wieder nach Hause kam, probierte er schon mal ein Stück Schafskäse, den Serrano-Schinken und den Rotwein. Er würde doch lieber bei Kaffee bleiben. Nachmittags nahm er sich noch einmal die Akten der beiden Spitzel vor. Endlich, um 17 Uhr, konnte er Colette vom Bahnhof abholen.

»Wie war dein Tag?«, fragte sie.

»Dies und das, wie immer. Aber ich war mit meinen Gedanken häufiger bei dir und unserem Gespräch heute Morgen.«

»Ging mir ähnlich«, lachte Colette. »Meine beiden Mitarbeiterinnen frotzeln schon, der Grunewald sei plötzlich wohl interessanter als der Verlag.«

In der Wohnung angekommen, umarmte sie ihn. Als er wieder Luft bekam, fragte er, ob sie keinen Hunger habe. Alles Weitere regelte ein untergeschobenes Kopfkissen.

Irgendwann fragte Colette: »Wie wär's mit Duschen?«

»Brauchst du dafür eine Genehmigung?« Janus war amüsiert.

»Ich meine, zu zweit.«

»Wird das nicht ein bisschen eng?« Janus stützte sich auf seinen Ellbogen.

»Du ziehst einfach den Bauch ein. Den Rest mache ich.«

Die Dusche blieb heil, der Lustgewinn hielt sich in Grenzen. Colette drehte den Wasserhahn auf kalt, Janus prustete und rettete sich ins Trockene.

»Was ist das eigentlich für eine Narbe an deinem Ohr?«, wollte sie wissen, während sie sich abtrockneten.

»Das erzähl ich dir irgendwann.«

Colette fingerte ein Nachthemd aus ihrer Tasche und schlüpfte hinein. »Gefällt es dir?«

»Noch mehr, wenn ich es dir wieder ausziehe.«

Sie lachte. »Erst essen.«

»Und trinken. Rot oder weiß?« Janus tischte auf und steckte die beiden Kerzen an,

»Du bist lernfähig. Und was trinkst du?«

»Milchkaffee.«

»Verrückter Kerl! Ich starte mit weiß.« Sie krümelte, zerstörte die Ordnung, die er liebevoll aufgebaut hatte, trank den Wein zweischluckweise, aß die Salami mit den Fingern, leckte ihre Lippen, ließ sich nachschenken. In jeder Hand ein Stück Baguette, fragte sie: »Ein kleiner Nachschlag DDR?«

Janus war erstaunt.

»Weißt du, wovon ich in meiner Jugend gezehrt habe?«

»Von Udo.«

Colette stupste ihn mit dem Fuß. »Ganz anders. Von den Franzosenlagern.«

»Hört sich gut an. Sind wir jetzt bei Napoleon?«

»Nein, schon fast in der Gegenwart. Auf Einladung der FDJ kamen jährlich über zweitausend Jugendliche aus Frankreich zu uns, um unsere real-sozialistischen Lebensbedingungen kennenzulernen.« Colette lachte. »Selbstverständlich kein Austausch, *les Français* kamen nur zu uns, wir nicht zu ihnen. In den Lagern haben sich dann eher real-romantische Amouren abgespielt. Die Franzosen brachten frischen Wind in unsere Hütten, erlaubten sich sogar, über das Essen und die starren Regeln zu meckern, tanzten und sangen frivole Lieder. Sie zeigten mir, wie auch wir leben könnten, wenn, ja, wenn ... Wir hatten doch keine Ahnung von einem unbeschwerten Leben, eierten nur ständig zwischen taktischer Anpassung und Opportunismus.«

»Deshalb Arbeiter- und Bauernparadies.«

»Sehr witzig. Und damit wir nicht auf dumme Gedanken kamen, schauten uns immer die lieben Freunde von der Stasi auf die Finger. Einmal wollten sie mich sogar anwerben, ich sollte ihnen Berichte über den Drogenkonsum an der Uni liefern. Aber ick hab die Nachtigall trapsen jehört und meine Kommilitonen vor mir gewarnt. Auch dem französischen Gastlektor, den mir der FDJ-Sekretär zu Beginn meines Studiums aufnötigte, schenkte ich gleich reinen Wein ein. Ich sollte ihm die Errungenschaften unseres Sozialismus vorführen, ihn aushorchen und ihm alle seine Wünsche erfüllen. Ziemlich dreist. Ich schrieb dann alles, was er sagte, in seinem Beisein auf, und wir lachten uns schlapp, als er mir gestand, dass auch er den Auftrag hatte, Notizen über mich zu machen. Traurig an der Geschichte ist nur, dass wir es als normal empfanden, solche Aufträge zu bekommen. Total krank!« Colette machte eine Pause. »Du hattest doch auch ziemlich viel mit der Stasi zu tun.«

»Ja, so ein bisschen«, Janus nippte an seinem kalt gewordenen Kaffee. »Zwei Mal wollte sie mich entführen, vier Spitzel setzte sie mir direkt in den Pelz, eine Spitzelin legten sie mir sogar ins Bett. Ich bin also fast verwandt und verschwägert mit denen.«

»Ich würde eher sagen, du hast die halbe Firma in Lohn und Brot gesetzt. Hat sie dir das je gedankt?«

»Nicht direkt. Aber ihre Mitarbeiter werden jubeln, wenn ich sie wieder ans Licht hole und ihnen schriftlich ein Denkmal setze.«

»Du willst darüber schreiben?«

»Irgendwann schon.«

»Magst du mir davon erzählen?«

»Warum nicht? Zum Beispiel über die beiden, die den größten Schaden angerichtet haben. Sie lebten im Westen, genossen ihre Freiheit – und dienten sich der Stasi an. Der eine, ein Grieche, war Überzeugungstäter, sein Vater Bauer auf Lesbos und Kommunist, er selbst Chemiestudent mit einem sehr gut dotierten Stipendium des Berliner Senats. Ein Edelkommunist, der sich nicht die Finger schmutzig machte, aber meinte, er müsse der Weltrevolution auf die Sprünge helfen. Und den Weltfrieden retten natürlich. Der andere, ein schwuler Friseur, konnte dank der Zuwendungen seiner Auftraggeber ein feudales Leben führen.«

»Wie sind die beiden überhaupt an dich rangekommen?«

»Beide schlichen sich als Bittsteller für zwei angebliche Freunde bei uns ein, wir organisierten deren Flucht, die beiden Spitzel halfen als Läufer mit – und die Stasi sorgte dafür, dass alles glattging. Daniel Goldmann, der Leiter unserer Gruppe, war begeistert: Der Grieche sei doch ein prima Kerl! Bald darauf brachte jeder der beiden Spitzel noch zwei weitere Flüchtlinge über die Grenze, alles von uns mit unseren Pässen organisiert und von der Stasi mitarrangiert. Wir hatten keine Ahnung, dass die Stasi plötzlich mit bei uns im Boot saß. Für uns waren die Spitzel jetzt erfolgreiche Fluchthelfer, wir vertrauten ihnen blind. Die Teilnahme an weiteren Aktionen lehnten sie dann allerdings ab, damit sie nicht in Verdacht geraten konnten, in irgendeiner Weise an den Verhaftungen, die es dann gab, beteiligt zu sein. Mit ihrer Hilfe gelang es der Stasi, innerhalb von zwei Jahren das Leben von mehr als vierhundert Menschen zu zerstören. Wir zerbrachen uns die Köpfe, warum heute ein Fluchthelfer, morgen ein Flüchtling verhaftet wurde, ein anderer aber durchkam, und fingen an, uns gegenseitig zu verdächtigten. Einer warf dem anderen vor, leichtsinnig gewesen zu sein. Schließlich brach die Gruppe auseinander.«

»Ihr seid ihnen nie auf die Schliche gekommen?«

»Nein, nie. 1990 informierte mich Daniel Goldmann, dass er in seinen Stasi-Akten auf zahlreiche detaillierte Berichte über unsere Gruppe gestoßen sei und herausgefunden habe, dass ebenjener Grieche und der Friseur Verräter waren. Er stellte Strafanzeige. Ohne Erfolg. Verrat verjährt nach fünf Jahren.«

»Verrat verjährt nie!«

»Schön wär's. Die Juristen sehen das anders. Das ist auch so ziemlich der letzte Beruf, den ich hätte ergreifen wollen. Obwohl mein bester Freund, Harry von Oehringen, ein ziemlich erfolgreicher Jurist ist.« Er legte seine Hand auf ihren Unterarm. »Heute kann ich meine Erinnerungen mit den Berichten der Spitzel abgleichen. Und jedes Mal haut es mich wieder um.« Er schluckte. »Ein Beispiel. Kurz vor Weihnachten 1961 lernte ich als Läufer ein ziemlich bekanntes Schauspieler-Ehepaar kennen, herzlich, offen, kein Spion bewegte sich nach dem Klingeln, die Tür wurde aufgerissen: ›Komm Se rein!‹ Beide wollten abhauen, hatten es aber nicht eilig, es gebe sicher dringendere Fälle. Am 7. Januar 1962 platzte unsere fantastische Pass-Tour, jetzt saßen sie drüben fest, auch der junge Mann, den sie bei sich aufgenommen hatten, weil nach ihm gefahndet wurde. Wir rotierten Tag und Nacht, um einen anderen Weg für die drei zu finden, waren auch bereit, einen Kredit aufzunehmen, aber nichts gelang uns. Zu der Zeit hatte der Grieche die Schauspieler längst verraten, und die Stasi wartete nur darauf, auch noch ein paar Fluchthelfer festnehmen zu können. Mitte Januar schlug sie zu, verhaftete die drei und zwei Läufer. In den Akten las ich dann, dass sie den Schauspieler, den unabhängigsten Menschen, der mir je in der DDR begegnete, noch während der Haft zum Spitzel pressten. Sie drohten ihm mit achtzehn Jahren Zuchthaus, Berufsverbot und Scheidung. Da knickte er ein. Wie mag es in seiner Seele ausgesehen haben? Wenn ich solche Akten lese, ist mir permanent schlecht.«

Colette stand auf und umarmte ihn. »Schon wahnsinnig, was du alles in deinem Bauch vergraben hast.«

»Ich trinke dann immer Kakao, das beruhigt.« Janus ging zu seinem Schreibtisch und knipste das Licht an. »Weißt du, ich sehe den Sinn meines Lebens darin, anderen Menschen zu helfen, und hier lese ich auf Hunderten Seiten, wie Menschen andere Menschen kaputt machen.«

Weinte er? Colette schob die Krümel des Baguettes zusammen. »Und wie kam die Stasi in dein Bett?«

»Das interessiert dich wohl.«

»Wie auch die Geschichte von den Entführungsversuchen und die von deinem Ohr. Ich werde dich daran erinnern. Und die von der Kanalisation, die du in deiner letzten Mail erwähnt hast.«

»Du merkst dir alles?«

»Jedenfalls habe ich keine Sorge, dass uns die Themen ausgehen.« Sie stupste ihn. »Aber jetzt möchte ich endlich das Eis haben, das du mir gestern versprochen hast.«

Janus ging in die Küche und holte Walnuss-, Vanille-, Schokoladen- und Erdbeereis.

Colette staunte. »Du bist flexibel, unglaublich.«

»Und dazu vielleicht noch einen Schluck Wein?« Er schenkte ihr ein. In ein Glasschälchen löffelte er eine Portion Erdbeereis, dann Walnusseis ...

»Nicht gleich alles!«, stoppte sie ihn.

»Du bist wohl nie zufrieden.«

»Du wirst mich noch kennenlernen.«

Berlin, Frankfurt, Bern, 24./25. Dezember 1961

NEUE PÄSSE

Weihnachten, das Fest der Liebe und des in aller Welt beschworenen Friedens. In den Wohnzimmern wurden jetzt die Weihnachtsbäume aufgestellt, die Keksteller bestückt, noch rasch die letzten Geschenke verpackt.

Janus saß im Frankfurter Flughafen und wartete auf den Aufruf der Maschine nach Zürich. Er dachte an Dirk Wilfert, an ihre letzte Begegnung an der Zionskirche, bei der Dirk ihm von seinem Protest gegen den Schuldirektor erzählt hatte. Vor zwei Wochen war er am Grenzzaun in Staaken erschossen worden. Einer der Ihren, ein Schock für alle Fluchthelfer! Warum hatte er sich nicht an die Regeln der Gruppe gehalten, nie etwas an der Mauer und am Zaun zu machen?

Dirk Wilferts Freundin war mit seiner Hilfe durch die Kanalisation in den Westen gekommen, einige Wochen später hatte sich auch ihre Mutter zur Flucht entschlossen. In der Nacht des 9. Dezember fuhr Wilfert mit seiner Freundin zur Grenze zwischen Staaken-West und Staaken-Ost. Zwei der drei Stacheldrahtzäune waren bereits durchtrennt, als die Mutter, laut nach ihrer Tochter rufend, auf ihn zurannte. Aus der Dunkelheit brüllte eine Stimme: »Stehen bleiben!« Im selben Moment wurde er von zwei Seiten aus beschossen und sackte, noch auf Ost-Gebiet, zusammen.

Als die Freundin ihm die Tragödie schilderte, war Janus sofort klar: Irgendjemand hatte die Aktion verraten.

Die Passagiere nach Zürich wurden zum Ausgang gebeten. Außer Janus standen nur ein älterer Herr und ein junges Paar auf. Vor zwei Tagen hatte Urs Brunner, ihr »Passsammler« aus Bern, in der Zentrale angerufen, es lägen wieder eine Reihe »Büchlein« zur Abholung bereit. Zudem bräuchten drei »Akteure« schnellstens ihre »Drehbücher« zurück, sie wollten verreisen. Janus hatte sich bereit erklärt, in die Schweiz zu fahren, wenn Brunner noch einen Tag warten könne; er müsse noch eine bereits verabredete Tour durchziehen. An Heiligabend wegzufliegen und nicht irgendwo besinnlich herumzusitzen war durchaus in seinem Sinn. Seiner Mutter hatte er schon geschrieben, dass er über die Feiertage leider nicht nach Hause kommen könne, im Januar habe er eine Histologie-Prüfung, die letzte Hürde vor seiner Aufnahme in die Studienstiftung. Er müsse in der Anatomie noch Hunderte Schnittbilder mikroskopieren.

Im eisigen Wind stieg er die Bordtreppe hinauf, wurde von drei Stewardessen empfangen und vorn in der ersten Klasse platziert. Sie schenkten ihm ungefragt ein Glas Sekt ein und wollten wissen, ob seine Familie in der Schweiz lebe. Nein? Weshalb er dann zu Weihnachten nach Zürich fliege? Zu einem Freund. Ob der krank sei und seine Hilfe brauche? Nein. Er blieb wortkarg, sie verloren das Interesse.

Auch der Zug vom Flughafen zum Zürcher Hauptbahnhof war spärlich besetzt. Janus schlenderte durch die weihnachtlich dekorierte Bahnhofshalle; er hatte noch Zeit bis zur Weiterfahrt nach Bern. Die Köstlichkeiten der Confiserien türmten sich hinter den Schaufensterscheiben, über ihm kreisten Engelfiguren einsam im hohen Gewölbe. Auch im Zug nach Bern saßen nur wenige Reisende.

Urs Brunner, ein rotblonder Schweizer etwa im gleichen Alter wie Janus, holte ihn ab. Kurz vor 23 Uhr kamen sie bei ihm zu Hause an. Seine Eltern und Geschwister wollten gerade zum Mitternachtsgottesdienst aufbrechen. Rasch wurden ihm die Reste des Weihnachtsessens aufgewärmt. Brunner erzählte, bis gestern habe er mit einigen Freunden vor dem Kaufhaus am Markt gegen den Verkauf von Weihnachtsklimbim aus dem Erzgebirge demonstriert; den braven Bernern sei überhaupt nicht klar gewesen, dass sie mit ihrem Einkauf die DDR und den Kommunismus unterstützten. »Und ob Sie es glauben oder nicht, die sind auf ihren Krippen und Holzpyramiden sitzengeblieben.«

Janus lachte.

Sie zogen sich in das Zimmer zurück, das für Janus hergerichtet war. Er packte die drei Pässe aus, die Brunner angefordert hatte, und erläuterte ihm die Vor- und Nachteile von Schweizer Pässen. Der Nachteil: Die Bilder seien fest in den Pass eingeklebt, die Pässe also nur »auf Ähnlichkeit« verwendbar, wie es bei ihnen hieß. Der Vorteil: Sie hielten länger. Die meisten Beschädigungen entstünden beim Herausfeilen der Nieten. Dann nannte er Brunner den Namen des Passgebers, mit dessen Pass ein Flüchtling geschnappt worden war; ein Grenzer hatte ihn wiedererkannt, als den Arzt, der ihn noch am Tag zuvor in einer Poliklinik behandelt hatte. Der Passgeber dürfe – selbst mit einem neuen Pass – die DDR nie mehr betreten. Brunner meinte trocken, auch die Schweizer müssten Opfer bringen beim Kampf gegen den Kommunismus, das werde er dem Mann schon beibringen. Sie sollten ohnehin besser nicht in dieses Land fahren.

Er bot Janus ein Glas Wein an und schenkte sich selbst ein. Wie denn die Geschäfte in Berlin so liefen? Janus erzählte ihm, dass sie täglich – manchmal bis zu fünfzehn – Flüchtlinge über die Grenze holten, dass Goldmann und Thiel Tag und Nacht aktiv seien und es in der Zentrale oft drunter und drüber gehe.

Brunner schmunzelte. »Nur das Ergebnis zählt.« Er übergab Janus einundfünfzig Pässe, darunter seinen eigenen, dazu die sorgfältig mit Schreibmaschine erstellte und durchnummerierte Liste der Passgeber.

Mit diesem Schatz kehrte Janus am ersten Weihnachtsfeiertag 1961 nach Berlin zurück.

Bei der Durchsicht der Pässe stellte Dietmar Thiel allerdings fest, dass vier von ihnen noch nicht unterschrieben waren. Das hatten Urs Brunner und Janus dummerweise nicht überprüft. Demnächst müsste also wieder einer aus der Gruppe in die Schweiz fliegen.

West-Berlin, 28. Dezember 1961

MISTER X ERZÄHLT

Inzwischen war Janus schon vier Mal von Mister X eingeladen worden. Das Thema Fluchthilfe hatte keine Rolle mehr gespielt. Stattdessen hatte Mister X, mit großen Schritten im Zimmer auf und ab gehend, in langen Monologen über den Niedergang der Kultur unter den Nazis und unter den Kommunisten doziert, über den Holocaust, über die allgemeine politische Lage und darüber, wie es zu zwei deutschen Staaten und zur Teilung Berlins gekommen war. Er hatte sich aber auch, Homer zitierend, über die Schönheit der Ilias und der Odyssee ausgelassen und Janus die Entwicklung der Polyphonie seit Bach dargelegt.

Janus genoss die Stunden mit diesem allseits gebildeten Mann, auch wenn er nicht verstand, warum dieser sein Wissen gerade vor ihm ausbreitete, und die Zeit, die er in P9 verbrachte, eigentlich nicht mit seinem täglichen Arbeitspensum zu vereinbaren war. Aber als Mister X ihn an diesem Morgen anrief und fragte, ob er nicht gleich vorbeikommen wolle, hatte er sofort eingewilligt in der Hoffnung, von ihm etwas über Dirks Tod erfahren zu können.

Wie immer wurden Cola und Brötchen für ihn aufgefahren.

»Wie haben Sie Weihnachten verbracht, waren Sie zu Hause?«

Janus erzählte, ein Händler habe dem Studentendorf übrig gebliebene Weihnachtsbäume geschenkt, den »hauseigenen« Baum habe ein Kommilitone im Gemeinschaftsraum aufgestellt und geschmückt. Ein friedlicher Heiliger Abend. Sie hätten Radio gehört und sich ihre Zukunft nach bestandenem Examen ausgemalt. Und ein bisschen über ihre Mitstudenten gelästert.

»Ja, ja.« Mister X schmunzelte.

Janus öffnete die Cola, stellte sie aber gleich wieder weg. »Wissen Sie etwas über den Vorfall an der Grenze in Staaken am 9. Dezember?«

»Allerdings!« Die Engländer, zuständig für diesen Grenzabschnitt, hätten in Erfahrung gebracht, die Frau habe ihre Tochter bitten wollen, zurück in den Osten zu kommen, und um sicherzugehen, dass die Grenzer nicht schießen, diese über die geplante Aktion informiert. »Blöde Ziege!«

Janus konnte es nicht fassen: Die Mutter selbst hatte Dirks Mörder bestellt!

»Mit Faschisten und Kommunisten sollte man nicht kooperieren! Die haben, selbst wenn sie freundlich tun, immer das Messer in der Tasche.«

Mister X holte einen Ordner mit Zeitungsausschnitten aus dem Regal und schlug ihn auf. Eine Seite aus dem *Neuen Deutschland* vom 23. August 1961. »Das war die Reaktion auf Willy Brandts Appell an die ostdeutschen Grenzer, nicht auf die eigenen Landsleute zu schießen.«

Janus las: *Seit wann sind Einbrecher, Strauchdiebe und Mörder »Landsleute«? Wir wissen Freund und Feind zu unterscheiden! Die Feinde unseres Volkes beißen bei uns auf Granit und lassen – je nachdem, wie frech sie es treiben – Zähne, Haare oder das Leben.*

Mister X sah ihn an. »Kannten Sie das?«

»Nein.«

»Was Sie sicher auch nicht kennen, sind die Anweisungen zur Ausbildung junger DDR-Rekruten.« Er nahm einen zweiten Ordner zur Hand. *Anzuerziehen ist der unversöhnliche Hass auf den Imperialismus, seine Söldner und alle antisozialistischen Elemente. Die Haltung zum Grenzverletzer als Feind jedes Grenzsoldaten ist konsequent zu entwickeln.* Er stellte den Ordner wieder weg.

»Grenzverletzer! Allein der Ausdruck!«

»Wissen Sie, was man mit Wilferts Leiche gemacht hat?«

Mister X setzte sich wieder. »Um alle Spuren zu verwischen, wurde sie sofort verbrannt. Damit möchte ich das Thema aber beenden, ich habe Ihnen schon mehr gesagt, als ich sollte.« Er drückte den Serviceschalter und bestellte frischen Kaffee.

»Wir haben einen Tag nach seinem Tod ein Holzkreuz an der Grenze aufgestellt. Manchmal frage ich mich, ob es nicht auch für die Grenzer schrecklich ist, dass es immer wieder Tote an der Mauer gibt.«

Mister X ging nicht darauf ein. »Interessiert es Sie, wie sich aus der Waffenbrüderschaft von USA und Sowjetunion der Kalte Krieg entwickelt hat?«

»Ja, sehr, aber spätestens um 13 Uhr muss ich in Ost-Berlin sein.« Janus überlegte einen Moment, ob seine Antwort nicht unhöflich war, aber Mister X hatte seine übliche Wanderung bereits aufgenommen.

»Als ich 1948 nach Berlin kam, wurde ich als Mitglied der Amerikanischen Militäradministration in den Alliierten Kontrollrat berufen und musste mit den Beauftragten der anderen Siegermächte die Regelungen für die Verwaltung Berlins verhandeln. Mit seinen Blechplaketten an der Brust und zwei Wodkaflaschen in der Tasche schwadronierte unser sowjetischer Kollege ständig über die großen Verdienste der Sowjets bei der Befreiung Deutschlands von der Nazi-Herrschaft, wobei für ihn außer Frage stand, dass die Sowjetunion ihre

Soldaten für uns, für die West-Alliierten, geopfert hatte. Ihre Verluste seien weit höher gewesen als die aller anderen am Krieg beteiligten Staaten.« Mister X blieb an der Sitzgruppe stehen, zögerte einen Moment, als wolle er Janus bitten, in einem der tiefen Ledersessel Platz zu nehmen, was ihm dann offenbar aber doch unpassend schien. Er öffnete die Glastür der Vitrine, griff eine Flasche heraus, las das Etikett, stellte sie zurück und nahm seine Wanderung wieder auf. »Als ich so dreist war, ihn zu fragen, ob die große Zahl sowjetischer Gefallener nicht auch darauf zurückzuführen sei, dass die Polit-Kommissare ihre Leute oft sinnlos ins Feuer der deutschen Wehrmacht getrieben hätten, beschwerte er sich über mich, und ich wurde aus dem Verkehr gezogen. Was mir nur recht war, ich hatte diese ständigen Besäufnisse sowieso satt. Wodka-Schwadroniererei gegen nüchterne Ratio und Fakten – das war der Beginn des Kalten Krieges.« Er kam zum Tisch zurück, öffnete eine mit Intarsien verzierte Holzkiste und bot Janus eine Zigarre an.

»Danke«, sagte Janus, »ich rauche, wie Sie wissen, leidenschaftlich gern Roth-Händle, wenn's dicke kommt, auch mal sechzig am Tag. Aber keine Zigarren.« Er steckte sich eine von seinen Zigaretten an und schaute – unauffällig, wie er meinte – auf seine Uhr.

»Eine Kleinigkeit noch.« Mister X fixierte ihn kurz. »Die Sowjets wären schon 1941 am Ende gewesen, wenn wir ihnen nicht ab März des Jahres Zehntausende LKWs, Lokomotiven und Schiffe geliefert, sie nicht mit Panzern und Flugzeugen en masse aufgerüstet hätten. Die bei den Deutschen so gefürchteten Stalin-Orgeln zum Beispiel waren fast ausschließlich auf amerikanischen LKWs montiert. Interessant, nicht?« Er blieb kurz stehen und nahm einen Schluck Kaffee. »Trotz der neuen Truppen aus Sibirien wäre die Gegenoffensive der

Sowjets im Dezember 1941 ein Desaster geworden. Nie hätten sie ohne unsere Hilfe so weit nach Europa vordringen, nie hätte sich der Kommunismus über die ganze Welt ausbreiten können.« Mister X zog seine Jacke aus und hängte sie über die Stuhllehne. »Wir hätten Nazi-Deutschland nicht von Westen, von der Normandie her, auch nicht über Sizilien, sondern über den Balkan aufrollen sollen, wie Churchill vorgeschlagen hatte. Der war vorausschauender als alle amerikanischen Politiker und Militärs zusammen. Wir selbst haben unseren heutigen Todfeind großgezogen. Das als kleinen Denkanstoß fürs neue Jahr.«

Janus hätte sich jetzt gern verabschiedet. »Kann man das irgendwo nachlesen?« Er drückte seine Zigarette aus.

Aber Mister X setzte sich und bestellte – Janus war erstaunt – ein Glas Rotwein und, ohne zu fragen, für Janus eine neue Cola. »Über die Irrationalitäten der Geschichte würde ich mich gern ein andermal weiter mit Ihnen unterhalten. Heute hatte ich eigentlich vor, Ihnen etwas aus meinem eigenen Leben zu erzählen; in den Weihnachtstagen holen einen ja immer die Erinnerungen ein.«

Janus hatte wirklich keine Zeit mehr, aber die Gelegenheit, mehr über diesen rätselhaften CIA-Mann zu erfahren, wollte er auf keinen Fall verstreichen lassen. Irgendwie würde er sein Nachmittagsprogramm in Ost-Berlin noch schaffen.

Wein und Cola waren serviert, Mister X schlug – die für ihn so typische Körperhaltung – die Beine übereinander und lehnte sich zurück. »Nach Pass und Profession bin ich Amerikaner, aber im Herzen bleibe ich immer Berliner. Ich wurde in Dahlem geboren und bin hier auch aufgewachsen. Ich konnte sogar mal ein bisschen berlinern.«

Er ist Jude, dachte Janus, hat den Holocaust überlebt; und jetzt setzt er sich für die Freiheit der Deutschen ein?

»Meine Kindheit war unbeschwert und glücklich, bis zu jenem Sommertag, an dem mir ein Nachbarsjunge aus Versehen bei einer Rauferei einen Stock ins rechte Auge stieß. Es war nicht mehr zu retten, ich bekam ein Glasauge. Sie haben das ja schon bemerkt.«

Janus war etwas verlegen.

»Als Jugendlicher fühlte ich mich berufen, gegen die bürgerliche Welt zu rebellieren, alles sehr moderat, weit entfernt von den Schlachten zwischen Nazis und Kommunisten, wie sie beispielsweise im Wedding tobten. Beim Abitur am Gymnasium *Zum Grauen Kloster* wurde mir, welche Ironie des Schicksals, der Scheffelpreis für besondere Leistungen in Deutsch verliehen. Das hat später aber niemanden interessiert. Ein Scheffelpreis machte noch keinen Arier.« Mister X lachte kurz auf. »Mein Vater war Rechtsphilosoph an der heutigen Humboldt-Universität, wurde aber schon im ersten Jahr nach Hitlers Machtergreifung, dem Jahr der Fackelzüge und der ersten Judengesetze, der Uni verwiesen, obwohl er zum Judentum keinerlei Bezug hatte. Wir waren deutsch-liberal, mit Betonung auf deutsch. Und ich wurde nach einem Semester Jura ebenfalls relegiert. Sie können sich nicht vorstellen, wie erniedrigend es für mich war, als mich meine Kommilitonen plötzlich ausgrenzten. Ich hatte keine Freunde mehr, niemand wollte mehr mit mir zusammen gesehen werden. 1936 ging ich nach Paris, für meine Augenprothese musste mein Vater noch extra Reichsfluchtsteuer bezahlen. Ich machte einen Weinhandel auf, holte zwei meiner Schwestern nach, aber meinen Vater konnte ich nicht dazu bewegen, uns zu folgen. 1941, nach der Niederlage Frankreichs, flohen meine Schwestern und ich in die USA. Dabei half uns Varian Fry, ein amerikanischer Journalist und professioneller Fluchthelfer. Haben Sie von ihm gehört?«

Janus schüttelte den Kopf.

»Ihm verdanke ich mein Leben.« Mister X' graue Augen glänzten. »Ich bin sicher, dass Sie sich noch mit ihm beschäftigen werden, wie auch mit Aristides de Sousa Mendes und Gilberto Bosques. Drei mutige Männer, die Zehntausenden Juden, Künstlern und Antifaschisten zur Flucht verhalfen.«

Fluchthilfe ist also schon lange ein Thema für ihn, dachte Janus.

»In den USA versuchte ich, ein normales Leben zu führen, studierte in Harvard Jura, *political economy* und nebenbei Musik, verliebte mich in eine deutsche Geigerin, heiratete, wurde Vater. In New York machte ich Karriere als politischer Analyst. Wenn da nicht immer diese Gedanken an meine Familie gewesen wären, an meine kleine Schwester, dass ich ihr nicht helfen konnte.« Seine Stimme war leise geworden. Janus kam es so vor, als bitte er – warum? – um Verzeihung und um seine Zuwendung. »Irgendwann musste ich mir eingestehen, dass auch sie, wie alle anderen, tot war. Wie soll man leben, um das Leben zu verdienen?« Er nahm einen Schluck aus seinem Glas und setzte es sorgfältig wieder ab. »1948 ernannte mich das State Department zum Berater der Amerikanischen Militäradministration in Berlin, gerade rechtzeitig, um bei General Clays Luftbrücke dabei zu sein. Beim Lesen der Berichte unserer Ost-Mitarbeiter über die Schikanen, denen die Bevölkerung ausgesetzt war, zunächst durch die Sowjets, später auch durch das Ulbricht-Regime und die Stasi, stellte ich immer wieder die erschreckenden Parallelen zwischen Kommunismus und Nationalsozialismus fest. Die Willkür und Brutalität der Nazis habe ich am eigenen Leib erfahren. Und wenn ich sehe, dass die Kommunisten heute die gleichen Methoden anwenden, packt mich noch immer der große Zorn.« Mister X leerte sein Glas.

»Haben Sie irgendetwas über Ihre Familie in Erfahrung bringen können?« Janus war unsicher, ob er diese Frage stellen durfte.

»Wenig. Außer meinen beiden Schwestern und mir sind alle umgekommen. Im Geschichtsunterricht wird immer gesagt, die Nazis hätten sechs Millionen Juden umgebracht. Eine abstrakte Zahl, unter der sich niemand etwas vorstellen kann. Für mich sind das mein Vater, meine Mutter, meine kleine Schwester, mein kleiner Bruder. Aber genug für heute. Danke, dass Sie mir zugehört haben.« Er ging zur Kommode, zog eine Schublade auf und gab Janus drei Stangen Roth-Händle. »Weil Weihnachten ist. Passen Sie gut auf sich auf!«

Ost-/West-Berlin, 29. Dezember 1961 – 1. Januar 1962

DER TOTENSCHÄDEL

Wie kann einer nach Deutschland zurückkehren und hier leben, dessen Familie von den Nazis ausgelöscht wurde, dessen Leben nichts galt, nur weil er Jude ist? Wie kann er durch die Straßen gehen und den Menschen in die Augen sehen, ohne sich zu fragen: War es dieser, der sich unsere Möbel holte, war es jener, der meine kleine Schwester in den Viehwaggon pferchte? Verspürte er nicht den Wunsch, alle Deutschen in der Gosse zu sehen?

Mister X' Familiengeschichte hatte Janus aufgewühlt. Wie festgenagelt hatte er auf seinem Stuhl in P9 gesessen, obwohl ihm die Zeit davonlief und ihm klar war, dass er sein Tagespensum nicht mehr schaffen würde. Auf dem Weg nach Ost-Berlin hatte er beim Umsteigen am Wittenbergplatz die Zigaretten hinter einer Bretterwand versteckt und dann immerhin die am Vortag von ihm informierten Flüchtlinge noch rübergeholt.

Heute also keine Fluchttour, lediglich vier Benachrichtigungen für morgen. Erst gegen 14 Uhr fuhr Janus nach Ost-Berlin.

Seine letzte Kandidatin, Gloria Hamann, eine etwa gleichaltrige Medizinstudentin, fragte ihn, ob er vielleicht auch für ihre Schwester, die nebenan wohne, und deren Verlobten einen Pass besorgen könne. Wenn sie allein flüchte, werde die

Stasi die beiden beobachten, und dann sei deren Flucht für absehbare Zeit ausgeschlossen.

Sie machte Tee, zündete eine Kerze an, tischte echten Dresdener Stollen auf – vom Weihnachtsbesuch bei den Eltern mitgebracht – und holte ihre Schwester dazu. Diese berichtete, dass sie schon gleich nach dem Bau der Mauer über die Ostsee habe fliehen wollen. Aber sie und ihr Verlobter seien gar nicht bis an die Fähre nach Dänemark herangekommen, alles sei schon abgesperrt gewesen. Hatte Gloria einen weiteren Knopf an ihrer Bluse geöffnet?

Janus versprach, die Pässe zu besorgen, aber die Flucht könne dann frühestens in zwei Tagen, an Silvester, über die Bühne gehen. »Haben Sie ein Foto Ihres Verlobten?«

Die Schwester holte ihr gerahmtes Verlobungsfoto von nebenan. Janus prägte sich die beiden Gesichter ein.

Dann rückte Gloria mit einer weiteren Bitte heraus: »Können Sie vielleicht schon zwei meiner Bücher in den Westen bringen, Pathologie und Innere Medizin? Hab ich hier für'n Appel und 'n Ei gekriegt, bei euch sind die ja scheißteuer.«

Janus lachte: »Kein Problem.«

»Noch wichtiger wäre mir allerdings mein Schmuckstück«, sie wies auf einen Totenschädel im Bücherregal. »Als Medizinstudent können Sie so was doch bei sich haben. Ich leih Ihnen den auch fürs Physikum.«

Janus gefiel, wie sie versuchte, ihn zu umgarnen. »Mach ich«, sagte er. Heute hatte er keine Flüchtlinge im Schlepptau, musste also nur eine gute Ausrede für die Grenzkontrolle parat haben. Sie erfanden eine Liebesgeschichte, die bis zum 14. August zurückreichte, weil dadurch auch gleich die wahrscheinliche Nachfrage beantwortet war, warum er seit Monaten fast täglich nach Ost-Berlin einreiste. Wie die Geschichte weitergehe, sei ja offen, das würde sich zeigen, meinte Gloria und gab ihm eine große Einkaufstasche. Janus packte ihre Schätze ein und ging los.

Fast wünschte er sich jetzt, kontrolliert zu werden, um die drögen Grenzer mal ein bisschen zu provozieren. Und tatsächlich, als er seinen Ausweis abgab, wurde er aufgefordert, die Tasche zu öffnen. Der Grenzer zuckte zusammen, gab seinem Nachbarn ein Zeichen, dieser führte Janus in eine Kabine auf der anderen Seite der Halle.

Er musste den Inhalt der Tasche auf einem Tisch ausbreiten, Jacken- und Hosentaschen leeren und sich ausziehen. Ja, auch die Unterwäsche. Nackt stand er vor dem Uniformierten. Mit Gummihandschuhen wurden alle Körperöffnung inspiziert, dann durfte er sich wieder anziehen. Ob diese Leute ihren Beruf liebten? Der Beamte zählte sein Geld, trug den Betrag in eine Liste ein, blätterte in den Büchern und in den Chemie-Skripten, drehte und wendete mit spitzen Fingern den Totenschädel.

»Und was soll das?«

Der Schädel sei ein Geschenk von Gloria Hamann, Reinhardtstraße 40 bei Schottmüttler, die er am 14. August zum ersten Mal aufgesucht habe, um ihr mitzuteilen, ihr Verlobter in West-Berlin könne angesichts der aktuellen politischen Lage sein Eheversprechen leider nicht einhalten. Um sie zu trösten, habe er ihr in einer Kneipe ein Bier und einen Schnaps spendiert, dann habe er sie noch ein bisschen mehr getröstet und so weiter. Jedenfalls sei er erst am Abend in ihrem Bett aufgewacht. »Ich bin dann fast täglich zu ihr gefahren, es waren ja Semesterferien.«

Der Beamte machte sich Notizen, tippte alles in seine Schreibmaschine und stellte zum zweiten und dritten Mal die gleichen Fragen. Er erfüllte seine Pflichten in diesem schweren Fall von – ja was eigentlich? – mit aller Gründlichkeit.

Dann sperrte er Janus in einen kleinen Raum; dessen Habseligkeiten behielt er ein.

Janus war amüsiert, mit welchem Eifer die Grenzer auf seine kleine Provokation angesprungen waren. Aber langsam wurde er müde. Er hatte Hunger und Durst, und ihm war kalt. Hatten sie ihn in seinem Verlies vergessen? Wenn er noch lange hierblieb, würde er wahrscheinlich nach Reinigungsmitteln riechen wie der ganze Raum. Er hockte auf einem harten Stuhl, kein Bett, keine Toilette. Seit seiner Festnahme waren sicher schon vier Stunden vergangen. Irgendwann wagte er es, an die Tür zu klopfen, er müsse mal austreten, und wurde von einer harschen Dragonerin auf die Toilette begleitet. Anschließend schloss sie ihn wieder ein. Was könnte man alles tun in diesen Stunden, die jetzt nutzlos verrannen, Flüchtlinge vorbereiten, Achmed besuchen und Baklava essen, lesen, Geige spielen ... Selbst Russisch zu lernen wäre sinnvoller als diese Warterei.

Lange nach Mitternacht, als es in der Grenzstation völlig ruhig geworden war, wurde er aus seiner Kammer geholt und zu einem Kastenwagen geführt. Er konnte den Schriftzug *Obst und Gemüse* erkennen. Im Innern des Wagens zwängte man ihn in eine der engen Zellen. Niemand sagte ihm, wohin sie fuhren.

Die Tür des Wagens wurde aufgerissen, er stand in einem schwach erleuchteten Hof, um ihn herum große dunkle Gebäude. Während ihn ein Beamter zum Eingang brachte, versuchte er, sich alles einzuprägen. Asphalt, vor der schweren Metalltür ein Lüftungsgitter. In einem Zimmer im dritten Stock nahm ihn eine stabile, blond gefärbte Mittfünfzigerin in Empfang. Auf den ersten Blick nicht unsympathisch, sie konnte sogar lächeln. In Uniform, klar, aber sie gab sich lockerer als ihre Kollegen in der Friedrichstraße. Die Jacke hatte sie über den Stuhl gehängt, die beiden obersten Blusenknöpfe geöffnet. Das Zimmer – alle Möbel in Hellbraun – war überheizt, die Fensterflügel standen weit offen. Sie wies ihm einen Hocker auf der gegenüberliegenden Seite des Schreibtisches zu und nahm selbst in einem bequemen Stuhl mit Rückenlehne Platz. Klare Machtverhältnisse.

Wieder die gleichen Fragen, wer, woher, wohin, warum. Janus erzählte erneut seine Geschichte. Doch diese resolute Blonde wollte es genauer wissen.

»Na ja«, gestand er, »Gloria hatte sowieso Schluss machen wollen mit ihrem Verlobten. Wahrscheinlich bin ich bei ihr in ein großes Loch gefallen.«

»Kann man wohl so sagen.«

»Sobald ich mein Physikum habe, will ich zu ihr an den Karlplatz ziehen. Vielleicht vermietet ihre Wirtin mir ihr drittes Zimmer.«

»Und was haben Sie gemacht, während Fräulein Hamann in den Vorlesungen war?«

»Viel gelernt und mich ruhig verhalten, damit die Zimmerwirtin nichts merkt.«

»Wir sind hier nicht so prüde wie im Westen.«

»Sie haben recht. Einmal bin ich ihr auf dem Flur begegnet, und das war in Ordnung für sie. Vielleicht hat sie etwas geahnt. Vielleicht auch mal was gehört.« Er räusperte sich.

»Und was soll nun dieser Totenschädel?«

»Ein Geschenk.«

»Und die Bücher sind auch von ihr?«

»Ja, sie hat geschwärmt, so was Profundes gäbe es im Westen nicht.«

Die Vernehmerin griff zum Telefon, gab den Namen Gloria Hamann, Reinhardtstraße 40 und Schottmüller durch. Dann fragte sie weiter: ob er Verwandte und Freunde in der DDR habe, worin er den Fortschritt des Sozialismus sehe, ob, seiner Meinung nach, das Medizinstudium in der DDR besser sei als in West-Berlin, was seine Familie zu seinen Umzugsplänen sage. Das Telefon klingelte, die Vernehmerin machte sich Notizen. Inzwischen war es hell geworden, aber die Befragung ging weiter: In welchem Semester Gloria studiere, wie ihre Einstellung und die ihrer Schwester zum Marxismus-Leninismus sei, was die Schwester studiere, wie sie heiße.

Janus überlegte kurz, aber der Name fiel ihm nicht ein. »Ich habe sie immer mit Fräulein Hamann angesprochen.«

Damit gab sich die Vernehmerin zufrieden. Sie hatte ihren Fragenkatalog abgearbeitet, quasi den Aktendeckel geschlossen, sich sogar ein bisschen an seiner Liebesgeschichte ergötzt.

Janus fühlte sich immer sicherer. »Und was wäre«, fragte er sie, »wenn ich Sie angelogen hätte?«

Sie stutze kurz, dann lächelte sie dem netten Schwaben aus West-Berlin zu: »Wir haben schon unsere Menschenkenntnis.«

Damit war Janus entlassen. Sie sagte ihm, dass er sich in der Keibelstraße, in der Nähe des Alexanderplatzes, befinde, beschrieb dem verliebten Schwaben den Weg zur S-Bahn, gab ihm eine Bescheinigung für die Kontrolle in der Friedrichstraße und händigte ihm seine Sachen aus. Auch den unversehrten Totenschädel.

In der Zentrale herrschte große Aufregung, Goldmann und Thiel hatten sich Sorgen gemacht, was ihm – ohne Flüchtlinge – zugestoßen sein könnte. Janus zeigte ihnen den Schädel und berichtete, wo und wie er die letzte Nacht verbracht hatte. Sie hatten wenig Verständnis für sein Abenteuer, er habe doch Wichtigeres zu tun, als solche Spielchen zu treiben. Schlussendlich fanden sie die Geschichte aber doch ganz amüsant. »Typisch der Schwarze.«

Janus bat um bevorzugte Behandlung der Schwester und deren Verlobten. Goldmann gab ihm einen Stapel Pässe, Janus suchte zwei geeignete aus.

In der Silvesternacht brachte er Gloria, ihre Schwester und den Verlobten über die Grenze. Sie hatten überlegt, ob sie den Grenzern einen Guten Rutsch wünschen sollten. Das schien den dreien und dem Pärchen, das mit ihnen zusammen flüchtete, dann aber doch zu riskant. Sie mussten in dieser Nacht ja Norweger, Dänen und Holländer spielen. Janus' Gruß wurde mit eisigem Schweigen quittiert. Am Bahnhof Zoo empfingen sie Böller und Raketen.

Am ersten Tag des neuen Jahres suchte Janus, wie von Goldmann empfohlen, die Zimmerwirtin von Gloria auf, wünschte ihr ein gutes neues Jahr und spielte den maßlos Enttäuschten, der die Welt nicht mehr verstand, weil seine Freundin nicht, wie gestern verabredet, zu Hause war. Ob sie wisse, wo sich Fräulein Hamann aufhalte? Vielleicht bei ihren Eltern im Harz, vermutete die Wirtin. Sie finde das unerhört, ihn einfach so sitzen zu lassen.

Janus hatte sein Ziel erreicht: Jetzt hätte sie bei einer Befragung bezeugen können, dass Janus Emmeran mit Gloria Hamanns Verschwinden nichts zu tun hatte.

Ost-/West-Berlin, 7. Januar 1962

DIE KATASTROPHE

Ein nasskalter Tag. Auf den Stufen des Berliner Doms sammelte sich der Schnee. Verborgen in einer Nische am Nebeneingang überprüften Janus und Achmed, ob die Markierungen in den sieben Pässen für die heutigen Flüchtlinge identisch waren mit denen in Achmeds Pass.

Vor vierzehn Tagen hatten die Grenzer ein neues Kontrollsystem eingeführt, das den Fluchthelfern ihre Arbeit erheblich erschwerte. Jeder Pass wurde jetzt bei der Einreise an täglich wechselnden Stellen mit Bleistiftstrichen markiert. Fehlte diese Markierung bei der Ausreise, war der Pass nicht eingereist und entlarvte seinen Besitzer als Flüchtling.

Deshalb fuhr jetzt jeden Morgen, gleich nach Öffnung des Grenzübergangs um 6 Uhr, ein Testläufer nach Ost-Berlin, suchte und merkte sich die Markierungen in seinem Pass – sie wurden bei der Ausreise wieder wegradiert –, kaufte zur Tarnung eine oder mehrere Zeitungen, kehrte umgehend nach West-Berlin zurück und meldete die aktuellen Markierungen telefonisch an die Zentrale. Dementsprechend kennzeichneten Goldmann und Thiel alle Pässe, die am selben Tag zum Einsatz kommen sollen. Janus nahm die Pässe jetzt nicht mehr, wie bisher, nachts mit nach Hause, sondern holte sie am Morgen, frisch markiert, ab.

Heute, in der Nische des Doms, stellten Janus und Achmed entsetzt fest, dass in Achmeds Pass einige a's und o's auf der vierten Seite ausgefüllt waren, während der Testläufer am Morgen eine Markierung der Rückseite des Bildes gemeldet hatte. Was sollten sie tun? Den Flüchtlingen absagen und die sieben Pässe irgendwo in Ost-Berlin zwischenlagern? Oder sollte Achmed rüberfahren und gleich wieder zurückkommen? Dann würden sie ja sehen, welche Markierung die richtige war. Aber vielleicht wäre das erst recht auffällig. Sie beruhigten sich damit, dass bisher doch immer alles gut gegangen war. Janus beschloss, die sieben Pässe zusätzlich mit den Markierungen aus Achmeds Pass zu versehen und die Flüchtlinge selbst entscheiden zu lassen, ob sie die Flucht trotz des erhöhten Risikos wagen wollten.

An der Ecke Dorotheenstraße traf er das Ehepaar Schreiber aus Gera und erklärte ihnen die Situation. Die beiden waren jedoch fest entschlossen, noch heute zu fliehen. Sie hätten ihre gesamte Wohnungseinrichtung verkauft, unter der Hand natürlich, die Katze an den Nachbarn verschenkt; die weite Reise von Gera sei beschwerlich gewesen, sie seien mit ihren Nerven am Ende. »Unsere Söhne warten auf uns.« Frau Schreibers Augenlider zuckten. Herr Schreiber, ein rundlicher Herr, zog sich ständig die Hosen hoch.

Weil sie viel älter als die meisten Passgeber waren, hatte Goldmann für sie Blankopässe mit ihren eigenen Fotos, Original-Namen, Geburtsdaten und Körpermaßen ausgestellt. Sie brauchten nur noch ihre Unterschriften einzufügen. Doch sie waren so aufgeregt, dass sie sich weder den Namen der belgischen Stadt Malmedy, aus der sie angeblich kamen, noch den des Hotels *Savoy*, in dem sie angeblich seit zwei Tagen in West-Berlin wohnten, merken konnten. Sie auf offener Straße in ihre Flucht einzuweisen war unmöglich.

Janus entschied, die beiden, entgegen allen Regeln – Flüchtlinge sollten sich untereinander nicht kennenlernen –, mit zu dem Lehrerehepaar am Müggelsee zu nehmen, das heute ebenfalls flüchten sollte, zusammen mit seinen drei Kindern. Er fuhr mit ihnen nach Friedrichshagen und brachte sie auf Umwegen zur Wohnung des Lehrers. Diesem war die Sache zu heiß; er wollte lieber abwarten, ob die Zonis durchkämen. »Seine« fünf Pässe versteckte er in einem Hohlraum hinter dem Abwaschbecken.

In einem der Kinderzimmer versuchte Janus, Herrn und Frau Schreiber zu instruieren, mit mäßigem Erfolg. Janus wurde immer ungeduldiger, die beiden immer bockiger. »Wir machen das heute!«

Gegen 21 Uhr beendete er die Tortur, brachte sie zurück in die Innenstadt und empfahl ihnen, bis zu ihrem Treffen auf der Weidendammbrücke spazieren zu gehen oder in einer Kneipe ein Beruhigungsbier zu trinken. Er selbst studierte die Aushänge an der Komischen Oper, der Staatsoper, der Distel und am Friedrichstadtpalast, um seine in Ost-Berlin verbrachte Zeit mit einem Theaterbesuch erklären zu können.

Anstatt der vorgesehenen sieben standen kurz vor 24 Uhr also nur zwei Flüchtlinge hinter Janus in der Schlange vor dem Grenzübergang, ein schwitzender Mann mit rutschenden Hosen und eine Frau, deren Augenlider ständig zuckten. Inständig hoffte er, dass die beiden, wie schon manche seiner Schützlinge, die zunächst nervös gewirkt hatten, im entscheidenden Augenblick stabil waren.

Er kam glatt durch die Kontrollen, musste dann aber entsetzt mit ansehen, wie »sein« Ehepaar, sofort nachdem der Grenzer ihre Pässe durch den Schlitz geschoben hatte, festgenommen und abgeführt wurde. In der kurzen Zeit konnten die Pässe unmöglich nach Markierungen durchgesehen und anhand von Fahndungslisten überprüft worden sein. Wurden sie jetzt mit Zeichen markiert, die nur in ultraviolettem Licht sichtbar waren? Die Bleistift-Markierungen, um die sich Janus und Achmed so viele Gedanken gemacht hatten, spielten jedenfalls keine Rolle mehr.

Weg, nur weg! Durch den Zoll, vorbei am Fahrkartenschalter, die Treppe zum Bahnsteig hinauf, hinein in eine überfüllte S-Bahn, die gerade abfahren wollte – geschafft. Im Lehrter Bahnhof stieg er aus und steckte sich eine Zigarette an.

Gerade als sich die Türen der S-Bahn schlossen, kam eine junge Frau angerannt, verlor ihre Mütze, bückte sich, die Bahn fuhr ab. »Mist!«, fluchte sie.

Janus lächelte ihr zu, sie lächelte zurück.

Wie schnell würde das Ehepaar auspacken? Hatten sie irgendetwas aufgeschnappt, das der Stasi helfen würde, auch den Lehrer zu finden? Vielleicht könnte einer, der mit der nächsten Bahn ankam, ihm berichten, was sich in der Friedrichstraße nach der Verhaftung abgespielt hatte. Janus ging auf und ab, keine Bahn. Fünf Minuten vergingen, zehn Minuten, nichts.

Die junge Frau sprach ihn an: »Wissen Sie, was los ist?«

»Nein. Meine Freunde sollten längst hier sein.«

»Haben Sie Feuer?«

Wortlos zündete er ihr die Zigarette an, dann lief er zum Ende des Bahnsteigs. Von hier konnte er über die Brücke ein Stück weit in den Osten sehen. Keine Scheinwerfer, keine Bahn. Wieder ein paar Schritte in die andere Richtung. Was sollte er den Söhnen der Schreibers sagen? Er zündete sich die nächste Zigarette an.

»Fahren Sie nach Hause oder wollen Sie noch ausgehen?« Die junge Frau versuchte es noch einmal.

»Wir müssen raus nach Wannsee.«

Sie wandte sich endgültig ab.

Endlich, nach etwa einer halben Stunde, kam ein Zug. Janus drückte die Zigarette aus und suchte unter den Aussteigenden nach seinem Ehepaar, obwohl ihm klar war, dass die beiden nicht mehr kommen würden. Er fragte einen Mann, ob er wisse, warum so lange keine S-Bahn gefahren sei, woraufhin ihm dieser erzählte, auf dem Bahnsteig in der Friedrichstraße seien plötzlich Grenzer aufgetaucht und hektisch suchend herumgerannt. Sie hätten aber niemanden kontrolliert. Janus war schockiert. Die Schreibers hatten also nicht nur sofort ausgesagt, sie hatten ihn auch noch genau beschrieben. Nur um Haaresbreite war er entkommen!

Die junge Frau war weg. Er nahm die nächste Bahn. Im Abteil drängten sich die Rückkehrer aus Ost-Berlin. Die Erleichterung, nach dem Zwischenfall wieder im Westen zu sein, war jedem anzusehen.

War er jetzt »verbrannt«?, schoss es Janus durch den Kopf. Seinen Namen kannte eigentlich niemand. Reichte für die Fahndung eine Personenbeschreibung? Es wäre vielleicht vernünftiger, ab jetzt nicht mehr nach Ost-Berlin oder durch die Zone zu fahren. Aber das hieß – entsetzlicher Gedanke! –, dass er die Flüchtlinge, die er vor ein paar Stunden für morgen vorbereitet hatte, nicht mehr holen konnte. Auch dem Schauspielerpaar und dem jungen Mann, der sich bei ihnen versteckt hielt, konnte er nicht mehr helfen. Sollte das das Ende seiner Mission in Ost-Berlin sein?

Die Zentrale war vollgequalmt. Janus riss ein Fenster auf und warf seine Chemie-Skripte auf den Tisch. »Das Ehepaar Schreiber wurde verhaftet.«

»Die auch noch!«, seufzte Goldmann. »Das geht schon seit dem Nachmittag so. Heute ist kein Einziger durchgekommen.«

»Was?«

»Zum Glück sind jetzt wenigstens alle Läufer zurück«, bemerkte Thiel.

Für Janus gab es nur eine Erklärung: »Die müssen ein völlig neues Kontrollsystem eingeführt haben.«

Bis in den Vormittag hinein saßen Goldmann, Thiel, Janus und die anderen Läufer zusammen und berieten, wie es jetzt weitergehen sollte. Sie wussten es nicht.

Berlin, Mittwoch, 17. August 2016

4. TAG

Beim Abschied am Morgen sagte Colette: »Und trotz allem, Janus, die DDR war meine Heimat.«

Janus stutzte. Was verstand Colette unter Heimat? Sie verspürte ja keine Sehnsucht nach der DDR. Konnte man sich auch etwas zurückwünschen, das negativ besetzt war? Er merkte, dass er das Gefühl von Heimat nicht kannte, auch kein Heimweh. Vielleicht war es sein Kopf, in dem er sich zu Hause fühlte. Und den konnte er überallhin tragen. »Wann sehen wir uns wieder?«, fragte er.

»Komm doch heute Abend zu unserem allwöchentlichen familiären Jour fixe, dann kannst du meine beiden reizenden Nesthocker kennenlernen.«

Janus lachte. »Gern. Wann?«

»18 Uhr.«

Nachmittags rief Colette an und fragte, ob er sich vorstellen könne, gemeinsam mit Chantal und Alex den Film *Der Tunnel* anzusehen. »Du kennst ihn? Mit Heino Ferch.«

»Na klar.«

»Das ist vielleicht ein guter Einstieg für uns alle.«

»Ich bring die DVD mit.«

Kurz darauf war seine Tochter Kitty am Telefon, mit ihrer üblichen Frage: »Störe ich dich?«

»Nein, ich studiere mal wieder Akten, gerade bin ich einem Spitzel auf den Fersen. Was gibt's Neues? Wie läuft die Praxis?«

»Alles gut.« Kurzfristig habe sie das Angebot bekommen, auf einem internationalen Orthopäden-Kongress in Los Angeles den Impulsvortrag zu halten. »Könntest du mich nächste Woche vertreten?«

Janus zögerte.

»Für ein paar Tage wirst du dich doch wohl von deinem Spitzel trennen können.« Kittys Stimme klang ungeduldig.

»Von dem Spitzel schon. Aber ...«

»Was?«

»Ich habe gerade eine Frau kennengelernt.«

Kitty seufzte. »Mal wieder? Das ist nicht dein Ernst, oder?«

»Doch.«

»Bitte! Dieser Kongress ist wahnsinnig wichtig für mein Renommee in den USA. Und in deiner alten Praxis freuen sich schon alle auf dich. Bitte komm!« Zum Schluss verfiel sie in den kindlich-weinerlichen Ton, mit dem sie ihn schon so manches Mal bezirzt hatte.

»Okay, buch deinen Flug.«

In den nächsten Stunden tigerte Janus durch die Wohnung, suchte die DVD heraus, überlegte, wie er Chantal und Alex begrüßen würde, und fragte sich, wie sie ihn wohl aufnehmen würden. Schon jetzt bedauerte er seine Zusage an Kitty. Aber sie zählte auf ihn, und er hatte ihr sein Versprechen gegeben. Wahrscheinlich wäre es besser, das Thema heute Abend erst nach dem Film anzuschneiden.

Kurz nach 18 Uhr klingelte er in der Neuen Grünstraße. Colette stand in der Wohnungstür, umarmte ihn und stellte ihn ihren Kindern mit einem Augenzwinkern als »den Mann aus dem Westen« vor. »Wir essen in der Küche.«

Chantal, groß, schmal, sehr blass. Alex, noch größer, ein Sportler offensichtlich, sehr selbstbewusst. Sie bestürmten ihn sofort mit Fragen, warum er Fluchthelfer geworden sei und wie er es geschafft habe, nebenbei noch Medizin zu studieren; ihnen genüge ihr Uni-Pensum vollauf. Er mochte diese aufgeweckten jungen Leute und registrierte ihre Ähnlichkeit mit Colette.

»Ganz einfach, ich habe ein Freiheitsgen. Wenn ihr's genauer wissen wollt, dauert's etwas länger.«

»Bevor wir ins Bett gehen, solltest du fertig sein«, lachte Colette und schenkte ihm Cola ein.

Janus räusperte sich und zupfte sie am Ohrläppchen. »Okay. Als durch den Bau der Mauer am 13. August 1961 ein Bekannter von mir – ein Grenzgänger, der im Osten wohnte und im Westen studierte – von seinem Studium an der FU ausgeschlossen wurde, fasste ich ganz spontan den Entschluss, ihm zu helfen. Wenige Tage später holte ich ihn mit einem West-Berliner Ausweis über die Grenze, dann den nächsten, den übernächsten und so weiter. Darüber, warum ich das dann aber sieben Jahre lang gemacht habe, kann ich nur spekulieren. Vielleicht hat mir mein ADHS geholfen. Irgendwie habe ich es jedenfalls geschafft, neben meiner Fluchthilfe auch noch zu studieren und Examen zu machen.«

»ADH was?«, fragte Chantal.

Das erkläre er ihr später, sagte Alex und drängte Janus weiterzureden. »Klingt ein bisschen nach rund um die Uhr.«

»Ja, vor allem im ersten halben Jahr. Motiviert hat mich meine unglaubliche Wut auf die DDR, die aus Straßen, die Ost und West verbunden hatten, Schießplätze machte, die ihre Bürger zu Tausenden ins Gefängnis warf, Zehntausende Familien trennte. Über Mauer, Stacheldraht und aufgestellte Sichtblenden hinweg winkten sich die Menschen mit Taschentüchern zu. Wenn ich heute an der ehemaligen Grenze entlanggehe, erfasst mich immer noch eine große Trauer.« Janus machte eine Pause. »Übrigens befinden wir uns hier mitten im ehemaligen Grenzgebiet. Direkt vor eurer Haustür lief im Oktober 1961 eine der größten Fluchtaktionen. Innerhalb von nur drei Wochen krochen hier etwa fünfhundert Menschen durch die Kanalisation in den Westen.«

Chantal und Alex waren elektrisiert. »Hast du auch Tunnel gegraben?«

»Nur einen, und der brach kurz vor dem Ziel ein.«

»Hat man euch entdeckt?«

»Wurde auf dich geschossen?«

»Wie in dem Film?«, fragte Janus zurück. »Ihr habt ihn schon gesehen?«

»Nur den Trailer«, sagte Alex.

»Auf mich wurde zum Glück nie geschossen. Aber einen meiner Freunde hat's erwischt. Er war so alt wie ihr.«

»Ist gut, Janus.« Colette nahm ihn am Arm. »Wir sollten jetzt den Film ansehen, ich muss morgen früh raus.«

»Eins möchte ich aber noch wissen«, insistierte Alex, »hattet ihr auch Waffen?«

»Im Tunnel? Nein. Für ein paar Tage hatte ich mal eine Pistole, dann konfiszierte sie die Polizei. Und ich war nicht einmal traurig darüber.«

»Ein Toter, eine Pistole – deine Welt war wirklich eine andere als unsere heute«, sagte Colette. »Jetzt aber ab ins Wohnzimmer.«

Alex schob die Zeitungen und Journale von der Couch und legte die DVD ein.

Janus kannte den Film fast auswendig. Aber heute, im ehemaligen Ost-Berlin, zusammen mit Colette und ihren beiden Kindern, sah er ihn mit anderen Augen. Die handwerklichen

Ungereimtheiten, dass zum Beispiel eine Frau mitbuddelte, was es in Wirklichkeit nie gegeben hatte, störten ihn nicht mehr, jetzt berührten ihn vor allem die Flüchtlinge, ihre Hilflosigkeit, ihre Angst vor der Stasi, ihre Freude, aus der Dunkelheit des Tunnels ans Licht gezogen und umarmt zu werden. Er spürte Colette neben sich, die Wärme ihres Oberschenkels, ihrer Hand. Am Ende, als die reumütige Verräterin die Stasi auf eine falsche Fährte lockt und der Vater seinen kleinen Sohn in die Arme schließt, weinten alle. Beim Abspann fiel kein Wort.

Chantal holte sich ein Taschentuch, Alex fragte: »Hattest du auch so eine irre Truppe?«

»Ja, aber nicht im Tunnel, sondern bei der sogenannten Doppelgänger-Tour in der Heinrich-Heine-Straße.«

»Doppelgänger-Tour?«, fragte Chantal.

»Die trickigste Tour, die es je gab. Mit gefälschten bundesdeutschen Personalausweisen brachten wir über hundert Menschen in Freiheit.«

»Wann war das?«

»1962/63. Den Trick haben weder die Stasi, die CIA noch der Verfassungsschutz durchschaut.«

»Erzähl!«

Janus war unschlüssig, aber Colette lachte ihm aufmunternd zu: »Okay, ein halbes Stündchen gebe ich euch noch.« Sie streifte die Schuhe ab und legte ihre Füße auf den Couchtisch.

»Ich versuch's mal mit einer Kurzfassung. Unterbrecht mich, wenn ihr etwas nicht versteht, ja? Ab dem 7. Januar 1962 wurde jeder Ausweis, der nach Ost-Berlin hineinging, von den Grenzern registriert, und nur ein Ausweis, der registriert war, durfte auch wieder hinaus.«

»Du meinst den Besitzer des Passes«, hakte Alex nach.

»Ja, natürlich. Jetzt der Trick: Ein Fluchthelfer, der Doppelgänger, geht zweimal durch die Kontrolle. Das erste Mal mit einem für den Flüchtling bestimmten Ausweis, das zweite Mal mit seinem eigenen.«

»Der geht zweimal durch?«, fragte Chantal.

»Das ist eben der Trick.«

»Sahen der Doppelgänger und der Flüchtling sich denn ähnlich?«, wollte Alex wissen.

»Nein. Wir haben einfach das Bild im Ausweis getauscht. Passfälschungen waren kein Problem für uns. Wir hatten in einer Altbauwohnung am Prager Platz eine komplett ausgerüstete Fälscherwerkstatt. Aber zurück. Stellt euch vor, quer über die Heinrich-Heine-Straße verläuft die Mauer, zweieinhalb Meter hoch, oben Stacheldraht. Es gibt drei Durchlässe, zwei mit einer Schranke für die Ein- und Ausfahrt der Autos, rechts davon einen Durchlass für Fußgänger. Überall laufen Grenzer mit Maschinenpistolen herum, direkt hinter der Mauer steht ein Panzerspähwagen mit laufendem Motor. Die Straße kann nur im Schritttempo befahren werden, weil sie durch Betonteile zu einem Slalom verbaut ist. Etwa hundert Meter entfernt von der Mauer steht rechts und links der Straße je eine Baracke für die Ein- und Ausreisekontrolle, neben denen gibt es markierte Parkplätze. Alle, die mit einem PKW einreisen, müssen hier aussteigen und zur Passkontrolle und zum Geldumtausch in die Baracke gehen. Wenn sie zurückkommen, werden ihre Fahrzeuge kontrolliert, von Grenzern, die – und das ist das Entscheidende – nur für die Autos zuständig sind, nicht für Personen. Jetzt zur Fluchtaktion ...«

»Möchtest du noch was trinken?«, fragte Chantal.

»Danke, vielleicht später. Der Doppelgänger geht mit dem gefälschten Ausweis und einem ›Begleiter‹ zur Baracke. An getrennten Schaltern geben beide ihre Ausweise ab. Nach etwa fünfzehn Minuten bekommen sie diese mit einer Tages-Aufenthaltsgenehmigung für Ost-Berlin zurück. Bevor sie die Baracke verlassen, treffen sie sich hinter der kleinen Wand, mit der die Eingänge zu den Toiletten verdeckt sind. Dort steht nie ein Grenzer. Der Doppelgänger steckt seinem Begleiter blitzschnell den falschen Ausweis samt Aufenthaltsgenehmigung zu. Dann verschwindet er in der Toilette. Er hat jetzt keine Papiere mehr, sein Begleiter hingegen zwei komplette Sätze, mit denen er ganz ruhig durch den Ausgang nach Ost-Berlin geht. Ausweis und Aufenthaltsgenehmigung für den Flüchtling sind schon mal gerettet.«

»Aber was ist, wenn der Doppelgänger aus der Toilette kommt? Wird er – ohne Ausweis – nicht verhaftet?« Chantal war ganz aufgeregt.

»Es weiß ja niemand, dass er keine Papiere mehr hat. Er könnte jetzt problemlos nach Ost-Berlin gehen, nur zurück in den Westen käme er nicht mehr. In der Toilette verändert er sein Aussehen, verdeckt, wenn er blond ist, seine Haare zum Beispiel mit einer schwarzen Mütze, dreht seinen Anorak auf links und setzt eine Brille auf. Jedenfalls sieht er, wenn er aus der Toilette kommt, völlig anders aus als vorher. So verlässt er die Baracke, vor der – in dem Moment – unsere zweite Gruppe, unsere ›Komparsen‹, wie wir sie nannten, aus dem Auto steigt. Alle spielen große Überraschung, dass sie sich ausgerechnet hier, im Grenzübergang, treffen, sie palavern und umarmen sich. Dabei steckt der ›Zubringer‹ dem Doppelgänger dessen echten Ausweis in die Tasche. In angeregter Unterhaltung schlendert die Gruppe vom Auto zum Eingang der Baracke und geht durch die Kontrolle, der Doppelgänger jetzt also zum zweiten Mal innerhalb weniger Minuten.«

»Und das haben die Grenzer nicht bemerkt? Hinten raus und vorne gleich wieder rein?«, fragte Alex. »Klingt simpel.«

»Ist es auch – wenn man die richtigen Leute hat, lässig, unauffällig, aber immer auf dem Sprung. Der Pulk fröhlicher junger Menschen fiel den Grenzern zwar auf, aber sie begriffen nie, was sich da insgeheim abspielte. Sie verdächtigten uns, irgendetwas zu schmuggeln – Waffen zum Beispiel –, und untersuchten unsere Autos penibel nach Hohlräumen, schoben Spiegel-Wagen unter die Karosse und Messlatten in Kofferraum und Tank.«

Colette stand auf und gähnte. »Meine Lieben, ich muss jetzt ins Bett.«

»Ich will aber noch wissen, wie die Geschichte ausgeht, sonst kann ich nicht schlafen«, maulte Chantal.

»Das hört sich ja an wie früher: Bitte noch eine Geschichte, Mam! Also gut, noch drei Fragen.« Colette setzte sich wieder und blickte Janus von der Seite an. »Die erste: Wann kommst du endlich ins Spiel?«

»Ich bin von Anfang an dabei, organisiere alles, stelle das Dreier-Ensemble für jede Aktion zusammen, den Flüchtling, einen Doppelgänger und einen zu beiden wenigstens einigermaßen passenden Ausweis. Dazu kommen der Begleiter, der Zubringer und die Komparsen.«

»Du hattest Ausweise?«, fragte Alex.

»Ich hatte alles, Ausweise, Pässe, perfekt nachgemachte Stempel, Feilen, Nietenzangen und Nieten. Weil ich damals in Schlachtensee wohnte und der Weg zur Fälscherwerkstatt am Prager Platz mit öffentlichen Verkehrsmitteln ziemlich umständlich war, kaufte ich mir ein Auto, einen VW *Standard* mit Zwischengas und Seilzugbremse – so was kennt ihr gar nicht mehr.«

Alex grinste.

»Das Auto nutzten dann auch regelmäßig unsere Komparsen.«

»Wie kam der Kontakt zu den Flüchtlingen überhaupt zustande?«, fragte Chantal. »Ihre werdet ja keine Anzeigen aufgegeben haben.«

»Ein Schneeballsystem. Von den vierhundertfünfzig Grenzgänger-Studenten der FU, die wir zunächst rüberholten, stellten viele, sobald sie im Westen waren, Anträge für ihre Eltern, für ihre Geschwister und Freunde. So wurden unsere Listen immer länger.«

»Du warst gerade dabei, zu erklären, wie du die Mannschaft zusammenstellst«, sagte Colette. »Wie geht's jetzt weiter?«

»Wenn ich die zueinander passenden Kandidaten gefunden habe, bereite ich jeden Beteiligten auf seine Rolle vor. Während der Aktion stehe ich auf dem Besucherpodest im Westen, direkt an der Mauer. Selbst rübergehen konnte ich ja seit dem 7. Januar 1962 nicht mehr.«

»Warum?«, wollte Chantal wissen.

»An dem Tag wurde ein Ehepaar, das ich begleitet hatte, auf der Flucht verhaftet. Ich ging davon aus, dass bei der Stasi jetzt eine Personenbeschreibung von mir lag.«

»Weiter!«, sagte Colette.

»Von dem Podest aus überblicke ich nicht nur den gesamten Kontrollpunkt, sondern auch den Teil des Moritzplatzes, an dem, verborgen vor den Ferngläsern der Grenzer, unsere Komparsen warten. Solche örtlichen Bedingungen gab es nur hier; an einem anderen Grenzübergang hätte die Tour nicht funktioniert. Wenn ich sehe, dass der Begleiter die Baracke verlässt, weiß ich, dass sich der Doppelgänger jetzt in der Toilette umzieht, und schicke die Komparsen los – per Zeichen wie Nase schnäuzen oder so. Drei Minuten später erscheint der Doppelgänger am Barackenausgang und trifft seine gerade einreisenden Freunde. So weit klar?«

»Ja, aber was ist mit dem Flüchtling?«, fragte Chantal.

»Die zweite Frage, ich zähl jetzt mit«, sagte Colette. »Also?«

»Dessen Passbild bringt einer der Komparsen nach Ost-Berlin, versteckt zum Beispiel im Mitteltunnel eines VW Käfers oder in einer der vorderen Lampen eines Citroën 2CV; für so kleine Hohlräume interessierten sich die Grenzer nicht. Feilen, Nieten und Nietenzange liegen beim Bordwerkzeug. Irgendwo, in der Wohnung des Flüchtlings, notfalls auch auf einer Parkbank, kommen dann der Ausweis für den Flüchtling, sein präpariertes Bild und das Werkzeug zusammen. Das Bild des Doppelgängers wird aus dem Ausweis herausgefeilt und durch das des Flüchtlings ersetzt. Mit dem neu bebilderten Ausweis, der ja am Grenzübergang registriert ist, und der Aufenthaltsgenehmigung geht der Flüchtling dann völlig problemlos durch die Kontrolle.«

»Mam und der Fälscher, geil!« Alex knuffte seine Mutter.

»Mach du mal bald ein geiles Examen«, konterte Colette. »Und du, mein Held, komm jetzt bitte zum Ende.«

»Also stell ich mal die letzte Frage selbst. Die Tour flog auf, als einer meiner Freunde bei einer anderen Tour verhaftet und von der Stasi so lange bearbeitet wurde, bis er schließlich alles erzählte. Zwei Tage später bekam jeder Einreisende gleich vorn an der Mauer eine Nummer, die er am Schalter in der Baracke abgeben musste. Der Doppelgänger hätte also kein zweites Mal durch die Kontrolle gehen können, weil er keine zweite Nummer hatte.«

»Wahnsinn!« Alex stand auf. »Ich mach jetzt mal die Fliege.« Er gab seiner Mutter einen Kuss, dann forderte er Janus zum High Five. Der zuckte zusammen, ein Reflex.

Colette bemerkte amüsiert: »Keine Angst, der will nur spielen.«

Auch Chantal verabschiedete sich, drehte sich aber in der Tür noch einmal um. »Toll, dass ihr euch kennengelernt habt.«

Colette streckte sich und legte ihren Kopf in Janus' Schoß. »Na, zufrieden mit meiner Rasselbande?«

»Ja, sehr sympathisch.« Er küsste sie. »Leider muss ich jetzt noch was mit dir besprechen.«

»Klingt ja feierlich.«

Janus strich ihr durchs Haar. Er erzählte ihr von Kittys Anruf.

Sie reagierte ungehalten und setzte sich auf. »Wir kennen uns gerade mal vier Tage, und schon fährst du weg?«

»Ich konnte ihr das nicht abschlagen. Du hättest in meiner Situation genauso entschieden.«

Colette stand auf und schlüpfte in ihre Schuhe. Er wollte sie festhalten, aber sie wich aus. »Wir reden noch darüber. Morgen Abend ist erst mal Buchpremiere. Komm, wenn du magst. Meinetwegen auch inkognito. Beginn 20 Uhr.«

»Worum geht's?«

»Um Gedichte. Du kennst doch mein Programm.«

Als er ins Auto stieg, sah er Colette am Fenster stehen und winken. Er war glücklich.

West-Berlin, Ende Januar 1962

DER NEUE

Die Sensation war perfekt: Lars, der Philosophiestudent und Nebendarsteller in Softpornos, machte im Doppelhaus 9/10 des Studentendorfs wieder Party. Die erste nach mehr als einem halben Jahr. Vor dem 13. August 1961 war sein *Oranger Utan mit dem gruftdunklen U* das Markenzeichen fantasievoller Studentenpartys gewesen. Nach dem Bau der Mauer jedoch war allen die Lust am Feiern vergangen. Heute, am Samstag, den 27. Januar, sollte *Utan* wieder auferstehen, und alle wollten dabei sein.

Janus beobachtete einen geschmeidigen, noch sehr jungen Kerl, schnieke gekleidet, der sich außergewöhnlich elegant auf der Tanzfläche bewegte. Beim Twist war er spitze. Wer war das? Wohnte er im Dorf? Janus ging zu der Studentin, mit der der Milchbart zuletzt getanzt hatte, forderte sie auf und fragte sie, ob sie wisse, wer das sei.

»Keine Ahnung. Aber er kann ziemlich gut tanzen«, sagte sie.

Janus liebte eigentlich nur lateinamerikanische Tänze; mit dem Twist, diesem Herumgewackele, kam er überhaupt nicht zurecht. Auch die Musik inspirierte ihn nicht. Er verabschiedete sich von seiner Tanzpartnerin und holte sich an der Getränkeausgabe eine Cola. Plötzlich stand der begnadete Tänzer neben ihm und bat ihn um eine Zigarette. Schon nach dem ersten Zug bekam er einen Hustenanfall. »Starkes Kraut. Roth-Händle? Nie gehört«, japste er.

»Sie sind von drüben?«

»Bis vor vier Wochen.« Er grinste.

»Wie sind Sie rüber? Pass?«

»Durch den Zaun.« Er drückte die Zigarette aus. »Danke! Ich suche mir lieber eine Kastrierte.«

»Woher können Sie Twist und Rock ’n’ Roll? In der DDR kennt man doch nur Lipsi.«

»Ich war mal Paluccca-Schüler. Sagt Ihnen das was?«

»Ja. Kann ich Ihnen ein paar Fragen zu Ihrer Flucht stellen?«

»Das müssen nicht alle hören. Ich mach noch drei oder vier Tänze, dann komm ich raus.«

Nach einer halben Stunde – Janus, nur im Hemd, war es inzwischen kalt geworden – kam der Hallodri durch die Tür gestürzt. Janus stellte sich als Fluchthelfer vor, er sei quasi beruflich an seiner Geschichte interessiert.

»Einen Fluchthelfer wollte ich schon immer kennenlernen. Verraten Sie mir Ihren Namen? Ich heiße Uwe Maiwald.« Der Tänzer machte eine leichte Verbeugung.

Janus schlug vor, in seine Bude, hier im Studentendorf, zu gehen. Maiwald war einverstanden. Schon auf dem Weg legte er los. Was er erzählte, war nicht immer zusammenhängend und klang ziemlich verrückt. Soviel Janus verstand, hatte der Kerl einen Grenzer bestochen und war in der Nacht des 29. Dezember mit dessen Hilfe an einer präparierten Stelle durch den Stacheldrahtzaun zwischen Hohen Neuendorf und Frohnau in den Westen gekrochen.

Sie waren in Janus’ Zimmer angekommen. Er bot Maiwald eine Cola an.

»Danke! Es war eigentlich ganz einfach, auf der Westseite musste ich nur noch einen fünf Meter hohen stillgelegten Bahndamm überwinden. Im Dunkeln kein Problem, niemand hat mich gesehen. Der einzige Haken: Der Grenzer wollte tausend Mark. Die habe ich zusammengekratzt, denn was sind tausend Mark für ein Leben in Freiheit!«

»Tolle Geschichte!«

»Die sich jederzeit wiederholen ließe.«

»Wie?«

»Na ja, der Grenzer ist jede Nacht vor Ort, und wenn gleich mehrere Leute auf einmal kämen, könnte ich ihn wahrscheinlich noch runterhandeln.«

»Sie haben Ideen! Da reden wir noch mal drüber. Sie wollen sicher zurück zur Party. Wo erreiche ich Sie?«

Er wohne im Studentenwohnheim Eichkamp. »Aber ich habe noch eine andere Sache, die vielleicht noch interessanter für Sie ist. Am Montag organisiere ich eine Flucht an der Friedrichstraße.«

Wie bitte? Alle Passtouren über die Friedrichstraße waren doch seit dem 7. Januar tot, dachte Janus. Zwei Tage nach der Verhaftungswelle hatten Goldmann und Thiel das Prinzip des neu eingeführten Kontrollsystems in Erfahrung bringen können. Wie Janus vermutet hatte, spielten die Markierungen in den Pässen tatsächlich keine Rolle mehr. Von jedem Einreisenden wurden jetzt Name und Nationalität in einer Liste erfasst, und wer bei der Ausreisekontrolle nicht auf dieser Liste stand, war nicht eingereist, konnte also nur ein Flüchtling sein.

Maiwald schien seine Skepsis zu bemerken. »Ich kenne auch dort einen Grenzer.«

Gleich zwei Fluchtmöglichkeiten, und beide mit der gleichen Masche? Wie war das möglich? Er und seine Freunde bemühten sich schon seit drei Wochen erfolglos um eine neue

Tour. Gleich nach der Katastrophe vom 7. Januar hatten sie sich zusammengesetzt und über andere Fluchtwege nachgedacht. Tunnel, umgebaute Autos, oder vielleicht Leichtflugzeuge? Janus' Vorschlag, mit zehn Mann eine Grenzstation zu besetzen, die Grenzer mit Pistolen in Schach zu halten, während Hunderte Flüchtlinge über die Grenze stürmten, hatte Goldmann mit väterlichem Schulterklopfen quittiert: Eine Nummer zu groß für uns! – Und ein turboschnelles Boot, das Urlauber aus der DDR über das Schwarze Meer in die Türkei bringen könnte? – Außerhalb unserer finanziellen Möglichkeiten.

War dieser Maiwald noch ganz dicht? Aber vielleicht war ja was dran an seinen Storys. »Was genau soll da laufen?«

»Einer aus Eichkamp will seine Verlobte rüberhaben. Was mir noch fehlt, sind ein Pass und ein Kurier, der das Mädchen von zu Hause abholt.«

»Warum machen Sie das nicht selbst?«

»Ich muss den Grenzer abfangen, um zu erfahren, wann er an welchem Schalter sitzt. Wenn ich das weiß, muss das Mädchen schon in der Nähe sein und sofort losmarschieren.«

»Wie viel verlangt er?«

»Auch tausend Mark.«

»Hat der Verlobte schon bezahlt?«

Maiwald nickte.

Irgendwie ein bisschen zu glatt, dachte Janus. Als ob eine Flucht ein Spaziergang wäre. Aber die Not, keine Tour zu haben, ließ seine Zweifel verstummen. Eigentlich klang es doch ganz vernünftig, was Maiwald erzählte. Er war offenbar ein ziemlich ausgekochter Bursche. Und erfolgreich.

Als Läufer fiel ihm Edelbert Sattler ein, ein besonnener Schweizer, außer Achmed der einzige aus der Goldmann-Gruppe, dessen Namen und Adresse er irgendwann erfahren hatte. »Ich denke, ich habe einen Mann für Sie. Wir könnten morgen Vormittag zu ihm fahren, und Sie erklären ihm, was er machen soll.«

»Gut. Dann tanz ich noch ein bisschen. Morgen früh um neun bin ich wieder da.«

»Moment, ich brauche noch ein Foto der Verlobten für den Pass.«

»Stimmt, hatte ich ganz vergessen.« Er holte ein Passfoto aus seiner Brieftasche, warf seine Jacke über die Schulter und ging.

Beeindruckend, wie locker der alles nahm, heute tanzen, morgen Fluchthilfe und übermorgen vielleicht eine neue Fluchttour. Ein verrückter Typ! Sollte ausgerechnet der sein Retter in der Not sein? Der Retter der ganzen Gruppe? Und der vielen Flüchtlinge, die auf eine Fluchtmöglichkeit warteten?

Kurz nach 9 Uhr rief Janus in der Zentrale an, erreichte Goldmann und fragte ihn, ob er ein »Drehbuch« ausleihen könne.

»Kommen Sie heute Nachmittag, dann sehen wir weiter.«

10 Uhr. Maiwald war immer noch nicht da. Janus beschloss, alleine zu Sattler zu fahren und ihn um seine Mithilfe zu bitten. Gerade als er sich auf den Weg machen wollte, stand Maiwald vor der Tür und fragte, ob er hier rasch duschen könne, er habe die Nacht durchgemacht. Dann fuhren sie zu Sattler. Der war sofort bereit mitzumachen. Maiwald erklärte ihm seinen Plan: Janus besorgt einen Pass, er, Sattler, schmuggelt ihn nach Ost-Berlin, holt die Verlobte von zu Hause ab, setzt sich mit ihr ins Lindenrestaurant, wartet, bis er hereinkommt, angeblich auf der Suche nach einem Bekannten eng an seinem Tisch vorbeigeht und ihm dabei eine Zahl zuraunt. »Das ist die Nummer des Schalters, hinter dem ›mein‹ Grenzer sitzt. Danach müssen Sie und die Frau sofort losgehen.«

»Hört sich harmlos an«, überlegte Sattler.

»Wir treffen uns morgen früh um 10 Uhr im Bahnhof Zoo«, bestimmte Maiwald. »Dann gibt Ihnen Emmeran den Pass, und wir fahren, natürlich getrennt, nach drüben.« Er diktierte ihm den Namen und die Adresse der Verlobten.

Diese Unerschütterlichkeit! Wieso war Maiwald so sicher, dass er, Janus, bis morgen einen Pass bekommen würde? Aber wenn man Erfolg haben will, muss man wohl so auftreten, dachte er. Sie verließen Sattler in zuversichtlicher, fast fröhlicher Stimmung.

Als Janus am Nachmittag in die Zentrale kam, sah er auf dem Schreibtisch Fahrpläne liegen. Rasch steckte Goldmann sie in eine Schublade. Lief hier etwas, wovon Janus nichts wusste? Auf seine Frage antwortete Goldmann, er plane, endlich mal Urlaub zu machen. Janus war irritiert. Irgendetwas stimmte hier nicht. Wollten sie ihn nicht mehr dabeihaben?

»Was gibt's?«, fragte Goldmann.

Janus erzählte ihm, was er vorhatte, und legte das Bild der jungen Frau auf den Tisch.

Goldmann suchte einen »passenden« dänischen Pass heraus.

»Wie heißt der Typ?«

»Uwe Maiwald.«

Goldmann überlegte, aber der Name sagte ihm nichts. »Sind Sie sicher, dass er sauber ist?«

Was sollte er sagen. Was heißt sicher? Das Einzige, was er wusste, war, dass sie wieder eine große Tour haben würden, wenn der Plan dieses Tausendsassas aufging. »Ich hoffe«, sagte er.

Am nächsten Morgen trafen sich Janus, Maiwald und Sattler wie verabredet am Bahnhof Zoo. Janus übergab Sattler den Pass, der verschwand damit in der Toilette.

»Wann genau die Aktion läuft, weiß ich noch nicht«, sagte Maiwald, als Sattler zurückkam. »Halten Sie sich ab 12 Uhr bereit.« Als Treffpunkt im Westen verabredeten sie das Restaurant *Giraffe* am Bahnhof Tiergarten. Dann stiegen Maiwald und Sattler getrennt in die S-Bahn nach Ost-Berlin.

Um 12 Uhr saß Janus in der *Giraffe*. Dem Kellner sagte er, er erwarte noch Freunde, und steckte sich eine Zigarette an. Zu der dritten Zigarette bestellte er sich eine Cola. Langsam wurde er nervös. Wo und wie wollte Maiwald den Grenzer eigentlich abpassen? Er konnte ja nicht in den Bahnhof gehen und nach ihm fragen. Wo war der Haken? Janus konnte dieses Dickicht aus Erwartungen und Verdächtigungen nicht durchdringen. Hoffentlich kam wenigstens Sattler heil zurück.

Nach zwei Stunden bestellte er Kartoffelsalat und Würstchen. Endlich, kurz nach 15:30 Uhr, kam Sattler mit einer jungen Frau zur Tür herein. Janus bat sie an seinen Tisch, gratulierte ihnen, bestellte drei Kaffee und ließ sich den Pass zurückgeben. Sattler hatte von der Kontrolle der Frau gar nichts mitbekommen; sie sei schon durch gewesen, als er am Bahnhof ankam. Er selbst sei kaum kontrolliert worden, könne aber nicht beurteilen, ob das jetzt normal sei; er sei schon lange nicht mehr drüben gewesen. Sie erzählte, bei ihr sei alles sehr schnell gegangen, nur der letzte Posten, direkt vor dem Aufgang zum Bahnsteig, habe noch mal den Pass verlangt und mehrfach zwischen ihr und dem Passbild hin und her geschaut. In dem Moment sei ihr ziemlich schwummrig geworden. »Jetzt ist alles aus«, habe ich gedacht, »jetzt schickt er mich zurück und lässt mich festnehmen. Aber dann gab er mir den Pass wieder. Vielleicht, weil ich ihn die ganze Zeit so freundlich angelächelt habe.«

Janus ging auf die Toilette und schaute sich das Bild im Pass noch einmal an. Goldmann hatte gut gewählt; warum der Grenzer ein solches Theater gemacht hatte, war nicht nachzuvollziehen. Egal, sie war da. Er bezahlte, verabschiedete sich von Sattler und brachte die junge Frau nach Eichkamp, wo ihr Verlobter wartete. Der war außer sich vor Freude und umarmte sie stürmisch. Er hatte schon befürchtet, die Sache sei schiefgegangen und sie säße bereits im Knast. Gern hätte er Janus in der Kantine auf ein Glas Sekt eingeladen, aber dort gab es nur Brause und Cola. Sie stießen an.

Am nächsten Vormittag fuhr Janus zu Uwe Maiwald, um sich bei ihm zu bedanken. Er hatte Wort gehalten, er hatte seine Feuerprobe bestanden. Im Hochgefühl des Erfolgs umarmte Janus ihn, jetzt war er sein Freund. Jetzt konnten sie ihren Siegeszug gegen Grenzer und Stasi starten, jetzt würde er endlich auch die beiden NVA-Deserteure holen können, die sich schon seit Wochen in einer konspirativen Wohnung versteckt hielten. Aber Uwe dämpfte seine Euphorie. Das Ding an der Friedrichstraße könne er nur ab und zu drehen. Die Sache in Hohen Neuendorf/Frohnau dagegen sei bombensicher und jederzeit durchführbar, mit so vielen Flüchtlingen, wie Janus nur wolle.

Janus brachte den Pass zurück. Die Flucht der jungen Frau habe geklappt, berichtete er Goldmann. Von der möglichen Tour am Grenzzaun erzählte er ihm nichts, und Goldmann erkundigte sich merkwürdigerweise auch nicht weiter.

West-Berlin, 22. Februar 1962

DER JUSTIZMINISTER IN UNTERHOSEN

Janus stand vor seinem Schrank und überlegte, ob er ein Jackett anziehen sollte. Aber das Hemd, das dazu gepasst hätte, lag in der Schmutzwäsche. Also beließ er es bei Jeans und Pullover.

Am Tag zuvor hatte er einen Anruf vom Protokollchef des Berliner Senats bekommen. Robert Kennedy, der Justizminister der Vereinigten Staaten und Bruder des amerikanischen Präsidenten, habe den Wunsch geäußert, während seines Berlin-Besuchs auch einen Fluchthelfer zu treffen. Der Regierende Bürgermeister würde es gerne sehen, wenn ..., und er habe Informationen, dass ..., und so weiter. Seine Zustimmung vorausgesetzt, werde er morgen um 17:30 Uhr im Studentendorf abgeholt und in die Villa des US-Botschafters Dowling in Dahlem gebracht, wo Kennedy residiere. Janus hatte zunächst abgelehnt, er sei schon anderweitig verabredet. Woraufhin der Herr betont hatte, wie wichtig Kennedy für die Stadt und die Beziehungen zu den USA sei, und überhaupt. Schließlich hatte Janus zugesagt.

Pünktlich um 17:30 Uhr rollte eine schwarze Limousine auf den Dorfplatz und wendete. Die hintere Tür öffnete sich, und, beäugt von neugierigen Dorfbewohnern, stieg Janus ein. Äußerst sensibel, ihn, der sich am liebsten inkognito bewegte, mit einem so auffällig dicken Wagen abzuholen, und das vom Dorfplatz, der für Autos eigentlich gesperrt war. Der Fahrer schaute etwas indigniert, junge Männer in Parka und Jeans gehörten eindeutig nicht zu seinem üblichen Transportgut.

Der Wagen rauschte die breite Auffahrt zur Dahlemer Villa hinauf, die Tür wurde aufgerissen, die Eingangspforte öffnete sich. Man brachte Janus in ein großes Zimmer im ersten Stock und bat ihn zu warten. Die Ankunft Kennedys verzögere sich; bei der Stadtrundfahrt habe es einen Zwischenfall gegeben, er werde aber in Kürze eintreffen.

Janus fragte sich, welchen Sinn Politiker darin sahen, im offenen Wagen durch eine Stadt zu fahren. Wollten sie ihrem Ego frönen oder dem Volk Gelegenheit geben, seinen Helden zuzujubeln, um es über die eigene Bedeutungslosigkeit hinwegzutrösten?

Heute, bei bitterem Frost, war die Zeremonie vermutlich nicht gerade angenehm, trotz der dicken Mäntel, die Kennedy und Brandt trugen. Kennedy besuchte das Brandenburger Tor und die Bernauer Straße und hielt eine kurze Ansprache per Megafon. Auf seiner Fahrt durch das Spalier der hunderttausend West-Berliner sprang ein Mann mit einem Schild *Wir fordern Freiheit für die Sowjetzone und für Ost-Berlin!* vor die Staatskarosse, was den Zeitplan über den Haufen warf.

Endlich, um 18:30 Uhr, sah Janus vom Fenster aus die Kolonne schwarzer Limousinen vorfahren. Kurz darauf öffnete sich eine der Zimmertüren und Bob Kennedy kam – in Unterhosen – herein, gefolgt von einem kräftigen Bogyguard. Ganz selbstverständlich ging er auf Janus zu und gab ihm die Hand. Er werde in zehn Minuten wieder abgeholt und wolle die Zeit, die für das Umkleiden vorgesehen war, nutzen, um wenigstens kurz mit ihm zu reden. Ein weiterer Mann brachte Unterhemd, Hemd und Hose. Kennedy fragte, seit wann Janus

Fluchthelfer sei und wie vielen Menschen er schon zur Freiheit verholfen habe.

Während er sich anzog, berichtete Janus, dass er und seine Freunde seit dem 13. August schon über zweitausend Flüchtlinge in den Westen geholt hätten.

Kennedy war beeindruckt und wollte, als ihm die Krawatte gebunden wurde, wissen, was ihn antreibe, sich so bedingungslos für die Freiheit anderer einzusetzen.

Es sei doch selbstverständlich zu helfen, wenn die Freiheit bedroht sei.

Als Kennedy sein Jackett anzog, fragte er: »Mit welchen Methoden ...«, unterbrach sich aber sofort, weil er wusste, dass er darauf keine Antwort bekommen würde. Spontan nahm er Janus in den Arm und sagte zu den anwesenden Herren: »Die Fluchthelfer sind doch die wahren Helden unserer Zeit!« Und wieder zu Janus gewandt: Das werde er nachher auch in seiner Ansprache an der Freien Universität sagen. Dann verabschiedete er sich und eilte hinaus. In der Tür drehte er sich um und nickte Janus zu: »Be blessed, my hero!«

Der schwarze Mercedes fuhr wieder vor, Janus stieg ein. Um neugierigen Fragen seiner Kommilitonen zu entgehen, ließ er sich ein paar Hundert Meter vor der Einfahrt zum Dorf absetzen. Jetzt war er froh und spürte doch so etwas wie Stolz, dass er der Einladung gefolgt und Bob Kennedy begegnet war. Dessen Charme und die Selbstverständlichkeit, mit der er die protokollarischen Tabus überspielte, hatten ihn beeindruckt.

West-Berlin, 10./11. April 1962

AM ZAUN

Obwohl die Flucht der jungen Frau am Bahnhof Friedrichstraße Ende Januar so reibungslos geklappt hatte, hatte Janus nach wie vor Zweifel an Uwes Zuverlässigkeit. Er bohrte nach, aber Uwe hatte auf alles eine Antwort. Der bestechliche Grenzer in der Friedrichstraße sei ein entfernter Verwandter, der am Zaun dessen Freund; dieser habe ihn in jener Nacht auf seinem Motorrad mitgenommen und direkt an die präparierte Stelle geführt. Die Flüchtlinge könnten in der Fluchtnacht mit dem Bus nach Hohen Neuendorf kommen, er persönlich werde sie dort abholen und zum Zaun bringen. Ob er keine weiteren Helfer brauche? Doch, von Westen aus müsse Janus den Flüchtlingen beim Durchsteigen behilflich sein, denn wahrscheinlich seien nicht alle so beweglich wie er. Was er bisher beruflich gemacht habe? Er sei Kellner in verschiedenen Gaststätten gewesen. Ja, er habe mit der Stasi zu tun gehabt, wegen eines Devisenvergehens, Zigarettenschmuggel von West nach Ost, 1960 habe er dafür sechs Monate in Rummelsburg gesessen. Was er jetzt im Westen vorhabe? Langfristig wolle er Wirtschaftswissenschaften an der FU studieren. Ob er denn Abitur habe? Nein, aber das könne man ja nachholen. Zunächst wolle er aber ein paar Freunde in den Westen holen.

Um ganz sicherzugehen, hatte sich Janus bei der Politischen Polizei und beim Verfassungsschutz erkundigt, ob irgendetwas gegen Uwe Malwald vorliege – nichts. Er schien tatsächlich sauber zu sein, nur eben ein bisschen verrückt.

Doch die Einrichtung der »Nordschleuse«, wie Uwe sie nannte, zog sich hin. Janus musste die beiden NVA-Deserteure und ihre Gastgeber von Woche zu Woche vertrösten. Hatte Uwe das Interesse verloren? Oder genoss er jetzt das freie Leben im Westen? Janus drängte ihn, ihm die Stelle zu zeigen, an der er durch den Zaun gekrochen war. Sie fuhren hinaus nach Frohnau und kletterten den fünf Meter hohen Bahndamm hinauf, nachts, weil Uwe gewarnt hatte, die hier patrouillierenden Grenzer würden sofort schießen. Aber Uwe fand die Stelle nicht. Danach verschwand er, wochenlang konnte Janus ihn weder persönlich noch telefonisch erreichen.

Der Februar verging, es wurde März. Kein Zeichen von Uwe. Janus' Ungeduld und Enttäuschung wuchsen, neue Zweifel plagten ihn. Trotzdem bettelte er schon mal die zweitausend Mark Bestechungsgeld zusammen, die sie brauchen würden, um die beiden Deserteure zu holen. Eines Tages stand Uwe wieder vor der Tür. Er sei mit seiner Freundin, einer Schweizerin, unterwegs gewesen, sie hätten ihre Eltern im Tessin besucht, anschließend sei er nach Amsterdam gereist, um eine Maschinenpistole zu besorgen, was ihm jedoch nicht gelungen sei. Er habe aber – große Freude! – die präparierte Stelle im Zaun gefunden. Sie befinde sich direkt über einer kleinen Bodensenke, die sie bei ihrem Pirschgang übersehen hätten, etwa hundert Meter entfernt von einer Scheune. Ein guter Orientierungspunkt, es gebe dort nur diese eine Scheune. Jetzt finde er die Stelle auch blind.

Am 10. April, über zehn Wochen nachdem sie sich kennengelernt hatten, ging es endlich los. Ihr Plan: Mit dem westdeutschen Ausweis eines ähnlich aussehenden Bekannten aus Eichkamp und den zweitausend Mark Bestechungsgeld fährt Uwe gegen 16 Uhr nach Ost-Berlin, sucht die beiden NVA-Deserteure auf und gibt dem einen seinen Ausweis. Mit dem geht der junge Mann an der Friedrichstraße durch die Kontrolle und wird am Lehrter Bahnhof von Janus in Empfang genommen. Mit dem anderen fährt Uwe gegen 22 Uhr nach Hohen Neuendorf, sucht den Grenzer auf, gibt ihm das Geld und erfährt von ihm, wann sie gefahrlos zu der präparierten Stelle gehen können. Janus wartet auf dem Bahndamm. Sobald Uwe mit dem Deserteur am Zaun angekommen ist, gibt er Lichtzeichen, Janus rutscht den Bahndamm hinunter und hilft den beiden durch den Stacheldraht.

Die Flucht des ersten Deserteurs glückte. Mit Uwes Ausweis passierte er alle Kontrollen. Gegen 18 Uhr empfing ihn Janus auf dem Bahnhof Lehrter Straße; sein Gesicht kannte er von den Fotos in den Unterlagen.

»Und? Wie fühlt sich die Freiheit an?«, fragte er ihn.

»Sehr gut, nach der langen Zeit im Versteck«, rapportierte der in breitem Sächsisch.

Janus erkundigte sich nach der Stimmung drüben, wie es den Gastgebern gehe und ob der Kollege fit sei für die Flucht heute Nacht.

»Alles in Ordnung. Der schafft das.«

Janus ließ sich Uwes Ausweis zurückgeben und brachte den Glücklichen nach Marienfelde. Anschließend fuhr er ins Studentendorf und traf sich mit zwei Kommilitonen, ehemaligen Flüchtlingen, die ihm heute Nacht helfen wollten. Er hatte Sorge, Uwes Lichtzeichen zu übersehen; die Ortsbeschreibung mit der Scheune war ja nicht gerade präzise. Sie luden die Ausrüstung – Signalanlage, zwei Leuchtpistolen, Taschenlampen – in ihr Auto. Gegen 22 Uhr fuhren sie los.

Auf der Westseite des Bahndamms rollten sie das vierhundert Meter lange Signalkabel aus, verlegten das Mittelstück und die beiden Enden auf die Schienen, dann bezog jeder seinen Posten, Janus in der Mitte, seine Helfer rechts und links von ihm. Auf diese Weise konnten sie ihn informieren, wenn sie Uwes Lichtzeichen sahen, oder ihn warnen, wenn irgendeine Gefahr drohte.

Kurz vor 23 Uhr, ein wolkenverhangener Himmel, keine Sterne, nur ab und zu war der Mond zu sehen. Janus lag quer auf den schnurgeraden Gleisen und spähte in den Osten. Spitze Schottersteine drückten sich in seine Arme und Beine. Er fror. Tagsüber hatte es geregnet, die blanken Schienen waren eiskalt. Er horchte, er spähte. Kein Zeichen. Irgendwie hirnrissig von Uwe, jetzt ohne Ausweis in Ost-Berlin herumzulaufen. Er wusste doch, dass man auch ohne besonderen Anlass jederzeit aufgefordert werden konnte, seinen Ausweis vorzuzeigen.

Plötzlich Alarm, Gefahr von rechts. Zwei Grenzer zogen, rauchend und sich leise unterhaltend, unten am Zaun vorbei. Aber wieso zwei? Nach Uwes Schilderung war er davon ausgegangen, dass hier nur ein Grenzer patrouillierte. Der eine schlug bei jedem Schritt mit einem Stock auf die zwischen den Betonpfosten gespannten Stacheldrähte. Ein gleichmäßiges Scheppern. Vermutlich zeigte es ihm an, dass der Zaun intakt war. Janus folgte den beiden mit den Augen, bis sie im Dunkel verschwunden waren.

Er wartete. Die Kälte fraß sich in seinen Körper. Wo blieb Uwe? Würde er den Weg zur präparierten Stelle tatsächlich alleine finden, ohne seinen Grenzer? War dessen Kamerad in die Sache eingeweiht? Er starrte in die Dunkelheit. Was hatte ihn dazu gebracht, von dem Grundsatz abzuweichen, nichts direkt an der Mauer oder am Grenzzaun zu unternehmen? Zumal nach Dirks Tod? Er spähte. Immerhin waren mit Uwes Hilfe eine junge Frau und heute Nachmittag bereits der eine Deserteur in Freiheit gekommen. Auf Uwe war Verlass, auch wenn sein Verhalten oft unverständlich war. Hatte er sein Lichtzeichen übersehen? Waren er und der zweite Deserteur vielleicht schon da und warteten auf seine Hilfe? Per Signalanlage fragte er seine Außenposten, ob eine Patrouille in Sicht sei – nein! –, und rutschte den Bahndamm hinunter. Unten blieb er liegen und lauschte, in seinem Parka und der grünen Cordhose im Gras kaum zu sehen. Er robbte hundert Meter nach rechts, hundert Meter nach links, zog immer wieder an den Stacheldrähten, fand aber weder eine präparierte Stelle noch eine Bodensenke. Hatten sie den Zaun inzwischen repariert? Ob man auch unter einem intakten Zaun durchkam? Mit der richtigen Technik? Er legte sich auf den Rücken, fasste den untersten Draht mit den Fingerspitzen zwischen den Stacheln, drückte ihn nach oben und presste sich mit den Absätzen vorwärts. Langsam schob er seinen Kopf unter dem Zaun durch. Der kalte Draht drückte auf seinen Hals, die Stacheln pikten. Im selben Moment hörte er es wieder, dieses leise Scheppern, wieder und wieder, es wurde lauter, kam auf ihn zu. Dann sah er die beiden Grenzer, keine zwanzig Meter von sich entfernt.

Zurück! Sofort zurück! Ohne das leiseste Geräusch. Die Stacheln ratschten über sein rechtes Ohr, rissen es auf. Er drehte sich auf den Bauch, schob sich zum Bahndamm, presste sein Gesicht ins Gras, zog seine Hände in die Ärmel des Parkas zurück, um die helle Haut zu verbergen, atmete langsam durch den Mund. Er schmeckte Blut, hörte und fühlte sein Herz hämmern. Ob auch die Grenzer das hörten? Ihre Schritte kamen näher, der Boden vibrierte unter ihren Stiefeln. Jetzt waren sie keine drei Meter von ihm entfernt, das Schlagen und

Scheppern direkt neben ihm. Sein Kopf arbeitete fieberhaft. Hätte er eine Chance, noch wegzukommen, wenn sie ihn entdeckten? Er roch den Rauch ihrer Zigaretten, hörte sie sprechen. Eine Ewigkeit, drei Ewigkeiten. Wenn er jetzt eine Pistole hätte, könnte er sich wenigstens wehren. Er bewegte sich nicht, sie gingen weiter. Erst als er das Zischen der Leuchtrakete hörte, die sein rechter Posten zündete, um die Grenzer abzulenken, sprang er auf. Ein Schwall von Schweiß schoss ihm den Rücken hinunter. Blitzschnell robbte er den steilen Hang hinauf und warf sich hinter die Schienen. Wie kann ein Körper so viel Schweiß produzieren, in so kurzer Zeit? In Todesangst?

Langsam wurde er ruhiger. Plötzlich, er hatte sein Kommen gar nicht bemerkt, lag einer der Helfer neben ihm. »Alles in Ordnung?«

»Ja«, flüsterte Janus.

»Ihr Ohr blutet!«

»Weiß ich.« Janus presste ein Taschentuch auf die Wunde und bezog wieder seinen Beobachtungsposten. Er hatte Mühe, sein Zittern zu unterdrücken. Ab und zu, zwischen aufreißenden Wolken, der Mond, in der Ferne die Scheune. Nach einer Stunde wieder eine Streife – aber kein Zeichen von Uwe.

Gegen 3 Uhr brach er die Aktion ab. Die Wunde an seinem Ohr blutete nicht mehr. Frustriert rollten sie das Signalkabel auf und fuhren zurück ins Studentendorf. Was war passiert? Hatte man Uwe und den Deserteur verhaftet? War die Nordschleuse geplatzt, bevor sie überhaupt gelaufen war?

Die einzige Möglichkeit, wieder mit Uwe in Kontakt zu kommen und sich Klarheit zu verschaffen, war, die Deckadresse in Ost-Berlin, die er für Notfälle unter dem Namen Eggert eingerichtet hatte, anzulaufen. Ein heikles Unternehmen. Wenn Uwe bereits verhaftet war, saß dort vielleicht schon die

Stasi. Konnte er seinen Freund Harry von Oehringen bitten, zu der Wohnung zu gehen? Der war erst vor ein paar Wochen von Tübingen nach Berlin-Steglitz gezogen und hatte, während Janus ihm beim Einrichten seiner Bude half, angeboten, bei seinen Fluchthilfe-Aktionen mitzumachen.

Sie hatten sich bei der Bundeswehr kennengelernt. Wie Fabian und Janus war auch Harry ein begeisterter Musiker. Ihr Trio – Geige, Cello, Klavier – hatte bei einem Wettbewerb sogar den ersten Preis gewonnen. Im letzten halben Jahr ihres Wehrdienstes hatten sie das Kulturprogramm für die gesamte Garnison, für viertausend Soldaten, organisiert. Nicht nur das: Die von ihnen herausgegebene kritische Zeitschrift – mit Janus' in Hexametern verfassten Spottgedichten auf die Bundeswehr, Fabians Karikaturen und Harrys scharfen Analysen – hatte der Kompanie eine Untersuchung des Militärischen Abschirmdienstes, des MADs, eingebracht. Die drei wurden als gefährlich rot eingestuft, was dem Ansehen, das sie innerhalb des Bataillons genossen, jedoch keinen Abbruch tat. Nach ihrer Entlassung waren sie zusammen nach Tübingen gegangen und hatten ihr Studium begonnen, Janus und Fabian Medizin, Harry Chemie.

Janus rief ihn an, Harry reagierte schnell: »Okay, ich schwing mich auf meinen Roller!«

Als Janus ihm die Tür öffnete, fragte ihn sein Freund, wer denn versucht habe, ihm das Ohr abzureißen, das sähe ja übel aus. Janus winkte ab, schilderte ihm die Situation und bat ihn, den heiklen Pirschgang zu übernehmen.

»Kein Problem«, meinte Harry, »ich klingele ganz harmlos bei Eggert und frage, ob Franziska Zwizinski da ist und so weiter. Mich kennt da drüben ja niemand. Sobald ich die Lage sondiert habe, fahre ich zurück, rufe dich gleich vom Zoo aus an und gebe dir meine Einschätzung durch, damit du weiterplanen kannst. Anschließend komme ich wieder hierher. Servus!« Der bayrische Gruß war ihnen von der Bundeswehr geblieben. Er machte sich auf den Weg.

Janus fuhr nach Eichkamp, um dem »Leihgeber« Uwes Ausweis zurückzubringen.

Der riss ihm das Papier fast aus der Hand: »Diese schwule Sau! Hat er Sie auch angemacht?«

Janus sah ihn verständnislos an.

»Mit dem will ich nichts mehr zu tun haben. Der ist falsch wie eine Giftkröte!«

Uwe und schwul? Er war doch mit seiner Freundin wochenlang im Tessin unterwegs gewesen. Oder hatte er gelogen?

Zurück im Studentendorf, klopfte Janus bei seinen beiden Helfern an und fragte sie, ob sie Zeit für eine Lagebesprechung hätten, ein Läufer sei unterwegs. Sie kamen gleich mit.

Kaum saßen sie in Janus' Bude, rief Harry an. Er habe diesen Uwe Maiwald tatsächlich angetroffen. Seine Schilderung sei ziemlich verworren gewesen; soweit er, Harry, verstanden habe, seien Maiwald und der Flüchtling bei der Suche nach dem Grenzer beschossen worden. Sie hätten gerade noch entkommen können. Aber den Flüchtling habe es an der Hüfte erwischt. Er liege jetzt in der Wohnung eines Freundes und brauche dringend ärztliche Hilfe. »Deine Hilfe, Janus, hat Maiwald mehrmals betont. Brunnenstraße 25, bei Renner.«

War Uwe durchgeknallt? Dass er, Janus, nicht mehr nach Ost-Berlin gehen konnte, wusste er doch. Außerdem war Janus kein Chirurg. Was könnte er für den Deserteur mehr tun als jeder andere? Janus fragte seine beiden Helfer, ob sie in der Nacht an der Grenze Schüsse gehört hätten; sie verneinten. Und wenn es, überlegten sie, tatsächlich eine Schießerei gegeben haben sollte und der Deserteur dabei getroffen worden wäre, wie hätte er noch fliehen können? Hier war etwas faul, oberfaul! Auch mit der präparierten Stelle am Zaun und der Bodensenke stimmte irgendetwas nicht. Und warum hatte Uwe ihm nicht gesagt, dass sein Grenzer nicht alleine Patrouille lief? Plötzlich passte nichts mehr zusammen.

Seine beiden Helfer wollten gehen, Janus versprach, sie auf dem Laufenden halten. Kurz darauf klingelte es, Janus öffnete Harry die Tür.

Die Stimme seines Freundes klang rau. »Du magst ihn, ja?«

Was meinte er?

»Dein Uwe ist ein Spitzel.«

Er hatte es geahnt, aber was machte Harry so sicher?

»Seine strikte Ablehnung, mich zu dem Deserteur in die Brunnenstraße zu bringen, war der letzte Beweis. Der sei nicht vernehmungsfähig, brauche dringend Ruhe. In dem Moment war mir klar: Die wollen dich! Keinen kleinen Fisch wie mich. Mein Glück: Niemand weiß, wie ich heiße, mit meiner Personenbeschreibung können sie nichts anfangen, und dass ich einen Roller habe, hat niemand mitgekriegt.«

Janus konnte es nicht fassen: Uwe, der smarte Tänzer, hatte ihn nur angebaggert, um ihn ans Messer zu liefern! Er war nicht geflüchtet, die Stasi hatte ihn in West-Berlin eingeschleust. Den bestechlichen Grenzer in der Friedrichstraße gab es nicht, die Verlobte hatten seine »Kollegen« durchgewinkt, um ihn als erfolgreichen Fluchthelfer zu etablieren. Auch den Grenzer an der Nordschleuse, den präparierten Zaun und die Bodensenke hatte er erfunden, nur um Janus an den Zaun zu locken; dort hätte ihn die Stasi ohne jedes Aufsehen und ohne Zeugen liquidieren können. Und nachdem das so sorgsam eingefädelte Unternehmen aus irgendwelchen Gründen schiefgegangen war, hatte Maiwald noch eine zweite Falle für ihn aufgestellt, in dieser Wohnung in Ost-Berlin.

»Wahrscheinlich sitzen der Deserteur und seine Gastgeber schon seit gestern Nachmittag im Knast«, überlegte Harry.

»Wahrscheinlich.« Janus versagte die Stimme. Zum Glück war Harry noch davongekommen. Aber Edelbert Sattler und alle, von denen sich Maiwald Ausweise geliehen hatte, um nach Ost-Berlin zu fahren, waren jetzt verbraten.

Janus brachte Harry zur Tür.

Sein Freund legte ihm die Hand auf die Schulter. »Eine Bitte, Janus: Hör auf! Die Zeit der Fluchthilfe ist vorbei. Du siehst doch selbst, es hat keinen Sinn mehr.«

Janus schloss die Tür und ging wieder in sein Zimmer. Hier hatte er mit Uwe gesessen, diesem Hallodri, diesem Verräter, sich seine Lügen angehört, Pläne mit ihm geschmiedet. Irrsinnige Pläne. Wie konnte das sein? War ihm seine Obsession, Menschen helfen zu wollen, zum Verhängnis geworden, hatte sie ihn blind und taub gemacht? Wochenlang hatte ihn die Stasi an der Leine geführt, und er hatte es nicht gemerkt. Aber er konnte nicht einfach aufhören, Harry hatte gut reden; auf seiner Liste standen noch zweiunddreißig Menschen, die auf seine Hilfe warteten.

Nachts überfiel Janus ein Albtraum: Er, liegend am Zaun, wie festgesaugt an der Erde, kann sich nicht mehr bewegen, die Grenzer kommen immer näher, bleiben stehen, plaudern, lachen, rauchen, er ist ihnen ausgeliefert. Schutzlos. Aber sie beachten ihn nicht, gehen weiter.

Schweißgebadet wachte er auf. Wieso ließen sie mich entkommen? Er fand keine Antwort. Sein Ohr schmerzte, das Kopfkissen war blutdurchtränkt.

Berlin, Freitag, 19. August 2016

5. TAG

Colette hatte gemailt: *Hol mich nicht vom Bahnhof ab, heute ist mein Mentoren-Tag, und ich weiß noch nicht, wann ich komme. Meistens, wenn ich Faizah abliefere, steht ihr Vater an der Pforte und hat noch tausend Fragen. Er begreift immer noch nicht, dass ich zwar einmal in der Woche etwas mit seiner Tochter unternehme, aber nicht eine zweite Frau von ›Sozial‹ bin, wie er immer sagt, die ihm dabei hilft, eine Wohnung zu finden. Den Weg zu Dir kenne ich ja.*

Endlich klingelte es. »Schön, dass du da bist«, er umarmte sie. »Alles okay bei dir?« Sie sah müde aus. »Wie war die Premiere? Du nimmst es mir nicht übel, dass ich nicht gekommen bin?«

»Überraschend gut besucht«, sagte Colette, schlüpfte aus ihren Schuhen und ließ sich auf die Couch fallen. »Erzähle ich dir gleich. Ich muss nur mal kurz die Füße hochlegen, ich war mit Faizah im Pergamonmuseum.«

Janus lachte. »Wie lange willst du das noch machen?«

»Bis zum Frühjahr, habe ich mir vorgenommen.« Sie stand auf, holte ihre Tasche und setzte sich an den Tisch.

Janus war erleichtert, sie schien nicht böse zu sein, dass er gestern Abend nicht zu ihrer Buchpremiere gekommen war. Er hätte zugeben müssen, dass er beim Lesen einer Akte die Zeit vergessen und erst wieder an den *Roten Salon* gedacht hatte, als es bereits zu spät war. Vielleicht hatte auch die Aussicht, einen Abend unter Lyrikfans verbringen zu müssen, sein Vergessen befördert. Er schenkte ihr ein Glas Rotwein ein und setzte sich zu ihr.

»Die Diskussion gestern, im Anschluss an den offiziellen Teil, wäre Wasser auf deine Mühlen gewesen. Es ging darum, dass Schriftsteller, die in der DDR nicht veröffentlichen durften und auch niemanden hatten, der ihre Manuskripte in den Westen schmuggelte, heute vergessen sind. Die Zensur wirkt nicht nur bis heute, sondern bis in alle Ewigkeit fort.«

»Du hältst doch dagegen.«

»Sagen wir mal so, ich würde gern. Das ist mit einem kleinen Verlag aber nicht zu leisten.« Sie strich ihm über die Hand. »Sollen wir was essen oder betrinken wir uns?«

Janus wollte in die Küche gehen, aber sie hielt ihn am Arm fest. »Warte, ich möchte dir was vorlesen. Keine Angst, nur ein paar Zeilen.« Sie zog ein Manuskript aus ihrer Tasche.

»*Lähmende Ewigkeit die eine Minute währt / Und tausend solcher Minuten am Tag / Von Bildern Träumen Monologen beschwert / Dass niemand die Zeit zu fassen vermag / Tausend Minuten sinnlos und leer / Sinnlos der Tag und sinnlos die Nacht / Hoffnung kommt von allzuweit her / Ist hinter Schloss und Riegel gebracht.*«

Sie machte eine Pause. »Magst du so was?«

»Sehr. Von wem?«

»Ralf-Günter Krolkiewicz. 1955 in Erfurt geboren, wegen öffentlicher Herabwürdigung inhaftiert, 85 nach Westdeutschland abgeschoben, 2008 gestorben. Ich nehme noch zwei weitere Gedichte von ihm in meine Jubiläums-Anthologie auf, Mix aus Ernst, Pop und Slam-Poetry.«

»Jubiläums-Anthologie?«

»Im Oktober wird der Weißbach-Verlag zehn Jahre alt. Bis dahin gibt's noch 'ne Menge Arbeit. Aber wir hatten uns ja schon in unseren ersten Mails gedroht, wenig Zeit füreinander zu haben.«

Janus schnippte einen Fussel von ihrer Bluse. »Da kannte ich dich aber noch nicht! Wollen wir jetzt essen?«

»Gleich. In Krolkiewicz' Nachlass habe ich das gefunden.« Sie holte eine Broschüre aus der Tasche und schob sie ihm zu. »Ein offener Brief von Günter Grass und Wolfdietrich Schnurre, den die beiden am 16. August, drei Tage nach dem Bau der Mauer, persönlich im Büro des Schriftstellerverbands in Ost-Berlin abgegeben haben.«

»Toll, was du alles für Zeug in deiner Tasche vergraben hast.«

Grass und Schnurre erinnerten daran, dass die Schriftsteller im Westen gegen das geplante Notstandsgesetz und gegen einen *autoritären Klerikalismus* in der Bundesrepublik zu Felde gezogen seien; jetzt hätten die Schriftsteller Ost *genauso die Pflicht, das Unrecht vom 13. August beim Namen zu nennen*. Die Antwort: *Die Schriftsteller der Deutschen Demokratischen Republik verstehen, billigen und unterstützen alle Maßnahmen ihrer Staatsorgane, die in erster und letzter Konsequenz der Verteidigung des Friedens dienen.*

Janus schloss das Heft. »Und die wollten ernst genommen werden? Ich fass es nicht.«

»Ich war jedenfalls überrascht, dass die, die bei uns Rang und Namen hatten, solche Speichellecker waren. In einem Kommentar hat Schnurre noch geschrieben, man erwarte, dass Schriftsteller sich der Wahrheit und nur der Wahrheit verpflichtet fühlen. Aber dieses Grundnahrungsmittel war in der DDR immer Bückware. Wobei ich mir nicht vorstellen kann, dass Autoren wie Anna Seghers, Franz Fühmann, Peter Huchel oder Peter Hacks eine solche Antwort gutgeheißen oder gar unterschrieben haben.«

Er nahm ihren Arm. »Darf ich noch mal auf deine Anthologie zurückkommen? Hast du noch Platz für zwei meiner Lieblingsgedichte?«

»Kommt darauf an.«

Janus ging zu seinem Rechner, klickte auf einen Ordner und las vor.

»*Was ist des Unschuldigen Schuld – Wo beginnt sie? / Sie beginnt da, wo er gelassen, mit hängenden Armen / Schulterzuckend daneben steht, / Den Mantel zuknöpft, die Zigarette anzündet und spricht: / Da kann man nichts machen. / Seht, da beginnt des Unschuldigen Schuld.* Von Gerty Spies. Sie hat Theresienstadt überlebt.«

»Schön. Und das andere?«

»*Als niemand mehr kam / unter seinem steinernen Flügel / zu schlafen / hob der schwarze Engel / seinen Fuß von dem Pfeiler / schüttelte leise den Staub / von den Flügeln / und trug sein Lächeln aus Stein / in den Himmel zurück.* Felicitas Girod.«

»Noch nie gehört. Kannst du mir die beiden schicken, mit Vita der Autorinnen und Entstehungsjahr? Vielleicht bringe ich sie noch unter. Aber jetzt bitte essen.«

Janus nahm sie an die Hand und zog sie mit in die Küche. »Eigentlich doch toll, dass man heute alles verlegen kann«, sagte er, während er Käse, Brot, Salami, Tomaten und Avocados aus dem Kühlschrank holte und auf dem Küchentisch arrangierte.

»Du meinst, ohne staatliche Zensur? Davor hat mich meine späte Geburt bewahrt. Danke, dass du den Supermarkt für mich geplündert hast.«

»Für uns.« Er beugte sich zu ihr.

Colette zerschnitt eine Tomate und garnierte damit ihr Brot.

»Hast du eigentlich deinem Vater zuliebe Romanistik studiert?«, fragte Janus.

»Nein. Ich hatte mich schon in der Schule für Französisch entschieden. Ich mochte diese Sprache, ihre Melodie, und je besser ich sie beherrschte, desto mehr hatte ich das Gefühl, zur großen Welt zu gehören. In den Franzosenlagern hat sich das dann noch verstärkt. Was ich meinem Vater zu verdanken habe, ist, dass ich gleich nach dem Abitur studieren durfte und nicht erst zum Ernteeinsatz abkommandiert wurde.«

»Und die Landwirtschaft hat gedarbt. Magst du?« Er reichte ihr ein Stück Käse.

»Gern. Dafür haben sie mir erst nach drei Jahren – als Letzter in meinem Jahrgang – ein Gast-Semester in Paris bewilligt. Und genau da fiel die Mauer, und ich saß mit Hunderten Ossis im Zug, die alle den Eiffelturm stürmen wollten.«

Janus lachte laut auf. »Und die Mädels alle mit der gleichen Frisur?«

»Ja, so in etwa. Alle strohblond. Und die Jungs Vokuhila.«

»Bitte?«

»Vorne kurz, hinten lang, die DDR-Einheitsfrisur. Dazu noch den Oliba.« Colette strich sich über die Oberlippe.

Janus hatte wieder die Bilder vom Mauerfall vor sich, die vielen glücklichen Menschen, die in den Westen stürmten und alle irgendwie ähnlich aussahen.

»Und in Paris warst du plötzlich nicht mehr die kleine Sozialistin, sondern eine Deutsche, verantwortlich für den Nationalsozialismus und den Holocaust? Konntest du denn genügend Französisch?«

»Französisch war mein Studienfach, Herr Emmeran. Schon vergessen?« Colette stibitzte ein Stück Salami von seinem Teller. »Und das Tollste: In Paris passte auch mein Vorname. Ich war Colette, eine Französin unter Franzosen. Die Ausländerin war erst auf den zweiten Blick zu erkennen; hoffte ich jedenfalls.« Sie prostete ihm zu. »Zunächst besuchte ich noch einige

Veranstaltungen im DDR-Kulturzentrum am Boulevard Saint-Germain, ansonsten, wie soll ich sagen ...« sie zögerte. »Paris ist eben Paris. Ich lernte, wie ich ein Ticket für die Metro ziehe, wie Scheckkarten und Geldautomaten funktionieren, ja, lach nicht, wie ich im Supermarkt einkaufe. Allmählich kapierte ich auch, wie die Franzosen flirten, wie sie ticken, wie sie ficken.« Sie schob ihre Haare in den Nacken. »Und ich lernte, Nein zu sagen. Schwierig war für mich dieses Tempo, das pausenlose Kommunizieren, alle Vorsicht abzulegen, einfach draufloszureden. Die fremde Sprache war Puffer und Freiheit zugleich.«

»Es muss doch toll gewesen sein, kopfüber in die kapitalistische Brandung zu springen, anstatt hier beigetreten zu werden.«

»Aber anstrengend.«

»Kein Mitleid; Struggle for life, Stress – und eine neue Liebe – sind doch die Impulsgeber der Persönlichkeitsentwicklung.«

»Wie schlau du bist! Als ich zurückkam, war ich, wie du weißt, schwanger. Und in Berlin wurde die Welt neu verteilt. Ich fühlte mich obdachlos, wenngleich ich wieder bei meinen Eltern unterkam. Auch an der Humboldt ging alles drunter und drüber. Unsere Professoren sollten durch West-Importe ersetzt werden. Die Studenten waren dagegen, obwohl sie wussten, dass ihre Professoren fast alle in der Partei waren und nicht wenige von ihnen bei der Stasi am Tisch gesessen hatten.«

»Das ist mir neu.«

»Nicht einmal die Tatsache, dass sie in der Wende-Zeit ihre Personalakten korrigieren und ihre Parteizugehörigkeit ausradieren durften, öffnete den Studenten die Augen, wie korrupt das System war. Die meisten von ihnen hätten gern alles beim Alten gelassen. Einen geläuterten Sozialismus konnte sich der eine oder andere vielleicht vorstellen, aber den Sturz des Regimes oder gar eine deutsche Wiedervereinigung hatte niemand auf dem Zettel.«

»Der Geist der friedlichen Revolution, *Wir sind ein Volk!*, ist nicht bis in die Uni vorgedrungen?«

»Nein.«

»Verrückt. Im Westen protestierten die Studenten zu meiner Zeit gegen den Muff von tausend Jahren, und bei euch verbrüderten sich 1989 Jung und Alt?«

»Wir waren nicht zum Protest erzogen, Janus.«

»Wir Nazi-Kinder auch nicht.«

Sie überlegte einen Moment. »Wir kommen eben aus sehr unterschiedlichen Kisten.«

»Haben aber einen gemeinsamen Feind.«

»Und der heißt?«

»Mittelmaß.«

Colette stand auf. »Ja, Gemeinsamkeiten haben wir auch.«

»Wie Doppelsterne! Wir kreisen um einen gemeinsamen Mittelpunkt und stabilisieren uns gegenseitig.«

»Nu kommen se mal runter vom Firmament, Herr Emmeran, ich muss dringend schlafen.«

Berlin, Samstag, 20. August 2016

6. TAG

Leise zog Janus die Jalousie hoch.

Colette wachte auf und drehte sich zum Fenster. »Danke, dass du die Sonne reinlässt. Soll ich noch ein bisschen hierbleiben?«

»Solange du magst.«

»Immerhin bleibt uns noch dieser Tag.«

»Und nach der nächsten Woche ein Leben.«

»Du hattest mir in grauer Vorzeit mal geschrieben, wie froh du bist, dass ich nicht gleich die nächsten zwanzig Jahre mit dir plane.«

»Das war noch vor der Evolution. Außerdem bleibt uns auch noch eine Nacht.«

»Du schon wieder. Wollen wir zur Abwechslung mal spazieren gehen?«

»Mit Pumps?«

Colette stand auf und holte ein Paar Turnschuhe aus ihrer Tasche.

Schmunzelnd nahm Janus seine Rundum-Verplanung zur Kenntnis. »Wir könnten zum Teufelsberg gehen. Zur Abhörstation der Amerikaner.«

»Zur NSA?«

»Zur *ehemaligen* Abhörstation.«

»Geht's auch mal ohne Geschichte und Politik? Ich wollte eigentlich nur spazieren gehen.«

»Okay, dann nehmen wir den Drachenberg und sehen unterwegs den Eichhörnchen zu.«

»Genau.«

Nach dem Frühstück liefen sie los. Das Licht flirrte in den Bäumen, nur einzelne Strahlen fanden den Weg bis zum Boden. In der Ferne das gleichmäßige Rauschen der Avus, ab und zu das Keckern eines Eichelhähers und das Hämmern eines Spechts.

»Und, wie fühlt sich der Grottenmolch hier draußen in der Natur?« Sie sah ihn von der Seite an, er zog sie an sich und hob sie hoch.

»Er fliegt mit seiner jungen Liebe über die höchsten Berge.« Janus nahm ihre Hand.

Festgetretener sandiger Boden, dichtes Gebüsch, dunkle hohe Stämme, Kiefern, Eichen, Buchen. Das Geräusch der Avus wurde schwächer. Stille. Sie überquerten die Straße zum Teufelssee.

»Kannst du noch?«, fragte Janus.

Colette wischte sich den Schweiß von der Stirn, so weit sei sie schon hundert Jahre nicht mehr gelaufen.

Sie kamen zum Drachenberg.

»Müssen wir da wirklich hoch?«

»Wer A sagt, muss auch Drachenberg sagen.«

Schnaufend liefen sie die schier endlose Treppe hinauf. Oben wehte ein heftiger Wind, Colettes Haare flogen. Er stellte sich hinter sie und nahm sie in seine Arme. Tief unter ihnen die Welt, im Dunst verschwimmende Häuser, das weit hingestreckte Grün, ins Blau des Himmels ragende Fabrikschlote.

»Siehst du den Fernsehturm?«, fragte Janus.

Colette lachte: »Klar. Im ›ehemaligen Drüben‹. So ähnlich hat Christa Wolf das mal formuliert, das funktioniert von beiden Seiten. Als ich etwa sieben Jahre alt war, habe ich von dort aus in den Westen geguckt. Da, wusste ich, gibt's Schokolade.«

»Wo warst du eigentlich in der Nacht der Nächte?«, fragte Janus.

»Am 9. November 1989? Im Bett, und zwar in meinem eigenen. Und du?«

»In meiner Praxis. Gegen Mitternacht rief mich meine Frau an. Zuerst dachte ich, sie will mich veralbern, dann bin ich nach Hause gerast, hab mich vor den Fernseher gesetzt und nur noch geheult. Das waren vielleicht die glücklichsten Stunden meines Lebens. Am nächsten Morgen, ich hatte kaum geschlafen, wollten meine Kinder wissen, was mit mir los ist. Ich muss ziemlich zerknautscht ausgesehen haben.«

»Sie wussten nichts von deiner Vergangenheit, nicht, dass du Fluchthelfer warst?«

»Nein.«

»Vielleicht wären sie stolz auf ihren Vater gewesen.«

»Vielleicht auch nicht. Fluchthelfer hatten damals einen schlechten Ruf. Weißt du eigentlich, wie schön du bist?«

»Hat mir schon lange keiner mehr gesagt. Wieso schlechten Ruf?«

»Du lässt nicht locker?«

»Nein.«

»Gleich nach dem Bau der Mauer waren wir die heimlichen Helden von Berlin, die nicht jammerten wie die Politiker und Journalisten, sondern etwas für die Brüder und Schwestern im Osten taten. Als allerdings der Berliner Senat Ende 1963 mit der DDR das Passierscheinabkommen verhandelte, das den West-Berlinern erlauben sollte, Weihnachten und Silvester zu ihren Verwandten nach Ost-Berlin zu fahren, waren wir plötzlich Störenfriede, die unbedingt aus dem Verkehr gezogen werden mussten. Jetzt beschimpfte uns der Senat als Ganoven, die die Not anderer ausnutzen und sich bereichern. Die Presse stieß ins gleiche Horn, und zwei Jahre später glaubten es alle.«

»Ja, Einzelkämpfer, Vorausdenker und Frauen haben es immer schwer.«

Er küsste ihren Nacken. »Diese Gartenzwerge haben aber noch viel Schlimmeres zu verantworten. Sie ließen die Dissidenten in der DDR am langen Arm verhungern und unterstützten stattdessen, wie du sicher weißt, die korrupte SED. Diese politische Blindheit zog sich durch alle Parteien.«

In großen Schleifen liefen sie den Berg hinunter, unten empfing sie die Kühle des Waldes. Colette atmete tief durch. »Natur riecht einfach gut. Inzwischen kennen deine Kinder aber deine Vergangenheit?«

»Ja. Nach dem 9. November habe ich ihnen einiges erzählt und sie später zu einer Reise nach Berlin eingeladen. Als wir die Bernauer Straße entlangliefen, ermunterte mich Barbara, alles für meine künftigen Enkel aufzuschreiben.«

Colette lachte. »Und, hast du?«

»Dafür hätte ich nicht nach Berlin zurückkommen müssen.« Er nahm wieder ihre Hand. Andere Spaziergänger kamen ihnen entgegen, Jogger überholten sie, Hunde tollten herum. Sie erreichten den Teufelssee, Nacktbader sonnten sich auf ihren Handtüchern.

»Wollen wir mal kurz?« Colette zeigte auf den See.

»Einfach so?«

»Ja!« Sie löste die Klettverschlüsse an ihren Turnschuhen.

»Ungern.«

»Sei doch einfach mal spontan.«

Janus spürte den leisen Vorwurf, band seine Schnürsenkel los, ließ die Hose fallen und zog das Hemd über den Kopf. Colette, bereits nackt, rannte zum Wasser.

»Huh, kalt«, prustete Janus, der ihr gefolgt war.

»Nur im ersten Moment. Ich liebe Wasser! Und nackt noch viel mehr.« Sie schwamm ihm davon.

Als sie wieder auf der Wiese standen, kam Janus sich irgendwie ausgeliefert vor. »Und jetzt? Ein Königreich für ein Handtuch.«

»Brauchen wir nicht.« Lachend rubbelte Colette ihn und sich mit ihrem Unterhemd ab und schlüpfte in ihre Kleider. »Und jetzt essen!«

»Kuchen gibt's gleich hier um die Ecke, bis zu einer vorzüglichen Ente wäre es etwa eine Stunde.« Er hatte Mühe, das Gleichgewicht zu halten, während er seine Hose anzog.

»Kuchen reicht.«

»Aber alles bio.«

»Hauptsache, ich kann mal sitzen.«

Sie fanden einen freien Tisch in dem Gartenlokal, stocherten in der trockenen Karotten-Nuss-Torte, tranken Ingwerlimonade. »Du lagst am 9. November also in deinem eigenen Bett, und am Morgen ...?«

»... wollte ich, wie immer, zur Uni fahren. Aber ich kam nicht weit. Die Straßen waren voller Menschen, die fast ausnahmslos in Richtung Westen, Übergang Bornholmer Straße, liefen. An der Straßenbahnhaltestelle fragte ich einen Mann, was los ist. ›Jepennt, Mädel? Die Mauer is uff!‹ Ich bin zu meinen Eltern gerannt, hab sie informiert, mir eine Tasche geschnappt und ihnen zugerufen, ich mach jetzt rüber! Du ahnst nicht, warum: Ich wollte Pampers kaufen!«

Janus verschluckte sich an der Bio-Limonade und musste husten.

»Kein Witz, die Dinger waren mein Traum. Mit der rappelvollen S-Bahn bin ich zur Bornholmer gefahren, habe mich, wie die anderen, mit klopfendem Herzen an den offenen Schranken vorbeigeschoben und bin, ohne darüber nachzudenken, dass ich keinen Pfennig West-Geld hatte, in den nächsten Supermarkt gerannt. Zum Glück bezahlte eine Frau das Riesenpaket für mich. Mit den Pampers unterm Arm bin ich dann ganz stolz zurückgefahren. Det war der Beitrach der Kleenen aus dem Osten zum jroßen Weltgeschehen. Meine Mutter erklärte mich für verrückt, so was brauche man in der DDR nicht.« Colette machte eine Pause. »Und ob du's glaubst oder nicht, sie war bis heute noch kein einziges Mal im Westen.«

»Wäre das nicht mal ein Thema für eine Anthologie?«, überlegte Janus. »Wer war wo am 9. November?«

»Gibt's bestimmt schon«, lachte sie. »Außerdem verlege ich Lyrik, Herr Emmeran.«

»Ach ja.«

Sie zahlten und verließen das Gartenlokal. Die weißen Türme und Kugeln der ehemaligen Abhörstation auf dem Teufelsberg schimmerten unwirklich über den Baumkronen.

West-Berlin, 30. April 1962

MISTER X / DER PLAN

Trübes Licht fiel durch die drei großen Fenster.

»Ich muss heute eine ziemlich heikle Angelegenheit mit Ihnen besprechen.« Mister X machte eine kurze Pause. »Können Sie einen Jeep fahren und mit einer Pistole umgehen?«

Die Standuhr schlug fünf. Auf dem Eichentisch standen wie üblich Kaffee, Cola und das Silbertablett mit Serviette und Brötchen. Außerdem lag da heute ein großer Stadtplan, auf dem der Verlauf der Grenze zwischen Ost- und West-Berlin deutlich markiert war.

Mister X setzte sich, wies ihn mit einer Handbewegung an seinen Platz und wiederholte seine Eingangsfrage. Etwas übermütig antwortete Janus. »Klar, ich war doch bei der Bundeswehr. Notfalls fahre ich auch auf drei Rädern durch die Kurve und schieße beidhändig. Warum?«

Mister X reagierte ungehalten. »Das erkläre ich Ihnen später.« Er zeigte auf Janus' Ohr. »Hatten Sie einen Unfall?«

»Ein widerspenstiger Stacheldraht. Schon vergessen.«

Mister X zögerte einen Moment. »Gut. Dann möchte ich Sie in eine Sache einweihen, die, ganz unabhängig davon, wie sie ausgeht, nie an die Öffentlichkeit kommen darf. Sie haben verstanden?« Seine Augen wurden schmal.

Janus nickte.

»Wir wissen, dass die sowjetischen und ostdeutschen Militärstrategen planen, morgen, während der Mai-Kundgebung, in West-Berlin einzumarschieren und es zu besetzen.«

Janus wollte etwas sagen, aber Mister X winkte ab.

»Sie gehen davon aus, dass aufgebrachte junge Männer, wie am 20. November letzten Jahres, an die Mauer rennen, vielleicht sogar versuchen, sie zu überklettern. Daraufhin werden sie erklären, auf diese angeblich vom West-Berliner Senat inszenierte ›Grenzprovokation‹ mit aller Härte reagieren zu müssen.«

Fassungslos starrte Janus ihn an. »Die wollen den Vier-Mächte-Status brechen? Das gibt doch Krieg!«

Mister X stand auf und durchmaß das Zimmer mit großen Schritten. »Ich vermute, dass die Amerikaner heute nicht mehr bereit sind, für Berlin Krieg zu führen, schon gar nicht einen Atomkrieg. Aber der Reihe nach: Gegen die konventionell hochgerüsteten Sowjets haben wir hier in Berlin, selbst in Europa, keine Chance. Deshalb planen unsere Militärs, jede kriegerische Auseinandersetzung ganz schnell zu einem Atomkrieg eskalieren zu lassen. In Bezug auf Atomwaffen und Interkontinentalraketen sind wir den Sowjets immer noch zwanzigfach überlegen. Und das wissen die auch. Nach einer atomaren Auseinandersetzung wären bei uns vielleicht ein paar Großstädte zerstört, aber die Sowjetunion wäre nur noch ein strahlender Trümmerhaufen, von Berlin bis Wladiwostok.«

Janus fragte sich, ob das noch der Mister X war, den er kannte, der belesene Schöngeist, oder ob hier ein in Overkill-Einheiten denkender Militärbefehlshaber sprach.

»Deshalb werden die Generäle im Osten ihre Zündelei sofort stoppen, wenn wir ihnen glaubhaft damit drohen, zurückzuschlagen. Natürlich wollen wir keinen Krieg, aber wir müssen dazu bereit sein. *Si vis pacem para bellum*, das wussten schon die alten Römer. Seit Kennedys *Jede Mauer ist besser als ein Krieg* gehen sie aber davon aus, dass wir uns nicht wehren werden, wenn sie uns überrumpeln und vollendete Tatsachen schaffen. Durch seine *Three Essentials* hatte Kennedy ja schon drei Wochen vor dem Mauerbau eine Ergebenheitsadresse an die Sowjets geschickt. Sie wissen, was ich meine?«

»Nicht so genau.«

»Das Recht der Westmächte auf Anwesenheit in Berlin, ihr Zugangsrecht nach Berlin und die Wahrung der Sicherheit der Bürger West-Berlins waren für Kennedy unabdingbar. Die Sicherheit und die Rechte der Ost-Berliner hingegen klammerte er aus. Das machte den Weg frei für den Bau der Mauer.« Mister X schaltete die Stehlampe ein, setzte sich, schlug seine langen Beine übereinander und wartete, als wolle er seinem Gast Zeit geben, das Gesagte zu verarbeiten.

»Sind Ihnen die Sowjets denn in Hinblick auf technische Entwicklungen nicht voraus?«

»Sie meinen die Weltraumforschung, Sputnik, Gagarin? Das tangiert unsere atomare Vorherrschaft in keiner Weise. Warum, glauben Sie, haben sich die sowjetischen Panzer am Checkpoint Charlie im vergangenen Oktober als Erste zurückgezogen?«

Im Oktober 1961 war es zu einer brisanten Situation im Kalten Krieg gekommen, als die Grenzer der DDR einen amerikanischen Soldaten bei der Einfahrt nach Ost-Berlin kontrollieren wollten. Die Amerikaner fuhren am Checkpoint Charlie Panzer auf. Die Sowjets zogen nach. Am 27. Oktober standen sich auf beiden Seiten dreißig Panzer auf Tuchfühlung gegenüber. Bis den Sowjets, wahrscheinlich beim Abhören amerikanischer Telefonate, klar wurde, dass General Clay es tatsächlich, um die Rechte der USA zu verteidigen, zu einem Atomkrieg kommen lassen wollte. Am 28. Oktober zogen sie ihre Panzer zurück, die DDR musste ihre Provokationen aufgeben.

Und wozu dann ein Jeep und eine Pistole, wenn es um Atomwaffen geht?, dachte Janus.

»Die Frage ist jetzt, wie wir denen drüben klarmachen, dass unsere Militärs am 1. Mai so verrückt sein könnten, auf den roten Knopf zu drücken.«

Was hat alles unter einer Schädeldecke Platz, dachte Janus, die Odyssee, Johann Sebastian Bach, der Holocaust – und ein roter Knopf.

Mister X räusperte sich. »Nach Sichtung der Pläne letzte Nacht habe ich den Vertrauensmann Kennedys in Berlin, General Lucius Clay, angerufen. Er war natürlich nicht begeistert, dass ich ihn um 4 Uhr aus dem Bett holte, bat mich aber nach meinen Andeutungen sofort zu sich. Nachdem er sich von der Seriosität meiner Quelle überzeugt hatte, versuchte er, Kennedy zu erreichen. Um 16 Uhr gab er mir telefonisch durch, der Nationale Sicherheitsrat tage noch, Kennedy habe sich noch nicht entschieden. Fest stehe bisher nur, dass wir morgen einen Panzer an den Checkpoint Charlie stellen werden, um Präsenz zu zeigen.

Ich werde das Gefühl nicht los, dass Kennedy einen Nicht-Verteidigungs-Pakt mit den roten Imperialisten geschlossen hat. Wenn West-Berlin am Boden liegt, kann er ja halbmast flaggen lassen als Zeichen der unverbrüchlichen Solidarität mit den Berlinern. Einen Panzer! Lächerlich!« Mister X schlug mit der Faust auf den Tisch, seine Tasse klirrte. »Jetzt ist es 17:55 Uhr, eigentlich schon zu spät für eine Mobilmachung. Ich gebe Kennedy noch fünfunddreißig Minuten. Wenn bis dahin nichts passiert, sollten wir uns auf den Ernstfall vorbereiten.«

»Wir?«

Mister X antwortete ausweichend: »Wir alle. Die Polizei in West-Berlin ist angewiesen, während und nach der Kundgebung mit aller Härte gegen Randalierer vorzugehen. Niemand darf bis an die Mauer kommen. Und die Redner auf der Kundgebung sind gebeten, sich mit Kritik an der DDR zurückzuhalten. Auch Clay wird sich in seiner Abschiedsrede, so versicherte er mir, lediglich für das Vertrauen der Berliner bedanken. Schade, dass er gerade jetzt zurückgezogen wird, ich habe in den Jahren unserer Zusammenarbeit viel von ihm gelernt. Auch, dass es in den meisten Fällen besser ist, Härte zu zeigen, als nachzugeben.«

»Und wenn die Kommunisten in West-Berlin einmarschieren, ohne dass irgendjemand auch nur in die Nähe der Mauer kommt?«

Mister X rührte in seiner leeren Tasse. »Für den Fall habe ich Ihnen schon einen Platz in einer unserer Militär-Maschinen reserviert. Aber vielleicht können wir, wir beide, West-Berlin auch retten.«

Retten? Wir? Mit einem Jeep und einer Pistole? Was hatte er vor? »Und wie?«

»Ich habe einen Plan. Für einen Helden, dem Bob Kennedy Gottes Segen gewünscht hat.«

»Brauche ich den jetzt?« Woher wusste Mister X von dieser Episode?

»Den brauchen wir immer. Und nun zur Sache: Wir beide fahren morgen zum Checkpoint Charlie und kapern, wenn nötig, den Panzer.«

Janus hatte Mühe, Mister X zu folgen. »Was heißt nötig?«

»Konkret: Um 11 Uhr beginnt die Kundgebung auf dem Platz der Republik vor dem Reichstag. Um 11:30 Uhr gehen Sie, mit der Pistole in der Tasche, auf der Entlastungsstraße in Richtung Moltkebrücke.« Er beugte sich über den Stadtplan und tippte auf die Stelle. »Wenn ich per Funk erfahre, dass sich Jugendliche in der Nähe der Mauer zusammenrotten, komme ich, in einem offenen Jeep stehend, im Schritttempo über die Brücke auf Sie zu. Das könnte gegen 12 Uhr sein. Mein Fahrer fährt in die Stichstraße zum Haus der Schweizer Delegation; am Ende der Straße lasse ich anhalten.« Der Finger drehte sich auf dem Plan. »Sie kommen langsam nach, wir begrüßen uns, auf Deutsch. Ich stelle Sie meinem Fahrer als deutschen Mitarbeiter vor, bitte ihn, auszusteigen und etwa zwei Stunden auf uns zu warten. Sie setzen sich ans Steuer, wenden und fahren los. Ich habe ja keinen Führerschein.« Er zeigte auf sein rechtes Auge. »Am Checkpoint Charlie stellen wir uns direkt neben unseren Panzer, ich sage dem Kommandanten, wer ich bin, und wir beobachten, was auf der Ostseite passiert. Wenn bis 14 Uhr alles ruhig bleibt, fahren wir zurück, Sie geben mir die Pistole und gehen nach Hause.«

»Und wenn es nicht ruhig bleibt, wenn die Situation eskaliert?«

»Solange nur Grenzer an der Mauer stehen, tun wir nichts. Sollten aber NVA-Soldaten in den Checkpoint einmarschieren, kapern wir den Panzer. Dafür die Pistole. Der Kommandant darf keine Chance haben, die Luke zu schließen oder seine Waffe zu ziehen. Wir nehmen ihm und seiner Besatzung die Waffen ab.«

Tolles Indianerspiel, dachte Janus, für Kinder mit Pfeil und Bogen okay; aber mit Panzern und Pistolen? Und auf eigene Faust, gegen den Willen seines obersten Dienstherrn? Aus dem Plan sprach die pure Verzweiflung.

»Sollten wir feststellen, dass NVA-Soldaten nach West-Berlin einmarschieren, lassen wir den Richtschützen einen Warnschuss abgeben. Vermutlich wird daraufhin der Vormarsch gestoppt. Wenn nicht, wenn sogar auf uns geschossen werden sollte, befehlen wir, die Luke zu schließen und gezielt zurückzuschießen, direkt in die Grenzstation. Spätestens jetzt, da bin ich sicher, bricht der Osten seinen Angriff ab und zieht seine Truppen zurück.«

»Und wir?«

»Hätten ihnen klargemacht, dass es uns ernst ist – und West-Berlin gerettet.«

»Ich meine, was passiert mit uns?«

»Wir fahren zurück, und Sie tauchen erst mal in dieser Wohnung unter«, er schob ihm eine Adresse und einen Schlüssel über den Tisch, »den Rest erledige ich. Ich melde mich bei Ihnen.«

»Und wenn wir getroffen werden?«

»Dann sterben Amerikaner für ihr Land, dann gibt es Krieg – und den gewinnen wir. Sie und ich posthum!« Mister X zog eine Schublade auf, nahm eine Pistole mit Magazin heraus und gab sie ihm. »Bis morgen, 12 Uhr.«

Das Gespräch war beendet, alles war geklärt, es gab nichts mehr zu fragen, nichts mehr hinzuzufügen. Mister X drückte den Serviceschalter und bat den Boy, seinen Gast zur Tür zu bringen.

Janus lief zur U-Bahn, in seiner Tasche spürte er das harte Metall der Waffe. Er dachte an Fabian. Wie hätte der sich an seiner Stelle verhalten? Hätte er mitgemacht oder sich verweigert?

West-Berlin, 1. Mai 1962

MISTER X / DIE AKTION

Janus schreckte aus dem Schlaf. Er fror, die Decke lag am Boden, sein Hemd klebte am Körper. Würde er heute Abend noch leben? Und wenn ja, wie sollte das funktionieren mit dem Untertauchen? Und beging Mister X mit seinem Privatkrieg gegen die Sowjets nicht Hochverrat? Selbst wenn es ihnen gelänge, den Angriff auf West-Berlin abzuwehren, würde man ihn vor ein Militärgericht stellen – und ihn, Janus, gleich mit.

Aber es gab kein Zurück. Heute war der 1. Mai, und in der Tasche seines Parkas steckte eine geladene Pistole.

Viel zu früh machte er sich auf den Weg. Am Platz der Republik rüttelten heftige Böen an den Fahnen, über dem Reichstag prangte ein Gerüst mit großen weißen Lettern: *Freiheit kennt keine Mauer*. Eine unübersehbare Menschenmenge wogte weit über die hintere Abgrenzung des Platzes, die Entlastungsstraße, hinaus. Janus drängte sich nach vorn. Kurz nach 11 Uhr betrat Bundespräsident Lübke die Tribüne und begann mit seiner Rede. Augenblicklich setzten die Störlautsprecher des Ostens ein und brüllten über die Spree: »Kriegstreiber!«, »Revanchisten!«, »Militaristen!« Die Reaktion der Menschen auf dem Platz war beeindruckend: Sie zischten dagegen! Und dieses Zischen aus Tausenden Mündern übertönte das Geplärr der Ost-Lautsprecher. Allerdings konnte man dadurch auch

Lübkes Rede nur schlecht verstehen. Sie war, wie auch die folgenden Ansprachen, betont harmlos und unverfänglich. Allein die Botschaft des amerikanischen Gewerkschaftsbosses George Meany kam zur Sache: Amerika werde alles tun, um die Freiheit und Sicherheit Berlins zu erhalten, man habe die Beseitigung der Schandmauer im Blick und außerdem eine deutsche Wiedervereinigung in Freiheit. Doch sie ging, von einem Angestellten der Botschaft stümperhaft verlesen, im allgemeinen Lärm unter.

Janus sah, dass ein paar Jugendliche versuchten, an die Absperrungen auf der Kronprinzenbrücke zu kommen. Sie wurden von der Polizei mit Schlagstöcken zurückgetrieben. Sollte der Osten diesen Versuch eines Protests tatsächlich als Bedrohung auslegen? Janus konnte keine Reaktion am Ostufer erkennen.

Mitten im Gewühl stand plötzlich Harry neben ihm: »Kommst du mit? Diese langweiligen Reden muss ich mir nicht anhören.«

Janus fühlte die Pistole in seiner Tasche. »Sorry, aber ich warte auf eine Freundin.«

»Du und eine Freundin?« Harry stieß ihm lachend in die Seite. »Das ging ja schnell. Du hast also wirklich mit der Fluchthilfe aufgehört?«

Janus antwortete nicht.

»Wünsch euch einen schönen Nachmittag. Servus.« Er machte sich in Richtung Lehrter Bahnhof davon.

Kurz vor 11:30 Uhr. Keine Veränderung am gegenüberliegenden Ufer. Janus bahnte sich einen Weg durch die Menschenmassen zur Entlastungsstraße und weiter nach Norden zum Haus der Schweizer Delegation. Auf der Moltkebrücke nichts, kein Jeep, kein Mister X. Er ging auf und ab, im Schneckentempo verstrichen die Minuten. 12 Uhr, 12:30 Uhr,

13 Uhr, nichts. Wie lächerlich das war: Mit einer Pistole in der Tasche wartete er am Rand einer Kundgebung auf einen CIA-Mann, der sich einen irrwitzigen Plan zur Rettung Berlins ausgedacht hatte. Er kam sich sehr einsam vor und sehr überflüssig. Um ihn herum fröstelnde Menschen, niemand beachtete ihn. Hatte er irgendetwas falsch verstanden?

Um 14 Uhr brach er ab und fuhr nach Hause. Kaum im Studentendorf angekommen, rief ihn sein Zimmernachbar ans Flurtelefon, sein Mister No-Name sei am Apparat, er habe heute Vormittag schon einmal angerufen. Mister X bat ihn, sofort nach P9 zu kommen.

Auf dem Tisch stand eine Flasche Sekt.

»Gegen 10 Uhr wurde der Plan, West-Berlin zu besetzen, abgeblasen. Ich habe noch versucht, Sie zu erreichen, aber Sie waren, wie man mir sagte, schon unterwegs.«

»Was heißt abgeblasen?«

»Ich vermute, dass Chruschtschow den Befehl zum Rückzug gab, nachdem Kennedy ihm via heißem Draht mitgeteilt hatte, dass er den Plan kennt.«

Aye, aye, Mister CIA-Boss, dachte Janus, das nehme ich Ihnen nicht ab, das haben Sie selbst inszeniert – aber das würden Sie mir nie sagen.

»Zufrieden?« Mister X lächelte ihn an.

Janus nickte. Aber die Frage, die ihn schon am frühen Morgen bedrängt hatte, ließ ihm keine Ruhe: »Wäre Ihre Aktion, ganz unabhängig von ihrem Ausgang, nicht Hochverrat gewesen? Und, entschuldigen Sie, was wäre aus mir geworden?«

»Hochverrat definitiv nicht, höchstens Gehorsamsverweigerung. Aber mir ging es um die Rettung West-Berlins, dafür hätte ich die Anklage vor einem Militärgericht in Kauf genommen. Da ich aber letztlich dazu beigetragen hätte, das weitere Vordringen der Kommunisten zu verhindern, wäre das Verfahren ganz schnell in der Versenkung verschwunden. Es gab ja nur fünf Zeugen, die Panzerbesatzung und meinen Fahrer, und die hätte man zum Schweigen verdonnert. Was Sie betrifft, Sie wären in der von mir organisierten Wohnung erst mal sicher gewesen. Die Fahndung nach Ihnen wäre bald eingestellt worden, niemand wäre interessiert daran gewesen, die Details unserer Aktion an die Öffentlichkeit zu bringen. Ich bin sicher, dass ich Ihnen sehr rasch Entwarnung hätte geben können. Sie wären nach Hause gegangen und hätten weitergelebt wie bisher. Und West-Berlin wäre – dank Ihrer Hilfe – frei geblieben.«

Janus hatte mit vielem gerechnet: Dass er bei der Pass-Tour hätte verhaftet werden können; seit jener Nacht am Grenzzaun wusste er, was Todesangst ist; und heute Morgen hatte er sich mit dem Gedanken vertraut gemacht, von einer Granate zerfetzt zu werden. Dass er aber als ungeklärter Fall in den Annalen der Geheimdienste hätte verschwinden können, überraschte ihn doch.

Er legte die Pistole und den Schlüssel für die Wohnung, in der er hätte untertauchen sollen, auf den Tisch. Mister X ließ den Sektkorken knallen.

Berlin, Sonntag, 21. August 2016

7. TAG

Der Wecker klingelte, Janus hauchte Colette einen Kuss auf die Stirn, stand auf, rasierte sich und packte seinen Koffer.

Beim Frühstück entschied sie: »Ich begleite dich zum Flughafen.«

Schweigend saßen sie nebeneinander auf der Rückbank des Taxis, die Gegenwart des Fahrers blockierte alle Zärtlichkeiten. Er nahm ihre Hand.

»Du wohnst bei Kitty?«, fragte Colette.

»Ja.«

»Hat sie Kinder?«

»Eine Tochter.«

»Wie alt?«

»Moment.« Janus scrollte auf seinem Handy. »Acht. Voraussichtlich werde ich sie kaum sehen, ich bin nie vor Mitternacht zu Hause. Vielleicht kurz beim Frühstück. Mein Schwiegersohn umsorgt mich immer. Er ist der perfekte Hausmann.«

»Hast du noch mehr Enkel?«

»Insgesamt drei. Aber die beiden anderen sehe ich noch weniger. Von Cleveland ist der Opa in Berlin sehr weit weg.«

Das Taxi hielt vor der Abflughalle.

»Fährst du gleich zurück?« Janus zog sein Portemonnaie heraus.

»Nee, danke. Ich komm noch mit und nehm dann den Bus.«

Janus zahlte. Vor der Sicherheitskontrolle verabschiedeten sie sich. »Wie soll ich das schaffen, eine Woche ohne dich?«

»Deine Patientinnen werden dich trösten.«

Er zog sie an sich. »Ich mag dich.«

»Moi aussi, mon chéri!«

»Ich ruf dich an, wenn ich gelandet bin, ja?« Die Schlange rückte vor. Er legte Notebook, Handy und Gürtel in die Plastikbox, drehte sich noch einmal um und sah Colette hinter der Glasscheibe stehen. Sie winkte ihm zu. Dieses Lachen, dachte er und winkte zurück.

Berlin / Tübingen, 22. bis 25. August 2016

TELEFONGESPRÄCHE

Fünf lange Tage. Für Janus ein zehn- bis zwölfstündiger Dauerlauf zwischen Behandlungszimmern, Notfallraum, Röntgenabteilung, Anmeldung und Wartezimmer. Am Abend brauchte er immer eine Weile, bis er mit seinen Gedanken zu Colette zurückfand. Dann telefonierten sie lange, und das Erstaunliche war, dass sie in diesen Gesprächen auf Themen kamen, die sie vis-à-vis nie angeschnitten hätten. Janus war davon überzeugt, dass er ein Todesurteil eher hinnehmen könne, wenn es ihm in Hexametern verkündet würde. Oder er wolle gern auf zehn Jahre seines Lebens verzichten, wenn Bach, Mozart oder Beethoven auch nur ein Jahr länger hätten komponieren können. Colette war erbost, so könne nur ein Mann denken. Noch mehr brachte sie auf, als er davon sprach, um den Homo sapiens sei es wegen seiner offenkundigen Mängel sowieso nicht schade. Bis auf einige Ausnahmen selbstverständlich. Colette hatte wissen wollen, ob er sich meine, er hatte geantwortet: Und dich!

Duett und Duell.

Auch Colette sprach am Telefon sehr offen. Mit seinen Gedanken könne sie sich zwar nicht immer anfreunden, aber er habe etwas in ihr aufgeweckt, von dem sie annahm, es sei gar nicht mehr vorhanden. Detailliert schilderte sie ihm, welche seiner Liebkosungen ihr wann gefielen und was sie gern einmal ausprobieren wolle. Sie sei sehr glücklich. »Komm endlich zurück aus deinem Schwabenland.«

»Wenn die Maschine pünktlich ist, müsste ich gegen 18 Uhr zu Hause sein. Kommst du?«

»Wie könnte ich dich nach unserer Durststrecke noch länger allein lassen.«

»Wenn du magst, bestelle ich einen Tisch beim Italiener.«

Berlin, Freitag, 26. August 2016

8. TAG

Colette stand mit einem Korb Erdbeeren in der Tür.

»Darf ich?« Janus nahm ihr den Korb ab und umarmte sie. »Schön, dass du da bist.«

»Ein Festmahl beim Italiener kann man nicht ausschlagen.« Er wollte sich eine Erdbeere schnappen, sie nahm sie ihm aus der Hand. »Erst zum Nachtisch.«

Ein lauer Abend, sie machten sich zu Fuß auf den Weg. Janus legte seinen Arm um ihre Taille, froh, die anstrengende Woche hinter sich zu haben. »Wie läuft's bei dir?«

»Heute sind die letzten Korrekturen für die Anthologie rausgegangen. Ich habe Gerty Spies und auch Felicitas Girod noch untergebracht.«

»Toll!«

»Schade, dass wir über Girod nichts weiter herausgefunden haben. Als Mitherausgeber bekommst du natürlich das erste Exemplar. Und im Oktober gibt's ein großes Fest.«

»Ich bin gespannt. Und sonst?«

»Heute war ich mit Faizah am Tegeler See. Hat mich einiges gekostet, ihren Vater davon zu überzeugen, dass sie zum Baden nicht ein Unter- und ein Oberkopftuch braucht.«

Janus hatte jetzt keine Lust, sich über arabische Bekleidungsvorschriften zu unterhalten.

Der Kellner brachte sie zu ihrem Tisch. Sie bestellten. Colette zog eine Mappe aus ihrer Tasche. »Auch der Schutzumschlag ist fertig. Hier. Die Farben stimmen noch nicht ganz, aber …«

Er las *Fremde sind wir nur im Heimatort*, darunter zehn Namen von Autoren, die er nicht kannte, unterlegt mit dem Foto einer Straßenflucht, ganz unten stand Weißbach-Verlag.

»Ein Zitat von Mascha Kaléko«, sagte Colette. »Gefällt's dir?«

»Ja, sehr. Aber du weißt ja, dass ich keine Ahnung habe.«

»Wie die meisten, die in eine Buchhandlung kommen. ›Gefällt mir‹, ist das einzige Kriterium, das zählt.«

Sie genossen *Saltimbocca alla Romana, Filetto di Orata,* Hauswein und Cola. Nach dem Essen kehrten sie gut gelaunt, Colette ein bisschen beschwipst, in Janus' Wohnung zurück.

»Und jetzt Nachtisch!«

»Strawberry or me?«, fragte Colette.

»Beides.« Er holte die Erdbeeren aus dem Kühlschrank und schob ihr zwei in den Mund.

Sie lachte, kaute, griff eine weitere Erdbeere aus dem Korb, nahm sie zwischen die Lippen und küsste sie ihm in den Mund. »Komm.« Sie zog ihn ins Schlafzimmer und knöpfte sein Hemd auf. »Hättest du morgen Abend Lust auf Tango? Ab 21 Uhr geht's los, am Pfefferberg.« Sie löste seinen Gürtel.

»Ich bin total eingerostet.«

»Deine Negativwerbung nützt dir nichts. Lust oder nicht?«

Er streifte ihren Tanga ab. »Weißt du, auch meine Hände hatten Sehnsucht nach dir.«

West-/Ost-Berlin, 13. Mai 1962

HARRY KOMMT NICHT ZURÜCK

Janus war für zwei Tage auf das Schlachtfeld des Kalten Kriegs geraten, sein Studium köchelte nach wie vor auf Sparflamme, obwohl ihm klar war, dass er am Ende des Semesters das Physikum ablegen musste. Harrys Empfehlung, mit der Fluchthilfe aufzuhören, hatte er in eine ferne Zukunft verlegt; er suchte weiter nach Wegen durch die Mauer.

Angeblich gab es im Wedding einen jüdischen Uhrmacher, der ständig Leute über die Grenze brachte, zwar für Geld, dafür aber sicher. Janus klapperte diverse Uhrenläden ab, ohne Erfolg. Über Jim und Helga Stone, seine Truman-Plaza-Bekanntschaften, lernte er einen GI kennen, kaufte für ihn einen Dodge, einen ehemaligen Streifenwagen der Militärpolizei mit frisiertem Motor, und ließ ein Versteck zwischen Kofferraum und Rücksitz einbauen. Doch schon bei der ersten Probefahrt knallte der GI den Wagen gegen einen Laternenmast am Kurt-Schumacher-Platz; Totalschaden. Janus musste sogar noch den Mast bezahlen. Den »Ganoven vom Savignyplatz«, eine Gruppe, die sich darauf spezialisiert hatte, Verstecke in PKWs einzubauen, ging es nur ums Geldverdienen, die Sicherheit der Flüchtlinge war für sie zweitrangig; mit denen wollte er nichts zu tun haben. Und ein Student aus Wernigerode brach sich, gerade als die Tour durch eine stillgelegte

Kanalisation an der Zonengrenze nach Niedersachsen losgehen sollte, den Unterschenkel. Auch seine Anfrage bei Daniel Goldmann und Dietmar Thiel, ob sie nicht ab und zu einen Flüchtling von ihm holen könnten, brachte keine Lösung; sie hätten zurzeit selbst keine Tour. Offensichtlich vertrauten sie ihm nach der »Maiwald-Affäre« nicht mehr.

Welche Möglichkeiten blieben ihm noch? Sollte er versuchen, einen Tunnel zu graben? Das hatte er bisher nicht erwogen. Ihm lag es mehr, die Grenze mit ausgefeilten Tricks wie bei der Pass-Tour zu überwinden, nicht mit Muskelkraft. Aber offenbar gab es nur noch diesen einen Weg.

Tagelang streifte er durch das Grenzgebiet, um eine geeignete Stelle zu finden. In der Kochstraße entdeckte er – direkt hinter der Mauer, im Sperrgebiet – ein fünfstöckiges heruntergekommenes Wohnhaus. Ihm gegenüber, auf der Westseite, etwa fünfundzwanzig Meter Luftlinie entfernt, auf einem großen Baugelände eine verlassene Baubude. Kein Grenzer, auch kein West-Polizist und keiner der Arbeiter würde hier den Bau eines Tunnels bemerken.

Mit einem Dietrich verschaffte sich Janus Zugang zum Dachboden eines Hauses direkt neben dem Baugelände und erkundete mit einem Fernglas das Areal um sein Zielobjekt. Dessen Eingang lag auf der von hier nicht einsehbaren Seite. Die Hausbewohner tauchten in seinem Sichtfeld erst auf, wenn sie sich etwa fünfzig Meter vom Haus entfernt hatten. Meist liefen sie in Richtung Endhaltestelle der Straßenbahnlinie 64 in der Jerusalemer Straße. Von einem Kontrollposten am Eingang zum Sperrgebiet war nichts zu sehen. Die nachts erleuchteten Fenster zeigten ihm, dass dort mindestens acht Parteien wohnten. Aber wie würden die Flüchtlinge in das Haus und in den Keller kommen? Das ließ sich nur vor Ort klären.

Aber wer hätte die Kaltschnäuzigkeit für diesen heiklen Erkundungsgang? Wieder fiel ihm Harry ein. Wenngleich der vermutlich verärgert sein würde, wenn er erfuhr, dass Janus seinem Rat, aufzuhören, nicht gefolgt war. Würde er verstehen, dass er sich den zweiunddreißig Menschen, die auf seine Hilfe warteten, verpflichtet fühlte? Janus rief ihn an und fragte, ob er zu ihm ins Studentendorf kommen könne. Er habe ein Problem.

Kurze Zeit später stürmte Harry herein und stellte eine Flasche Cola auf Janus' Schreibtisch. »Hier, als Seelentrost. Bist du wieder solo?«

»Nee, was anderes.«

»Ich hab's befürchtet.« Harry setzte sich.

Janus machte Tee und berichtete ihm von seiner Entdeckung in der Kochstraße und, weil Harry bei seiner Empfehlung, aufzuhören, blieb, von der Notlage seiner Flüchtlinge. Von dem Theologiestudenten aus Erfurt, der während des Gottesdienstes ein Protestplakat gegen die Mauer ausgerollt hatte und jetzt im Untergrund lebte; von der Ärztin mit zwei kleinen Kindern, deren Mann geflüchtet, deren eigene Flucht aber gescheitert war und die man jetzt auch noch der Mittäterschaft bezichtigte, weil sie die Fluchtabsicht ihres Mannes nicht gemeldet hatte. »Nur wegen der Kinder ist sie noch nicht in Haft. Ich muss ihr helfen, bevor sie in den Knast kommt.«

»Ein Eiferer, der sich selbst den Strick dreht.« Harry nahm einen großen Schluck Tee. »Komisch ist, dass du mir imponierst, und noch komischer, dass ich sogar bereit bin mitzumachen. Was schlägst du vor?«

Janus skizzierte ihm seinen Plan: »Du fährst mit einem Blumenstrauß rüber, stellst deinen Roller im Zentrum ab, setzt dich in die Straßenbahn Linie 64, steigst an der Endhaltestelle aus und gehst zum Haus. Falls dich ein Grenzer anspricht, kannst du ja sagen, du bringst deiner ehemaligen Freundin einen Geburtstagsstrauß. Ich beobachte dich von dem Dachboden aus.«

»Wann soll's losgehen?«

»Nächsten Sonntag? Dann verpasst du keine Vorlesung.«

Harry war einverstanden.

Am Sonntag, den 13. Mai 1962, kaufte Janus im Blumenladen am Waldfriedhof einen bunten Strauß, Harry holte ihn mit dem Roller ab, und gemeinsam fuhren sie zum Moritzplatz. »Komm bald wieder«, rief Janus ihm zu, als sein Freund beim Starten in einer weißen Wolke verschwand. Sein »Servus!« ging im Geknatter unter.

Janus lief zur Kochstraße und bezog seinen Beobachtungsposten. Er sah eine Straßenbahn kommen, halten. Zehn Minuten Pause, dann fuhr sie zurück. Die nächste Bahn hielt, Harry stieg aus, ging, den Strauß in der Hand, in Richtung Haus und verschwand aus Janus' Gesichtsfeld. Unmittelbar darauf tauchte er wieder auf – ohne Strauß –, eilte zurück zur Straßenbahnhaltestelle, ein Grenzer folgte ihm. Plötzlich rannten beide, Harry schaffte es gerade noch, in die anfahrende Bahn zu springen. Wild gestikulierend blieb der Grenzer zurück.

Der Straßenbahnfahrer hatte Harry gerettet. Den Plan, hier einen Tunnel zu graben, konnte Janus jetzt allerdings vergessen.

Er beeilte sich, zum Moritzplatz zu kommen. Vermutlich würde Harry mit seinem Roller schon auf ihn warten. Aber er war noch nicht da. Janus wartete, wartete bis in die Nacht. Aber Harry kam nicht zurück.

West-Berlin, Mai 1962

PISTOLEN UND SPRENGSTOFF

Es gab keinen Zweifel: Harry war, trotz des mutigen Straßenbahnfahrers, verhaftet worden. Janus erkundigte sich beim UfJ, dem Untersuchungsausschuss freiheitlicher Juristen, der normalerweise recht gut über Ereignisse in Ost-Berlin informiert war, ob sie etwas über Harrys Verbleib wüssten. Für irgendwelche Erkenntnisse sei es noch zu früh, erklärte man ihm. Harrys Name wurde auf die Suchliste gesetzt. Auch Janus' Kontaktmann bei der Politischen Polizei hatte noch nichts gehört, gab ihm aber den Rat, ab sofort unbedingt eine Pistole bei sich zu tragen. Es könne durchaus sein, dass die Stasi, nach Harrys Verhaftung und dessen vermutlichem Geständnis, versuchen werde, ihn zu entführen.

Janus, nach der Horrornacht am Zaun immer noch von Albträumen heimgesucht, rief seinen ehemaligen Kompaniechef in Mittenwald an – wegen ihrer beider Faible für Hölderlin und Hexameter hatte er zu ihm ein besonderes Vertrauensverhältnis gehabt – und fragte ihn, ob er ihm eine Pistole besorgen könne und, wenn möglich, auch ein Paket Sprengstoff. Er lebe inzwischen in Berlin, arbeite als Fluchthelfer und habe seit dem Mauerbau über sechshundert Menschen in den Westen gebracht. Einen Augenblick lang herrschte Stille in der Leitung. Was er denn mit Pistole und Sprengstoff anfangen wolle? – Er habe gerade eine lebensgefährliche Situation am Grenzzaun überstanden, in der er sich mit einer Waffe in der Hand wesentlich besser gefühlt hätte. Außerdem spiele er mit dem Gedanken, ein Loch in die Mauer zu sprengen. Egon Bahr, der Sprecher des Regierenden Bürgermeisters Willy Brandt, habe an die Fluchthelfer appelliert: Da müsse doch endlich mal was passieren. Der Kompaniechef sagte, er werde sehen, was er tun könne.

Mit chemischen Experimenten, Sprengstoff und Waffen kannte sich Janus aus. Als Jugendlicher hatte er seine verhasste Großmutter mit Chlorgas aus dem Keller vertrieben, im Klassenzimmer Schwefelwasserstoff entwickelt und die Schale dem Lehrer unters Pult geschoben mit der Folge, dass der Arme widerwärtig nach faulen Eiern stank. Aus selbst hergestelltem Sprengstoff hatte er sogar eine Bombe gebastelt und sie zur Explosion gebracht. Seine Mitschüler waren begeistert, ihm drohte man mit einem Schulverweis. Pistolen, Maschinenpistolen und Maschinengewehre waren ihm seit seinem Wehrdienst vertraut. Das MG 42 – fünfundzwanzig Schuss pro Sekunde! – faszinierte ihn geradezu. Beim Sturmangriff konnte er damit einigermaßen treffsicher auch aus der Hüfte schießen – mit schwingendem Patronengurt allen anderen voran.

Wenige Tage nach dem Telefongespräch traf das schwere Paket bei Janus ein. Eine Pistole 6,35, fast neuwertig, Sprengstoff, Zünder und Zündschnur. Beigelegt war eine Anweisung für Pioniere, der Sprengstoff müsse gut gedämmt eingesetzt werden, sonst verpuffe seine Wirkung. Jetzt begriff Janus, warum alle Versuche, die Mauer zu sprengen, die es bisher gegeben hatte, so wenig effektiv gewesen waren; die Dilettanten hatten nicht genügend gedämmt. Er stellte Sandsäcke her und lagerte sie unter seiner Schlafcouch.

In den Morgenstunden des 26. Mai gelang es einem Polizisten, der sich der Goldmann-Gruppe angeschlossen hatte, in der Bernauer Straße ein drei Meter großes Loch in die Mauer zu sprengen. Die West-Presse feierte die Sensation mit Fotos und Leitartikeln, auf dem Parteitag der SPD in Köln jubelten die Genossen, als Brandt die Sprengung bekannt gab. Die Zeitungen im Osten prangerten die Revanchisten und Kriegstreiber in West-Berlin an, die ihre »Friedensgrenze« angegriffen hätten.

Am Montag, den 28. Mai, wurde Janus morgens um 7 Uhr von zwei Polizeibeamten aus dem Bett geklingelt. Er ließ sich ihre Ausweise und den Durchsuchungsbeschluss zeigen, rief, während sie seine Bude umkrempelten, seinen Kontaktmann bei der Politischen Polizei an und erkundigte sich, ob er den Abzug der Polizisten erwirken könne. Der bedauerte, es liege eine Meldung vor, dass Janus Emmeran Sprengstoff in seinem Zimmer lagere. Die Beamten handelten im Auftrag der West-Alliierten. Für sie sei ein Attentat wie das vor zwei Tagen ein Anschlag auf den Status quo des Vier-Mächte-Status. So etwas dürfe sich keinesfalls wiederholen.

Eindeutig, das Telefongespräch mit seinem Kompaniechef war vom BND oder vom Verfassungsschutz abgehört worden. Den Verdacht, dass alle seine Telefonate abgehört wurden, hatte Janus schon lange. Denn als einmal nach Beendigung eines Gesprächs das Flurtelefon erneut klingelte und er den Hörer abnahm, hörte er das soeben geführte, offensichtlich aufgezeichnete Gespräch – vermutlich eine Panne bei der Einrichtung der Leitung. So etwas wäre der Stasi sicher nicht passiert.

Den Kommilitonen, die sich auf dem Flur sammelten, versicherte Janus, es sei alles in Ordnung, ihm werde nichts passieren.

Die Polizisten fanden die Pistole und den Sprengstoff samt Zubehör, packten alles ein und forderten ihn auf, mit zur Wache nach Zehlendorf zu kommen.

In einem schlecht gelüfteten Raum mit vier Schreibtischen und einem Gummibaum wurde er befragt. Ob er an dem Anschlag an der Bernauer Straße beteiligt gewesen sei – er verneinte; ob er wisse, wer ihn verübt habe – nein; warum, seit wann und von wem er die Pistole und den Sprengstoff habe. Janus erklärte ihnen, das brauche er alles für einen geplanten Fluchttunnel. Eine bessere Ausrede fiel ihm in dem Moment nicht ein. Und er verwies auf die Politische Polizei, die weitere Auskünfte über ihn geben könne.

Janus hätte die Pistole vermutlich nie getragen. In eine Situation wie die am Zaun würde er nie wieder geraten, und sich mit Grenzern und Stasi auf eine Auseinandersetzung mit Waffen einzulassen wäre hirnrissig; sie waren viel besser ausgerüstet und ausgebildet als er. Der Wunsch, eine Waffe zu besitzen, hatte rein psychologische Gründe: Selbst wenn sie nur in der Schublade lag, gab sie ihm das Gefühl, sich in einem Notfall wehren zu können.

Das Erstellen des Protokolls dauerte bis zum Nachmittag. Janus merkte, dass die Beamten auf seiner Seite standen. Sie boten ihm Kaffee und Streuselkuchen an und entschuldigten sich, ihn aufgehalten zu haben, sie müssten eben ihre Pflicht tun. Er unterschrieb, sie entließen ihn, allerdings ohne seine »Preziosen«.

West-Berlin, 5. Juni 1962

MISTER X / DER ABSCHIED

Wie immer wurde Janus von Mister X freundlich begrüßt. Er bat ihn, Platz zu nehmen, und bestellte Cola und Brötchen. Dann eröffnete er ihm, dass er Berlin verlassen werde, zum 1. Juli sei er in den Beraterstab für Deutsche Angelegenheiten in Washington berufen worden. Lieber würde er hierbleiben, aber auf seinem neuen Posten könne er mehr für Berlin und Deutschland tun.

Janus hatte sich schon gewundert, dass er seit dem 1. Mai nichts mehr von ihm gehört hatte. Jetzt verstand er, warum. Und ihm war klar, dass er heute zum letzten Mal in diesem Herrenzimmer in P9 saß.

Mister X stand auf, holte eine Flasche Whisky und zwei Gläser aus der Vitrine.

»Darf ich?«

Janus schüttelte den Kopf. Ob er eine Bitte äußern dürfe.

Mister X war erstaunt.

»Vor drei Wochen ist ein Freund von mir in Ost-Berlin verschwunden, Harry von Oehringen, Chemiestudent. Sein Vater gehörte zur Widerstandsgruppe um Stauffenberg. Können Sie etwas über ihn herausfinden?«

Mister X sagte, es tue ihm leid, persönliche Dienstleistungen gehörten nicht zu seinem Ressort. Er werde sich, wenn er mal wieder nach Berlin komme, bei ihm melden. Mit zwei Stangen Roth-Händle verabschiedete er sich. »Ich bin ganz sicher, Sie werden ein guter Arzt.«

Etwas enttäuscht verließ Janus P9.

In der Nacht las er noch einmal den letzten Brief seiner Mutter, der schon seit sechs Tagen unbeantwortet auf dem Tisch lag: *Lieber Janus, gestern haben mich zwei Herren vom Verfassungsschutz besucht und mich über Dich ausgefragt. Jetzt weiß ich, was Du in Berlin Verbotenes treibst ... Ich hoffe, Du siehst endlich ein, dass diese Stadt Dir nicht guttut. Jeder Tag länger dort ist ein Sargnagel für mich. ... Eine Mutter kann sieben Kinder durchs Leben bringen, aber sieben Kinder keine Mutter. Das weiß ich und will auch keine Dankbarkeit von Dir. Deine Mutter.*

Seine Antwort:

Berlin, Dienstag, den 5. Juni 1962. Meine immer noch liebe Mutter! Es tut mir NICHT leid, dass Du jetzt weißt, was ich hier mache. Dass der Verfassungsschutz Dich besucht hat, finde ich unverschämt. Ja, ich helfe anderen Menschen, nicht Dir, aber ich bin kein Verbrecher, wie Du allen Leuten erzählst. Trotzdem streiche ich, wie versprochen, Dein Schlafzimmer und räume Deinen Keller auf, wenn ich wieder nach Tübingen komme. Vorläufig jedoch nicht, weil ich hier zu tun habe. Ich wäre froh, wenn Du Dich dazu durchringen könntest, mir meine Freiheit zu lassen und mir zuzugestehen, selbst zu entscheiden, wo und wie ich leben möchte. Dein Janus.

Berlin, Samstag, 27. August 2016

9. TAG

Die Terrassentür war geöffnet, die Sonne fiel herein, Staubkörnchen tanzten im Licht. Janus saß am Schreibtisch und sichtete die Akten-Kopien, die er nach seiner Rückkehr in der Post vorgefunden hatte.

»Schon wieder am Forschen, du Nestflüchter?« Colette war leise ins Wohnzimmer gekommen.

»Diese Schwärzungen machen mich wahnsinnig!«

»Wonach suchst du?«

Janus drehte seinen Stuhl zu ihr. »Schon seit Wochen beschäftigt mich ein Fluchttunnel zwischen West-Berlin und Kleinmachnow, der im November 1962 hochging. Er war insofern außergewöhnlich, als er von der Stasi Potsdam in Auftrag gegeben wurde ...«

»Wie bitte?«

»... um sechs Tunnelgräber zu liquidieren. Mit siebzigtausend Mark kauften sie einen ehemaligen Fluchthelfer, einen Autovermieter aus Schöneberg, der die sechs gezielt anheuerte. Während sie buddelten, observierte die Stasi die Läufer und die vorgesehenen Flüchtlinge und verhaftete diese in einer Großaktion, noch bevor der Tunnel fertig war. Wenn ich die Namen der Flüchtlinge hätte, könnte ich den Verräter damit konfrontieren und ihm vor Augen führen, wen er – ganz konkret – ins Unglück stürzte. Und ich könnte den damals Verhafteten erklären, warum und wie die Sache schiefging, und so vielleicht zu ihrem inneren Frieden beitragen.«

»Ob ihnen das vierundfünfzig Jahre danach noch was bringt?«

»Es geht ja noch weiter. Um den Tunnelgräbern den Rückweg abzuschneiden, war geplant, den Tunnel nach dem Durchstich zu sprengen.«

»Und was rettete die Tunnelgräber?«

»Ein guter Stasi-Mann; so was kennt man sonst nur aus Filmen. Ich weiß jetzt sogar seinen Namen. Leider ist er schon tot, sonst würde ich mich bei ihm bedanken. Vermutlich löste er die Sprengung nicht aus, weil an jenem Abend ein Liebespaar aus Kleinmachnow direkt über der Sprengladung zu Gange war, das ebenfalls umgekommen wäre. Die Stasi fand nie heraus, wer aus ihren eigenen Reihen hier ganz bewusst den Befehl verweigerte.«

»Ist das ein Erfolgserlebnis für dich?«

»Wenn ich die Wahrheit herausfinde, ist das immer ein Erfolg. Und dass mich die Unterlagenbehörde durch Schwärzungen systematisch behindert, ärgert mich maßlos.«

»Datenschutz.«

»Klar. Aber für Forscher sollte es Ausnahmeregelungen geben. Zum Glück sind Spitzel von dieser staatlich verordneten Fürsorge ausgenommen, sonst wäre ich völlig blockiert. Einem von ihnen bin ich jetzt tatsächlich auf den Fersen. Ich habe seine Adresse herausbekommen und ihm von Tübingen aus einen Einschreibebrief mit Rückantwort geschickt. Mal sehen, wie er darauf reagiert. Ich hoffe, dass er mir etwas über die Ost-Kontakte seines damaligen Freundes, den gekauften Autovermieter, erzählt.«

»Spannend. Kämst du vielleicht weiter, wenn du dich als Wissenschaftler oder Publizist deklarierst?«

Janus winkte ab. »Hab ich doch längst, sonst hätte ich nichts außer meinen persönlichen Akten bekommen. Aber selbst Zeithistoriker und Journalisten müssen sich mit anonymisierten Kopien zufriedengeben. Dafür hat Helmut Kohl gesorgt.«

»Ich weiß, an der Uni wurde damals heftig über seinen Rechtsstreit gegen die Bunderepublik und die Stasi-Unterlagenbehörde diskutiert.«

»Auch unser Einheits-Kanzler hatte eben seine Leichen im Keller. Als ich 2001, noch vor dem Kohl-Urteil, nach Berlin kam, um meine persönlichen Akten einzusehen, konnte ich noch alles lesen.«

»Und? Hast du was gefunden, was du noch nicht wusstest?«

»Auf einem Rollwagen wurden mir über zwanzig Ordner gebracht. Am Nebentisch saß Stefan Heym mit einer jungen Frau; sie sprachen sehr laut, vermutlich war er schwerhörig. In den Satzfetzen, die ich mitbekam, ging es um Verrat, operative Vorgänge und um Selbstmord. Ich bewunderte, wie gelassen dieser alte Mann alles aufnahm. Aber auch meine eigenen Akten, diese Sprache der ›Hauptamtlichen‹ und die Berichte der Spitzel, setzten mir zu. Am nächsten Tag gab ich die Akten zurück und verließ den Lesesaal.«

»Komisch.«

»Was heißt komisch?«

»Ich hätte alles wissen wollen.«

»Bist du sicher? Es gibt Grenzen. Wenn du permanent mit Menschen konfrontiert bist, die den Sinn ihres Lebens darin sehen, andere zu vernichten, musst du dein humanistisches Weltbild vergessen oder dir einen sehr, sehr dicken Panzer zulegen. Lies doch nur mal diese beiden Seiten hier«, er drehte sich zu seinem Schreibtisch, »den Maßnahmenplan eines Führungsoffiziers. Moment, ich lese es dir vor:

Für die weitere Bearbeitung zur Aufklärung der Schleuserbande, der Schleusungsmethode und der Verhinderung der vorgesehenen Ausschleusung werden folgende Maßnahmen vorgeschlagen: 1. Zielstrebiger Einsatz des IM zur weiteren Aufklärung der Mitglieder der Schleuserbande unter Wahrung der Konspiration des IM. Der IM wird zu einem gegebenen Zeitpunkt herausgelöst, um seine Gefährdung zu verhindern. 2. Absprache mit der HA VIII zwecks Einsatz der Beobachtung bei der Feststellung des Kuriers sowie bei Bekanntwerden des Schleusungstermins. Dabei ist zu beachten, dass bei der Aufnahme der auszuschleusenden Personen in einem normalen PKW anschließend Kräfte für die Absicherung der Zustiegsmöglichkeiten in der Nähe des Aufnahmeorts zur Verfügung stehen, da erfahrungsgemäß bei sogenannten ›Tauchaktionen‹ zuvor Personen den PKW verlassen.«

»Hör auf!«

»Siehst du, so ging es mir auch. Ich konnte diesen Dreck nicht mehr aushalten.«

»So schlimm habe ich mir das nicht vorgestellt.«

»Hast du mal nachgefragt, ob es über dich eine Akte gibt?«

»Ich war für die Stasi völlig uninteressant. Ich hab dir doch erzählt, dass ich mich gleich geoutet habe, nachdem sie versucht hatten, mich zu verpflichten.«

Das haben wohl viele gedacht, überlegte Janus, »völlig uninteressant«, und waren dann erschüttert, wenn sie lasen, wer von ihren Freunden über sie berichtet hatte. »Heute ärgere ich mich darüber, dass ich damals nicht stark genug war, alle Ordner durchzusehen. Denn als ich 2011 wieder nach Berlin zog, um hier zu forschen, bekam ich, das ist jetzt kein Witz, nur noch drei vorgelegt. Ist dir nicht kalt?« Janus strich ihr über die Oberschenkel.

»Ich geh gleich unter die Dusche. Aber noch eine Frage: Hast du nicht langsam genug vom Herumstöbern in einem Land, das es nicht mehr gibt?«

»Es klingt vielleicht merkwürdig, aber irgendwie fühle ich mich verpflichtet, die Zeit, die ich noch habe, dafür zu verwenden, aufzuklären und Wissen zu vermitteln.«

»War da nicht ein jugendlicher Held, der mit mir über die höchsten Berge fliegen wollte? Die findet er aber nicht im Aktenschrank!« Sie küsste ihn und verschwand in der Dusche.

Janus stand auf und ging hinaus auf den Balkon.

Er war verwirrt, er hatte ihr ja nicht versprochen, sein bisheriges Leben aufzugeben; forschen und fliegen schlossen sich doch nicht aus. Hatte sie die Tage und die Nächte der beiden letzten Wochen vergessen? Er liebte diese Colette, ihre Spontaneität, ihren Charme, ihre Umarmungen – genau diese Frau hatte er immer gesucht. Aber warum so viele Umwege? Geblieben waren ihm immerhin die Fundamente des Lebens, wie man Gardinen aufhängt und Wäsche zusammenlegt, wo die schmutzigen Socken hingehören, dass es Sommer- und Winterkollektionen gibt. Aber jetzt, mit Colette, war er dem Dickicht entkommen, sie konnten miteinander reden, streiten ohne Nachbeben, ihr konnte er sich hingeben, ihr vertrauen. Auch ihre wiedererwachte Lust, ihre Fantasien wie auch ihre kleinen Hilfen, die Selbstverständlichkeit, mit der sie seine Schwächen überspielte, genoss er. Sie nahm seine Hände, seine Daumen, seine Lippen und seine Zunge als Zugabe und als Hauptprogramm. Er fühlte sich jung und stark.

Aus dem Bad kamen wohlriechende Dunstschwaden.

»Ich will da auch noch rein«, rief er Colette durch das Rauschen des Wassers zu, »und irgendwann wollten wir vielleicht auch frühstücken.« Sie hauchte ihm einen Kuss auf die beschlagene Glasscheibe. Er setzte Kaffeewasser auf, heizte den

Backofen vor für die Croissants und stellte zwei Teller auf den Tisch.

Halb angezogen kam sie schimpfend aus dem Bad: »Könnte man nicht einen Spiegel erfinden, der nicht beschlägt?«

»Wofür brauchst du einen Spiegel? Ich sage dir doch, dass du die Schönste bist im ganzen Land.«

»Was du den ganzen Tag so sagst! Ich brauche kleine Steigerungen meines Egos.« Sie rubbelte sich mit einem Handtuch durchs Haar. »Der Verlag nagt zurzeit heftig an meinem Selbstbewusstsein.«

»Du hast spannende Autoren, veranstaltest Lesungen, hast Ideen. Was willst du mehr?« Janus merkte, dass er nicht genau wusste, wovon er sprach. Auch sie schien es zu spüren.

»Ich rackere mich ab, und um mich herum wird nur gemeckert. Zufrieden sind eigentlich nur meine toten Dichter.« Sie lachte. »Die immerhin danken es mir, dass sie durch mich wieder am Markt sind. Die Lebenden lauern nur auf das Raunen des Feuilletons, und das kann ich nicht erzwingen. Lyrik ist eben das letzte Rad am Wagen.«

»War dir das nicht von Anfang an klar?«

»Sehr charmant! Den Verlag habe ich aus purer Verzweiflung gegründet, 2006, nach Valeries Tod. Ich wollte endlich etwas Sinnvolles tun, endlich dem Hamsterrad Uni entkommen. Ich habe nicht in Rekordzeit promoviert, mich habilitiert und einen Ruf nach München abgelehnt, um dann Vorlesungen und Sprechstunden für mittelmäßige Studenten abzuhalten. Ich stieß damals auf Gedichte von Autoren der ehemaligen DDR, die mir aus der Seele sprachen, die aber niemand kannte. Die wollte ich zum Leben erwecken, ihnen eine Bühne bieten. In der Kombination mit moderner Lyrik, dachte ich, hätten sie gute Chancen auf dem Büchermarkt. Ziemlich naiv.« Sie schminkte sich vor dem spiegelnden Glas eines Bildes.

Janus bat sie, schon mal die Croissants in den Ofen zu schieben, und ging duschen.

Beim Frühstück schaute er zu, wie sie ihr Ei aufschlug, und erinnerte sich an diesen Moment im Café Re, wie ihr das Eigelb über die Finger lief, ihr unsicherer Blick ihn streifte, wie sie lachte und es zuließ, dass er ihren Arm berührte. Ein Moment, in dem sein Leben eine neue Wendung nahm.

»Morgen sind wir zum Brunch bei einer Freundin eingeladen«, verkündete Colette.

»Aha.«

»Jenny feiert ihren fünfzigsten Geburtstag, sie ist Schauspielerin und wird dir gefallen.«

»Im Moment bin ich eigentlich ziemlich festgelegt, wer mir gefällt und mit wem ich über die Berge fliegen will. Aber ab und zu muss ich auch Boden unter die Füße bekommen, die Dinge klären, die mich umtreiben.«

Das Telefon klingelte.

»Willst du nicht rangehen?«

Janus schüttelte den Kopf. »Als Fluchthelfer habe ich mich manchmal gefragt, ob und wie lange ich einem Verhör standhalten könnte. In einer Hinsicht hätte ich es leichter gehabt als andere Häftlinge, die ja immer hofften, das Strafmaß durch ihr Verhalten beeinflussen zu können. Auf mich, das wusste ich, wartet am Ende sowieso die Guillotine oder der Schuss in den Hinterkopf.«

»Typisch Janus, immer an der Grenze zum Unerträglichen. Aber: *Wer mit Ungeheuern kämpft, mag zusehn, dass er dabei nicht selbst zum Ungeheuer wird.*«

»Schön! Von wem?«

»Nietzsche.«

»Und wer partout nicht zum Ungeheuer werden will, mag zusehen, wie er überlebt. Und vielleicht muss es auch ein paar

Ungeheuer geben, damit andere in Frieden leben können. Unsere ganze Zivilisation ist doch nur eine dünne, höchst fragile Schutzschicht über dem Magma unserer Urtriebe.«

»Fürchtest du nicht, dass sich einer von denen, die du an den Pranger stellen willst, irgendwann an dir rächt?«

»Wenn ich nachts am Schreibtisch sitze – es ist ganz still, ich sehe durch die Balkontür in die schwarze Nacht hinaus –, habe ich manchmal tatsächlich das Gefühl, als stehe da einer im Nachbargarten und ziele auf mich. Wie dieser RAF-Idiot, der Detlev Rohwedder in seinem Arbeitszimmer beobachtete, ins Zielfernrohr nahm und dann abdrückte.«

»Hat der da draußen einen Namen?«

Janus überlegte. »Uwe Maiwald. Diesem verrückten Hund würde ich es zutrauen.«

»Warum gerade ihm?«

»Weil er unberechenbar und eiskalt war.«

»Erzähl.«

»Anfang 1962 lernte ich ihn auf einer Party im Studentendorf kennen, er faselte von einem bestechlichen Grenzer, mit dem wir eine absolut sichere Fluchttour am Grenzzaun zwischen Hohen Neuendorf und Frohnau aufbauen könnten.«

»Hohen Neuendorf? Da hatten wir unsere Datsche.«

»Ich kenne dort nur diesen Grenzzaun. Er steht nicht mehr, aber ich kann dir noch heute die Stelle zeigen, an der ich wartete, um einem Flüchtling durch den Zaun zu helfen. Aber das war eine Falle der Stasi, hier sollte ich liquidiert werden. Drei Meter neben mir patrouillierten die Grenzer, ich lag im Gras, sie bemerkten mich nicht. Seit meiner Akteneinsicht weiß ich, dass Uwe Maiwalds Führungsoffizier es versäumt hatte, die Grenztruppen über die geplante Aktion zu informieren. So gesehen, verdanke ich mein Leben einem dilettantischen Stasi-Mann.«

»Tröstlich zu hören, dass der Firma auch mal was danebenging.«

»Damals, als ich so wehrlos im Gras lag, spaltete ich mich von meinem Körper ab, beobachtete mich von außen, zeichnete jede Einzelheit auf wie ein Seismograf. Das war meine Rettung. Ich blieb völlig ruhig, obwohl meine Herz raste. Die Narbe an meinem Ohr ist übrigens ein Souvenir aus jener Nacht. Warum musste ich meinen Kopf auch so neugierig unter dem Stacheldraht durchstecken.«

»Und dieser Maiwald?«, fragte Colette.

»Ist und bleibt verantwortlich für die Verhaftung eines NVA-Deserteurs und des Ehepaars, das er in diesen vielen Wochen versteckt hatte. Ich frage mich, was in ihm vorging, als die drei verhaftet wurden. War es ein Spiel für ihn, gab es ihm einen Kick? Hatte er Freude am Leid der anderen, oder war ihm das egal? Und wie geht es ihm heute? Das Geld, das er für seinen Verrat bekam, ist längst verbraucht, die Orden, die ihm die DDR verlieh, sind nichts mehr wert. Was bleibt ihm noch?«

»Vielleicht reden seine Opfer nachts mit ihm, wenn das Denken aufhört und das schlechte Gewissen anklopft. Aber wahrscheinlich hat er seine Vergangenheit verdrängt. Deshalb gibt es für ihn nichts zu bereuen. *Und endlich gibt das Gedächtnis nach*. Auch Nietzsche.«

»Der Umgang mit dir bildet ungemein.«

Colette lachte.

»Magst du noch Kaffee?«

»Gerade wollte ich dich fragen, ob du mir was auf der Geige vorspielst.«

»Solo am liebsten Bach.«

»Dann eben Bach.«

Janus wusch sich die Hände, packte seine Geige aus, stimmte sie und spielte das Menuett aus der E-Dur-Partita. Colette saß auf dem Sofa und hörte ihm zu. Als er den Bogen sinken ließ, stand sie auf und gab ihm einen Kuss.

»Danke, mein Ungeheuer. Hat sich doch gelohnt, jahrelang geübt zu haben. Und jetzt hätte ich gern Kaffee.«

Janus legte sein Instrument zurück in den Kasten und ging in die Küche.

»Ich habe Chantal und Alex versprochen, dass wir vor dem Tango zum Kaffee kommen.« Colette war ihm gefolgt.

»Und morgen Brunch, und übermorgen hol ich der Königin ihr Kind. Anstrengend mit dir.« Er zog sie an sich. »Sollen wir Kuchen mitbringen?«

»Dafür sorgen die schon. Lass uns in einer halben Stunde losfahren.« Sie trank ihren Kaffee, dann verschwand sie im Schlafzimmer, sie wolle sich noch mal kurz hinlegen.

Janus checkte seine Mails. Das Blinken des Telefons erinnerte ihn an den Anruf am Morgen. Auf der Mailbox hörte er die Stimme seines alten Freundes Harry von Oehringen, er solle sich bei ihm melden. Aber dafür war es jetzt zu spät. Telefongespräche mit Harry dauerten erfahrungsgemäß mindestens eine Stunde.

Als er aus der Garage fuhr, fragte er Colette, ob sie seine Lieblingssymphonie hören wolle, und drückte den Knopf des CD-Players.

»Schön traurig.«

»Tschaikowskys *Pathétique*. Soll ich abstellen?«

»Lass nur, passt gerade.«

Am Rathenauplatz kamen sie in einen Stau, Janus fluchte und stellte den Player ab. »Warum, passt gerade?«

»Ich mache mir Sorgen um Chantal.«

»Hat sie Gesprächsbedarf signalisiert?«

»Nicht direkt. Aber die Abtreibung macht ihr mehr zu schaffen, als sie dachte.«

»Warst du dagegen?«

»Ja. Ich finde, dass Kinder einfach zum Leben gehören. Früher war Chantal der gleichen Meinung, aber dann hat ihr Freund sie kirre gemacht. Vorsicht, Rot!«

Janus fuhr an einer gerade umspringenden Ampel über die Kreuzung. »In Berlin gehört das frühe Rot noch zum Grün. Bei mir bist du sicher wie in Abrahams Schoß.«

»Ich wollte aber nur in die Neue Grünstraße.« Colette kniff ihn in den Oberschenkel.

Chantal und Alex hatten tatsächlich Kuchen besorgt und den Tisch gedeckt.

»Na, Herr Doktor, wie isset wieder in Berlin?«, frotzelte Chantal.

»Sehr schön! Danke für den netten Empfang.«

»Die Buschtrommel sagt, du magst Süßes?«, fragte Alex.

»Immer.«

Chantal schob jedem ein Stück Pflaumenkuchen auf den Teller, Alex erzählte, dass er ein paar interessante Artikel über Janus im Netz gefunden habe. »Bist du oft als Zeitzeuge unterwegs?«

»Nicht mehr«, antwortete Janus. »Als ich vor fünf Jahren wieder nach Berlin kam, habe ich eine Weile mitgeturnt, aber irgendwann hatte ich keine Lust mehr, immer wieder die alte Leier zu drehen.«

»Magst du noch?« Ohne eine Antwort abzuwarten, legte Chantal ihm ein zweites Stück Kuchen auf den Teller.

»Ich hatte gehofft, dass du uns heute den Gullydeckel zeigst.« Alex schob den restlichen Kuchen außer Reichweite.

»Wenn ich noch aufessen darf?« Janus gefiel es, wie selbstverständlich Colettes Kinder mit ihm umgingen.

»Auf die Geschichte warte auch ich schon eine Ewigkeit.« Colette stand auf und küsste ihn. »Also los.«

Der rostbraune Gullydeckel war unter einem parkenden Auto kaum zu sehen. Janus erzählte, was sich hier vor fünfundfünfzig Jahren abgespielt hatte, und lief mit den dreien von der Neuen Grünstraße aus die Alte Jakobstraße entlang bis zum Ausstieg Ecke Feilnerstraße. Mehr als einen halben Kilometer, die die Flüchtlinge damals auf allen vieren durch die Fäkalienröhre gekrochen waren.

Chantal war entsetzt: »So eine lange Strecke! Das hätte ich nie geschafft.«

»Für ihre Freiheit war den Menschen kein Weg zu weit.«

Chantal und Alex schauten ihn fragend an. Wie sollte er ihnen den Wert von Freiheit erklären? Für sie war alles selbstverständlich – zu reisen, zu studieren, offen diskutieren und protestieren zu können.

Passanten blieben stehen, hörten zu und wollten wissen, wieso er sich so gut auskenne.

»Der war dabei«, sagte Alex stolz.

Gleich zückten sie ihre Handys und machten Fotos von Janus und seiner Familie, wie sie meinten.

Colette hakte sich bei Chantal ein. »Wir gehen schon mal voraus.«

Janus blieb stehen. »Noch mal kurz zum Thema Zeitzeugen, Alex. Nicht dass du denkst, ich hätte etwas gegen diese Art von Geschichtsvermittlung, aber ich kann nicht auf allen Hochzeiten tanzen.«

»Verstehe. Aber heute Abend Tango?«

»Lass uns weitergehen, sonst laufen uns die Frauen weg.«

»Dir bestimmt nicht.«

Janus grinste.

»Weißt du«, Alex zögerte etwas, ehe er weiterredete, »ich finde deine Geschichten wirklich spannend, aber ich frage mich, ob die heute noch aktuell sind. Mam hat uns sehr wenig von der DDR erzählt und schon gar nichts von Flucht und Fluchthilfe. Und bisher hab ich auch nichts vermisst. Natürlich haben wir uns *Das Leben der Anderen* angesehen, aber – nimm's mir nicht übel – meine Freunde und ich diskutieren über andere Themen, Globalisierung, Klimaschutz, weltweiten Terrorismus, Radikalisierung und so weiter.«

»Das sind auch meine Themen, Alex, aber ich frage mich, ob nicht die Radikalisierung, um ein Beispiel zu nennen, wie wir sie jetzt erleben, verdammt viel mit der Vergangenheit zu tun hat.«

Eine Weile liefen sie schweigend nebeneinander her. Alex, das spürte Janus, fühlte sich nicht wohl nach seiner kleinen Attacke. Er knuffte Janus in die Seite, deutete auf Colette und Chantal, die vor ihnen herliefen: »Was Frauen immer so zu reden haben!«

»Na ja, momentan gibt's doch echte Probleme.«

»Ich werde mein Schwesterlein heute Abend ins Kino ausführen, dann kommt sie auf andere Gedanken. Ihr Freund ist übrigens ein Arsch, ich bin froh, dass sie ihn los ist.«

»Wieso Arsch?«

»Typischer Wessi.«

Janus blieb stehen.

»Hat Mam gesagt.«

»Und das heißt?«

»Frag sie«, grinste Alex.

»Was wollt ihr sehen?«

»*Die Vermessung der Welt.* Als der Film rauskam, hab ich ihn leider verpasst. Alexander von Humboldt. Knickerbocker am Chimborazo.« Beide lachten.

In der Wohnung angekommen, bot er Janus eine Cola an. Chantal bedankte sich für die Führung, Colette erschien im Tango-Dress.

»Steil!«, kommentierte Alex.

Auf dem Pfefferberg sprang sie der Rhythmus der Tangos und Milongas an. Janus hoffte, die Musik wie früher in die Spannung der schleichenden Schritte und der kleinen kurzen Wendungen übertragen zu können. Aber schon beim ersten Tanz bemerkte er, dass ihm die Freude, sich in festgelegten Figuren zu bewegen, abhandengekommen war. Auch Colette schien nicht glücklich zu sein, obwohl sie sich so aufs Tanzen gefreut hatte. Eine Zeit lang bewunderten sie die Profis auf der Tanzfläche, dann zogen sie sich in eine Ecke zurück, bestellten Tapas, Wein und Cola und genossen die Musik.

»Wir sind eben nicht mehr die Jüngsten«, sagte Colette.

»Danke für das ›wir‹.«

Auf der Rückfahrt versuchte sie, ihren Kopf in seinen Schoß zu legen.

Janus lachte. »Also doch Abrahams Schoß?«

Ein langer Weg bis Grunewald. Sie kickte ihre Tangoschuhe von den Füßen, Janus streifte ihr die Spaghettiträger von den Schultern. Als sie schon fast eingeschlafen waren, blinkte eine SMS auf Colettes Handy. Schmunzelnd reichte sie es an Janus weiter. »Für dich, von Chantal.«

Du bist genau wie Humboldt. Der wollte auch alles wissen ;-).

West- / Ost-Berlin, Ende Juni bis 1. Juli 1962

DER TUNNEL

Janus wunderte sich, dass ihm eine Kommilitonin aus der Gemeinschaftsküche des Nachbarhauses zuwinkte. Er winkte zurück, sie gab ihm Zeichen, dass sie zu ihm herüberkommen wolle. Er unterbrach seine Frühstücksvorbereitungen und öffnete ihr die Haustür.

»Ich hab was für Sie. Machen wir einen Spaziergang?«

»Moment, ich schließ nur mein Zimmer ab.«

Während sie durch die Wasgenstraße liefen, erzählte sie, ein Freund von ihr habe ein Projekt laufen und suche dringend einen Mitarbeiter.

Janus war elektrisiert.

Seit Harrys spurlosem Verschwinden befand er sich im Ausnahmezustand, hatte sogar daran gedacht, sich das Leben zu nehmen. Er war nicht in der Lage, in die Vorlesungen zu gehen, spielte oft Geige, seine geliebten Solosonaten von Bach, bis ihn die Zimmernachbarn darauf hinwiesen, dass Musik ab einem bestimmten Quantum auch stören könne. In seiner Verzweiflung war ihm der Gedanke gekommen, Berlin zu verlassen und wieder nach Tübingen zurückzukehren, was er aber sofort verwarf, als wieder ein Brief seiner Mutter ankam. Sie müsse sich wegen ihres *Migränekopfwehs* einem Heilverfahren unterziehen, und es wäre eine große Beruhigung für sie, wenn er im nächsten Semester wieder in Tübingen studiere, worum sie ihn jedoch nie bitten würde. *Dieser Stolz könnte Dich um Dein Erbe bringen, und Du könntest mir einst fluchen, aber das muss ich auf mich nehmen.* Sein innerer Aufstand gegen ihre Larmoyanz hatte ihn wieder aufgerichtet.

Noch am selben Abend traf er sich in einer Kneipe am Teltower Damm mit einem stämmigen Wirtschaftsstudenten. Einer befragte den anderen, was er bisher als Fluchthelfer gemacht habe, mit wem zusammen, wie lange schon, wie viele Flüchtlinge. Nachdem das gegenseitige Misstrauen ausgeräumt war, erzählte Karl – so hatte er sich vorgestellt und Janus gleich mit »Du« angesprochen –, dass er zusammen mit Arno, einem Rohrleger, einen Tunnel grabe. Arno kenne sich im Untergrund bestens aus.

»Einen Tunnel? Soll ich der Nächste sein, der abgeknallt wird?«

Karl sah ihn verständnislos an.

»Vor drei Tagen wurde bei einer Tunnelaktion in Kreuzberg einer erschossen! Nicht mitgekriegt?«

»Das war doch ein Grenzer. Das Schwein stellte sich mit seiner Kalaschnikow unserem Kumpel in den Weg, gerade als er mit seiner Familie vor dem Haus ankam, in dem der Einstieg lag. Wenn er nicht zuerst geschossen hätte, hätte der Grenzer die ganze Familie umgelegt. Das war Notwehr! Da können westdeutsche Journalisten und Juristen geifern, so viel sie wollen. Die meinen, sie verstehen etwas von Berlin, haben aber keine Ahnung. Wir sind Frontstadt! Wir haben hier einen schwelenden Krieg.«

Klar, dachte Janus, da gibt es eben Tote. Aber er wollte Flüchtlinge in die Freiheit bringen, sonst nichts. Mit Rambos zusammenzuarbeiten war eigentlich nicht sein Stil. Aber er hatte keine Tour, er hatte keine Wahl.

Karl kam zur Sache. Er und Arno wollten sieben Freunde in den Westen holen, anschließend könne Janus den Tunnel für seine Flüchtlinge übernehmen. Bedingung, er müsse sich mit ihm und seinem Kumpel in dem Keller, von dem aus sie gruben, einschließen. Nach ihren Berechnungen für circa zwei Wochen. Auf die Frage, wo der Keller liege, bekam Janus keine Antwort.

Am nächsten Morgen um 6 Uhr holte Karl ihn auf dem Parkplatz des Studentendorfs ab und verband ihm, wie abgemacht, die Augen. Janus legte sich auf die Rückbank des Autos und wurde in die Nähe des »Tatorts« gebracht. Dort angekommen, nahm Karl ihm die Binde ab und führte ihn durch ein Schrebergartengelände zum Hintereingang des Hauses. Über eine steile Treppe ging es hinab; auf ein Klopfzeichen hin wurde die Tür geöffnet. Ein kleiner, nur über einen Lichtschacht beleuchteter Raum. Auf der einen Seite ein Berg Erde und Schutt. Das alles, erklärte ihm Arno, ein schlaksiger freundlicher Kerl, hätten sie schon aus dem Loch geholt. Auf der anderen Seite ein Depot von Konservendosen, Mineralwasser und Toilettenpapier.

»Und wo macht ihr eure Geschäfte?«, fragte Janus und sah sich um.

Arno wies mit großer Geste auf ihren Aushub. »Is doch Platz jenuch.«

Sie besprachen ihr weiteres Vorgehen: Arno und Janus würden sich beim Graben abwechseln, alle halbe Stunde, vielleicht auch alle Viertelstunde, im Tunnel könne man nur schlecht atmen. Karl sei für den Keller verantwortlich, für das Herausziehen und Aufhäufen des Abraums; wegen seiner Klaustrophobie könne er nicht in der Röhre graben. Und Janus erfuhr, wo sie sich befanden; in der Heidelberger Straße. Er kannte diese schmale Straße von seinen Pirschgängen. Die westliche Häuserfront war die Grenze. Der Abstand zwischen Häuserzeile Ost und Häuserzeile West betrug nur zwölf Meter.

Den Kopf voran, zwängte sich Janus durch die Öffnung im Estrich, tauchte unter dem Fundament des Hauses durch, robbte, die Taschenlampe in der rechten Hand, in dem schmalen Schlauch nach vorn. Es war kühl, es roch nach Schutt und frischer Erde. Mit der Linken zog er die metallene Satte an einem Seil hinter sich her. Problemlos rutschte sie über alle Unebenheiten. Er stellte sich vor, wie schwer sie sein würde, wenn sie mit Erde gefüllt war. Der Metzger in Tübingen hatte mit einer solchen überdimensionalen Schale riesige Fleischstücke transportiert.

Keuchend erreichte er die Stelle, bis zu der Arno gegraben hatte, fand Schaufel und Spaten. Er bekam kaum noch Luft. Aber er musste graben. Mit aller Kraft stieß er den Spaten vor sich ins Erdreich. Er schwitzte, er hechelte, auch wenn er nicht arbeitete und darauf wartete, dass Karl die Satte im Keller entleerte. Würde er hier ersticken? Sein Kopf schmerzte. Auf was hatte er sich da eingelassen! Weiter! Er zog die leere Satte wieder zu sich, lockerte die Erde mit dem kurzen Spaten. Mechanisch. Nur nicht ohnmächtig werden! Nur nicht wie ein Sack im Tunnel liegen bleiben! Ob man, fragte er sich, auch in tiefer Bewusstlosigkeit weiterhechelt? Ehe die zwei im Keller bemerken würden, dass er nicht mehr grub, und Arno ihn an den Beinen aus dem Tunnel ziehen könnte, wäre er längst erstickt. Weitergraben!

Er keuchte. Über ihm, auf der Straße, patrouillierten die Grenzer. Würden sie, wenn sie ihn hörten, die Straße aufsprengen? Er lauschte, vernahm die Geräusche im Keller, sonst nichts. Vermutlich war beim allgemeinen Lärm da draußen auch von ihm hier unten, vom Stoßen des Spatens, vom Schurren der Satte, nichts zu hören. Er arbeitete weiter, füllte die Satte, gab das Zeichen, Karl zog die schwere Ladung in den Keller, leerte sie aus, Janus zog die Satte zu sich zurück, füllte sie erneut. Alle halbe Stunde wechselte er sich mit Arno ab.

Gegen 23 Uhr machten sie Schluss, weil die Arbeitsgeräusche in der Stille der Nacht vielleicht von einem Hausbewohner oder einem Grenzer hätten wahrgenommen werden können. Im Schein einer Kerze saßen sie auf dem Schuttberg. Karl öffnete zwei Dosen Würstchen, Arno bot Janus eine Zigarette an.

»Filter? Nein danke. Ich steh auf Roth-Händle.«

»Von dem Lagerplatz im Osten, direkt gegenüber, trennen uns nur noch etwa fünf Meter«, sagte Arno.

»Was für'n Lagerplatz?«, wollte Janus wissen.

»Von einer Baufirma, wird aber nicht mehr benutzt. Direkt dahinter befindet sich die Signalanlagen-Fabrik, die dir bestimmt aufgefallen ist. Ludwig, einer unserer Flüchtlinge, arbeitet dort.«

»Und wie lotst er die anderen in die Fabrik?«

»Sie haben eine Jazzband gegründet, Geige, Gitarre, Kontrabass, Schlagzeug und drei Sänger. Mit Genehmigung des Herrn Genossen Direktor dürfen sie jeden Dienstagabend in der Fabrikkantine proben. In der Fluchtnacht wollen sie ihre Instrumente gut sichtbar auf den Fensterbänken drapieren, eine Pause vortäuschen und aus dem seitlichen Fenster auf den Lagerplatz klettern.«

»Und meine Flüchtlinge?« Janus zog heftig an seiner Zigarette. »Die gründen ein Symphonieorchester, oder was? Nach dieser Probenpause ist die Tour doch tot!«

»Psst! Nicht so laut!«

»Ihr habt mich reingelegt!« Ihm den Tunnel zu übergeben war von vornherein ausgeschlossen. Karl hatte ihn eiskalt belogen. Sollte er aussteigen, sofort? Dann könnten die beiden ihren Tunnel dichtmachen, oder sie müssten sich einen neuen Mann suchen. Aber Arno war ein prima Kumpel, und die Flüchtlinge warteten auf Hilfe. Er würde weitermachen, die paar Tage noch, dann wären wenigstens die in Freiheit.

Sobald die ersten Geräusche im Haus zu hören waren – Wasserspülungen, Schritte, Türenschlagen –, stieg Janus wieder ein. Aber mit jedem Spatenstich wurde der Blindsack länger und die Luftnot größer. Und noch größer wurde die Angst, der Tunnel könne einstürzen. Ein riesiges, dunkelrotes Maul rechts neben ihm, das ihn zu verschlingen drohte. Panisch schob er sich rückwärts zum Keller.

»Ich brauch Luft! Ich krepier da unten!«

Karl schlug vor, einen Gartenschlauch und einen Blasebalg zu beschaffen. Arno wehrte ab, niemand dürfe den Keller verlassen, und kroch selbst noch einmal in die Röhre. Aber schon nach kurzer Zeit tauchte er wieder auf, es ging einfach nicht mehr, der Tunnel war jetzt zu lang.

Karl besorgte Schlauch und Blasebalg, aber das Ergebnis war dürftig. Erst eine Pressluftflasche brachte Erleichterung. Jetzt konnte Janus da unten fast normal atmen. Das bedrohliche Angstmaul zeigte sich nicht mehr. Der Tunnel hatte gestern gehalten, er würde auch heute und morgen halten, sagte er sich.

Je länger sie hier auf engstem Raum zusammenarbeiteten, nachts in ihren dreckigen Kleidern beieinandersaßen, rauchten, mit verschmierten Fingern aus Konservenbüchsen aßen, auf der harten Erde schliefen, umso unerträglicher wurde die Situation für Janus. Von Tag zu Tag sehnte er sich mehr danach, die Treppe hinaufzusteigen, wenigstens für einen Moment im Hof zu stehen und die Sonne zu sehen. Aber Karl fauchte ihn an. »Soll ich dir was sagen, genau in dem Augenblick, in dem du da stehst, schiebt sich hinter dem Fenster im zweiten Stock eine Gardine beiseite, zwei Augen sehen dich, und der, dem diese Augen gehören, wird nichts Besseres zu tun haben, als seinen Nachbarn nach diesem fremden Mann im Hof zu fragen, bald fragt sich das ganze Haus – und irgendwann auch die Stasi.«

Vier Tage später, am Freitag, den 29. Juni, maßen sie, wie immer mit einer Schnur, die Länge ihres Tunnels. Sie mussten jetzt kurz vor ihrem Ziel sein. In Bauchlage stieß Janus den Spaten vor sich in die Erde.

Plötzlich lag er da, das Gesicht in die Erde gedrückt, bekam kaum noch Luft; er drehte den Kopf zur Seite, atmete frei, konnte seine Arme unter den Erdmassen nicht bewegen; den Spaten hatte er verloren, die Taschenlampe brannte nicht mehr, aber über dem Schutthügel vor ihm schimmerte Licht. Tageslicht? Wie lange hatte er da gelegen? War er bewusstlos gewesen? Der Tunnel war eingebrochen! Ruckweise zog er seine Arme aus dem Schutt und robbte nach vorn in die durch den Einbruch entstandene Höhle. Das Licht fiel durch einen kleinen Spalt oben in der Decke.

Hinter sich hörte er Arno. »Bist du verletzt?«

»Nein, alles okay, aber in der Decke ist ein Loch.«

Sie rührten sich nicht, warteten ab, bis sie sicher waren, dass niemand den Einsturz bemerkt hatte. Dann kroch Janus nach vorn und verstopfte den Spalt mit einem Klumpen Erde.

Sollten sie aufgeben? Der Einsturz hatte sie immerhin zwei Meter vorangebracht, sie mussten jetzt schon unter der Mauer des Lagerplatzes sein. Weitermachen! Janus und Arno buddelten ihr Arbeitsgerät aus dem Schutt und schabten sich mit einer Handschaufel Zentimeter für Zentimeter vorwärts.

Am Sonntag, den 1. Juli, verließ Karl den Keller, ging nach Hause, warf sich in Schale und fuhr nach Ost-Berlin, um Ludwig zu informieren, am Dienstag sei es so weit.

Janus und Arno saßen im Keller, rauchten und warteten auf die Rückkehr von Karl. Die ungewohnte Pause machte sie nervös. Sie beschlossen, die Zeit zu nutzen und nachzusehen, ob sie tatsächlich schon unter dem Lagerplatz angekommen waren. Demnächst müssten sie sowieso nach oben durchstoßen. Arno hatte im Schutt die Ecke eines zerbrochenen Spiegels gefunden und bastelte aus einem Draht eine Halterung mit Stiel. So ausgerüstet krochen sie, Janus voran, zum Ende des Tunnels. Er grub sich vorsichtig schräg nach oben, etwa zwei Meter. An der zunehmenden Festigkeit der Erde merkte er, dass er sich der Oberfläche näherte. Er lauschte. Nichts. Weiter! Lauschte. Jetzt nur noch ein kleiner Kanal, dann stieß er ins Freie. Langsam schob er den Spiegel durch die Öffnung – und sah zwei Stiefel! Zwei Soldatenstiefel direkt vor dem Loch! Mit einem Ruck zog er den Spiegel zurück, trat gegen Arnos Kopf, in Windeseile robbten sie zurück. Außer Atem erreichten sie den Keller.

»Vor dem Loch steht ein Soldat!«

»Verdammte Scheiße!« Arno schleuderte die Satte zu Boden. »Wir hatten alles so gut vorbereitet, uns eingeschlossen, geschuftet, gelebt wie dreckige Hunde. Und jetzt das!«

»Vermutlich haben die Grenzer den Einsturz doch bemerkt und seitdem darauf gelauert, dass wir ihnen vor die Maschinenpistolen klettern.«

Als Karl zurückkam, saßen da zwei dreckige Männer, deren Elan und scheinbar unbändige Kraft erloschen war. Er kehrte um, fuhr ein zweites Mal nach Ost-Berlin und sagte Ludwig ab. Janus und Arno packten das Werkzeug ein, sperrten den Keller zu und stiegen die Treppe hinauf ins Freie.

West-Berlin, Anfang November 1962

JULIANE

Der Hörsaal war gut gefüllt, Janus setzte sich auf einen der letzten freien Plätze. Wenigstens die erste Vorlesung in den klinischen Semestern, Innere Medizin, wollte er nicht verpassen. Er sah sich um, nur unbekannte Gesichter – kein Wunder, er hatte sich während des letzten Semesters nur selten blicken lassen.

Fünf Reihen vor sich entdeckte er Juliane, Achmeds neue Freundin, seine »Flamme aus dem Osten«, wie er sie ihm vor ein paar Tagen vorgestellt hatte. Keine konnte ihre Haare so aufreizend elegant über die Schulter werfen wie sie.

Er hatte Achmed besucht und ihn gefragt, ob er sich vorstellen könne, als syrischer Diplomat mit einem gefälschten Pass in einer Limousine mit Diplomatenkennzeichen nach Ost-Berlin zu fahren und auf dem Rückweg Flüchtlinge im Kofferraum mitzunehmen. Sein Stempelmacher habe den entsprechenden Pass schon fast fertiggestellt. Diplomatenwagen würden nur kontrolliert, wenn bei der Ausfahrt das Heck tiefer liege als bei der Einfahrt, was die Grenzer anhand der Polaroid-Bilder, die sie bei der Ein- und Ausfahrt schossen, überprüften. Dieses Problem ließe sich mit ein paar Kästen Bier beheben, die sie in Ost-Berlin vielleicht sogar noch verhökern könnten. In Kürze werde sein Stempelmacher weitere syrische Diplomatenpässe fertig haben, dann könne er, Achmed, die Flüchtlinge sogar als reguläre Passagiere mitnehmen. Für jeden Flüchtling bekomme er tausend Mark. Achmed hatte zugestimmt unter der Bedingung, dass er den Pass – Bild, Stempel, arabische Schrift – vor der ersten Fahrt überprüfen könne. Wie immer hatte Achmed ihm Tee und Baklava serviert.

Ohne anzuklopfen, war Juliane hereingestürmt, hatte dagestanden wie Pallas Athene, groß, blond, sehr aufrecht, hatte ihren Mantel abgelegt, ihre hellen Arme um Achmeds Hals geschlungen und ihn heftig geküsst. In der Annahme zu stören, war Janus aufgestanden, aber Achmed hatte ihn gebeten, noch zu bleiben. Juliane sei Medizinstudentin und kurz nach dem Physikum durch einen Tunnel nach West-Berlin geflüchtet.

»Und jetzt warte ich auf die Anerkennung meines Physikums«, hatte sie ergänzt.

Janus fragte sich, wo und wie sich Achmed diese Frau geangelt hatte. Sie drehte ihren Kopf – suchte sie jemanden? –, legte ihr Kollegheft aufs Pult und schaute nach vorn. Hundert Augenpaare folgten ihren Bewegungen.

Mit lautem Klopfen wurde der Professor – ein grauhaariger Herr im weißen Kittel – begrüßt. Er beschwor sein Auditorium, bei allem, was sie in den folgenden Semestern lernen würden, niemals zu vergessen, dass der Mensch keine Maschine sei, die man mit Tabletten oder mit einer Operation reparieren könne.

Janus ärgerte sich, dass er so spät gekommen war, zu gern hätte er jetzt neben Juliane gesessen, ihre Schulter gestreift und sie gefragt, wie ihr Physikum gelaufen und durch welchen Tunnel sie gekommen sei. Oder flog sie nur auf schlecht rasierte, temperamentvolle Araber?

Er hörte das Klopfen auf den Pulten, die Vorlesung war zu Ende. Juliane packte ihre Sachen und ging mit den anderen die Stufen zum Ausgang hinauf. Janus wartete am Ende seiner Reihe. Als sie ihn sah, stürzte sie auf ihn zu und umarmte ihn. Wollte sie allen zeigen, ich bin vergeben, ihr habt keine Chance? Oder hatte sie mit Achmed Schluss gemacht?

»Schön, dass wir im gleichen Semester sind. Wollen wir unsere Praktika zusammenlegen, kann ich deine Notizen haben?« Sie lachte ihn herausfordernd an und hakte sich, als er weiterging, bei ihm ein. »In deiner Gruppe soll es ja nur Einsen gegeben haben.«

»So, so«, sagte Janus. Wahrscheinlich würde er gar keine Zeit für Praktika haben. Seit Juli lief seine Doppelgänger-Tour, und die Diplomaten-Tour würde demnächst starten. Aber wie er gerade bei seinem Physikum festgestellt hatte, konnte er den Stoff ebenso gut aus Büchern lernen.

»Sollen wir?«

Er würde erst mal bei Achmed vorfühlen, dachte er. Die Freundschaft mit ihm wollte er auf keinen Fall aufs Spiel setzen. »Muss ich sehen.«

Sie kamen auf den Platz vor der Notfallambulanz.

»Ich habe gehört, du spielst Geige?«, fragte sie.

Woher wusste sie das? Er konnte sich nicht erinnern, Achmed davon erzählt zu haben.

»Ich würde gern mal wieder klassische Musik hören. Bei Achmed läuft immer nur dieses arabische Gedudel. Hast du einen Plattenspieler?«

»Ja«, sagte Janus, obwohl er das Gespräch lieber beendet hätte.

»Hast du zufällig das Violinkonzert von Beethoven?«

Janus war überrascht. »Welche Aufnahme? Oistrach, Heifetz, Menuhin? Oder soll *ich* es dir vorspielen?«

Sie lachte und warf ihre Haare über die Schulter. »Um fünf?«

Jetzt war es zu spät, Nein zu sagen.

Sie müsse noch ins Immatrikulationsbüro, sagte sie und verabschiedete sich. Janus ging mit den anderen in den Hörsaal der Unfallchirurgie, konnte sich aber nicht konzentrieren. Er roch immer noch Julianes Parfüm.

Pünktlich um fünf klingelte es. Janus lief die Treppe hinunter, öffnete, Juliane drückte ihm eine Flasche Rotwein in die Hand, umarmte ihn und hauchte ihm einen Kuss aufs Ohr. In seinem Zimmer half er ihr aus dem Mantel und hängte ihn über den Haken an der Tür. Sie klackte ihre Pumps in die Ecke und setzte sich auf die Schlafcouch – enge Jeans, tief ausgeschnittener Pullover.

Janus war überrascht, mit welcher Selbstverständlichkeit sie seine Bude eroberte. »Moment, ich hol einen Korkenzieher und Gläser.« Er lief in die Gemeinschaftsküche. Als er zurückkam, hatte sich Juliane auf der Couch ausgestreckt.

»Spielst du auch ein Instrument?«, fragte er und schenkte ein.

Sie setzte sich auf und schüttelte den Kopf; ihre blonden Haare wogten wie eine Welle. »Mein letzter Freund in Ost-Berlin war Geiger an der Staatsoper.«

»Ist er drüben geblieben?« Er reichte ihr ein Glas.

»Nein. Er hatte von dieser Fluchtmöglichkeit durch den Tunnel gehört, Pfingstmontag sind wir dann gemeinsam durch die Röhre gerannt.«

»Gerannt?« Janus sah den engen Schlauch vor sich, durch den er auf allen vieren gekrochen war, in dem er keine Luft mehr bekommen hatte.

»Ja, wie man so sagt. Leg lieber Beethoven auf.«

Sie stießen an.

»Und dein Freund?«

»Hat sich im Westen mit einer Bratschistin getröstet. Leg auf.«

»Also Oistrach.«

Die Pauken, die ersten Takte der Streicher.

»Setz dich doch zu mir«, bat sie ihn. Er roch wieder ihr herbes Parfüm, spürte die Wärme ihres Oberschenkels, wagte einen Blick in ihren Ausschnitt. Während des langsamen Satzes streckte sie sich wieder aus, legte ihren Kopf in seinen Schoß und zog ihn an sich.

Waren ihr die Hormone durchgeknallt oder hatte sie von vornherein die Absicht gehabt, ihn zu verführen?, fragte sich Janus, nachdem sie gegangen war. Er konnte sich ihren Überfall nicht erklären. War er ein Vorschuss für seine Hilfe während der Praktika? Er zupfte ein paar blonde Haare von der Couch, stellte die angebrochene Flasche beiseite und schaltete den Plattenspieler aus. Die Liebe zur Musik jedenfalls war nur ein Vorwand für ihren Besuch gewesen, sie wusste noch nicht einmal, was eine Kadenz ist. Egal. Auf jede seiner Berührungen hatte sie reagiert wie ein klingendes Cello, hatte vibriert, gesummt, gejubelt, gestöhnt. Übermorgen nach der Vorlesung wollte sie wiederkommen. Er hatte nicht widersprochen. Morgen würde er Achmed den neuen Diplomatenpass vorlegen, und bei der Gelegenheit herausfinden, wie es um das Verhältnis der beiden stand.

6. November. Es war kalt geworden, der Wind pfiff um die Ecken. Mit großen Schritten lief Janus auf das Haus zu, blickte, wie gewohnt, zu Achmeds Fenster im zweiten Stock hinauf – und erschrak. Gerade streckte sich ein nacktes Frauenbein heraus, tastete auf das schräge Vordach. Juliane, nur in Bluse und Schlüpfer. Den Abgrund vor Augen, klammerte sie sich an den Fensterrahmen, zog ihr Bein zurück und verschwand. Janus rannte zum Hauseingang, presste seine Handfläche aufs

Klingelbrett, die Pforte sprang auf. Er lief die Treppe hinauf, die Tür zu Achmeds Zimmer war nur angelehnt. Auf der Couch lag sein Freund, nackt, auf dem Rücken, die Hände an die Bettpfosten gefesselt, den Schlips wie eine Schlinge um den Hals, das Gesicht aufgedunsen, blau. Von Juliane war nichts zu sehen. Janus stürzte zu ihm, lockerte den Schlips, suchte nach dem Puls, legte sein Ohr auf Achmeds Brust. Nichts! Herzmassage, Mund-zu-Mund-Beatmung, nichts. Janus alarmierte den Hausmeister, der rief den Notarzt.

Hatte Juliane ihren Freund umgebracht, mit seinem eigenen Schlips? Hatte sie über das Dach fliehen wollen? Halb nackt? Wo war sie?

Martinshörner, der blaue Schein der rotierenden Warnlichter zuckte über die Wände. Notarzt, Sanitäter und Polizei nahmen Achmeds Zimmer in Beschlag. Keine Pupillenreaktion, Nulllinie im EKG. Exitus! Die Tür wurde versiegelt. Zwei Polizisten baten Janus zu ihrem Wagen, auf der Treppe und im Flur drängten sich neugierige Studenten. Janus konnte zur Sache nur wenig aussagen – er hatte Juliane auf dem Vordach gesehen und seinen Freund tot vorgefunden. Sie sei eine Medizinstudentin aus Ost-Berlin, HU, und erst vor Kurzem geflüchtet. Ihre Adresse könne man sicher über das Immatrikulationsbüro erfahren.

Er machte sich auf den Heimweg. Das Bild seines toten Freundes ließ ihn nicht los. Was mochte in dem Zimmer vorgefallen sein? Warum hatte Achmed sich Juliane so ausgeliefert? Wo war sein professionelles Misstrauen geblieben? Wenn er, Janus, nur eine Bahn früher genommen hätte, wenn er schneller gelaufen wäre, hätte er seinen Freund vielleicht retten können. Er spürte den Diplomatenpass in der Tasche.

In den folgenden Tagen lauerten ihm Journalisten auf, stellten lüstern indiskrete Fragen. *Mord im Studentenheim!* Die

Sensationsberichte in den Zeitungen drohten Janus' sorgsam gehütete Anonymität zu zerstören. Für ein paar Tage tauchte er bei seinen Passfälschern und Stempelmachern am Prager Platz unter.

Als er bei der Politischen Polizei nachfragte, beruhigte man ihn: Niemand habe ans Licht gebracht, dass das Mordopfer Fluchthelfer war. Für den Fall sei die Kripo zuständig. Dort erfuhr er, dass Juliane in Untersuchungshaft saß.

Berlin, Sonntag, 28. August 2016

10. TAG

Sonntagmorgen, 10 Uhr. Die Sonne drang durch die Jalousien, die Vögel machten Jahrmarkt. Janus schlief, zusammengerollt wie ein Kind, für Colette ein ungewohntes Bild. Er, der sonst immer Aktive! Heute Nacht hatte er alles getan, um sie den etwas mühsamen Tangoabend vergessen zu lassen. Sie stahl sich davon, suchte unter seinen CDs die Siebte von Beethoven heraus, von der er ihr vorgeschwärmt hatte, drehte den Lautstärkeregler etwas höher und ging unter die Dusche. Als sie zurückkam, war Janus aufgewacht. Lachend zog sie ihm die Decke weg: »Um elf Uhr geht's los bei Jenny.«

»Und ich höre gerade Beethoven. Wie spät ist es jetzt?«

»Viertel nach zehn.«

»Bevor wir losfahren, brauch ich aber einen Kaffee.«

»Mach ich schon. Bitte beeil dich.« Colette stellte den Player ab und verschwand in der Küche.

Jenny feierte ihren fünfzigsten Geburtstag in einem Restaurant in der Oderberger Straße. Große Herzlichkeit brandete Colette entgegen, als sie den bunt dekorierten Saal betraten. Eine fröhliche, laute Gesellschaft: Schauspieler, Regisseure, Produzenten und Autoren. Erinnerungen an große Erfolge – Du warst wunderbar! –, Visionen, wie ihnen die Welt zu Füßen liegen würde, mit wem sie zusammenarbeiten, vom wem sie gern verlegt werden wollten, schwirrten durch den Raum. Ein üppiges Buffet verteilte sich auf die Teller, wurde über die Köpfe hinweg an kleine Tische balanciert.

Colette wechselte von einem zum nächsten. Janus fühlte sich ausgegrenzt unter diesen sich wahnsinnig wichtig nehmenden Paradiesvögeln, die unisono den Niedergang der Kultur beklagten. Selbst an den Staatstheatern gäbe es kaum noch feste Engagements, die Literaturszene leide unter dem Primat der Verkäuflichkeit, für die Fernsehanstalten zähle nur noch die Einschaltquote. Jenny stellte Janus ihre Lebensgefährtin vor, eine Visagistin, die ihm auf der Stelle eine neue Frisur empfahl und in eine Diskussion über das Lifting bei Politikern verwickeln wollte. Janus gestand, dass er sich darüber bisher keine Gedanken gemacht habe und als Unfallchirurg auch eher mit anderen Körperteilen beschäftigt gewesen sei, worauf sich gleich zwei Damen auf ihn stürzten und ihm detailliert ihre Rückenprobleme schilderten.

»Wussten Sie, dass hier ein paar Häuser weiter die Mauer stand?«, sprach ihn ein junger Mann an und stellte sich als Dokumentarfilmer vor.

»Ja«, antwortete Janus.

»Colette hat mir erzählt, Sie seien Fluchthelfer gewesen.«

»Fluchthelfer!«, schnappte eine Rothaarige neben ihm das Stichwort auf. »Haben Sie einen Tunnel gegraben?«

Janus überlegte, ob er die junge Frau aufklären sollte, dass von allen gelungenen Fluchten zwischen 1961 und 1989 maximal ein Prozent Tunnelfluchten gewesen seien, diese also nicht die große Bedeutung hatten, die man ihnen heute gern zuschrieb, hatte aber wenig Lust, das Thema zu vertiefen. Kurz antwortete er: »Nur einen, und der stürzte ein.« Er wollte sich abwenden, wurde aber am Arm festgehalten.

»Cool! Wurden Sie verletzt?«

Janus bemerkte ihren scheuen Blick auf sein Ohr. »Das ist ein Souvenir vom Grenzzaun.«

Ihre Augen leuchteten. Der Dokumentarfilmer nahm ihn beiseite und erzählte, er plane, einen Film über die Oderberger Straße zu drehen, hier habe es zu DDR-Zeiten eine tolle Künstlerszene gegeben, Leute wie Freya Klier hätten hier gelebt. Ob er ihm gelegentlich, vor der Kamera, ein paar Fragen stellen dürfe? Er reichte Janus seine Visitenkarte.

»Zur Oderberger Straße könnte ich eine kleine Episode vom 13. August 1961 beitragen. Melden Sie sich, wenn Sie so weit sind.« Auch er nahm eine Visitenkarte heraus, der Filmer las *Fluchthelfer, Arzt, Chronist,* »Interessante Mischung«, und steckte sie ein.

Colette drückte sich an Janus' Seite. »Geht's dir gut?« Ohne eine Antwort abzuwarten, hakte sie sich bei ihm ein und schleppte ihn zum Buffet.

Janus probierte, schmeckte Unbekanntes, hielt sich lieber an die Süßspeisen, seine eigentliche Schwäche. Nach zwei Stunden in diesem für ihn immer undurchdringlicheren Geräusch- und Stimmendschungel signalisierte er Colette, dass er lieber gehen wolle.

»Okay, ich komme nach.« Sie küsste ihn flüchtig.

Janus fuhr nach Hause und legte sich schlafen.

Zwei Stunden später klingelte Colette: »Hast du dich erholt von deinem Ausflug in fremde Galaxien?«

»Ich habe tatsächlich eine Stunde geschlafen. Die Leute sind nett, aber ziemlich anstrengend.«

»Künstler sind eben ein eigenes Völkchen.«

Janus zog sich an. »An das ich mich erst gewöhnen muss. Kennst du den Dokumentarfilmer?«

»Nicht wirklich, aber soweit ich weiß, hat er schon ein paar erfolgreiche Filme über die DDR gemacht. Auch was über

Grenzgänger-Studenten. Dafür hat er etliche Zeitzeugen befragt.«

Janus versuchte, sich an den Namen des Kommilitonen zu erinnern, den er damals am 13. August besucht hatte; es war ein sehr ungewöhnlicher Name.

»Was denkst du?«

»Ich suche nach einem Namen.«

»Eines Grenzgängers?«

»Ja.«

»Gab es damals eigentlich irgendwas, wo du nicht dabei warst?«

Er lachte. »Möchtest du Kaffee?«

»Gern.«

Sie gingen in die Küche, Janus setzte Wasser auf. »Wie lief's eigentlich mit Chantal gestern? Ich hatte den Eindruck, der Spaziergang hat euch gutgetan.«

»Ich hoffe, sie fängt sich. Eigenartigerweise denkt sie plötzlich wieder an Valerie, zieht Vergleiche. Ich habe versucht, ihr zu erklären, dass der Tod eines Kindes, das einen Namen hatte und das gesprochen hat, nicht mit einer Abtreibung gleichzusetzen ist.« Colette lehnte sich in den Türrahmen.

»Woran ist Valerie gestorben?«

»An einer Hirnhautentzündung. Aber darüber wollte ich jetzt nicht reden. Was denkst du über einen Schwangerschaftsabbruch?«

»Ich meine, das sollte jede Frau selbst entscheiden. Da hat ihr kein Arzt, kein Pfarrer und keine Familie reinzureden. Magst du hier in der Küche sitzen?«

»Balkon wäre mir lieber. Morgen Abend ist ein Treffen unabhängiger Berliner Verlage im Büro des Börsenvereins, ich muss noch ein bisschen was vorbereiten.«

»Das heißt, ich habe morgen Abend frei?«

Sie lachte. »Ab und an wird mir bewusst, dass ich auch einen Job habe.«

Er goss den Kaffee ein und stellte die beiden Becher auf ein Tablett. »Wieso ist Chantals Freund eigentlich ein Wessi-Arsch?«

»Hab ich das gesagt?« Colette schob die Balkontür auf, die Hitze strömte herein.

»So hörte ich.«

»Ist mir wohl so rausgerutscht. Egal, er kommt aus Kronberg im Taunus, fährt mit dem Porsche vor, macht Chantal ein Kind, rät ihr, es abzutreiben, und dann ist er weg.« Sie rückte die beiden Stühle zurecht.

»Und was hätte ein Ossi-Arsch gemacht?« Janus stellte das Tablett ab und zog sie an sich.

»Er hätte gesagt, ist egal, du kannst das Kind doch in die Krippe geben.«

Ein warmer Sonntagnachmittag. Von der Straße her waren Wortfetzen zu hören, ab und zu ein Auto. Aus einem der Nachbargärten schallte Musik herüber.

»Was denkst du?«, fragte Janus.

»Fast wie ein Sonntag damals in Pankow. Sonne, Kaffee und Kuchen auf der Terrasse. Nur Beat gab's bei uns nicht.« Sie machte eine Pause. »Wir tauschten Tapete gegen Ofenrohr, bekamen unsere Kinder mit achtzehn und waren eine emanzipierte, glückliche Solidargemeinschaft.«

Janus versenkte vier Zuckerstücke in seinem Becher und rührte langsam um.

»Mal ehrlich«, Colette stupste ihn, »für dich ist jeder, der nicht aus der DDR abhauen wollte, ein Mitläufer, also irgendwie schuldig, oder?«

»Im Prinzip schon. Weil es mir einfach nicht in den Kopf will, wie man sein Leben lang Kreide fressen kann.«

»Wenn man die Unfreiheit aber gar nicht als solche begreift, weil man nichts anderes kennt, und weil man in ihr zu Hause ist?«

»Entschuldigung, war von mir zu kurz gedacht. Obwohl ich genau das als Kind selbst erlebt habe.«

»Wie?«

»Ich war neun Jahre alt, meine Großmutter sperrte mich in einen dunklen Keller, weil ich zu spät zum Essen gekommen war. Durch eine Luke kletterte ich ins Freie, stand plötzlich draußen im hellen Tageslicht, schaute mich um, lief zum Gartentor, sprang hinüber, rannte weiter, um das ganze Karree. Plötzlich fragte ich mich: Und jetzt? Was soll ich hier? Irgendwas war falsch an dieser Freiheit, die ich gerade gewonnen hatte. Ich kehrte um, kroch zurück in den Keller, schloss die Luke, stellte die Leiter an ihren Platz. Und alles war wieder gut.«

Colette beugte sich zu ihm und küsste ihn. »Es ist nie zu spät für eine glückliche Kindheit.«

»Ja, wenn man Katastrophen überlebt hat, weiß man, wozu sie gut waren.«

Sie sahen die Nachbarin mit zwei Kindern durch den Vorgarten gehen. Janus winkte ihnen zu.

Colette stand auf und holte ihr iPad. »Ich muss hier mal kurz reingucken, damit ich den Kollegen morgen vorführen kann, wie erfolgreich mein Verlag ist.«

»Kein Problem.« Janus verzog sich an seinen Schreibtisch.

Abends im Bett fragte er sie, ob sie hören wolle, wie der kleine Medizinstudent Janus Emmeran am 1. Mai 1962 fast ein großer Held geworden wäre.

Colette lachte. »Fast? Schieß los!« Sie drehte sich auf die Seite, stützte den Kopf in ihre Hand und hörte ihm lange zu. Als Janus mit seiner Geschichte von Mister X zu Ende gekommen war, fragte sie ihn, ob sie jetzt in den *inner circle* der CIA aufgenommen sei oder ob er gerade sein Gelübde gebrochen und ein Staatsgeheimnis ausgeplaudert habe. Sie gähnte.

Er zog ihr das Nachthemd aus und zeichnete ihren Körper mit seinen Lippen und Händen nach. Als er bei ihren Füßen angekommen war, war sie eingeschlafen. Behutsam deckte er sie zu.

Dann setzte er sich an seinen Schreibtisch, blätterte in seinen alten Notizen, googelte den Dokumentarfilmer und schrieb ihm eine Mail:

... War unter den Zeitzeugen, die Sie für Ihren Film über die Grenzgänger-Studenten befragt haben, auch ein Thomas Pospiech. Jahrgang 1939 oder 40?

Ein paar Minuten später kam die Antwort:

... Nach Pospiech habe ich lange gesucht. Er soll 2004 bei dem Tsunami in Phuket umgekommen sein. Sie kannten ihn?

Janus antwortete: *Ich habe ihn am 19. August 1961 mit einem falschen Pass über die Grenze geholt.*

West-Berlin, Anfang April 1963

DIE ENTTÄUSCHUNG

Die Doppelgänger-Tour, mit der Janus seit Ende Juli letzten Jahres über einhundert Menschen in Freiheit gebracht hatte, war vor zwei Wochen geplatzt. Die Idee zu einer Diplomaten-Tour hatte er aufgeben müssen, weil er keinen Araber fand, der, auch nicht für Geld, bereit war, das Risiko auf sich zu nehmen. Wieder einmal hatte Janus keine Tour, aber noch immer lagen in seinem Ordner Anträge auf Fluchthilfe.

Das erste klinische Semester hatte er weitgehend versäumt. Jetzt, in den Semesterferien, wiederholte er am Westend-Krankenhaus das Praktikum »Pathologischer Harn«.

Immer wieder dachte er an Juliane. Was hatte sich an diesem 6. November in Achmeds Bude abgespielt? Hatte sie den Mord geplant oder war es eine Affekthandlung? Warum saß sie immer noch in Untersuchungshaft und wurde nicht vor Gericht gestellt? Die Kripo gab ihm keine weiteren Auskünfte.

Am 9. April kam ein Einschreiben, eine Vorladung zur Politischen Polizei. *Betreff: Franziska Schmeing*. Eine Verwechslung? Der Name sagte ihm nichts.

Er fuhr nach Tempelhof. In dem riesigen graubraunen Gebäude im Nazi-Protz kannte er sich aus. Man fragte ihn, ob er mit dem Syrer Achmed Mousa befreundet gewesen sei und wie viel dieser von seiner Fluchthilfe gewusst habe; wie gut er

Juliane Achterding kenne, ob er abschätzen könne, wie weit sie über die Fluchthelferszene informiert sei, und so weiter. Janus merkte, dass die beiden Beamten die Antworten auf die meisten ihrer Fragen bereits kannten, und wollte wissen, warum sie ihn überhaupt vorgeladen hatten.

Juliane Achterding heiße eigentlich Franziska Schmeing und sei eine Stasi-Agentin. »Sie hat alles gestanden. Eigentlich war sie auf Sie angesetzt, Herr Mousa nur eine Zwischenstation, sein Tod die Folge eines missglückten Experiments beim Liebesspiel.«

Die Worte prasselten wie Hammerschläge auf Janus' Kopf. Er konnte es nicht fassen. Schon zum zweiten Mal war er der Stasi auf den Leim gegangen. Musste er jetzt hinter jedem Menschen einen Verräter vermuten? War er eine Zielscheibe für Spitzel und Agenten geworden? Und was sollte das heißen: missglücktes Experiment?

»Wir schnappten sie gerade noch«, setzte der Beamte fort, »bevor sie sich in den Osten absetzen konnte. In einem Geheimfach ihrer Handtasche fanden wir stark wirkende Schlafmittel. Frau Schmeing wollte Sie in ein Nobelhotel locken und betäuben; Helfer hätten Sie in den Osten transportiert.«

In einer Holzkiste, oder vielleicht eingerollt in einem Teppich? Wie abgeschmackt und widerlich das alles war!

Janus verließ das Polizeigebäude. Es nieselte, er merkte es nicht. Juliane, sein klingendes Cello, eine Agentin? Hatte sie ihre Ekstase nur gespielt, nur seine Schwachstellen ausgespäht?

West-Berlin, 12. August 1963

HARRYS RÜCKKEHR

Brütende Hitze flirrte über der Stadt. Die Menschen drängten sich unter den Sonnenschirmen vor den Cafés an der Spree.

Schon seit dem frühen Morgen wartete Janus hinter den Büschen und Bäumen am Gröbenufer, gegenüber dem Grenzübergang Oberbaumbrücke. Heute sollte sein Freund Harry von Oehringen aus der Haft entlassen werden, einen Tag früher als im Urteil verkündet. Seine Mutter hatte gestern angerufen, Rechtsanwalt Vogel habe sie von dem früheren Termin informiert, dummerweise sei sie gerade in Wien und bekomme keinen früheren Flug; ob Janus ihn an der Brücke abholen könne? Selbstverständlich hatte er zugesagt.

Aufgrund der kurzen Strafe von nur fünfzehn Monaten – Janus hatte mit wenigstens fünfzehn Jahren gerechnet – ging er davon aus, dass es Harry gelungen war, seinen Kontakt zu ihm, dem Staatsfeind und Terroristen Emmeran, zu verschweigen. Und auch die Tatsache, dass Harry Uwe Maiwald enttarnt hatte, musste den Vernehmern verborgen geblieben sein.

Janus hatte Durst und Hunger, wollte seinen Posten jedoch nicht verlassen, weil er befürchtete, sein Freund könne in genau dem Moment kommen. Endlich, am späten Nachmittag, tauchte in der Ferne, allein auf der breiten, von trutzigen Backsteinbauten gesäumten Brücke, ein Mann auf, der einen

Motorroller schob. Das musste er sein. Aber warum fuhr er nicht?

Die Schranke öffnete sich. Harry schob seinen Roller über die Grenze, Janus ging ihm entgegen und umarmte ihn. »Schmal bist du geworden.«

»Kein Wunder nach fünfzehn Monaten Arbeiter- und Bauernkost«, grinste Harry. »Hat meine Mutter dir Bescheid gesagt?«

Janus nickte. »Erstaunlich, dass die Banditen dir einen Tag geschenkt haben.«

»Gestern ging ich noch von einer Finte aus. Wenn du dich schon in Freiheit wähnst, dachte ich, schnappen sie dich wieder und brummen dir noch einen Zuschlag auf.«

»Glaubst du wirklich, dass die solche Spielchen treiben?«

»So wie ich die Brüder kennengelernt habe, ja. Meine Entlassung schon heute verdanke ich wahrscheinlich nur der Tatsache, dass morgen der zweite Jahrestag des Mauerbaus ist und sie dem Westen keinen Vorzeige-Märtyrer präsentieren wollen.« Harry machte eine Pause. »Danke übrigens für den Staatsempfang, bin sehr gerührt. Mein Vernehmer verhöhnte mich immer wieder: Wenn Sie hier irgendwann rauskommen, sind Sie längst vergessen. Komm, weg von hier!«

»Warum schiebst du eigentlich?«

»Die Genossen haben mir mein Benzin geklaut – mein Beitrag zum Aufbau des Sozialismus. Bis zur nächsten Tankstelle bist du jetzt dran, ich spür meine Arme kaum noch.«

»Erst mal bis in den Park.«

Sie fanden eine Bank und setzten sich.

»Geld habe ich genug«, sprudelte Harry weiter, »sogar mehr als bei meiner Verhaftung. Dank horrend bezahlter Sträflingsarbeit verfüge ich über hundert Ostmark, das sollte nicht nur für eine Tankfüllung reichen, sondern auch noch für ein solides Abendessen.« Er lachte. »Damals war ich blank, die Ausflüge für deine Firma haben mich ja fast in den Ruin getrieben. Da war mir die Rundum-Versorgung der Stasi durchaus willkommen.«

Ja, das war Harry, er konnte mit dem Entsetzen Scherz treiben.

»Sogar deine Bude gibt es noch«, sagte Janus.

»Meine Mutter hat die Miete weiterbezahlt?«

Janus nickte. »Sie hat sich fantastisch verhalten. Als ich sie damals anrief und ihr sagen musste, dass du vermutlich verhaftet worden bist, ist sie sofort gekommen, hat sämtliche Krankenhäuser in Ost-Berlin abgeklappert, bei der Polizei nachgefragt, ist sogar zu dem Haus gefahren, das dir zum Verhängnis wurde, und hat Wolfgang Vogel gebeten, deine Verteidigung zu übernehmen. Ohne Erfolg. Endlich, nach sieben Monaten, erfuhren wir vom UfJ, dass du noch lebst, zu fünfzehn Monaten verurteilt bist und in Rummelsburg sitzt. Für deine Mutter waren diese Monate sicher entsetzlich.« Janus merkte, dass sein Freund bewegt war.

»Meine Mutter konnte schon immer kämpfen wie eine Löwin, für meinen Vater im KZ, nach dem Krieg für die Hinterbliebenen der Widerstandskämpfer.«

»Deine Wirtin weiß übrigens, dass du heute kommst. Wollen wir los? Mein Auto steht gleich um die Ecke. Ich schlepp dich ab.«

Sie spannten ein Seil zwischen Stoßstange und Lenker, Janus fuhr los. Er wunderte sich über die akrobatischen Kunststücke, die sein Freund hinter ihm vollführte. Hatte er das Rollerfahren verlernt? Nicht ungefährlich im dichten Feierabendverkehr. Er drosselte das Tempo.

Als Harry nach dem Tanken seinen Roller startete und für einen Moment in einer großen Rauchwolke verschwand, sah

Janus ihn wieder vor sich, wie er vor fünfzehn Monaten, wohlgemut und selbstsicher, am Moritzplatz zu seiner Fahrt in den Osten aufbrach.

Unterwegs kauften sie ein. Das Zimmer in der Handjerystraße war aufgeräumt und sauber, Harrys Bett frisch bezogen. Er schob die Gardine beiseite, dann vergewisserte er sich, dass sein Studienbuch noch in der untersten Schublade der Kommode lag. Auf dem Tisch fand er zwei Stapel Post, seine Zimmerwirtin hatte nach »offiziell« und »privat« sortiert. Obenauf lag ein Telegramm seiner Mutter. Zwei Briefe schon älteren Datums riss Harry rasch auf und überflog sie. »Ach ja, die Anja. Nett.« Er war sichtlich erfreut.

»Willst du sie anrufen? Ich warte, bis du von der Telefonzelle zurück bist, oder ich komme morgen wieder.«

»Nee, nee! Jetzt essen wir erst mal.« Harry zog den Korken aus der Rotweinflasche, roch daran, atmete tief ein.

»Übrigens, ich schmeiß die Chemie, immatrikuliere mich für Jura und gehe in die Politik.« Er füllte die Gläser.

»Ich komme mit!«

Sie stießen an. Harry trank einen Schluck, dann leerte er das Glas in einem Zug, biss in eine Scheibe Brot, schob Käse und Schinken nach.

»Wie hast du es geschafft, unsere Freundschaft und die Sache mit Uwe zu verheimlichen? Wenn sie das rausgekriegt hätten ...«

»Hätten wir uns im Altersheim wiedergesehen. Die Story mit dem Blumenstrauß haben sie mir nie abgenommen, konnten sie aber auch nicht widerlegen. Sie fragten mich immer wieder nach dir; meine Behauptung, dich nicht zu kennen, platzte in dem Moment, als sie mir mit der kompletten Namensliste unseres Bataillons in Mittenwald kamen. Ich war geschockt und fragte mich, was die noch alles wissen. Dann versuchten sie, mir in den Mund zu legen, dass ich nur deshalb nach Berlin gekommen sei, um gemeinsam mit dir Fluchthilfe zu betreiben. Nach Berlin gekommen, okay, aber von Fluchthilfe hatte ich selbstverständlich noch nie etwas gehört. An dem Punkt bin ich stur geblieben. Sogar den Spitzeln gegenüber, die sie mir in die Zelle wanzten.«

»Ich kenne niemanden außer dir, der das durchgehalten hat.«

»Mit dem perfiden Gedankenspiel, mein Besuch in dem Haus hätte ja ebenso gut der Vorbereitung einer Flucht dienen können, legte mich mein Vernehmer dann aber rein. Aus dieser rein hypothetischen Betrachtung, der ich dummerweise zustimmte, strickte der Staatsanwalt die Beschuldigung, ich hätte als Mitglied einer Terrororganisation in Ost-Berlin spioniert. Wenn das durchgegangen wäre, hätten sie mich auch einen Kopf kürzer machen können. Insofern waren die fünfzehn Monate, die Vogel für mich aushandelte, ein Geschenk. Richtig hart allerdings waren die fünf Monate Einzelhaft.« Harry unterbrach, jetzt müsse er mal kurz raus, seit Ewigkeiten habe er davon geträumt, wieder in Ruhe und vor allem allein auf einer Toilette zu sitzen.

»Warum eigentlich Einzelhaft?«, fragte Janus, als Harry zurückkam.

»U-Haft ist bei der Stasi immer Einzelhaft. Einen Anwalt siehst du erst, wenn die Vernehmer der Ansicht sind, alles aus dir herausgequetscht zu haben, in der Regel erst kurz vor dem Prozess. So vergeht Monat um Monat, du bekommst keine Post, darfst nicht schreiben, bekommst nichts zu lesen, starrst den ganzen Tag nur auf deine kahle Zellenwand, und irgendwann hoffst du, zum Verhör geholt zu werden; weil du dann mal wieder reden kannst. Auch wenn du weißt, dass dein Vernehmer dir aus allem, was du sagst, einen Strick drehen kann.«

Er redete ohne Punkt und Komma, als müsse er fünfzehn Monate Schweigen aufholen.

»Dabei ging es mir noch relativ gut. Bei mir zog ja ihre Moralkeule nicht, ich hätte mich am Volk versündigt, für dessen Wohltaten, Kindergarten, Schule, FDJ, Universität, ich doch dankbar sein müsse. Mit dieser Masche haben sie alle, die sie auf der Flucht schnappten, weich gekocht.«

»Mit deinen Analysen hast du schon den MAD geärgert.«

»Einmal verirrte sich eine Fliege in meine Zelle! Etwas Lebendiges, etwas, das sich bewegt. Ich habe jeden Morgen als Erstes nach ihr gesehen, ihr Brotkrumen hingelegt, sie auf meinen Arm krabbeln lassen, irgendwann sogar mit ihr gesprochen. Und jetzt Schluss!« Harry goss sich Rotwein nach. »Ich hab's überlebt.«

Er stand auf und öffnete das Fenster. Milde Abendluft strömte herein. »Auch das habe ich mir immer gewünscht: ein Fenster zu öffnen und den Himmel zu sehen. Man wird bescheiden in der Haft.« Er kam zurück an den Tisch. »Was mich aber fast kirre gemacht hat, was in einer Endlosschleife durch meinen Kopf zog, war die Frage: Warum winkten sie mich, als ich mit meinem Roller an den Schlagbaum kam, sofort raus, bevor einer auch nur einen Blick in meinen Ausweis warf. Ich war so sicher, dass ich ihnen, dank des Straßenbahnfahrers, entkommen war. Am Ende blieb für mich nur übrig: Irgendjemand hat mich verpfiffen. Entweder du – das habe ich aber schnell verworfen – oder ein Spitzel.«

»Na dann Prost!«

»Ein Spitzel in deiner Truppe, der meinen Auftrag kannte und denen drüben steckte, dass ich mit meinem Roller unterwegs war.«

»Wir waren bei unserem Abschied allein, Harry, niemand außer uns wusste von deiner Erkundungsfahrt«, versuchte

Janus seinen Freund zu beruhigen. »Meine Leute haben später ausnahmslos bei der Doppelgänger-Tour mitgemacht. Und die lief ein Dreivierteljahr ohne jeden Zwischenfall. Niemand wurde verhaftet, niemand kam zu Tode. Meine Helfer waren sauber.«

»Muss ich wohl akzeptieren. Aber ein Stachel bleibt. Wie ging die Tour?«

»Erzähl ich dir noch.«

Harry schnitt sich wieder ein Stück Käse ab. »Aber jetzt mal zu dir. Was gibt's Neues im Westen?«

Janus lachte. »Gerade wirbt Magnifizenz Heinitz, unser Rektor, dafür, dass man mich aus dem Studentendorf wirft.«

»Hoppla!«

»In seinen Augen schaden Fluchthelfer dem Ruf der Hochschule. Sie sei ein Hort der Wissenschaft, politische Aktivitäten hätten hier nichts zu suchen. Die studentische Selbstverwaltung sprach sich aber gegen meine Kündigung aus, und als er im Studentendorf aufkreuzte, um für seine Forderung zu werben, empfingen ihn die Dorfbewohner mit dem Transparent: *Treten Sie zurück, Magnifizenz!*«

»Und, ist er?«

»Nee, der sitzt das aus.«

»Und sonst?«

»Sechs Wochen nachdem du weg warst, habe ich bei einem Tunnel mitgebuddelt, aber der brach ein. Vier Monate später hatte ich die Stasi im Bett, und am Tag danach wurde mein syrischer Freund beim Liebesspiel erdrosselt.«

Jetzt lachte Harry. »Ein Lob auf den sicheren Knast! Erzähl!«

Während Janus seinem Freund von Achmed und Juliane berichtete, trank dieser die erste Flasche Wein leer.

»Gerade ist der Prozess gegen sie zu Ende gegangen, die Zeitungen sind voll davon. Das Gericht hat sie wegen fahrlässiger

Tötung und Agententätigkeit zu viereinhalb Jahren verurteilt.«

»Wenn sie rauskommt, schnapp ich sie mir.«

»Schau aber nach, was sie in ihrer Handtasche hat.«

»Da kannst du Gift drauf nehmen.«

»Und noch was Scharfes: Ich steh jetzt auf der Gästeliste der Roten Hilde, dieser grauenhaften DDR-Justizministerin, du weißt?«

»Ich habe täglich mit ihr gefrühstückt.«

»Chapeau!«

»Im Ernst, das heißt was?«

»Sie will mich vor Gericht stellen und zum Tod verurteilen.«

»Weiter so, Herr Emmeran, Sie gefallen mir immer besser.«

»Du hast keine Ahnung.« Janus überlegte, ob er seinem Freund von seiner verzweifelten Suche nach einer neuen Tour und von seinen Schulden erzählen sollte. Warum eigentlich nicht? »Ich bin pleite.«

Harry verstand nicht.

»Hilfe ist eben mit Kosten verbunden. Wenn du Passfälscher und Drucker bezahlen musst, Testfahrten für neue Touren unternehmen lässt, Diplomaten bestichst oder auf Spinner wie Uwe hereinfällst, kommst du mit deinem Stipendium nicht weit. Solange du eine Tour laufen hast, spielt das keine Rolle, weil du dann hin und wieder eine Spende erhältst, aber wenn du keine Tour hast, wenn du alles vorfinanzieren musst, dann machst du Schulden. Bisher habe ich von den Flüchtlingen kein Geld verlangt, weil die, wenn sie hierher kommen, sowieso nichts haben, aber ich überlege, ob ich mir diese Haltung auch in Zukunft erlauben kann. Meine Hoffnung, dass Politiker, Kirchen und Industriebosse irgendwann ihre Schatullen öffnen, hat sich leider nicht erfüllt. Mit anderen Worten: Ich brauche dringend wieder eine Tour!«

»Mannomann! Und ich habe mir im Knast immer gewünscht, wieder mit von der Partie zu sein. Aber jetzt erzähl endlich, wie lief deine Supertour?«

Janus beschrieb die Doppelgänger-Tour, anschließend legte Harry ihm seine, in vielen einsamen Knast-Stunden entworfene, neue Weltordnung dar, was geraume Zeit in Anspruch nahm. Seine Zunge wurde immer schwerer; der erste Alkohol seit Monaten tat seine Wirkung.

»Ich zieh mal Leine«, schlug Janus vor. »Gute Nacht in der Freiheit!«

»Werd ich haben«, lachte Harry. »Nur noch eins. Hast du beim Abschleppen vorhin eigentlich mitgekriegt, dass du mich in den Kurven fast in den Tod geschlingert hast?«

»Ich hab mich nur gewundert, wie komisch du fährst.«

»Und ich habe gedacht, jetzt hast du über ein Jahr Zuchthaus im Osten überlebt, und kaum im Westen angekommen, bringt dich dein bester Freund auf so blödsinnige Weise um.«

West-Berlin, 24. August 1963

EINLADUNG VON HEINRICH ALBERTZ

Seit Tagen erregte sich die internationale Presse über den Rektor der Freien Universität, Magnifizenz Heinitz, und dessen eigenmächtige »Appeasement-Politik« gegenüber der DDR. Seine erste Maßnahme war die Kündigung der beiden Leiter des Studentenwerks, Daniel Goldmann und Dietmar Thiel, die diese widerspruchslos hingenommen hatten. Mit der Kündigung von Janus Emmerans Bude im Studentendorf war er – auch dank mehrerer Artikel in der *Berliner Morgenpost* – aufgelaufen. Der Berliner Bürgermeister Heinrich Albertz hatte ihn abgemahnt und, in Vertretung des Regierenden Bürgermeisters Willy Brandt, eine Ehrenerklärung für die Fluchthelfer abgegeben.

Um die Angelegenheit abzuschließen, wurde Janus von der Senatskanzlei gebeten, am Samstag, den 24. August, um 11 Uhr, zu einer Sondersitzung ins Schöneberger Rathaus zu kommen.

Über breite Treppen brachte man ihn in einen düster wirkenden Sitzungssaal. Ein langer Tisch, vor jedem Platz ein Ensemble aus Kaffeekännchen, Tasse, Glas und Mineralwasser. Von den etwa zwanzig Anwesenden waren ihm nur Willy Brandt und Heinrich Albertz bekannt. Janus wurde gebeten, die Geschehnisse an der FU aus seiner Sicht darzustellen.

Den inzwischen allen bekannten Satz von Heinitz, die Freie Universität sei kein Hort der Politik, sondern der Wissenschaft, ergänzte er um die Bemerkung, die Heinitz Dietmar Thiel anlässlich seiner Kündigung an den Kopf geworfen hatte: Ich will auch noch Rektor an der FU sein, wenn die Russen da sind.

Die Empörung war groß. Brandt fragte den Geladenen, was man jetzt mit diesem Rektor machen solle. Janus äußerte sein Erstaunen darüber, dass sich der Senat in die inneren Angelegenheiten der Universität einmischen könne. Albertz wies ihn freundlich darauf hin, der Senat habe durchaus Aufsichtspflichten und -rechte an der FU.

»Mein Vorschlag wäre«, meinte Janus daraufhin, »Heinitz im Amt zu belassen; ich nehme an, dass er seine Lektion gelernt hat. Und man weiß ja nie, welche verrückten Ideen ein neuer Rektor verfolgt.«

Brandt schmunzelte und erklärte, er werde Heinitz für Montag einbestellen und ihm sein Unverständnis bekunden; außerdem werde er in der Öffentlichkeit, wie schon Albertz, eine Ehrenerklärung für die Fluchthelfer abgeben. Das wurde mit Beifall aufgenommen. Damit war die Sitzung beendet.

Schon im Vorfeld der Gründung der Freien Universität in West-Berlin 1948 gab es vonseiten der bundesrepublikanischen Universitäten massiven Protest. Eine Universität dürfe nicht aus politischem Anlass ins Leben gerufen werden; zudem sei die in ihrer Verfassung fest verankerte Mitwirkung von Studenten am hochschulpolitischen Leben, auch bei der Berufung von Professoren, ein Skandal; dass der Berliner Senat eine Aufsichtspflicht an der Universität haben sollte, was die Selbstverwaltung des Lehrkörpers weiter einschränkte, brachte das Fass der Empörung zum Überlaufen. Zur Gründungsfeier am 4. Dezember 1948 erschien kein einziger Rektor einer anderen deutschen Universität. Die Amerikaner hingegen begrüßten die Gründung; die Princeton und die Yale University schickten sogar einen weltberühmten Dichter als ihren Repräsentanten nach Berlin, Thornton Wilder.

Janus verabschiedete sich von Willy Brandt. Dieser fragte ihn, ob auch er heute Nachmittag am Radio sitzen und sich die Übertragung der ersten Bundesligaspiele anhören werde. Worauf Janus entgegnete: »Mich interessiert Fußball nur, wenn ich selber spiele.« Brandt lachte. Als Janus gehen wollte, fasste ihn Albertz am Arm und bat ihn, mit in sein Büro zu kommen; Heinz Fanselau, sein persönlicher Referent, habe noch etwas mit ihm zu besprechen.

In einem holzgetäfelten großen Raum nahmen sie zu dritt an einem Konferenztisch Platz. Fanselau holte weit aus. Egon Bahr, der Sprecher Willy Brandts, versuche gerade, die erstarrten Beziehungen zwischen Ost und West aufzubrechen und eine neue Ostpolitik unter dem Motto »Wandel durch Annäherung« auf den Weg zu bringen. Aktivitäten wie Fluchthilfe störten die sich anbahnende Verständigung, deshalb sollten die Fluchthelfer ihre Tätigkeit einstellen.

Janus erwiderte, er werde ganz sicher nicht aufhören, er halte das, was er tue, für genauso wichtig. »Sie streben kleine Verbesserungen für viele Menschen an, ich gebe, wenn ich wieder eine Tour habe, wenigen Menschen ganz viel, nämlich die Freiheit.«

Fanselau schlug einen Deal vor: »Wenn Sie Ihre Fluchthilfe einstellen, wird sich der Berliner Senat um den Freikauf Ihrer Flüchtlinge kümmern.«

»Es sind über zweihundert«, erwiderte Janus.

Fanselau erschrak: »Zu viele!«

Albertz schlug eine Reduzierung auf zwanzig vor, außerdem müsse Herr Emmeran Berlin verlassen, um nicht rückfällig zu werden. Janus warf ein, er habe aber auch noch Schulden von früheren Aktionen. In welcher Höhe?, wollte Albertz wissen. Fünfzigtausend. Die werde man ebenfalls übernehmen, wurde er beruhigt. Janus erbat sich eine Bedenkzeit von einer halben Stunde.

Er ging auf den Parkplatz des Rathauses und steckte sich eine Zigarette an. Bei hundertfünfzig der zweihundert Anträge in seiner Mappe handelte es sich um Familienzusammenführungen, etwa fünfzig hatten einen politischen Hintergrund. Diese lagen ihm besonders am Herzen. Da er aber momentan keine Tour hatte und auch keine in Aussicht war, konnte er auf absehbare Zeit nicht einmal denen helfen. Wenn der Senat demnächst wenigstens diese fünfzig freikaufen würde, wäre schon viel gewonnen. Außerdem war klar: Irgendwann müsste er sowieso aussteigen; Fluchthelfer konnte er nicht ewig bleiben. Und es wäre vielleicht auch nicht verkehrt, aus Berlin wegzuziehen in eine andere Stadt, wo er sich auf sein Studium konzentrieren konnte.

Er ging zurück in Albertz' Büro und stimmte dem Deal vom Grundsatz her zu. Über die Anzahl der Flüchtlinge gab es noch eine kurze Diskussion; schließlich einigten sie sich auf siebenunddreißig. Deren Daten wollte Janus gleich Anfang der Woche durchgeben. Fanselau sagte, er werde sich melden.

Berlin, Montag, 29. August 2016

11. TAG

Colette nippte an ihrem Kaffee. Sie saßen in der Küche, die Gardinen warfen Muster auf die helle Wand. Janus sah sie an. »Was ist?«

»Ich stelle mir vor, wie du da am 1. Mai verloren am Rand der Kundgebung stehst, du hast die Pistole in der Tasche – und dein Mister X kommt nicht. Warst du frustriert, warst du sauer auf ihn. Oder nur einsam?«

»Ziemlich einsam, ja. Es war wieder einer dieser Momente, in denen ich an meinen toten Freund denken musste. Ich glaube, ich habe dir noch gar nicht von ihm erzählt?«

»Nein.«

»Fabian. Eigentlich hatten wir vor, gemeinsam in Berlin zu studieren, aber kurz vor unserem Umzug stürzte er in den Bergen ab.«

»Warst du dabei?«

Janus schüttelte den Kopf. »Er ging allein. Aber zurück zur Maikundgebung. Weißt du, ich war nicht nur einsam, ich hatte auch Angst. Angst davor, bei dieser minutiös durchgetakteten Aktion etwas falsch zu machen – oder schon falsch gemacht zu haben.«

»Kann ich nachvollziehen. Trotzdem, nimm es mir bitte nicht übel, klingt die ganze Geschichte für mich ein bisschen nach Sandkastenspiel: Zwei tapfere, kleine Jungs retten die Welt.«

»Früher hätte ich bei solchen Sätzen rotgesehen.« Janus stupste ihr auf die Nase. »Vielleicht ist die Operation von Mister X für dich nur deshalb so absurd, weil du Szenarien wie diese – Waffen, Panzer, Eroberungspläne – nicht kennst. Am 1. Mai 1962, glaub mir, hing die Freiheit West-Berlins am seidenen Faden.«

Colette nahm seine Hand. »Entschuldige, aber ich muss los. Sehen wir uns morgen Abend? Ich würde gern mal wieder irgendwo am Wasser essen gehen. Suchst du uns etwas Ruhiges aus?«

»Gern.«

Sie packte ihre Sachen. »Weißt du eigentlich, wo er abgeblieben ist?«

»Mister X? Keine Ahnung, er hat sich nie mehr gemeldet. Er müsste jetzt weit über neunzig sein.«

»Recherchier mal! Wäre doch spannend zu wissen, ob er noch lebt und ob er noch genauso für die Freiheit brennt wie damals.« Sie gab ihm einen Kuss und zog die Wohnungstür hinter sich zu.

Als Janus unter der Dusche stand, hörte er das Telefon klingeln. Verdammt, er hatte vergessen, Harry zurückzurufen. Rasch trocknete er sich ab und wählte dessen Nummer. Wie fast jedes Mal, wenn er die sonore Stimme hörte, sah er ihn vor sich, wie er an jenem heißen Augusttag 1963 seinen Motorroller über die menschenleere Oberbaumbrücke schob.

»Warum hast du mich nicht zurückgerufen, alter Sack? Ich warte schon seit zwei Tagen!«, dröhnte Harry. »Ich weiß jetzt, wer mich verraten hat. Freitag letzter Woche habe ich meine Stasi-Akten bekommen.«

»Und?«

»In der Straßenbahn, die so rasant anfuhr, saß ein Grenzer! Der hat alles beobachtet, mich bis zu meinem Roller verfolgt und eine Personenbeschreibung und das Kennzeichen des Rollers telefonisch an den Grenzübergang durchgegeben. Da war der Blitzstart des Straßenbahnfahrers für die Katz. Wegen Verkehrsgefährdung und versuchter Strafvereitelung wurde er sogar zu drei Jahren Gefängnis verurteilt.«

»Hast du den Namen?«

»Natürlich geschwärzt.«

»Und den des Grenzers?«

»Auch geschwärzt.«

»Was würdest du tun, wenn du die Namen wüsstest?«

»Gar nichts. Das ist vorbei.«

»Wir sollten dem Straßenbahnfahrer danken und seine Geschichte veröffentlichen. Drei Jahre für eine menschliche Regung! Ich bin gerade einem Typen ganz dicht auf den Fersen, der mit dazu beitrug, dass der Fluchttunnel in Kleinmachnow aufflog. Den knöpf ich mir vor.«

»Und wenn er seine Genossen mitbringt?«

»Dieses Gesindel wagt sich höchst ungern aus seinen Löchern. Außerdem werde ich ihm einen Deal vorschlagen: Wenn er mir mehr Informationen über Bruno Polanski, den Organisator des Tunnels in Kleinmachnow, liefert – er war vermutlich der entscheidende Spitzel, und die beiden waren befreundet –, erhält er von mir ein paar Kopien aus seiner Akte, die er selber ja nicht einsehen darf.«

»Du weißt, dass das illegal ist?«

»Ich mache es ja für einen guten Zweck.«

Harry lachte. »Der Grund meines Anrufs vorgestern war aber ein anderer, es geht um einen Ehrenmord.«

»Geht's auch ein bisschen kleiner, Harry von Oehringen?«

»Die Schwester des Mordopfers ist meine Mandantin, Anisa

Schroeder, eine junge Syrerin. Ich faxe dir gleich ihren Lebenslauf. Hast du noch dein Haus in der Schweiz?«

»Schroeder?«

»Sie war mit einem Deutschen verheiratet, steht alles im Lebenslauf. Sie braucht dringend Hilfe.«

»Verstehe, dafür mein Haus.«

»Kann sie morgen bei dir vorbeikommen?«

»Okay, zehn Uhr. Übrigens gibt's auch bei mir Neuigkeiten: Ich habe gerade meine große Liebe gefunden.«

»Hört das denn nie auf?«, fragte Harry.

Lebenslauf von Anisa Schroeder, geb. Tammo
Ich wurde am 10. August 1988 in Kobane in Syrien geboren. 1995 kam ich nach Berlin. Ich bin hier zur Schule gegangen, habe Abitur gemacht und bis vor wenigen Monaten Medizin studiert. Meine Eltern sind Kurden. Mein Vater floh 1994 nach Deutschland und erhielt Asyl, weil er in seiner Heimat verfolgt wurde. 1995 holte er meine Mutter, mich und meine Schwester Karida, geb. 1992, nach. Sie entwickelte sich anders, als meine Eltern erwarteten, trug kein Kopftuch, rebellierte gegen unsere muslimischen Regeln und wurde deshalb in der Nacht vom 30. auf den 31. August 2009, im siebten Monat schwanger, von meinem Vater und seinem Bruder umgebracht.

Erst im März 2014 fand ich die Kraft, zur Polizei zu gehen und meinen Vater und meinen Onkel anzuzeigen. Seitdem werde ich von meiner Familie verfolgt. Mein Ex-Mann, ein Schulkamerad, den ich kurz nach dem Mord heiratete, um von zu Hause wegzukommen, nahm mein Schweigen als Vertrauensbruch und trennte sich von mir.

Dr. Heinrich von Oehringen begleitete mich zu den Vernehmungen der Polizei und der Staatsanwaltschaft und stand mir auch im Prozess zur Seite. Nur er weiß, wo ich mich aufhalte.

Am 25. Oktober 2014 wurde mein Vater zu einer Haftstrafe von acht Jahren verurteilt, mein Onkel blieb straffrei, weil mein Vater alle

Schuld auf sich nahm. Die Leiche meiner Schwester wurde nie gefunden.

Ich wurde in ein Zeugenschutzprogramm aufgenommen. Man wollte mir aber nur einen Personalausweis mit neuem Namen geben, keine weiteren Papiere. Dr. von Oehringen rät mir, die neue Identität nicht anzunehmen, weil ich ohne Zeugnisse, ohne Geburtsurkunde usw. weder arbeiten noch studieren kann. Ich suche jetzt ein Versteck im Ausland und hoffe, dort mit meinem richtigen Namen ein neues Leben beginnen zu können. Anisa Schroeder

Janus stand auf, sah den wolkenlosen blauen Himmel, die strahlende Sonne, hörte die Vögel zwitschern. Hier, in dieser friedlichen Welt, mitten in Deutschland, wurde eine junge Frau von ihrem Vater umgebracht, weil er meinte, Regeln einhalten zu müssen, die in dem Land, das ihm vor zweiundzwanzig Jahren Asyl gab, keine Gültigkeit haben, ja sogar unter Strafe stehen. Wie konnte das sein? Achmed, sein toter Freund, hatte es doch auch geschafft, sich in Deutschland zu integrieren. Warum Anisas Vater nicht? Warum dachte er nur an sich und die Ehre seiner Familie und nicht an die Zukunft seiner Kinder? Wie stellte sich diese junge Frau ihr weiteres Leben vor? In der Schweiz? Auf jeden Fall müsste er zunächst mit ihr in sein Haus auf der Sonnalp fahren. Ob Colette Lust hätte mitzukommen? In Gedanken lief er durch die Räume. Er könnte das größere der beiden Kinderzimmer für Anisa herrichten. Dabei fiel ihm ein, dass dort eine Nachttischlampe fehlte; er meinte, sich daran zu erinnern, dass er im Keller eine schöne Art-déco-Lampe hatte, die er mitnehmen könnte.

Es klingelte, die Post. Die Rückantwortkarte seines Einschreibebriefs an den Spitzel! Am 27. August, vor zwei Tagen, abgestempelt. Unterschrieben, das hieß, Walther Kiseritzky hatte den Brief angenommen! Der Kontakt war immerhin hergestellt. Ob er sich, wie erbeten, melden würde?

Janus ging in den Keller. Die Lampe war schnell gefunden, er steckte sie für den Transport in einen großen Leinenbeutel. Bei der Suche stieß er auch auf alte Schulhefte, blätterte darin und blieb an einem Aufsatz hängen, den er mit siebzehn im Theologischen Internat geschrieben hatte. Gar nicht so schlecht, dachte er. Da bahnte sich ein junger Mensch seinen Weg, hinaus aus der pietistischen Enge seines Zuhauses und der Schule in die faszinierende Welt der Wissenschaft. Er steckte das Heft ein, um Colette den Aufsatz zu zeigen. Vielleicht wäre es für sie interessant zu sehen, wie er sich schon damals die Welt in Zahlen und naturwissenschaftlichen Fakten erklärt hatte.

Am Nachmittag klingelte wieder das Telefon. Auf dem Display war keine Nummer zu sehen. Er nahm ab. »Emmeran.« Er hörte jemanden atmen. »Hallo, hier Emmeran, hallo.«

»Hier Kiseritzky. Sie haben mir geschrieben.«

Janus stockte kurz. »Danke, dass Sie sich melden. Ich forsche über Fluchttunnel der Sechzigerjahre und bekam den Hinweis, dass Sie in Kleinmachnow dabei waren.«

»Wer schickt Sie?«

»Niemand, ich forsche privat.«

»Das muss eine Verwechslung sein.«

»Bei Ihrem Namen ausgeschlossen.«

»Ich habe keine Ahnung, wovon Sie sprechen. Ich war nie in einem Tunnel.«

»Kleinmachnow sagt Ihnen nichts? Oder der Name Bruno Polanski?«

Kurze Pause. »Keine Ahnung.«

»Ich würde Ihnen gern ein Dokument zeigen, das Sie unterschrieben haben. Vielleicht erkennen Sie Ihre Handschrift.«

»Ich bin nicht der, den Sie suchen.«

»Ich könnte Ihnen noch einiges mehr zeigen. Wollen wir uns nicht mal treffen? Wenn man sich gegenübersitzt, klärt sich manches.«

»Ich weiß nicht, wozu das gut sein soll. Außerdem habe ich überhaupt keine Zeit, ich bin nur für ein paar Tage in Deutschland und habe noch viel zu erledigen. Dass Ihr Brief mich erreicht hat, ist reiner Zufall.«

»Wie gesagt, vielleicht könnten wir einiges klären.«

»Von mir aus. Am 1. September, 15 Uhr, in der Eisdiele im Einkaufszentrum Gesundbrunnen?«

»Einverstanden. Ich bin etwa eins achtzig und komme mit einem roten kurzärmeligen Hemd.«

»Ich werde Sie schon erkennen.« Er legte auf.

Der war ja hartgesotten! Aber vielleicht gibt er auf, wenn ich ihm den Deal anbiete, dachte Janus. Vielleicht wird er sich ja auch mal verplappern. Er würde Colette bitten, mitzukommen und ihr Treffen unauffällig vom Nachbartisch aus zu beobachten. Vermutlich würde ja auch Kiseritzky nicht allein aufkreuzen.

Janus kopierte Kiseritzkys Verpflichtungserklärung und einen der Berichte an dessen Führungsoffizier, in dem er schilderte, dass er einen Tag vor Verhaftung der Flüchtlinge zusammen mit Bruno Polanski zu dem Tunnel in Kleinmachnow gefahren war.

Nachts erzählte er Colette am Telefon, er habe einen interessanten Aufsatz des Schülers Emmeran gefunden, den er ihr gern mal zeigen würde. »Außerdem hat der Spitzel, dem ich den Einschreibebrief geschickt hatte, angerufen.« Von Anisa erzählte er ihr nichts.

»Das Treffen mit meinen Kollegen war auch spannend«, sagte Colette. »Ich glaube, ich habe mich ganz wacker geschlagen. Manchmal ist es ganz tröstlich, zu hören, dass andere mit ähnlichen Schwierigkeiten zu kämpfen haben.«

»Entschuldige, danach hatte ich dich als Erstes fragen wollen.«

»Alte Schulaufsätze und Spitzel sind natürlich spannender.« Sie lachte. »Und, was hat er gesagt?«

»Er weiß von nichts.«

»Das ist nicht viel.«

»Ich treffe mich Donnerstag mit ihm und werde ihm ein paar Kopien zeigen. Spätestens dann wird er sich erinnern. Ich wollte dich bitten mitzukommen.«

»Du bist ja lustig. Ich hab wohl sonst nichts zu tun.«

»Für mich wäre es sehr beruhigend, wenn du am Nebentisch sitzt. Du könntest beobachten, ob da noch weitere Figuren aufkreuzen. Außerdem fallen dir sicher andere Dinge auf als mir.«

»Wir besprechen das morgen. Hast du schon was Hübsches für uns reserviert?«

»Ich bin noch nicht dazu gekommen.«

»Vergiss es bitte nicht. Ich freu mich darauf. Und vergiss Mister X nicht. Schlaf gut.«

»Du auch.«

Er googelte das State Department in Washington und schrieb eine Mail an die Archivabteilung.

Tübingen, Stuttgart, Anfang Dezember 1963

WECHSELBÄDER

Am 20. November 1963, am Buß- und Bettag, starb Janus' Großmutter in einem Altersheim bei Stuttgart. Seine Mutter bestand darauf, dass er zur Beerdigung am 3. Dezember kam; was würden sonst die Verwandten sagen. Außerdem könne er bei der Gelegenheit endlich sein Versprechen einlösen, ihren Keller aufzuräumen und das Schlafzimmer zu streichen.

Am Nachmittag des 1. Dezember, er war der erste Advent, traf Janus bei seiner Mutter ein und machte sich gleich an die Arbeit. Während er aufräumte, Kartons ordnete, Farbe anrührte, auf der Leiter stand und die Wände strich, lamentierte sie ständig, wie undankbar und rücksichtslos es von ihm sei, nicht zu ihr nach Tübingen zurückzukommen und sie zu unterstützen. Hier könne er genauso gut studieren, Berlin habe ihn zum Verbrecher gemacht; er müsse wieder in Zucht genommen werden, das habe auch sein alter Lateinlehrer gesagt. Überhaupt redeten die Leute schon hinter ihr her, was für einen verdorbenen Sohn sie habe, der nicht mal in die Kirche gehe. Die alte Leier, die er seit Jahren kannte. Zuletzt drohte sie, sie werde seine Erziehungsbeihilfe einbehalten, wenn er nicht spätestens im März wieder in Tübingen sei.

Am Montagabend – er hatte seine Pflichten erfüllt – rief Janus seine alten Freunde Cora und Anton an und fragte, ob er eine Nacht bei ihnen bleiben könne. Sie waren hocherfreut. Anton bot ihm an, ihn abzuholen. Janus packte und sagte seiner Mutter, er werde morgen noch zur Beerdigung kommen, anschließend aber sofort nach Berlin zurückfliegen; Kaffeetrinken könnten sie ohne ihn.

Tannenzweige, Lametta, glitzernde Sterne. Nach Coras stürmischer Begrüßung stand Janus etwas verlegen im Flur des liebevoll dekorierten Eigenheims. »Und wer schmückt alles so schön bei euch?«

»Ich natürlich«, lachte sie, »wer sonst?«

Janus knuffte Anton in die Seite: »Und du erzählst deinem Sohn derweil Advents- und Weihnachtsgeschichten? Brav!«

»Nächstes Jahr, so weit ist er noch nicht. Setz dich, du hergelaufener Berliner, Cora hat schnell Spätzle für dich gemacht, damit du mal wieder was Anständiges zu essen bekommst.« Anton schob ein paar Bilderbücher ans Ende des Tischs, zündete eine der vier Kerzen auf dem Adventskranz an, Janus rückte seinen Stuhl neben eine kleine gelbe Holzeisenbahn.

Mit Anton verbanden ihn viele Erinnerungen an unbeschwerte Stunden. Er war Janus' Mannschaftskapitän beim Tischtennis gewesen, besaß schon damals, vor drei Jahren, ein großes Auto und hatte ihn und die anderen zu den Wettkämpfen kutschiert. Cora, seine quirlige Freundin, feuerte die Mannschaft bei Heimspielen an und tröstete bei Niederlagen. Inzwischen hatte Anton eine Fabrik für Förderbänder hochgezogen, Cora erledigte die Buchhaltung. Ein Jahr nach ihrer Hochzeit hatten sie einen Sohn bekommen.

»Was treibt dich wieder in die Heimat?«, fragte Anton.

»Morgen wird meine Großmutter beerdigt. In Stuttgart, auf dem Pragfriedhof.«

Cora und Anton wussten nicht recht, wie sie reagieren sollten.

»Ich trauere nicht um sie. Schon seit Jahren hatte ich keinen Kontakt mehr mit ihr. Sie war der böse Geist meiner Jugend. Zu ihrer Beerdigung gehe ich nur auf Wunsch meiner Mutter. Und auch von der habe ich mich heute getrennt. Jetzt bin ich frei.« Janus schaute vor sich auf die Tischdecke.

»Da bin ich nicht so sicher«, sagte Cora.

»Jedenfalls danke, dass ihr mir Herberge gebt.«

Cora lachte. »Das klingt schon fast wie eine Weihnachtsgeschichte. Was trinkst du? Rot oder weiß?«

»Weiß.«

Anton und Cora gingen in die Küche, kamen zurück, Anton schenkte ein, Cora trug die Spätzle auf.

»Bitte mit viel Soße.« Er probierte. »Ich komme wieder.« Sie stießen an.

Eine glückliche Familie: Die Firma boomte, der Sohn gedieh, an den Wochenenden unternahmen sie Radtouren.

»Und euer Sohn sitzt vorn im Körbchen?«

Beide lachten. »Solange er keinen Helm aufsetzen kann, kommt der mir nicht aufs Rad«, sagte Anton. Sie hätten Glück, ihre Eltern wohnten ganz in der Nähe und seien total verrückt nach Max.

Janus sah, wie zärtlich sie miteinander umgingen, eine Berührung am Arm, ein Streichen über die Schulter, ein Blick. Als Max nebenan quengelte, holte Anton ihn ins Wohnzimmer, lief mit ihm auf und ab, wiegte ihn, bis er wieder eingeschlafen war. Der Stolz des Vaters auf seinen kleinen Sohn berührte Janus.

Während Anton Max zurück in sein Bettchen brachte, fragte Cora: »Und was macht die Liebe?«

»Volltreffer! Gar nichts. Seit zwei Jahren bin ich Fluchthelfer, da bleibt keine Zeit für Minnesang.«

»Fluchthelfer? Ich dachte, du studierst Medizin?«

Was sollte er ihr sagen? »Ja, auch, nebenbei. Aber eigentlich hole ich Menschen aus der DDR in den Westen.«

Auf Coras Stirn zeigte sich eine kleine Falte.

»Keine Sorge, ich lasse meine Blicke trotzdem schweifen. Aber so richtig höher geschlagen hat mein Herz bisher nur bei einem Mann.« Dass er dieses Gefühl der Nähe und Leichtigkeit bisher nur bei Fabian erlebt hatte, ganz ohne erotische Gefühle, war ihm noch gar nicht bewusst, und bisher hatte er auch mit niemandem darüber gesprochen. Er vermisste den intellektuellen Austausch mit ihm und ihr gemeinsames Ringen um geistige Freiheit.

Cora hob die Augenbrauen.

»Falsch getippt«, lachte Janus, »ich bin nicht schwul. Aber von ihm habe ich gelernt, kritisch zu denken.«

»Klingt ja klug. Ist er auch Fluchthelfer?«

»Er ist tot.«

Cora zuckte zusammen.

»Er stürzte im Gebirge ab.«

Anton kam zurück, spürte, dass die beiden bei einem schwierigen Thema waren, und wollte ablenken. Lachend erinnerte er daran, wie er Janus einmal bei einem Preis-Skat im Clubhaus durch ein völlig unsinniges Kontra zum Turniersieg verholfen hatte.

»Wobei mir das legendäre Preisgeld von fünfzig Mark kein Glück brachte«, stieg Janus in die alte Geschichte ein. »Im Hochgefühl meines plötzlichen Reichtums kaufte ich meine erste Schallplatte, Beethovens Eroica, samt gebrauchtem Plattenspieler. Dummerweise entdeckte meine Mutter die Rechnung und tobte tagelang. Ich hätte lieber ihr oder meiner Großmutter ein Geschenk machen sollen. Jetzt könne sie nicht mehr mit mir beten. Ich sei bösartig und moralisch verkommen.« Janus machte eine Pause.

»Ganz schön bigott, oder?«, meinte Cora. »Jetzt wird mir klar, weshalb du keine Beziehung zu einer Frau aufbauen kannst. Da steht immer deine Mutter und keift sie raus!«

Janus war betroffen. Er fragte sich, ob sein Single-Dasein tatsächlich etwas mit seiner Mutter zu tun hatte. Und ob andere Mütter anders waren. Er erinnerte sich an einen Spaziergang mit ihr, er war zehn Jahre alt, es war Ostern, die Sonne schien, außer ihnen war auf der Landstraße niemand unterwegs. Sie hatte seine Hand genommen und gesagt, er könne seine Augen schließen, sie werde ihn führen. Er fühlte sich sicher und geborgen. Plötzlich war er gestrauchelt – und lag im Straßengraben. Er hörte sie lachen.

»Ich wollte dir noch was aus unserem letzten Italien-Urlaub erzählen«, witzelte Anton. »Verbotenerweise haben wir nachts einmal nackt in einem See gebadet, da stach mein Zebedäus nach unten wie das Schwert eines Schiffes.«

»Ist ja gut«, Cora strich ihm über den Unterarm. Sie räumte das Geschirr ab und brachte den Nachtisch: Pflaumenkompott.

Sie erzählten die halbe Nacht, von Max' Kindergarten, von Antons Plänen, die Firma auszubauen und ins Remstal zu verlegen, von ihrem nächsten Urlaub in Andalusien.

»Und wann kommt ihr nach Berlin?«

Cora wollte wissen, ob man dort denn sicher vor den Russen sei. Und überhaupt, das sei doch ziemlich weit weg.

Ja, dachte Janus, von dieser heilen Welt war Berlin tatsächlich sehr weit entfernt. Und doch, hier war er aufgewachsen, hier hatte er Freunde gehabt, Tischtennis und Skat gespielt. War das wirklich erst drei Jahre her? Jetzt fälschte er Pässe, schleuste Menschen durch die Kanalisation, grub Tunnel und hatte eine lange Liste von Menschen, die darauf warteten, dass er ihnen half. Er konnte keine Radtouren unternehmen, sein sehnlichster Wunsch war, wieder eine funktionierende Fluchttour zu haben. Seine Vergangenheit lag in Scherben, seine Jugend war verloren – plötzlich musste er weinen.

Cora und Anton waren verlegen. Janus drehte den Kopf zur Seite. Sie schwiegen.

»Ich richte dir schon mal die Schlafcouch«, sagte Cora und stand auf.

Janus bedankte sich und wünschte eine gute Nacht. Was machte ihn so hilflos? Diese Freundschaft, die noch hielt, auch wenn sich ihre Wege längst getrennt hatten? Diese glückliche Familie, in der es keiner darauf anlegte, den anderen klein zu machen? Dieses Zufriedensein mit der Welt, so, wie sie ist, sie nicht verändern zu wollen? Dieses einfach nur leben, mit Kind, Großeltern, Firma, Wochenenden, Urlaub?

Am nächsten Tag fuhr er zur Beerdigung seiner Großmutter. Eine kleine Gruppe schwarz Gekleideter saß in der Trauerhalle des Krematoriums vor dem sparsam mit Blumen geschmückten Sarg, auch Janus' Geschwister waren gekommen. Mit ihnen hätte er sich gern unterhalten – seitdem er in Berlin lebte, war der Kontakt zu ihnen auf Grußkarten geschrumpft –, aber die Trauerfeier begann: Choralvorspiel, Bibelworte, Lebensrückblick, Predigt und Gesang. Alles in Janus sträubte sich gegen die salbadernden Worte des Pfarrers. Er suchte, nachdem sich alle erhoben hatten und der Sarg in die Tiefe gelassen war, augenblicklich das Weite.

Die letzten drei Tage hatten ihn deprimiert. Erschöpft saß er in der Abflughalle des Stuttgarter Flughafens, las Zeitung und rauchte. Als er aufblickte, sah er auf der gegenüberliegenden Seite Heinrich Albertz sitzen, offensichtlich allein. Er ging zu ihm und begrüßte ihn. »Was treibt Sie ins Schwabenland?«

Albertz lachte, er komme gerade von der Einweihung eines Ferienheims für Berliner Kinder in Friedrichshafen. Er bat Janus, neben ihm Platz zu nehmen. »Es gibt erfreuliche Nachrichten: Ich denke, Ihre Sache ist durch. Voraussichtlich wird der Senat die von Ihnen als ›dringend‹ eingestuften Flüchtlinge freikaufen und auch Ihre Schulden übernehmen.« Die Verhandlungen mit dem Beauftragten der DDR liefen noch, aber sie würden vielleicht sogar noch vor Weihnachten abgeschlossen. Herr Fanselau werde ihm Bescheid geben.

Janus bedankte sich überschwänglich. Albertz winkte ab, das sei doch selbstverständlich. »Schöne Adventszeit noch!«

Janus hätte ihn umarmen können.

Die Maschine wurde aufgerufen. Albertz stand auf und ging als Erster durch die Kontrolle. Janus stellte sich in die Reihe der anderen Passagiere. Er jubelte, er war glücklich. Gestern Abend hatte er noch das Gefühl gehabt, ausgestoßen zu sein, hoffnungslos einer Fata Morgana hinterherzujagen, jetzt war sein Glück zurückgekehrt, jetzt würde er ein neues Leben beginnen und sein Studium abschließen.

Am nächsten Tag kündigte Janus seine Bude im Studentendorf und erkundigte sich nach einem Zimmer in Hamburg. Diese Stadt wählte er mit dem Hintergedanken, dass er von dort, wenn nötig, rasch wieder in Berlin sein könnte. Auch die Studienstiftung begrüßte seinen Entschluss, den Ort zu wechseln; auf diese Weise könne er sich besser auf sein Staatsexamen konzentrieren.

West-Berlin, Hamburg, Rosenheim,
Ende April bis Anfang Oktober 1964

EINE NEUE IDEE

Am 23. April 1964, kurz vor Janus' Abreise nach Hamburg, bestellte Heinz Fanselau ihn zu sich in sein Büro. Mit ernster Miene teilte er ihm mit, angesichts der gewaltigen Summe von 3,2 Millionen Mark, die für den geplanten Freikauf aufgebracht werden müsste, und aufgrund der positiven Entwicklung der Passierscheingespräche habe sich die Ansicht des Senatssprechers Egon Bahr durchgesetzt: Janus Emmeran habe sich die Suppe selbst eingebrockt und müsse sie jetzt auch selbst auslöffeln. Albertz sei empört über diesen Zynismus, Flüchtlinge brocke sich niemand selbst ein, und seine Schulden seien gewissenmaßen Ehrenschulden, aber ihm seien die Hände gebunden. Er hoffe, Janus werde eine andere Lösung finden, und wünsche ihm alles Gute.

Jetzt war alles wieder da. Flüchtlinge, für die er bereits Anzahlungen entgegengenommen hatte, Schulden, die Verzweiflung darüber, keine Tour zu haben. Doch es gab kein Zurück. Er hatte sich bereits exmatrikuliert und in Berlin keine Bleibe mehr. Ein Zimmer in Hamburg-Eppendorf war angemietet.

Harry – er hatte seinen Entschluss, Jura zu studieren, tatsächlich umgesetzt – lud Janus und ein paar Freunde zu einem kleinen Abschiedsfest in die Handjerystraße ein. Alle bedauerten Janus' Entscheidung, aus Berlin wegzugehen. Hamburg sei ja so steif, und die Berliner Luft könne nie im Leben durch eine Hamburger Brise ersetzt werden. Eine Kommilitonin, eine ehemalige Fluchthelferin, tröstete ihn, sie werde ihn demnächst besuchen und an die Nordsee kutschieren, ihr Vater habe ihr gerade – Altbestand seiner Autowerkstatt in Rosenheim – einen Fiat 500 geschenkt. In die Nuckelpinne passten auch zwei.

»Nette Idee«, sagte Janus, hatte in seiner momentanen Lage aber wenig Sinn für ihr Angebot.

Während des Flugs nach Hamburg kreisten seine Gedanken um die Autowerkstatt in Rosenheim. Ein Wink des Schicksals? Ob der Vater vielleicht auch bereit wäre, ein Versteck in ein Auto einzubauen? Aber wo? Der Platz zwischen Kofferraum und Rücksitz war längst bekannt, den Tank auszubauen und diesen Raum als Versteck zu nutzen machte nur Sinn, wenn der Flüchtling extrem klein war. Es müsste eine Stelle sein, so ausgefallen, so ungewöhnlich, dass dort niemand ein Versteck vermuten würde. Kurz vor der Landung in Fuhlsbüttel hatte er es: in einem Armaturenbrett, im Armaturenbrett eines Ami-Schlittens!

Er bezog sein Zimmer in Hamburg, rief die nette Fiat-500-Kommilitonin an und bat sie um die Adresse ihres Vaters.

»Hoffentlich versteht ihr euch«, lachte sie. »Er spricht nicht viel, und wenn, nur Hochsächsisch. Und vergiss nicht, du bist jetzt in Hamburg, um möglichst schnell Examen zu machen.«

Der Vater war erfreut, etwas von seiner Tochter und ihren Fortschritten im Medizinstudium zu hören. Klar, jederzeit könne Janus vorbeikommen, er sei täglich von 8 bis meistens 19 Uhr im Betrieb. Am nächsten Tag setzte sich Janus in den Zug und fuhr nach Rosenheim.

Rolf Hübners Augen blitzten, als Janus ihm seine Idee skizzierte. Endlich habe er die Möglichkeit, der DDR eins auszuwischen. Jahrelang sei er schikaniert worden, weil er nicht bereit war, seine Selbstständigkeit aufzugeben. Seine kleine Autowerkstatt in Karlshorst habe wohl nur überlebt, weil Hilde Benjamin höchstpersönlich ihre schützende Hand über ihn hielt. »Ich war der Einzige, der mit ihrem Chevrolet klarkam. Den pflegte sie ja wie ihren Augapfel.« Es machte ihm offensichtlich großen Spaß, von seinem Leben in der DDR zu erzählen; viel Gelegenheit dazu schien er in Rosenheim nicht zu haben. »Im Sommer 1961 bin ich abgehauen und hab noch die halbe Werkstatt mitgenommen. Glück gehabt, vier Wochen später stand die Mauer.«

»Und warum nach Rosenheim?«

»Wegen eines Pfläumchens, das mir auf dem Ku'damm vor die Füße fiel und mich in den Süden verschleppte.«

Der Sachse und der Schwabe verstanden sich. Rolf erklärte sich bereit, das Geld für den Kauf eines Autos und die Kosten für den Umbau vorzuschießen. Er werde die Werkstatt für ein paar Tage schließen und mit ihm ins Ruhrgebiet fahren; dort gebe es die meisten Amischlitten. Bedingung: zehn Prozent Gewinnbeteiligung. Janus war klar, dass er in Zukunft Geld von den Flüchtlingen verlangen musste.

Sie klapperten diverse Autohändler ab, endlich, am vierten Tag wurden sie in dem Meer von Chrom und Blech bei Auto-Becker, einem Düsseldorfer Händler für edle Automarken, fündig: ein elfenbeinfarbener Cadillac *Coupe DeVille*, Baujahr 1957, mit schwarzem Dach und Weißwandreifen.

Janus legte sich auf die vordere Sitzbank, Rolf nahm Maß. »Die Unterschenkel kommen in den rechten Kotflügel, der Kopf auf die Lenksäule. Müsste gehen.«

Rolf kaufte den Wagen. Janus fuhr sein Traumschiff mit roten Kennzeichen in sein neues Zuhause, Rolfs Werkstatt in Rosenheim. Seinen Mitarbeitern deklarierte Rolf das

Monstrum als Wagen eines amerikanischen Generals, in den ein Tresor eingebaut werden solle.

Aber Rolf hatte neben seinem laufenden Betrieb und den Erwartungen seines »Pfläumchens« zu wenig Zeit, um den Umbau zügig voranzutreiben. Janus beschloss, zu seinem Caddi zu ziehen und selbst mit Hand anzulegen. Zum Semesterende kündigte er sein Hamburger Zimmer, exmatrikulierte sich und zog Anfang August nach Rosenheim. Für das Wintersemester schrieb er sich an der Ludwig-Maximilians-Universität in München ein.

Jetzt war Janus offiziell ein entfernter Verwandter von Rolf, der ihm bei dem Einbau des Tresors half. Er machte für die anderen den Laufburschen und kehrte jeden Abend die Halle. Dafür halfen sie ihm beim Sägen, Bohren, Schrauben, beim Einbau der Stabilisierungsleisten um das zukünftige Versteck, beim Konstruieren einer Halterung für den Kopf des Flüchtlings über der Lenksäule und auch dabei, das gewaltige Röhrenradio durch ein kleines Transistorradio zu ersetzen. Allmählich verwandelte sich das Armaturenbrett in ein panzerschrankstabiles Versteck.

»Komischer Tresor«, zwinkerte einer von Rolfs Mitarbeitern Janus irgendwann zu. Man verstand sich.

Weil die Kontrollen an den Grenzübergängen von Ungarn und der Tschechoslowakei – »sozialistischen Bruderländern« der DDR – nach Österreich und der Bundesrepublik nicht so streng waren wie in Berlin, entschied sich Janus dafür, den umgebauten Caddi ausschließlich über diese Grenzen laufen zu lassen. Da er aber auch in diesen Ländern auf der schwarzen Liste stand, musste er einen Fahrer engagieren. Am besten einen Amerikaner für den Amerikaner, dachte er. Ihm fielen Jim und Helga Stone ein, die er vor drei Jahren auf dem amerikanischen Volksfest kennengelernt hatte. Am Telefon meldete sich eine fremde Stimme: Mister Stone sei vor zwei Jahren nach Nürnberg gezogen. Umso besser, dachte Janus, fand seine Adresse heraus und suchte ihn auf. Jim hatte nach dem Ausscheiden aus der Armee ein Baugeschäft gegründet und es gerade in den Sand gesetzt; er war bankrott. Somit kam dem gutmütigen, noch korpulenter gewordenen Mann Janus' Vorschlag, den Cadillac zu fahren, sehr gelegen. Sein Preis: dreitausend Mark pro Flüchtling inklusive aller Spesen, bar auf die Hand. Auch Helga war bereit mitzumachen; einzige Bedingung: Ihr Dackel müsse mit von der Partie sein. Als angebliche Antiquitätenhändler würden sie die Aufmerksamkeit der Grenzer auf den mit wertlosem Schrott vollgestopften gigantischen Kofferraum lenken. Das Armaturenbrett interessierte dann hoffentlich niemanden mehr.

Ende September, nach fünf Monaten, war der Cadillac endlich startklar. Die kleinen Streitereien zwischen Rolf und Janus – der drückte immer aufs Tempo, Rolf meinte, hier bestimme er, schließlich bezahle er – waren vergessen, der Motor lief, die elektrisch verriegelte Klappe vor dem Versteck funktionierte. Mit Wein und Bier stießen die beiden in der Werkstatt an.

Am 8. Oktober 1964 holten Jim und Helga den ersten Flüchtling, einen dreißigjährigen ehemaligen FDJ-Sekretär, sicher über die tschechoslowakisch-österreichische Grenze in den Westen. Zehn Minuten nach dem Passieren des letzten Schlagbaums entstieg er, klamm und bleich, seinem engen Versteck. Janus umarmte ihn.

Rosenheim, Zürich, Nürnberg, Wien, März 1965

MIT DEM CADILLAC NACH WIEN

Am 2. März 1965, Faschingsdienstag, nach siebenundzwanzig erfolgreichen Fluchtfahrten, streikte die Lichtmaschine. Gerade hatte Janus sein Traumschiff aus der Rosenheimer Lackiererei geholt, heute in einem leuchtenden Rot. Die neuen Nummernschilder waren montiert, die nagelneuen Ausweise für Jim und Helga lagen im Handschuhfach. Alles war vorbereitet, um den Grenzern wieder einmal ein anderes Auto und andere Fahrer vorzugaukeln – da blinkte die Kontrollleuchte. So würde der Wagen niemals bis nach Wien, geschweige denn in die Tschechoslowakei kommen! Die Tour zu verschieben war ausgeschlossen, das Ehepaar Thulebeule aus Ost-Berlin war, wie Janus wusste, bereits unterwegs, würde am Samstagabend auf der Karlsbrücke in Prag stehen und darauf warten, von den »Zubringern« Kurt und Thomas, zwei BWL-Studenten, angesprochen und abgeholt zu werden.

Janus fuhr aufs Postamt und erfragte bei der Auskunft alle einschlägigen Autowerkstätten Süddeutschlands, aber keine hatte eine Lichtmaschine für seinen Cadillac auf Lager. Erst bei der General-Motors-Werkstatt in Zürich wurde er fündig: Er könne am Donnerstag gleich morgens um 7 Uhr kommen, bis zum Abend sei der Wagen fertig. Am Aschermittwoch gelang es ihm immerhin, drei geladene Zwölf-Volt-Batterien aufzutreiben; damit müsste er es bis Zürich schaffen. Wenn er von dort am Donnerstagabend losfahren und Freitagmorgen Jim und Helga in Nürnberg abholen würde, könnte er Freitagabend, wie geplant, in ihrem Wiener Stützpunkt Purkersdorf sein.

In der Nacht von Mittwoch auf Donnerstag machte er sich auf den Weg. Obwohl er, um Strom zu sparen, nur mit Standlicht und ohne Heizung fuhr, war die erste Batterie bereits nach einhundert Kilometern leer, nach weiteren hundert die zweite. Während er die Batterien wechselte, stand der Caddi im diffusen Mondlicht wie ein dunkler Kasten auf der Straße. Wenn jetzt einer auf ihn draufknallte, dachte er, würde er von seinem eigenen Auto überrollt. Aber alles ging gut. Im Morgengrauen erreichte er Zürich. Kein Polizist war auf ihn aufmerksam geworden, keiner hatte das havarierte Auto aus dem Verkehr ziehen wollen. Erleichtert stellte er den Caddi vor der Werkstatt ab. Noch eine Stunde, bis sich das große Tor öffnen würde. Janus lief zum See, genoss die Stille, sah den Wasservögeln zu. Allmählich erwachte die Stadt. Pünktlich um 7 Uhr empfing ihn Meister Rieder. Janus erkundigte sich, ob er auch noch den tropfenden Kühler abdichten und die Zierleiste auf der rechten Seite ersetzen könne. Für die Reparatur des Kühlers müsse der Wagen einen weiteren Tag in der Werkstatt bleiben – Janus lehnte dankend ab –, und eine Zierleiste sei nur in ihrer Bieler Werkstatt vorrätig. Gern könne er sie dort holen, er werde sie dann noch am Abend montieren.

Janus nahm die beiden Ausweise aus dem Handschuhfach, mietete ein Auto und fuhr nach Biel. Woran er nicht gedacht hatte, war die sich Punkt zwölf Uhr über das ganze Land breitende Schweizer Mittagspause. Er kaufte eine Tafel Schokolade und einen Liter Milch und wartete ungeduldig, bis das Büro der Werkstatt wieder aufgeschlossen und ihm das überdimensionale Schmuckstück ausgehändigt wurde. Bei geöffnetem Seitenfenster – nur so passte es in den Mietwagen – brachte er es nach Zürich.

Um unabhängig von den wenigen Nachttankstellen zu sein, packte Janus zwei gefüllte Benzin- und einen Wasserkanister in den Kofferraum. Um 18 Uhr rollte er vom Hof. Ehe er Zürich verließ, kaufte er sich noch drei Stangen Gitanes Mais, eine Zigarettenmarke, die es weder in Deutschland noch in Österreich gab, und legte sie, sicher vor den Blicken der Zollbeamten, in das Versteck – einmal wenigstens wollte er den Vorteil des Wagens auch privat nutzen.

Der gewaltige Achtzylinder brummelte ruhig und gleichmäßig wie ein Ozeanriese auf großer Fahrt. Janus liebte dieses Geräusch. Gleichmäßig glitt er dahin, Kilometer für Kilometer seinem Ziel entgegen; um Mitternacht würde er in Nürnberg sein. Die Lichtmaschine arbeitete, er hatte genügend Zigaretten, Wasser und Benzin – was sollte noch schiefgehen?

Hinter Memmingen kam Nebel auf, wurde dichter, die Sicht immer schlechter, er konnte nur noch im Schritttempo fahren. Eine Stunde, zwei Stunden. Er orientierte sich am Mittelstreifen und an den Leitpfosten, irgendwann waren auch die nicht mehr zu sehen. Er hielt an, ließ den Motor laufen, schaltete Fernlicht und Innenbeleuchtung ein, um für andere Fahrer hoffentlich sichtbar zu sein. Inzwischen war es kurz vor 1 Uhr. Müdigkeit überfiel ihn, seit seinem Start von Rosenheim gestern Nacht hatte er nicht mehr geschlafen. Als er aufwachte, war es halb zwei, der Nebel hatte sich etwas gelichtet, er sah, dass er mitten auf dem unbeleuchteten Marktplatz eines kleinen Dorfes stand. Im Schritttempo ging es weiter. Nach zwanzig Kilometern war die Sicht einigermaßen frei, er gab Gas. Endlich tauchten die Kirchtürme von Nürnberg auf. Gegen sechs Uhr klingelte er bei Jim und Helga. Der Dackel kläffte.

Große Aufregung! Jim habe hohes Fieber, sie müssten alles abblasen.

»Und was wird aus den Flüchtlingen?«, fragte Janus. »Die warten bereits in Prag.«

Schweißnass lag Jim im Bett. Janus untersuchte ihn, holte aus der Apotheke ein Stethoskop und stellte eine Lungenentzündung fest. Helga wurde immer nervöser. »Sehen Sie, es geht nicht.«

»Warten wir's ab.« Janus besorgte Antiphlogistika und ein Antibiotikum, verordnete Tee und Zwieback und ließ Jim die Pillen unter Helgas Aufsicht schlucken. Jim war alles zuwider, doch nach zwei Stunden ging es ihm schon deutlich besser. Er verlangte nach *Ham and Eggs* und wollte sofort losfahren. Helga protestierte und drohte, sie werde zu Hause bleiben. Sie einigten sich darauf, die nächsten drei Stunden abzuwarten und dann zu entscheiden.

Das Fieber sank, gegen Abend starteten sie. Helga neben Janus auf dem Beifahrersitz, ihren Dackel zu Füßen, Jim auf der Rückbank, eingehüllt in zwei Decken. Um München zu umgehen, wählte Janus die Strecke entlang der Donau. Es regnete, ab Regensburg schneite es, ab Passau, gleich nach der Grenze, tobte ein veritabler Schneesturm – und Janus hatte schon die Sommerreifen aufgezogen. Dann kam der Berg. Auf halber Höhe blieb er hängen. Es war kurz vor Mitternacht. Heftiger Wind pfiff um das Auto, rechts Felsen, links ein Steilhang zur Donau – und außer ihnen war niemand unterwegs. Sämtliche Versuche, im frischen Schnee anzufahren oder zu wenden, scheiterten, auch Helgas Bemühungen, den Wagen anzuschieben, blieben erfolglos, die kleine Frau versank fast im Schnee. Der Dackel verkroch sich zu Jim auf die Rückbank. Um den Caddi warm zu halten, ließ Janus den Motor laufen. Während der nächsten beiden Stunden goss er zwanzig Liter

Wasser nach, dann war der Kanister leer, der Zeiger der Wassertemperatur stieg in den roten Bereich.

Ein Wunder rettete sie. Direkt neben der Stelle, an der Janus bei seinem letzten Anfahrversuch hängen geblieben war, sprudelte eine Quelle aus der Felswand. Mit klammen Fingern füllte er den Kanister, goss den Kühler voll, ließ den Wagen – ein letzter verzweifelter Versuch – über einen Kilometer rückwärts ins Tal rollen, nahm Anlauf und schaffte es über den Berg.

Vor ihnen eine friedliche Welt; kein Schnee, kein Sturm. Der Cadillac brummelte vertraut vor sich hin. Kloster Melk, ruhig und majestätisch im ersten Morgenlicht. Die Erschöpften konnten es kaum glauben, vor nicht einmal zwei Stunden hatten sie am Rand des Abgrunds gestanden.

Gegen acht Uhr erreichten sie die Pension in Purkersdorf und wurden von Kurt und Thomas empfangen.

»Wer hat euch denn ausgespuckt?«

»Der große Manitu, du wohlgemuter Ahnungsloser«, gab Janus zurück.

Jim legte sich ins Bett, Helga versorgte ihren Dackel. Janus hätte jetzt gern geschlafen, aber Kurt und Thomas wollten wissen, wie die Aktion laufen solle. Sie versammelten sich um Jims Bett.

»Ihr«, sagte Janus zu Kurt und Thomas, »besorgt bitte einen Mietwagen für mich und wascht, bevor ihr losfahrt, den Caddi. Jim ist noch ein bisschen malade. Dann fahrt ihr nach Prag und kontaktiert gegen Abend das Ehepaar Thulebeule auf der Karlsbrücke an der Nepomuk-Statue. Kennwort: Können Sie mir den Weg zum Bahnhof zeigen? Antwort: Wir sind aus Zwickau und können Ihnen leider nicht helfen. Ihr verabredet euch für Sonntagvormittag an der Ausfallstraße Richtung Süden. Gegen 15 Uhr müsst ihr in Budweis sein.«

»Alles klar«, sagte Thomas.

»In Budweis setzt ihr euch in eine Kneipe, Thomas bringt Frau Thulebeule um 15:45 Uhr zu dem euch bekannten Parkplatz kurz vor der Grenze und übergibt sie Jim und Helga. Kurt lenkt derweil Herrn Thulebeule ab, der sich Sorgen um seine Frau machen wird. Wenn Thomas zurück ist, gegen 17 Uhr, fahrt ihr gemeinsam mit dem Ehemann zum Parkplatz. Dort sollte der Caddi für die zweite Fahrt bereitstehen.« Janus reichte Fotos des Ehepaares herum.

»Ist die schwanger?«, fragte Helga.

»Im neunten Monat. Außerdem ist sie ziemlich groß. Aber irgendwie müssen Sie es schaffen, Frau und Bauch in das Versteck zu drücken. Notfalls muss sie sich bis auf die Unterwäsche ausziehen und sich mit Vaseline eincremen.« Er gab Helga eine Tube.

»Oh Gott, oh Gott!«, seufzte sie. In dem Zustand sei die Flucht doch Wahnsinn. Jim drehte nervös an seinem Taschentuch.

»Sie kriegen das schon hin«, beruhigte Janus. »Jetzt schlafen Sie erst mal. Heute Nachmittag fahren Sie nach Budweis, checken im besten Hotel ein und erkundigen sich nach Antiquitäten. Morgen, bei der Abreise, lassen Sie, Jim, Ihren Anzug im Schrank hängen. Die Hotelrechnung bewahren Sie bitte auf, damit Sie später die Telefonnummer parat haben. Gegen 15 Uhr fahren Sie zur Grenze, treffen um 15:45 Uhr auf dem Parkplatz Thomas und Frau Thulebeule, sie steigt bei Ihnen ein. Irgendwo auf freier Strecke helfen Sie ihr in das Versteck und bringen sie rüber. Ich warte auf dem Parkplatz an der Straßenkreuzung fünf Kilometer hinter der Grenze und nehme sie in Empfang. Sie fahren unverzüglich zurück zur Grenzstation, jammern den Grenzern vor, Sie hätten Ihren besten Anzug im Hotel hängen lassen, ob sie schnell zurückfahren und ihn holen dürften. Die Grenzer werden telefonieren, die Rezeption Ihre Angaben bestätigen. Höchstwahrscheinlich wird man Sie, auch ohne neues Visum, fahren lassen. Helga bleibt mit dem Hund in der Grenzstation und spielt die genervte Ehefrau. Jim holt den Anzug und nimmt gegen 17:45 Uhr Herrn Thulebeule am Parkplatz auf. Wenn Sie mit ihm die Grenze passiert haben und auch Kurt und Thomas zurück sind, ist die Tour gelaufen.« Er schaute auf seine Uhr. »Wir sind gut in der Zeit. Heute Nacht hätte ich es nicht für möglich gehalten, dass es noch klappt. Ich muss jetzt schlafen.«

Es lief wie geplant. Allerdings war Frau Thulebeule völlig durchnässt, als Janus sie auf dem Parkplatz in Empfang nahm. Sie berichtete, dass, noch in Prag, ein Stein ihre Windschutzscheibe durchschlagen habe, und sie die ganze Scheibe hätten entfernen müssen – in strömendem Regen. »Der kleinere der beiden, die uns chauffierten, besorgte sich eine Motorradbrille. Keine Ahnung, wo er die am Sonntag aufgetrieben hat. Vorne total offen, fuhren wir weiter, und es hat die ganze Zeit geregnet, richtig doll geregnet. Wir drei auf der Rückbank haben uns hinter die Vordersitze gekauert.«

Und das mit dem dicken Bauch, dachte Janus.

»Das Unwetter hörte erst auf, als wir in der Kneipe saßen. Eine verrückte Fahrt. Wir haben uns gegenseitig mit Fluchen und Lachen bei Laune gehalten. Nur eins war positiv: Keiner der Herren hat geraucht!«

Erleichtert, dass Frau Thulebeule ihrem Ungemach eine heitere Seite abgewinnen konnte, sagte Janus: »Entschuldigung, aber ich übersteh die Wartezeit nicht ohne Zigarette.«

»Ist schon in Ordnung. Ich hoffe nur, dass mein Mann genauso gut durchkommt.«

»Wird er, keine Sorge. Wir machen das nicht zum ersten Mal. War Ihnen nicht kalt in Ihren nassen Kleidern im Versteck?«

»Eigentlich nicht. Der Wagen – eine amerikanische Kiste, oder? – war ganz gemütlich warm, ich lag auf Metall und bin schnell getrocknet. Mein linker Arm wurde sogar fast heiß. Da müssten Sie mal was machen, ehe sich jemand verbrennt.«

»Kleiden wir noch mit Asbest aus. Danke für den Tipp.«

»Das Paar, das mich über die Grenze brachte, war reizend. Sie half mir, mich in das Versteck zu zwängen, er hat die ganze Zeit sehr ruhig mit mir geredet. Wann welche Kontrolle kommt, wann ich keinen Mucks mehr von mir geben darf, dass wir jetzt durch den letzten Schlagbaum fahren. Jetzt könne ich sogar wieder husten. Es war sehr beruhigend, seine Stimme so nah an meinem Ohr zu haben. Er sprach mit amerikanischem Akzent.« Sie atmete einmal tief durch. »Jetzt ist alles gut, meinem Bauch geht es gut, die Kleine fühlt sich offensichtlich wohl. Jetzt starten wir in ein neues Leben!«

Als dann endlich der Caddi auf den Parkplatz fuhr, Helga und Jim Herrn Thulebeule aus dem Versteck halfen, sprang sie, so rasch ihr dicker Bauch es zuließ, aus Janus' Auto und fiel ihrem Mann in die Arme. Kurz darauf trafen Kurt und Thomas ein.

»Ihr müsst versuchen, gleich morgen eine neue Windschutzscheibe zu bekommen«, sagte Janus. »Die nächste Tour steigt am Dienstag; ein Tag Pause.«

Am Abend saßen alle – erschöpft und glücklich – in der Pension in Purkersdorf. Helga erzählte, dass Frau Thulebeule sie angefleht habe: Drücken Sie mich da rein, ich will hier raus! Es sei dann aber doch ziemlich einfach gewesen, sie habe sich nicht mal ausziehen müssen. Frau Thulebeule lachte.

Am nächsten Tag unterschrieb Herr Thulebeule einen Schuldschein über 16 000 Mark und ging mit seiner Frau zur deutschen Botschaft in Wien. Dort erhielten sie bundesdeutsche Ersatz-Ausweise. Am Dienstag reisten sie weiter ins Notaufnahmelager nach Gießen.

Wien / West-Berlin / Wien, März 1965

EIN ENTFÜHRUNGSVERSUCH

Die Caddi-Touren waren extrem zeitaufwendig. Ständig pendelte Janus zwischen Rosenheim, Nürnberg und Wien hin und her, außerdem flog er fast jede Woche für ein paar Tage nach Berlin, um die Läufer zu instruieren, welche Flüchtlinge sie kontaktieren und entsprechend präpariert auf die Reise schicken sollten.

Für die nächste Tour, über Budapest–Sopron, bei der nur ein Flüchtling, ein Kranführer aus Magdeburg, kommen sollte, und für zwei weitere Touren war alles besprochen; Jim und Helga, Kurt und Thomas konnten alle drei Fahrten auch ohne Janus durchziehen. Er flog nach Berlin und stieg, wie immer, bei Harry in der Handjerystraße ab, seinem Berliner »Stützpunkt«. Hier war auch sein VW geparkt.

Am dritten Tag seines Aufenthalts – es dämmerte gerade, er fuhr von der Fälscherwerkstatt am Prager Platz zum Studentendorf – bemerkte er hinter sich einen schwarzen Opel Kapitän mit drei Männern an Bord. Wurde er verfolgt? An der Ampel am S-Bahnhof Hohenzollerndamm legte er einen Blitzstart hin – der Opel zog nach und hängte sich wieder an ihn. Ohne Blinkzeichen bog Janus in die Berkaer Straße ab und fuhr auf den großen Parkplatz des Postamtes. Von dem Opel war nichts zu sehen. Hatte er seine Verfolger abgehängt? Er ging in das Gebäude und verließ es erst wieder, als ein Beamter ihn darauf hinwies, dass jetzt Feierabend sei. Als Janus vom Parkplatz rollte, sah er den Opel wieder hinter sich. Er dachte an die Warnung seines Kontaktmannes bei der Politischen Polizei, nachdem Harry verschwunden war, und an Juliane, die eine so besondere Art der Entführung für ihn geplant hatte. Er raste die Clayallee hinunter, bog, wieder ohne zu blinken, nach rechts in die Argentinische Allee ab. Der Opel folgte mit quietschenden Reifen. Janus näherte sich dem Mexikoplatz; hier, wusste er, gab es, wenn er nach links abbog, viele kleine Straßen, in denen er seine Verfolger vielleicht abschütteln konnte. Es klappte. Als er die Argentinische Allee kreuzte, war der Opel verschwunden. In hohem Tempo steuerte Janus sein Ziel, das Studentendorf, an, stellte das Auto in einer schlecht beleuchteten Seitenstraße ab und schlüpfte durch eine Hecke auf das Gelände. In der Bude des Läufers angekommen, ließ er sich als Erstes ein Glas Wasser geben.

Hilde Benjamin und ihre Handlanger hatten ihn also nicht vergessen. Offensichtlich beobachteten sie die Fälscherwerkstatt und hatten registriert, dass er sich in Berlin aufhielt.

Am anderen Morgen flog Janus nach Wien, um die nächsten Cadillac-Touren zu organisieren.

Zwei Wochen später fand er in seiner Post eine Geburtsanzeige. *Unsere kleine Felicitas hat sich mit einem Schrei aus ihrer dunklen Vergangenheit in die Freiheit katapultiert.*

Berlin, Dienstag, 30. August 2016

12. TAG

Fast hätte er ihr Klingeln überhört. Rasch trat die junge Frau ein, gab Janus die Hand und sah sich mit einem absichernden Blick um. In ihrem dunklen Kostüm erweckte sie den Eindruck, als käme sie zu einem Geschäftstermin. Sie fragte ihn, ob er ihren Lebenslauf gelesen habe. Ihre Stimme hatte etwas Trotziges, Forderndes. Er bejahte und bot ihr Tee an. »Was bedeutet Anisa?«

»Die Friedliebende.« Zurzeit sei sie aber weit weg von jedem Frieden, ihr Leben sei ein einziges Chaos, eigentlich schon seit sieben Jahren. Sie nippte an ihrem Tee. Was sie aufgeschrieben habe, sei nur der äußere Rahmen, ob er mehr wissen wolle?

»Bitte.«

»Ich lebte zwar in Berlin, aber die kurdische Großfamilie, zweitausend Kilometer entfernt, bestimmte mein Leben. Für meine Mutter war ich schon mit sieben Jahren erwachsen und musste den Haushalt führen. Liebe und Zärtlichkeit gab es nicht, dafür Schläge und Streit. Mit vierzehn Jahren ging meine Schwester Karida zum Jugendamt und bat um einen Heimplatz.« Es klang so, als spule sie diese Geschichte schon zum hundertsten Mal ab, ohne Gefühle, als hätte sie nichts mehr damit zu tun. »Die weltfremde Sachbearbeiterin informierte meine Eltern, woraufhin mein Vater Karida mit einer Lügengeschichte zu seinen Verwandten nach Syrien verschleppte. Dort wurde sie als Arbeitssklavin gehalten und ständig missbraucht. Anfang 2009 gelang es ihr, jetzt schwanger, zurück nach Deutschland zu fliehen.«

Anisa sprach sehr schnell, Janus hatte Mühe, sie zu verstehen.

»Moment, da war sie siebzehn?«

»Ja. Zunächst zog sie wieder bei uns ein, inzwischen gab es noch drei weitere Geschwister. Doch sie hielt sich nicht an die Regeln, ging nachts mit ihren Freunden aus, schlief irgendwo, dann zog sie in eine WG. Eines Abends lockte mein Vater sie unter dem Vorwand, eine Wohnung für sie gefunden zu haben, zu uns und erdrosselte sie gemeinsam mit seinem Bruder mit einem Strick. Sie weckten mich und zwangen mich, diesen Strick anzufassen, damit ich, nach unserer Tradition, zur Mittäterin werde. Den Anblick meiner toten Schwester mit ihrem dicken Bauch, dem aufgedunsenen blauen Gesicht und dem Strick um den Hals, werde ich nie vergessen.« Sie schwieg.

Janus wartete eine Weile. »Sie müssen mir nicht alle Einzelheiten erzählen. Was mich aber noch interessieren würde: Warum sind Sie erst nach fünf Jahren zur Polizei gegangen?«

»Wenn ich im Frühjahr 2014 nicht zusammengebrochen wäre und die Psychologin mir nicht dringend geraten hätte, mein Schweigen zu brechen, hätte ich es nie getan. Nicht einmal meinem Mann habe ich davon erzählt. Das haben Sie ja schon in meinem Lebenslauf gelesen.«

Janus fragte, ob sie noch Tee haben wolle, sie schüttelte den Kopf. Das Zeugenschutzprogramm nütze ihr gar nichts. Mitte nächster Woche müsse sie ihr jetziges Versteck bei einer Freundin räumen. Sie wolle endlich wieder ein normales Leben führen, nicht länger nur dasitzen und zusehen, wie die Zeit verrinnt. »Dr. von Oehringen meinte, Sie würden mir helfen.« Ihre nachtschwarzen Augen glänzten, ein Ausdruck zwischen Bitte und Abwehr.

»Ich könnte Sie für eine gewisse Zeit in meinem Haus in den Schweizer Bergen unterbringen. Da kennt Sie niemand. Wie weit sind Sie mit Ihrem Studium gekommen?«

»Bis kurz vors Staatsexamen.«

»Haben Sie eine Idee, was Sie in der Schweiz machen könnten?«

»Zunächst möchte ich versuchen, in einem Altenheim auszuhelfen.«

»Gute Idee; das müssten wir vor Ort in Erfahrung bringen. Aber ich kann Ihnen nichts versprechen, ich muss alles erst mit meiner Freundin klären.«

Wieder dieses Lächeln zwischen Bitte und Forderung. Anisa – langsam gewöhnte er sich an den Namen – klärte ihn dann noch über die Verhältnisse in ihrer ehemaligen Heimat auf, über die archaischen Regeln, über den Koran und die Scharia. Janus war bestürzt, noch nie hatte er eine derart fundamentale Kritik am Islam gehört. Noch einmal bot er ihr Tee an, wieder lehnte sie ab. Er brachte sie zur Tür.

»Über Harry von Oehringen gebe ich Ihnen Bescheid.« Sie verabschiedete sich, ohne sich zu bedanken. Eine stolze Frau. Zurück blieb der Duft ihres süßlichen Parfüms.

Er musste ihr helfen, keine Frage. Aber wie würde Colette reagieren? Würde sie Verständnis für sein Engagement haben? Er würde das heute Abend nach dem Essen mit ihr besprechen. Es gab ja keinen Grund für sie, eifersüchtig zu sein. Bei Anisa ging es um Tod oder Leben. Da kann man nicht auf sein Privatleben pochen. Sie könnten schon am kommenden Wochenende auf die Sonnalp fahren. Wenn sie das Auto nähmen, könnte er endlich auch den großen Rothko nach Berlin holen. Vor ein paar Jahren hatte er ihn auf die Alp gebracht, jetzt würde er ihn gern in sein Wohnzimmer hängen. Und sie könnten Zwischenstopp in Tübingen machen und Kitty besuchen.

Janus klickte sich durch ein paar Restaurants und wählte das *Patio* an der Spree. Er bestellte einen Tisch für 19 Uhr und schickte Colette eine SMS.

Wieder so ein herrlicher Sommerabend. In einem blauen kurzärmeligen Kleid kam sie über den Steg. Er ging ihr entgegen, umarmte sie, brachte sie zum Tisch. Nicht ohne Stolz registrierte er die Blicke, die ihnen folgten. Touristenschiffe zogen an ihnen vorüber, die Wellen plätscherten leise. Colette warf ihre Haare über die Schulter und lachte.

»Einen Aperitif?«, fragte der Kellner.

»Campari Orange«, bestellte sie.

»Und der Herr?«

Janus winkte ab, der Kellner reichte die Speisekarten. »Wie war dein Tag?«

»Nichts Besonderes. Ein Autor schrieb mir, ob er nicht doch einen Vorschuss haben könne. Was der für Vorstellungen hat.«

»Soll ich dir was leihen?«

»So war das nicht gemeint.« Colettes Rücken straffte sich. Sie sei jetzt gespannt auf seinen Aufsatz und den Spitzel.

»Erst essen.«

»Du machst es spannend.«

Sie bestellten *Marinierten Kalbsrücken mit Feldsalat* und *Rumpsteak mit Pfifferlingen und Lavendelknödel*. Beim Dessert zog Janus das Heft aus seiner Aktentasche und setzte sich neben sie. Eine ungelenke, aber leserliche Handschrift.

Die Entstehung des Lebens.
Eine Million Jahre kann sich niemand vorstellen. Ein Jahr, Frühling, Sommer, Herbst, Winter, ein Jahr älter oder ein Jahr jünger, das geht. Dreißig oder achtzig Jahre, das Leben der Erwachsenen, vielleicht gerade noch. Aber hundert Jahre? Kaum. Kein Telefon, kein Radio, keine Autobahn. Und tausend Jahre, zehntausend, hunderttausend – eine Million? Nur noch abstrakte Zahlen. Eine Million Mal 365 Tage, an denen die Sonne auf- und wieder unterging, Bäume wuchsen und abstarben, Tierarten entstanden und wieder verschwanden. Das sprengt jede Vorstellungskraft. Und noch weiter hinaus ins Unbegreifliche: Vor 3,5 Milliarden Jahren begann das Leben. Plötzlich lebt da was, eine Zelle, ernährt sich und pflanzt sich fort, produziert irgendwann Sauerstoff, eine Milliarde Jahre lang nur Sauerstoff. Dann organisieren sich Mehrzeller und höhere Lebewesen. Millionen Entwicklungen, die dem Druck der Umwelt nicht standhalten und wieder verschwinden. 99,9 Prozent Ausschuss! Vielleicht ist auch der Mensch nur ein Irrtum der Natur und wird irgendwann durch etwas Besseres ersetzt. Wo in dieser Welt gibt es einen Gott?

»Kluges Bürschchen«, sagte Colette.

»Das dann so dreist war, seinen Religionslehrer zu fragen, wann denn Adam und Eva gelebt hätten und ob es Fossilien von ihnen gäbe. Woraufhin ihm die Ermahnung erteilt wurde, er müsse seinen Geist zügeln, um nicht in Versuchung zu geraten.«

»Was sollte der arme Mann denn anderes sagen, wenn du seine Firma verleugnest?«

»Vor dem Lehrerkollegium erlaubte sich das Bürschchen dann sogar noch die Frage, ob Gott schon vor dem Urknall den Entschluss gefasst habe, Leben zu erschaffen, sich dann aber Milliarden Jahre Zeit ließ? Ob das Nichtstun ihm irgendwann langweilig wurde und er in der Nähe eines schwarzen Rauchers ins Wasser pustete, und schwups, war Leben da?«

»Böses Bürschchen!«

»Ja, im Nachhinein tun mir die bigotten Herren richtig leid. Als ich auch noch die täglichen Andachten schwänzte, mich stattdessen mit Harmonielehre beschäftigte und begeistert Geige übte, war es mit ihrer Geduld zu Ende. Den Sonntagmorgen, als Rektor und Religionslehrer nach dem Gottesdienst die Tür zu meinem Zimmer aufrissen und mich zur Rede stellten, habe ich noch vor mir. Meine Geige fest im Griff, verteidigte ich meine neue Sicht auf die Welt und meine Liebe zur Musik; sie gebe mir mehr als jede Predigt. Da schlug der Rektor mit der Faust auf den Tisch und brüllte: Musik, Janus, das ist der Teufel.«

»Endlich wissen wir, wo er steckt. Und dann?«

»Bekam meine Mutter einen Brief mit der Aufforderung, mich aus dem Internat zu nehmen.«

Der Kellner kam und fragte, ob sie noch etwas wünschten.

»Ein Glas *Rioja*«, sagte Colette.

Janus bestellte eine Cola.

»Und jetzt dein Spitzel.«

Janus referierte das Telefongespräch.

»Ganz schön raffiniert, der Kerl.«

»Jedenfalls bin ich dir sehr dankbar, dass du mitkommst.«

»Hatte ich schon zugesagt?«

»Ich hatte das so in Erinnerung.«

»Du bist auch ganz schön raffiniert«, sie strich über seine Hand. »Okay, wo trefft ihr euch?«

Janus nannte ihr Ort und Zeit. »Ich könnte dich abholen.«

»Lass mal, ich komm mit der U-Bahn.«

»Vorschlag: Wir treffen uns eine halbe Stunde vorher am Eingang, gehen getrennt rein und setzen uns an benachbarte

Tische. Ich hoffe, es ist nicht so voll. Anschließend laufen wir beide ein bisschen herum und sehen uns eine Viertelstunde später in der Buchhandlung wieder.«

Der Kellner brachte die Getränke.

»Kleine Fahrstunde für konspiratives Handwerk?«

»Und jetzt habe ich noch eine Überraschung für dich. Hättest du Lust, am Wochenende mit mir für ein paar Tage in die Schweiz zu fahren?«

»In die Schweiz?«

»Ich habe da ein Haus in den Bergen, und ich dachte, vielleicht ...«

»Natürlich schicker als 'ne Datsche mit Plumpsklo in Hohen Neuendorf. Wie kommst du denn dazu?«

»Ein Refugium, das ich mir während des Kalten Kriegs gebaut habe, weil ich immer befürchtete, die Truppen des Warschauer Pakts könnten Deutschland und Europa überfallen. Damals schwebte ja noch das zwischen Hilde Benjamin und Josef Streit, ihrem Generalstaatsanwalt, ausgehandelte Todesurteil über mir.«

»Das wird ja immer verrückter!« Colette sah ihn an. »Zum Tod verurteilt und freigekauft, oder wie?«

»Nee, das war nur eine Absprache der beiden. Vorsorglich, falls sie mich mal kriegen.«

»Woher wusstest du davon?«

»Ich kannte einige Juristen, die aus der DDR geflohen waren und sich zu einem Untersuchungsausschuss zusammengetan hatten. Ich habe keine Ahnung, woher sie ihre Informationen bekamen, aber sie wussten alles, was in der DDR passierte, wer auf den schwarzen Listen stand und deshalb nicht mehr nach Ost-Berlin fahren sollte, wer in welchem Knast saß, welcher Rechtsanwalt zuständig war. Anfang 1963 rief mich einer von ihnen zu sich und ließ mich den fünften Durchschlag einer

Aktennotiz aus dem Justizministerium der DDR lesen. Da hatte jemand einen mehr gemacht und in andere Kanäle geleitet. Natürlich hätte der Jurist das nicht tun dürfen, denn er gab mir ja quasi seine Quelle preis. Aber er kannte mich, und in dem Moment überwog wohl seine Fürsorge.«

Der Kellner kam und fragte, ob er noch eine weitere Cola bringen dürfe.

»Danke, wir gehen gleich. Bitte machen Sie schon die Rechnung fertig.«

Mit einer leichten Verbeugung zog er sich zurück.

»Um mich vor Gericht stellen zu können, haben sie, wie du weißt, sogar zwei Mal versucht, mich zu entführen. Und mir eine scharfe Frau ins Bett gelegt.«

»Spannende Methode.«

»Ja.« Janus überlegte, ob er Colette mehr von Juliane erzählen sollte. Wie lange war das jetzt her?

»Die Geschichte beschäftigt dich immer noch?« Colette blickte ihn von der Seite an.

»Nicht direkt. Immerhin sind seitdem mehr als fünfzig Jahre vergangen.«

»Und wie stelle ich mir diese Entführungsversuche vor?«

»Normalerweise lief das so: Die Stasi heuerte irgendwelche Kriminelle im Westen an, die erledigten das schmutzige Handwerk für sie. Sie verfolgten ihr Opfer im Auto, kidnappten und betäubten es und verschleppten es in den Osten. Bei mir haben sie es in Berlin und in Wien versucht.«

»Wieso Wien? Gab's da 'ne Freundin?«

»Keine Freundin, aber ein Auto.«

»Was?«

»Via Wien lief meine Tour mit einem umgebauten Cadillac. Das Flaggschiff des Kapitalismus mit einem Versteck im Armaturenbrett.«

»Sitzt ganz harmlos neben mir und erzählt die wildesten Geschichten.«

»Ein Fossil aus alter Zeit eben.«

»Das Rosen schenkt und Geige spielt.«

»Manchmal frage ich mich, ob jetzt irgendeiner mit meinem Caddi durch die Tschechei gondelt oder, was schlimmer wäre, ob mein Traumschiff auf einem Schrottplatz in der Pampa verrottet. Du hättest übrigens prima in das Versteck gepasst.«

»Wenn ich gewollt hätte.« Colette griff nach ihrem Handy, schaute auf das Display, offenbar nichts. »Sorry, ich dachte, es hätte gepiepst.« Sie steckte es wieder weg. »Und was ist jetzt mit diesem Haus in der Schweiz?«

Der Kellner legte die Rechnung in einer kleinen Mappe auf den Tisch, Janus bezahlte.

»Erzähl ich dir gleich.«

Sie fuhren durch die erleuchteten Straßen, fröhliche Menschen bummelten auf den Bürgersteigen, als solle die Nacht nie ein Ende nehmen.

»Das Haus liegt in zweitausend Meter Höhe, man kann es nur per Gondel oder Hubschrauber erreichen. Ich habe zwei Verstecke eingebaut. Ein kleineres hinter einem begehbaren Schrank und ein großes zwischen den Fundamenten unterhalb der Bodenplatte. Das hätte auch einen Bombenangriff überstanden. Natürlich war es auch als Ferienhaus gedacht, ideal für die Kinder – kein Verkehr, Wiesen, Kühe, Blaubeeren, und im Winter Massen von Schnee.«

»Davon hab ich immer geträumt, mit meinen Kindern mal in die Schweizer Berge zu fahren. War leider nicht drin in meinem Budget. Aber warum willst du schon am nächsten Wochenende fahren? Ein paar Tage später wäre mir lieber. Ich muss endlich das Jubiläumsprogramm ausarbeiten.«

Janus überlegte.

»Was hast du?«, fragte Colette.

»Ich muss das Haus für eine junge Syrerin richten, die von ihren Angehörigen verfolgt und mit dem Tod bedroht wird.«

»Was musst du?« Colette war ungehalten.

»Ihr Anwalt, ein alter Freund von mir, Harry von Oehringen, ich habe dir schon von ihm erzählt, rief mich gestern an. Er bat mich, ihr für eine gewisse Zeit Asyl in dem Haus zu gewähren. Sie würde gern Mitte nächster Woche kommen, und ich dachte ...«

»Verstehe.« Colette setzte sich auf. »Du würdest also auch ohne mich in die Schweiz fahren?«

»Es geht nicht anders.«

»Wegen einer dir unbekannten Syrerin?«

»Sie war heute Morgen bei mir.«

»Würdest du bitte anhalten?«

Janus bremste und parkte am Straßenrand. So hatte er Colette noch nie erlebt. »Sie ist in Lebensgefahr!«

»Und was hab ich damit zu tun? Da fahr ma lieber alleene!« Sie wollte aussteigen.

»Bitte, Coco! Wir hätten zwei, drei Tage für uns allein. Schneebedeckte Berge und so klare Luft, dass du nachts die Milchstraße sehen kannst. Du wirst dich da oben sehr wohlfühlen.«

»Wie schön, dass du weißt, wann und wo ich mich wohlfühle.«

»Versteh doch.« Er erzählte Anisas Geschichte. »Sie ist so alt wie Chantal und hat genau das erlebt, wovor du Faizah bewahren möchtest.«

Colette kramte in ihrer Handtasche. Ein Schlüsselbund klimperte, Papier raschelte. Sie zog ein Taschentuch hervor und tupfte sich die Augen.

»Auch aus Solidarität zu meinem alten Freund Harry möchte ich ihr helfen. Wir sind damals durch dick und dünn gegangen. Dann hat es ihn erwischt; er hat fünfzehn Monate in Rummelsburg gesessen.«

»Verstehe.« Colette zog ihre Hand vom Türgriff zurück.

»Später organisierten wir gemeinsam eine extrem komplizierte, aber äußerst effiziente Tour, die sogenannte Franzosen-Tour.«

»Okay, alter Fluchthelfer, welches Equipment brauche ich da oben?«

»Nichts. Stiefel, Jacken, Mützen, alles vorhanden. Wir werden was Passendes für dich finden.«

»Und wann soll's losgehen?«

»Samstag sehr früh. Zwischenstopp in Tübingen. Kitty hat mich nach ihrer Rückkehr aus LA angerufen, sie habe eine tolle Idee, wie sie die Praxis umbauen könne. Unsere Reise wäre eine gute Gelegenheit, das mit ihr zu besprechen.«

»Ich dachte, wir fliegen! Schafft deine alte Karre das überhaupt?« Sie schnäuzte sich.

Janus lachte. »Außerdem würde ich gerne ein Bild, das auf der Alp hängt, nach Berlin zurückholen. Magst du Mark Rothko? Er malt diese großen ...«

»Scheint ja alles schon bis ins Letzte organisiert zu sein, Herr Emmeran.« Colette setzte sich wieder auf. »Ehrlich gesagt, komme ich mir gerade ein bisschen wie die Petersilie auf dem Teller vor.«

»Wenn du magst, bestelle ich für den Tübinger Abend einen Tisch in einer Trattoria am Neckar, direkt neben Hölderlin.«

»Womit willst du mich noch angeln? Lass gut sein. Zwei Bedingungen: Auf der Autobahn höchstens 150 und zwischendurch auch mal essen und pinkeln, okay?«

Er wollte sie an sich ziehen, aber sie kam ihm nicht entgegen.

»Und jetzt bitte zum Bahnhof. Bis Samstag muss ich noch 'ne Menge regeln, die nächsten drei Tage fallen für uns flach. Aber zu deinem Spitzel komme ich, versprochen.«

Janus startete und fuhr los.

»Wie lange willst du eigentlich in den Bergen bleiben?«

»Solange du willst.«

»Du scheinst noch nicht wirklich kapiert zu haben, dass ich einen Job habe. Einen Fulltime-Job.«

»Ich hatte überlegt, ob dir ein paar Tage Ruhe vor dem großen Jubiläumssturm nicht guttun.«

Colette griff nach seiner Hand.

Er hatte es geschafft! »Egal wie lange, ich freue mich sehr auf die Zeit mit dir da oben. Zwei verliebte Verrückte und eine Verfolgte – die Berge werden sich wundern.«

Endlich wieder dieses Lachen. »Wohl nicht nur die Berge, auch deine Nachbarn. Sagen wir mal so: ein alter Knacker mit zwei sehr viel jüngeren Frauen. Geht das in der Schweiz?«

Erneut versuchte er, sie an sich zu ziehen, aber wieder sperrte sie sich. Vor dem Bahnhof Charlottenburg hielt er an. »Alles okay?«

»Mach dir keene Sorgen. Bis Donnerstag im Einkaufszentrum Gesundbrunnen. Da wollte ich schon mein Leben lang hin.« Sie küsste ihn und verschwand hinter der Schwingtür.

Janus zog sein Handy aus der Hosentasche und wählte die Nummer von Kitty.

West-Berlin, Westdeutschland,
Juli 1966 bis Ende 1967

DIE FRANZOSEN-TOUR

Maurice' Beine waren zu lang, sie wollten nicht unter den Marmortisch der *Paris Bar* passen. Auch im Sitzen überragte er Janus um Kopfeslänge. Wie gut, dass er andere transportieren sollte und nicht sie ihn. Er sprach sehr gut Deutsch, verstand Janus' Art, zwischen Ironie und Ernst zu wechseln, und schien sich in West-Berlin wie ein Fisch im Wasser zu bewegen. Er rauchte Troupe, die Zigarette für harte Kerle, die es nur in der französischen Garnison gab. Sie probierten die angeblich beste Zwiebelsuppe der Welt, dann wollte Maurice gehen; zu viele Typen, die unauffällig auffällig herumsaßen. Sie zahlten und schlenderten in Richtung Savignyplatz.

Die nette Kommilitonin, Rolfs Tochter, hatte Janus angerufen und ihm gesagt, sie habe etwas für ihn, das vielleicht ausbaufähig sei. Sofort war er nach Berlin geflogen und hatte sich mit ihr getroffen. Obwohl die Caddi-Tour regelmäßig und problemlos lief, suchte er ständig nach einem weniger aufwendigen Fluchtweg.

Anfang Juli, erzählte sie, sei Swetlana, eine Bekannte aus Ost-Berlin, bei ihr aufgetaucht, etwas derangiert, aber gesund und munter. Ihr Freund, ein französischer Soldat, der in Berlin stationiert sei und Swetlana schon seit vier Jahren kenne, habe sie in der Nacht im Kofferraum seines Autos über die

Grenze gebracht. Sie habe Swetlana bei sich aufgenommen, ein paar Tage später deren Eltern in Ost-Berlin besucht und bei sehr lauter Musik mittels schriftlich hin und her gereichter Kurzmitteilungen erfahren, dass diese das Verschwinden ihrer Tochter zwar gemeldet, während des Verhörs aber nichts von Maurice gesagt hätten. Offenbar seien seine Besuche bei Swetlana unbemerkt geblieben.

»Perfekt vorbereitet«, sagte Janus, »danke! Und wie komme ich an den Franzosen ran?«

»Freitagabend 21 Uhr in der *Paris Bar*. Er ist dünn und lang wie der Fernsehturm.«

Auf dem Weg zum Savignyplatz fragte ihn Maurice, was ein Fluchthelfer eigentlich mache.

Janus erzählte, dass er seit dem 13. August 1961 Menschen aus der DDR in den Westen schmuggle, die nicht länger in dieser kommunistischen Diktatur leben wollten. Mit Ausländerpässen zum Beispiel habe er schon Hunderten zur Freiheit verholfen.

»Für meine Eltern«, amüsierte sich Maurice, »war die DDR der erste antifaschistische Staat auf deutschem Boden. Als überzeugte Kommunisten schickten sie mich jedes Jahr in die Deufra-Feriencamps.«

»Deufra?«

»Deutsch-französische Freundschaft. Im Sommer 1962, mit sechzehn, war ich zum letzten Mal dort – und verliebte mich. Nach meiner Rückkehr schrieb ich Swetlana heiße Briefe, aber sie antwortete mir nicht. Mit achtzehn habe ich es dann wissen wollen und bin zu ihr nach Ost-Berlin gefahren. Da kam alles raus. Die Stasi hat meine Briefe abgefangen und auch ihre. Warum schnüffelt ein Staat in den Liebesbriefen seiner Bürger?«

»Um Feindkontakte zu unterbinden.«

»Bis dahin hatte ich mich nicht als Feind gefühlt. Dass ich es jetzt bin, ist vielleicht verständlich. Drei Monate nach meiner Einberufung zum Militär bewarb ich mich für einen Auslandseinsatz in Berlin.« Er zog an seiner Zigarette.

»Der im Übermut seine Freundin in den Westen holt.«

»Nicht im Übermut. Ich liebe sie.«

»Und was sagt Ihr General dazu?«

Maurice grinste. »Gar nichts. Der weiß von nichts.«

»Hat man Sie bei der Flucht von Swetlana kontrolliert?«

»Nein, wie üblich durchgewinkt.«

»Sind Ihre Besuche in Ost-Berlin nicht aufgefallen?«

»Ich war nur zwei Mal dort. Zu Fuß und in Zivil. Für die Fluchtfahrt habe ich mir den Citroën meines Gruppenführers geliehen.«

Janus blieb stehen. »Würden Sie sich zutrauen, noch mal rüberzufahren?« Es fing an zu regnen. »Wollen wir uns irgendwo reinsetzen?«

»Ich bin nicht aus Pappe. Was konkret haben Sie vor?«

»Sie fahren nach Ost-Berlin, stellen Ihr Auto an einem bestimmten Platz ab und gehen spazieren. In der Zwischenzeit klettern Flüchtlinge in Ihren Kofferraum. Dann fahren Sie zurück. Alles andere organisiere ich.«

Maurice pfiff leise durch die Zähne. Er schlug vor, morgen, Samstag, zu testen, ob er nach wie vor nach Ost-Berlin fahren konnte, und wenn ja, ob er drüben verfolgt wurde. Mehr als ein »Hausverbot« könne dabei ja wohl nicht herauskommen. »Und wenn der Test klappt, hole ich am Sonntag Ihre Flüchtlinge.«

Sie tauschten Telefonnummern und Adressen, dann verabschiedeten sie sich. In strömendem Regen lief Janus zurück zum Bahnhof Zoo und fuhr zu Harry. Bis in die Nacht saßen sie zusammen, tranken Rotwein und schwärmten davon, wie viele Flüchtlinge sie mit der »Franzosen-Tour« in den Westen holen würden.

Maurice' Test funktionierte. Offenbar schöpfte niemand Verdacht, dass er jetzt unter falscher Flagge fuhr. Am Sonntag, den 24. Juli 1966, organisierte Janus die Flucht eines Theologiestudenten, seiner Braut und deren Freundin. Um 22:30 Uhr stellte Maurice den Citroën an einer unbeleuchteten Stelle am Schlosspark Biesdorf ab und ging weg. Janus' Läufer kam mit seinen drei Schützlingen an, öffnete den Kofferraum und ließ die drei hineinklettern. Kurz darauf kehrte Maurice zurück, setzte sich ans Steuer und fuhr los. Alles ging gut. Im Westen dann ein ähnliches Manöver: Maurice stellte den Wagen auf dem Platz vor dem Waldfriedhof Dahlem ab und ging spazieren, Janus half den zusammengepferchten Flüchtlingen aus dem Kofferraum.

Maurice war begeistert: Das sei endlich eine sinnvolle Tätigkeit, am liebsten würde er jetzt jeden Tag fahren. Dass er unehrenhaft unter Verlust aller Bezüge aus der Armee ausgestoßen würde, wenn seine Fluchthilfe bekannt werden sollte, nahm er in Kauf. Allerdings fühle er sich in Ost-Berlin immer beobachtet, damit habe Swetlana ihn wohl angesteckt. Janus schlug vor, die nächste Tour über die Transitstrecke Hannover laufen zu lassen. Das dauere zwar sehr viel länger und sei erheblich aufwendiger, dafür sei die Tour aber sicherer. Die sowjetischen Soldaten, die an der Transitstrecke kontrollierten, würden sich lediglich vergewissern, dass der Ankommende ein Alliierter sei, dessen Fahrzeug normalerweise aber nicht durchsuchen und auch keine Spiegelwagen einsetzen wie die ostdeutschen Grenzer am Checkpoint Charlie.

Maurice spann die Idee sofort weiter, er könnte ja mit einem LKW Waren für die französische Garnison transportieren und dabei zwanzig oder dreißig Flüchtlinge auf einmal mitnehmen. Janus bremste ihn, das sei organisatorisch nicht zu schaffen. Maurice' selbstverständliche Bereitschaft, sich für die Freiheit anderer einzusetzen, beeindruckte ihn. Seit der Geschichte mit den konfiszierten Briefen verfluchte der Franzose die Kommunisten und hätte sie am liebsten »hinter den Ural geschickt«. Auf seiner Fahne stehe *Liberté!*, die beiden anderen Ideale der Französischen Revolution taugten nur für Festtagsreden.

Janus war überzeugt, dass die neue Tour deutlich effizienter sein würde als die Tour mit dem Cadillac. Ende Juli, noch vor Ende des Semesters, kündigte er sein Zimmer in Rosenheim, exmatrikulierte sich an der Ludwig-Maximilians-Universität und zog wieder nach Berlin. In der Ulmenallee in Westend, in der Nähe der Kliniken, fand er ein bezahlbares ruhiges Zimmer.

Die Ersten, die über die Transitstrecke kommen sollten, waren ein Medizinhistoriker aus Dresden, dessen Frau und seine drei erwachsenen Töchter. Weil die Stasi die fünf bereits im Visier hatte, mussten sie gemeinsam fliehen. Außer ihnen standen noch zwei junge Männer aus Ost-Berlin, die einen Einberufungsbescheid erhalten hatten, auf Janus' Dringlichkeitsliste. Zu viele für einen PKW. Janus kaufte einen Citroën-Kastenwagen und ließ ein Zwischendeck einbauen, in dem, dicht gedrängt, zehn Personen Platz hatten. Falls Maurice an der Grenze aufgefordert werden sollte, die Türen zu öffnen, wäre nichts als eine Ladefläche zu sehen.

Weil Janus davon ausging, dass es im Notaufnahmelager Marienfelde Spitzel gab, hielt er es für geboten, die Flüchtlinge, die mit der Franzosen-Tour kommen würden, nicht mehr selbst im Lager anzumelden, sondern einen Strohmann vorzuschieben. Bis die Stasi dessen Spur aufgenommen hätte, würden Monate, wenn nicht Jahre vergehen. Harry erklärte sich bereit, diese Rolle zu übernehmen.

Von einem Läufer ließ Janus an der Strecke Berlin–Hannover einen Parkplatz ausgucken, der nicht von »Rentner-Spitzeln« der Stasi – älteren Männern, die sich ein Zubrot verdienten – überwacht wurde. Den Weg von Ost-Berlin zu diesem Platz erkundeten die beiden jungen Männer. Sie notierten Fahrpläne von Bahnen und Bussen, die bis in dessen Nähe fuhren, und markierten den Fußweg, damit sie ihn auch nachts fänden.

Der Umbau des Transporters dauerte knapp zwei Monate. Die Dresdener saßen auf Kohlen, aber Janus konnte den Automechaniker nicht bewegen, Tempo zuzulegen. Am Samstag, den 17. September war es endlich so weit. Diesen Termin wählte Janus, weil der Professor an diesem Tag zu Gesprächen nach Rostock eingeladen war, die Stasi also keinen Verdacht schöpfen würde, wenn er sich mit der ganzen Familie auf den Weg machte.

Die Anreise der fünf nach Ost-Berlin verlief reibungslos. Janus' Läufer brachte sie am Alexanderplatz mit den beiden jungen Männern zusammen. Gegen Abend fuhren sie gemeinsam mit dem Zug nach Potsdam, von dort mit dem letzten Bus nach Michendorf. Von hier ging es zu Fuß weiter, acht Kilometer, die letzte halbe Stunde durch einen Wald. In völliger Finsternis tappten sie vorwärts, orientierten sich an den von den beiden jungen Männern gelegten Markierungen. Gegen 23 Uhr erreichten sie den Parkplatz und versteckten sich.

Eine lange Wartezeit. Der Professor erzählte Geschichten aus seiner Jugend auf einem Bauernhof in Mecklenburg. Schwere Zeiten, er habe hundert Schafe hüten, den ganzen Tag bei Wind und Wetter im Freien verbringen müssen, und es habe kaum etwas zu essen gegeben. Die jungen Männer hörten ihm gespannt zu. Einmal hielt ein Auto an, sie verhielten sich mucksmäuschenstill, der Fahrer stieg aus, pinkelte und fuhr weiter. Um zwei Uhr hielten sie sich am Rand des Parkplatzes bereit. Pünktlich fuhr Maurice heran, stieg aus und leuchtete mit der Taschenlampe den rechten Hinterreifen seines Wagens an. Das war das Zeichen! Ohne ein Wort stiegen die sieben auf die Ladefläche. Maurice, im Dunkeln für die Flüchtlinge nicht zu erkennen, fuhr los, öffnete während der Fahrt die Klappe zum Versteck unter dem Beifahrersitz, die Flüchtlinge verschwanden nacheinander im Zwischendeck. Sicher brachte er seine kostbare »Fracht« über die Grenze nach West-Berlin. Auf dem unbeleuchteten Parkplatz im Grunewald stellte er den Citroën ab und verschwand hinter den Bäumen. Janus und Harry halfen den Flüchtlingen aus ihrem Versteck und baten sie, in ihre Autos umzusteigen. Einer der beiden jungen Männer drehte durch und rannte in den Wald. Harry fing ihn wieder ein, aber es dauerte eine Weile, bis der Flüchtling nicht mehr um sich schlug und begriff, nicht in den Fängen von Häschern der Stasi gelandet zu sein, sondern in einem Wald in West-Berlin. Janus beruhigte ihn, jetzt ginge es gleich zum Ku'damm, im Old Vienna bekomme jeder eine Cola.

Bei der Fahrt über die Koenigsallee, beim Anblick der großen Villen, erst recht, als sie auf den Kurfürstendamm einbogen und die bunten Leuchtreklamen sahen, lockerte sich die Stimmung. In dem Lokal, in dem es auch um diese Uhrzeit noch hoch herging, bildeten sie eine kleine ernste Gruppe. Aber bei Cola und Bier tauten sie endlich auf.

Harry übernahm die Einweisung in das weitere Prozedere: »Halten Sie sich für ein paar Tage bei Freunden oder Verwandten auf; bevor Sie nach Marienfelde gehen, sagen Sie mir Bescheid, ich melde Sie an. Dann werden Sie von den Geheimdiensten nicht nach den Details Ihrer Flucht befragt.«

Dem einen jungen Mann, der, wie Janus wusste, keine Bekannten in West-Berlin hatte, gaben sie einen falschen Ausweis und die Adresse einer günstigen Pension.

Jetzt war alles perfekt. Die Tour lief, nur Janus kannte Maurice, den mysteriösen Fluchtfahrer. Die Flüchtlinge konnten weder ihn noch den Fluchtwagen, noch die Kontrolle an der Grenze beschreiben. Und weil sie erst einige Tage nach der Flucht ins Notaufnahmelager gingen und ein späteres Fluchtdatum angaben, konnte die Stasi ihre Flucht keiner der jeweils registrierten Transportfahrten von Maurice zuordnen. Ein bis drei Mal im Monat brachte er jetzt, im Zwischendeck des Citroëns, Flüchtlinge über eine der Transitstrecken nach West-Berlin.

Von seinem Fluchthonorar mietete er eine kleine Wohnung für seine Swetlana in Wittenau in der Nähe der Kaserne.

Weil die Tour dank Harrys Unterstützung so gut lief, verkaufte Janus den Cadillac im Januar 1967 an einen Bekannten und bezahlte von dem Erlös seine letzten Schulden. Er holte den Stoff der versäumten Semester nach und bestand im Herbst 1967 sein Staatsexamen. Harry wurde Assistent an der juristischen Fakultät, machte mit Bravour seine Doktorarbeit und bezog eine große Wohnung in der Dominicusstraße in Schöneberg. Nach und nach klinkten sich beide in ein bürgerliches Leben ein – und die Franzosen-Tour lief und lief und lief.

Berlin, Donnerstag, 1. September 2016

13. TAG

Janus sah Colette kommen und ging ihr voraus in die nach allen Seiten hin offene Eisdiele, die zum Glück kaum besetzt war. Er suchte sich einen Tisch am Rand, von dem aus er die Zugänge gut beobachten konnte. Colette nahm zwei Tische weiter Platz, klappte ihr iPad auf und fing an zu lesen. Er bestellte eine Cola, Colette ließ sich einen Kaffee bringen.

Kurz vor 15 Uhr kam ein kleiner, etwas hinkender Mann auf die Eisdiele zu, blaue Hose, weißes Hemd, der sich suchend umblickte, jedoch permanent an Janus vorbeischaute, obwohl dieser den Arm hob, um ihn auf sich aufmerksam zu machen. Dann verschwand er hinter einer Säule, Janus stand auf und ging ihm entgegen, sah, dass Kiseritzky telefonierte und sofort abbrach, als er sich ihm näherte. Sie begrüßten sich, Janus ging zu seinem Tisch, Kiseritzky setzte sich ihm gegenüber.

Sofort fing er an zu reden, erzählte von seiner kranken Frau, die Zahnärztin gewesen sei; häufig habe er sie liegend in die Praxis gefahren. Sie habe drei Bandscheibenvorfälle an der Halswirbelsäule, brauche Wärme, deshalb lebten sie schon seit einigen Jahren fast nur noch in Spanien.

Die Kellnerin kam, jeder bestellte einen großen Eisbecher mit Sahne.

»Bedauerlich«, sagte Janus, »aber jetzt zu unserer Sache. Sie sind Walther Kiseritzky?«

»Klar.«

»Und wohnen im Bieselheider Weg.«

»Ja, Sie haben mich doch angeschrieben. Aber von allem, was Sie erzählen, habe ich keine Ahnung.« Kiseritzky stützte die Ellbogen auf den Tisch und rieb sich die Hände.

Was für eine eigenartige Geste, dachte Janus. »Ihr Name steht aber in zahlreichen Berichten, die ich von der Stasi-Unterlagenbehörde bekommen habe.«

»Keine Ahnung, woher diese Schnüffler ihre Informationen haben.«

»Wären Sie so freundlich, mir Ihr Alter zu verraten?«

»Warum nicht, ich bin jetzt ...« – er machte eine Pause – »... fünfundsechzig.«

Jetzt hat er sich verraten, dachte Janus. Das Einwohnermeldeamt hatte ihm das Geburtsdatum genannt, 27. Mai 1941. Er ist fünfundsiebzig! Er erinnert sich also und lügt ganz bewusst. »Dann sind Sie jetzt in Rente?«

»Ja. Sonst könnte ich ja nicht in Spanien leben.

»Also Frührente?«

Kiseritzky sah ihn verständnislos an.

»Sie sagten eben, dass sie schon seit ein paar Jahren dort leben«

»Ja, ja, auch ich bin ziemlich krank, nicht nur meine Frau,«

Janus zog Kiseritzkys Verpflichtungserklärung aus seiner Aktentasche und legte sie vor ihm auf den Tisch. »Sie erkennen Ihre Handschrift?«

»Eine Verpflichtungserklärung?«

»Genau. Wie schön, dass Sie sich erinnern.«

»Wie kommen Sie dazu? Das bin ich nicht. Ich muss jetzt auch los und Medikamente für meine Frau einkaufen.«

Dieses ständige Händereiben, dieses ständige Lächeln. Janus konfrontierte ihn mit dem eindeutigen Beweis für seine Spitzeltätigkeit, aber er lächelte, leckte an seinem Eis und blieb sitzen. Offensichtlich wollte er wissen, was Janus wusste und was er aus seinem Wissen machen wollte.

»In einem Bericht habe ich gelesen, dass Sie Ihrem Arbeitgeber eines Nachts die Schlüssel entwendet und sie Ihrem Führungsoffizier übergeben haben, damit dieser Nachschlüssel machen konnte. Können Sie sich wenigstens daran erinnern?«

»Die Schlüssel habe ich ihm nie entwendet. Das stimmt nicht.«

Schon wieder hat er sich verraten, dachte Janus, und dieses Mal hat er es sogar bemerkt.

»Ich bin ein ordentlicher Mensch«, setzte Kiseritzky hastig fort, »bin im Tierschutzverein, zweiter Vorsitzender der Urbanisation, in der ich in Spanien lebe. Ich bin nicht der, den Sie suchen.«

»Und Sie wissen auch nicht mehr, dass Sie Bruno Polanski zu dem Tunnel in Kleinmachnow gefahren haben.«

»Hab ich nie. Das ist alles Quatsch. Ich habe Ihnen doch schon gesagt, dass ich Polanski nicht kenne.«

Wieder war er in Janus' Falle getappt, und wieder hatte er es bemerkt. Jetzt wurde ihm mulmig.

»Ich muss jetzt wirklich los.«

Janus war aber noch nicht fertig. »Einen Moment noch. Ich habe vor, die Geschichte des Tunnels in Kleinmachnow zu veröffentlichen. Dabei werde ich selbstverständlich alle Personen mit Klarnamen nennen, auch den Ihren. Wollen wir nicht zusammenarbeiten? Ich lasse Sie aus allem raus, gebe Ihnen Einblick in Ihre Akten, und Sie erzählen mir ein bisschen was über Polanski.«

»Ich habe Ihnen doch gesagt, dass ich ihn nicht kenne. Ich muss jetzt wirklich los.« Er zückte sein Portemonnaie. »Darf ich Sie einladen?«

Eigentlich peinlich, dachte Janus, aber warum nicht? Ein Schmerzensgeld war jetzt fällig. Sollte dieser verstockte Kerl doch wenigstens sein Eis bezahlen. »Gern. Vielleicht treffen wir uns noch mal, wenn Sie wieder in Deutschland sind, bis dahin fällt Ihnen vielleicht das eine oder andere wieder ein. Und dann bezahle ich.«

Wieder keine Reaktion. Sie tauschten ihre Mailadressen, verabschiedeten sich, Kiseritzky hinkte davon. Auch Janus stand auf und ging hinaus, Colette folgte nach zehn Minuten. In der Buchhandlung trafen sie sich.

»Na, was meinst du?«, fragte Janus.

»Es sah so aus, als habe er zu dir gesagt: Zeigen Sie doch mal her, was Sie da Schönes für mich haben, ach, das ist ja lustig! Er hat sich ständig die Hände gerieben, hast du das gesehen? Ich habe ein Foto von euch gemacht.« Sie klappte ihr iPad auf. »Na, wie findest du, sieht er aus?«

Janus zuckte die Schultern.

»Wie ein armseliges Würstchen. Nicht mal fesche Spitzel hatte die DDR.«

»Der war aus dem Westen.«

»Oje, ich vergesse immer, dass es auch im Westen böse Menschen gab.« Sie lachte. »Aber ehrlich gesagt, schau ich mir lieber Agenten und Spione in amerikanischen Filmen an. Die haben wenigstens Power.« Sie klappte ihr iPad zu. »Was ist mit dir?«

»Was soll sein?«

»Du wirkst irgendwie verstört.«

»So? Der Kerl hat mich irgendwie geschafft. Wird man schon als Lügner geboren und kann gar nicht anders? Wie findet man sich zurecht, wenn man ständig lügt? Irgendwo muss man doch Grund und Boden haben, unverrückbare Eckpfeiler.«

»Oder man ist ein perfekter Schauspieler.«

»Wonach der Kerl nicht aussah.«

»Was weiß man schon vom anderen. Du kannst ja mal einen Psychologen fragen. Ich muss jetzt los. Wir haben auf der Reise noch genug Zeit, über das Seelenleben dieses Herrn zu grübeln. Bis Samstag!« Sie küsste ihn und verschwand in Richtung U-Bahn.

Janus lief unschlüssig in dem Einkaufszentrum herum. Brauchte er noch irgendetwas für die Reise? Ihm fiel nichts ein. Er schaute in die Schaufenster, ohne etwas von dem zu sehen, was zu sehen war. Mit Tüten bepackt, strömten die Menschen an ihm vorbei. Monatelang hatte er nach dem Verräter des Tunnels in Kleinmachnow gesucht, jetzt hatte dessen Vertrauensmann direkt vor ihm gesessen – und ihn nur ausgelacht.

West-Berlin, 14. Dezember 1968

DIE DEMONSTRATION / DIE ÜBERGABE

Janus trat auf die Bremse. Direkt vor ihm fuhren Polizisten mit Motorrädern auf und sperrten die Martin-Luther-Straße. Wieder eine dieser Demonstrationen! Seit dem Besuch des Schahs und dem Tod von Benno Ohnesorg am 2. Juni 1967 legten sie regelmäßig Teile der Stadt lahm. Er wendete und fuhr um den Volkspark herum, um von Norden her zu Harrys Wohnung in der Dominicusstraße zu kommen.

Heute war ein besonderer Tag: Er wollte seinem Freund die restlichen Unterlagen der Franzosen-Tour übergeben. Heute Nacht würde die Tour zum letzten Mal unter seiner Regie laufen, dann würde Harry das Management ganz übernehmen. Zum letzten Mal würde er auf dem Parkplatz im Grunewald stehen, auf Maurice warten und den Abtransport der Flüchtlinge zum Ku'damm organisieren, zum letzten Mal mit Flüchtlingen anstoßen und sich mit ihnen über ihre gelungene Flucht freuen. Schon jetzt verspürte er Wehmut, aber auch so etwas wie Erleichterung, die Verantwortung abgeben zu können. In vierzehn Tagen würde er Berlin verlassen, nach Cleveland/Ohio übersiedeln und dort, am renommierten Hillcrest Hospital, seine Facharzt-Ausbildung machen. Seine Stelle als Medizinalassistent am Virchow-Krankenhaus hatte er fristgerecht gekündigt.

Er fand eine Parklücke und stieg aus. In der Ferne hörte er das rhythmische »Ho-Ho-Ho Chi Minh!«, den Kampfruf der linken FU-Studenten. Noch nie hatte er einen ihrer Aufmärsche aus der Nähe gesehen. Er kannte auch niemanden, der sich bei ihnen engagierte. Zu fern lagen ihm ihre wirren Ideen von einer Weltrevolution und ihr aggressiver Antiamerikanismus. Einmal war er, zusammen mit der gesamten medizinischen Fakultät, von den Agitatoren der neuen Bewegung ins Audimax eingeladen worden. Verständnislos und kopfschüttelnd hatten sie sich deren Phrasen angehört. Danach waren die Mediziner wie Aussätzige behandelt worden, die unfähig waren, die Zeichen der Zeit zu erkennen.

Er wollte die Gelegenheit nutzen und sich das Spektakel ansehen und rannte zum Schöneberger Rathaus. Das »Ho-Ho-Ho Chi Minh!« kam näher, dann sah er sie. Eingehakt trabten, ja hüpften sie die Martin-Luther-Straße herauf, der Polizeikette vor dem Rathaus entgegen. Auf dem Bürgersteig geiferten Passanten, vornehmlich alte Männer: »Geht doch rüber in den Osten!« – »Euch sollte man in einen Sack stecken und über die Mauer werfen!« – »Ihr gehört ins KZ!«

Hier die alten Nazis, auf der Straße die jungen Hüpfer, die glaubten, ihr Antifaschismus rechtfertige, ja, entschuldige ihren mangelnden Respekt vor jeder Autorität. Janus wusste, dass sie heute gegen das revidierte Urteil im Fall Rehse demonstrierten. Endlich war mal einer dieser Nazi-Richter verknackt worden, wenn auch nur zu fünf Jahren, und sofort hatten ihn seine Gesinnungsgenossen beim Bundesgerichtshof wieder rausgepaukt; obwohl doch jeder wusste, dass er am Volksgerichtshof über zweihundert Todesurteile unterzeichnet hatte. Heute fühlte sich Janus eigentlich auf der Seite der Demonstranten, aber die Huldigung eines vietnamesischen Massenmörders war für ihn indiskutabel.

Die erste Reihe untergehakt, strahlende, glückliche Gesichter, Mao-Bilder und rote Fahnen, ein Bild von Che Guevara, zwei Plakate, die Janus nicht lesen konnte, irgendetwas mit Solidarität, zwei Megafone dröhnten. Unter den Vorbeiziehenden erkannte er die junge, sympathische Patientin, der er gestern nach einer Außenbandzerrung Gehstützen verordnet hatte. Über ihren Mao-Look waren sie ins Gespräch gekommen, viel zu lange für eine Ambulanzsprechstunde, und irgendwie beim Thema Fluchthilfe gelandet. Sie bezeichnete die Fluchthelfer als Lakaien des Kapitalismus, er rückte die Not der einzelnen Menschen in den Vordergrund; eine von vornherein sinnlose Debatte, aber das Gespräch hatte ihm Spaß gemacht. Er winkte ihr zu, sie sah ihn nicht.

Vom Rathaus her hämmerte ihm eine Blechstimme aus dem Megafon entgegen: »Die sowjetrevisionistische Führungsclique benutzt den Antifaschismus, um ihre eigenen sozialfaschistischen und imperialistischen Bestrebungen zu vertuschen. Ihr Sozialismus befindet sich auf dem Wege der Wiederherstellung des Kapitalismus. Wir sind die wahren Antifaschisten und demonstrieren gegen den Faschismus in Berlin und in Deutschland. Wir werden den Kapitalismus, Faschismus und Imperialismus überall zerschlagen. Für die konsequente Anwendung der Ideen Mao Tse-tungs!«

Erstaunlich, dass die Stadt solchen Wirrköpfen Platz und Podium freisperrte! Farbbeutel und Knallkörper flogen durch die Luft.

Einer dieser glatt rasierten Cordhutträger, die die Bürgersteige säumten, geiferte: »So was hätte man früher vergast.«

»Und Sie hätten den Hahn aufgedreht?« Janus sah in seine wasserblauen Augen.

Doch der alte Herr meckerte unbeirrt weiter: »Krawall-Brüder. Tagediebe!«

Janus wandte sich ab, ging zum Auto und holte die Unterlagen für Harry.

»Vor deiner Haustür ist ja was los!«, überfiel er seinen verdutzten Freund an der Wohnungstür. »Die klopfen Sprüche, das glaubst du nicht! Maoisten auf der einen, alte Nazis auf der anderen Seite.« Er legte drei Ordner auf Harrys Schreibtisch.

»Die Brüder kenn ich langsam, immer das Gleiche. Setz dich doch erst mal. Möchtest du Tee?«

»Gern. Was für eine Ruhe hier.«

Harry kochte Tee und bot Kekse an.

Janus erzählte, dass er unter den Demonstranten eine Patientin entdeckt habe. »Eine intelligente junge Frau. Und die muss da auf Krücken mithumpeln! Ich fass es nicht. Leider hab ich ihren Namen vergessen, irgendwas mit von ...«

»Der Irrsinn ist bei Einzelnen etwas Seltenes, aber bei Gruppen und Parteien die Regel. Predigte schon der alte Nietzsche«, lachte Harry.

»Hübsch gesagt, aber abfinden kann ich mich damit nicht.«

»Es gibt eben nicht nur Schwarmintelligenz, sondern auch Schwarmdummheit. Aber ganz doof sind die da unten auch nicht. Ich kann schon verstehen, wenn sie, wie die Bürgerrechtler im eigenen Land, die USA verdammen, ihren Rassismus und vor allem ihren Krieg in Vietnam. Das ist pure Barbarei.«

»Trotzdem sind die Amis immer noch unsere besten Freunde, die unsere Freiheit garantieren. Ich kann sie ja kritisieren, aber nicht zum größten Übel der Welt erklären und gegen sie demonstrieren. Aber wahrscheinlich ist es nicht der Glaube an ihre Götzen in Fernost, der die da draußen blind macht, sondern das tolle Gefühl, im Kollektiv den Verstand abzugeben, den Choral Ho-Ho-Ho Chi Minh anzustimmen und Sex mit wechselnden Kommunardinnen zu haben. Vor vier

Monaten, als die Sowjets in Prag den Kommunismus mit menschlichem Antlitz niederwalzten, da hätten die mal Flagge zeigen sollen. Aber da war keiner von denen zu sehen.«

Harry wollte etwas sagen, aber das Telefon klingelte. Er nahm ab, führte ein kurzes Gespräch. Währenddessen öffnete Janus einen der Ordner. Harry goss Tee nach.

»Jetzt aber mal zur Sache«, sagte Janus. »Die Anträge sind nach Dringlichkeit geordnet. Die Antragsteller stehen immer ganz oben ...« – er zeigte auf eine Zeile am oberen Rand des Antrags – »... die Kennworte am Ende der persönlichen Daten, darunter die Aufzeichnungen über die bisherigen Kontakte mit deren Ergebnis.« Nach etwa einer Stunde war der erste Ordner durchgearbeitet.

Harry bot ihm frischen Tee an. »Möchtest du etwa essen?«

»Vielleicht später.«

Zuletzt erklärte Janus seinem Freund noch, wann und wie er Maurice am besten erreichen könne und wer in der Werkstatt über den Umbau des Wagens Bescheid wisse und Nachbesserungen vornehmen könne.

Als sie fertig waren, öffnete Harry eine Flasche Wein.

»Bitte nur ein halbes Glas«, sagte Janus, »ich muss noch mal ins Krankenhaus.«

Harry war erstaunt. »Wieso das denn?«

»Zwei Patienten warten auf mich. Ich habe ihnen versprochen, noch vorbeizukommen.«

»Was soll nur aus Deutschland werden«, unterbrach ihn Harry, »wenn du nicht mehr da bist? Keiner wird mehr Politiker und Juristen in ihre Schranken weisen, den Studenten den Marsch blasen und kein Arzt mehr da sein, der seine Patienten auch noch am Samstagabend behandelt.«

Janus lachte. »Bis später. Treffpunkt Parkplatz an der Ausfahrt Hüttenweg.«

»Wann?«

»Um drei Uhr.«

Janus lief zu seinem Auto, die Demonstration hatte sich aufgelöst, die Polizei war abgerückt. Leichter Regen setzte ein. Er fuhr die Bundesallee hoch, hielt an einer Ampel. Im Auto neben ihm saßen zwei Kinder und winkten. Er winkte zurück. Sie streckten ihm die Zunge heraus. Die Ampel schaltete auf Grün. Er fuhr los, erreichte den Ernst-Reuter-Platz und dachte an die zehn Flüchtlinge, die Maurice heute Nacht über die Grenze bringen würde. Die sollten den Studenten mal erzählen, wie der Sozialismus funktioniert! Und er dachte an die hübsche Patientin, der er Krücken für eine Demo verschrieben hatte.

Der Regen ging in Graupel über, er schaltete die Scheibenwischer ein, fuhr auf das Gelände des Krankenhauses und stellte den Wagen auf den für den Ambulanzarzt reservierten Parkplatz.

Berlin, Tübingen, Samstag, 3. September 2016

14. TAG

Kurz nach sechs Uhr. Janus sah Colette vor ihrer Haustür stehen. Er parkte in zweiter Reihe und sprang aus dem Auto. »Guten Morgen, mein Schöne!« Die kleine senkrechte Falte auf ihrer Stirn wollte er jetzt nicht sehen, er wusste selbst, dass er etwas zu spät kam.

Sie lachte. »Ich hab die Zeit genutzt und durchgecheckt, ob ich nichts vergessen habe. Wir müssen also nicht umkehren.«

»Und ich habe vollgetankt.« Janus zog sie an sich. »Jetzt fliegen wir über die Berge, vielleicht nicht über die höchsten, aber immerhin Berge.«

»Du hast Amors Pfeile dabei?«

»Alles im Rucksack.« Er verstaute ihr Gepäck, dann fuhren sie los.

»Vorher aber bitte irgendwo Frühstück. Und pinkeln. Und höchstens 150.«

»Gespeichert.«

»Wie hast du geschlafen, nach Kiseritzky?«

»Gut. Den habe ich im Sperrmüll abgelegt. Ich vermute, dass er immer noch engen Kontakt zu Polanski hat, aber wenn ich durch ihn nicht weiterkomme, interessiert er mich nicht mehr. Soll er doch in seinem Lügenmeer ersaufen!«

»Chantal und Alex lassen dich grüßen. Sie finden es toll, dass ich nach fünf Jahren endlich mal Urlaub mache. Bei denen hast du einen Stein im Brett. Chantal bittet dich, ihr ein Foto ›Colette in den Bergen‹ zu schicken.«

Auf der Autobahn noch wenig Verkehr. Sie passierten Dreilinden. »Weißt du, wo wir sind?«, fragte Janus.

»Nee.«

»Am ehemaligen Kontrollpunkt zwischen West-Berlin und der DDR.«

»Wobei wir wieder beim Lieblingsthema von Herrn Emmeran wären.«

Janus musste scharf bremsen, weil vor ihm ein LKW auf die linke Spur zog. »Ich kenne Leute, denen sträuben sich noch heute die Haare, wenn sie hier vorbeifahren. Ich habe die Schikanen der Grenzer zum Glück ja nie selbst erlebt, nach dem 7. Januar 1962 bin ich nur noch geflogen. Rechts siehst du gleich den großen Wachturm, Checkpoint Bravo, die Kontrollstation der Amerikaner an der Einfahrt nach West-Berlin.«

»Du kennst hier jeden Stein?«

»Fast jeden, obwohl diese Gegend damals für mich tabu war. Aber der Fahrer bei der Franzosen-Tour wurde hier immer kontrolliert.«

»Die Geschichte steht noch aus.«

»Maurice, ein französischer Soldat, versteckte Flüchtlinge in seinem Wagen und brachte sie über die Interzonen-Autobahn in den Westen. Harry übernahm die Tour, als ich im Dezember 1968 nach Cleveland ging. Vielleicht hätte ich Berlin nie verlassen, wenn Harry nicht gewesen wäre. Unter seiner Flagge lief die Tour noch bis Ende 1970.« Er überlegte. »Die einzige Tour, die nicht aufflog, sondern endete, weil Maurice nach Hause beordert wurde. Seine Swetlana nahm er mit.«

»Swetlana?«

»Seine Freundin.«

»Die kleinen Geschichten in der großen Geschichte.«

»Trotz intensiver Bemühungen hat die Stasi es nicht geschafft, hinter die Tricks zu kommen, mit der wir die Tour abgesichert und verschleiert haben. In meinen Akten las ich, dass sie im Laufe der vier Jahre insgesamt dreiundzwanzig IMs auf uns ansetzte. Einmal haben sie sogar bei Harry eingebrochen und diverse alte Akten und unsere Kasse geklaut. Aber an die ›heißen‹ Unterlagen kamen sie nicht heran, die lagen bis zuletzt bei mir. Über ihre vergeblichen Anstrengungen, über ihre Vermutungen und Maßnahmen gibt es einen dicken Ordner, den ich – das kannst du sicher verstehen – mit großem Vergnügen gelesen habe. Wie auch die Ordner über das Ende des Cadillacs.«

»Wie, Ende?«

»Leider ging er hoch, aber da hatte ich ihn schon an einen Bekannten verkauft. Die Stasi wusste über einen Spitzel schon lange, dass über Ungarn und die Tschechoslowakei eine amerikanische Limousine lief, die immer wieder DDR-Bürger in den Westen brachte; sie meldete das auch an die Bruderländer, aber es passierte nichts. Interessant ist vor allem der Schriftwechsel mit der CSSR. Die DDR mahnte, die Fluchthelfer seien schlimme Staatsfeinde, denen müsse man das Handwerk legen. Aber die CSSR reagierte, trotz mehrfacher Anschreiben, erst Monate später. Man habe nicht genügend Dolmetscher, aber jetzt arbeiteten sie mit Hochdruck an der Sache. Weitere Monate vergingen – und der Caddi lief weiter. Erst sieben Monate nach der ersten Meldung griff die Staatssicherheit der CSSR zu, Ende 1967. Die Ursache der absichtlichen Verzögerungen war, du ahnst es, der heraufziehende Prager Frühling.«

»Da brauchtest du keinen Kakao mehr.«

»Nein. Aber zurück zu Maurice: Auch von ihm wüsste ich gern, ob er noch lebt, habe aber seinen Nachnamen vergessen, was die Recherche schwierig macht. Vielleicht könntest du mir helfen, ihn zu finden?«

»Solange ich nicht wieder in einer Eisdiele sitzen und zusehen muss, wie ein kleiner mieser Zwerg versucht, durch Lachen seine Vergangenheit ungeschehen zu machen.«

»Du könntest seine Geschichte auf Französisch bei Facebook posten; vielleicht erinnert sich jemand an ihn. Mir fällt ein, dass auch er in diesen Deufra-Camps war, ein paar Jahre vor dir.«

»Wenn ich keinen Beruf hätte, würde ich bei dir einsteigen.«

»Gerade haben wir übrigens den Teltowkanal überquert.«

»Nett, die kleine Heimatkunde.«

»Durch den schwamm in einer Sommernacht 1966 ein Freund von mir in den Westen, neunhundert Meter in vier Stunden. Unter beleuchteten Sperrzäunen und Stacheldrahtblockaden tauchte er an den Grenzern vorbei.«

»Wahnsinn.«

»Wenn er, versteckt im Schilf, die nächste Etappe checkte, biss er sich in die Hand, damit die Grenzer das Klappern seiner Zähne nicht hörten. Einmal schossen sie auf ihn, zum Glück gelang es ihm, wegzutauchen. Heute kann sich das niemand mehr vorstellen, was Menschen riskiert haben, um in Freiheit leben zu können.«

»Heute, Janus, sind Hunderttausende auf der Flucht in die Freiheit. Bitte fahr nicht so schnell!«

Janus drosselte das Tempo. »Die wissen vielleicht, was Unfreiheit ist, aber mit der Freiheit, die ich meine, können die meisten wenig anfangen; die Freiheit, eine eigene Meinung zu haben und die auch offen aussprechen zu können.«

»Schon die ganze Zeit geht mir eine Geschichte aus Hohen Neuendorf durch den Kopf; du weißt, wir hatten da unsere Datsche. Damals wurde ein Mädchen bei einem Fluchtversuch erschossen. Hast du davon gehört?«

»Marienetta Jirkowsky.«

»Noch mal.«

»Marienetta Jirkowsky. Ihre Geschichte hat mich besonders berührt, weil der Grenzzaun, an dem dieser Uwe mich in eine Falle locken wollte, nicht weit entfernt von der Stelle verlief, an der sie, durchsiebt von den Kugeln der Grenzer, von der Mauer fiel.«

»Weißt du, wann das war?«

»November 1980.«

»Stimmt. Ich war zwölf. Als wir Weihnachten in unsere Datsche kamen, erzählte man uns, am Ende der Florastraße sei eine Asoziale erschossen worden, sie habe von Einbrüchen und Diebstählen gelebt. Sie sei aber selber schuld, jeder wisse doch, dass er erschossen wird, wenn er an die Mauer geht. Wenn ich solche Sprüche höre, kommt mir der Kaffee hoch.«

»Soll ich dir erzählen, wie die Geschichte wirklich war?«

Die Stimme aus dem Navi meldete einen Stau in zehn Kilometern. »Kannst du die Nervensäge bitte mal abstellen?«, fragte Colette. »Was heißt wirklich?«

Janus stellte den Lautsprecher des Navis leiser. »Marienetta, eine lebenslustige Achtzehnjährige, verliebt sich in Peter, der – weil er einen Ausreiseantrag gestellt hat – in den Augen ihrer linientreuen Eltern ein Verbrecher ist. Sie verbieten ihm das Haus, untersagen ihm sogar per Polizei den Umgang mit ihrer Tochter. Der dritte im Bunde ist Falko, der beste Freund von Peter. Auch er hat einen Ausreiseantrag gestellt. Sie treffen sich heimlich, drei muntere junge Leute, die keine Lust haben, das Leben zu führen, das man ihnen in der DDR vorschreibt. Sie beschließen zu fliehen.«

»Ein Selbstmordkommando.«

»Nein, sie kannten die Gegend, hatten eine Leiter organisiert, stundenlang die Posten beobachtet und die kritischen Stellen ausgemacht. Absolut clever. Die beiden Jungs haben es ja auch geschafft.«

»Für dich heißt DDR nur Mauer, Mauertote, Stasi, Knast. Aber noch heute gibt es Leute, die sagen, es war nicht alles schlecht, keiner hatte Hunger, jeder hatte Arbeit.«

»Ja prima!« Janus schlug aufs Lenkrad. »Und warum sind dann bis 1961 Millionen geflüchtet? Jeder vierte DDR-Bürger! Waren die alle doof? Diese hirnverbrannten Nostalgiker sind zum Kotzen.«

Colette legte ihre Hand auf seinen Oberschenkel: »Ich würde gern mal Pause machen.«

Janus hatte sich in Rage geredet, verstand aber Colettes Geste und steuerte die nächste Parkbucht an. Sie stiegen aus, Colette verschwand im Gebüsch, er rannte zum Ende der Parkbucht und wieder zurück. Mit einem Buchenblatt in der Hand kam sie zurück und steckte es ihm in die Brusttasche. »Magst du was trinken?«

»Nein. Lass uns weiterfahren.«

Sie verließen Brandenburg, das Straßenschild *Willkommen im Land der Frühaufsteher. Sachsen-Anhalt* begrüßte sie. Der Stau hatte sich offenbar aufgelöst.

»Stell dir die Situation vor«, nahm Janus den Faden wieder auf, »Falko ist bereits drüben, Peter liegt auf der Mauer, will seine Freundin hochziehen, da fallen Schüsse. Durch die Wucht der Kugeln wird sie ihm aus der Hand gerissen. Falko schreit ihm zu, lass dich rüberfallen, er tut es, kommt heil unten an, ruft immer wieder laut nach Marienetta, aber sie antwortet nicht. Später warf er sich vor, versagt zu haben. Er ist jung gestorben.«

Colette schloss die Augen. »Man hat sich schon fast an dieses *An der Mauer erschossen* gewöhnt und denkt sich nicht mehr viel dabei. Aber wenn man so was hört ...«

»... möchtest du die Kalaschnikow rausholen.«

»Das vielleicht nicht gerade.«

»Auf Marienetta wurden insgesamt siebenundzwanzig Schüsse abgefeuert. Die Grenzer wurden mit Sonderurlaub, Verdienstmedaillen und Geldprämien belohnt.«

»Das hast du alles recherchiert?«

»Um die Spuren zu verwischen, äscherte die Stasi Marienettas Leiche sofort ein und untersagte den Eltern, eine Todesanzeige aufzugeben. Man legte ihnen nahe, öffentlich zu verbreiten, ihre Tochter sei auf die schiefe Bahn geraten und an ihrem Tod selber schuld.«

»Ja, an die Sprüche der Eltern kann ich mich noch sehr gut erinnern.«

»Ein halbes Jahr nach Marienettas Tod stellten Peter und Falko ein Gedenkkreuz an der Mauer auf. Zwei Tage später war es weg, demontiert von einem West-IM.« Janus schaltete den CD-Player ein, die *Pathétique*. »Manchmal tröstet es mich, dass es auch Menschen gibt, die komponieren und dichten und die Welt schöner und besser machen.« Er drosselte die Geschwindigkeit. Colette schob ihre Hand in seinen Kragen.

»Wollten wir nicht irgendwann frühstücken?«

An der Raststätte Köckern-West bog Janus ab.

»Unser erstes Urlaubsfrühstück.« Colette lehnte sich auf dem Plastikstuhl zurück. »Und so entspannt!«

An den Nebentischen quengelten Kinder, genervte Mütter und Väter stritten sich, Fernfahrer stocherten in ihren Pommes frites.

Längst hatten sie Leipzig hinter sich gelassen, der Verkehr war spärlich, bis Bayreuth kamen sie gut voran. An einer Tankstelle fand Janus einen schattigen Parkplatz. »Ich kipp mal kurz weg.« Er drehte seinen Sitz nach hinten und schlief sofort ein. Colette stieg aus und ging spazieren.

Nach einer halben Stunde kam sie mit zwei Tüten Eis zurück, öffnete die Tür, setzte sich und drückte den Knopf des Players.

»Schön, von Tschaikowskys Trompeten geweckt zu werden.« Janus blinzelte in die Sonne und drehte seine Rückenlehne hoch.

»Plus Zugabe.«

Sie aßen das Eis, ehe es auf die Sitze tropfte, dann fädelte sich Janus wieder in den Verkehr ein. »Irgendwo habe ich gelesen, dass ein Platz in Hohen Neuendorf jetzt nach Marienetta benannt wurde. Gegen massiven Protest der Familie. Eine Tante ging in einem Interview sogar so weit zu sagen, es sei ja kein Verdienst, an der Mauer gestorben zu sein.«

»Auch Stasi?«

»Klar.«

Der Verkehr war inzwischen dichter geworden, um Nürnberg Stau. Colette gähnte. »Hast du hier irgendwas über die Sonnalp?«

»In der Seitentasche neben dir steckt ein Wanderführer. Ich wusste doch, dass du wissen willst, wohin ich dich entführe.«

Sie las ein paar Seiten. »Zehntausend Besucher während der Sommermonate! Ein selten ruhiger Ort. Ich schlaf mal 'ne Runde.« Sie drehte ihren Sitz zurück.

Gegen 15 Uhr erreichte Janus das Hotel in Tübingen und weckte sie: »Hallo, wir sind da.«

»Wo?«

»Bei Hölderlin.«

Colette streckte sich, rieb sich den steif gewordenen Nacken und sah auf ihre Uhr. »Oje, hab ich lange geschlafen. Ob ich jetzt noch eine Buchhandlung finde, die geöffnet hat? Wie ich dich kenne, willst du gleich zu Kitty.«

»Am liebsten, ja.«

Sie checkten ein. Colette klickte auf ihrem Handy die Tübinger Buchhandlungen durch. »Osiander hat noch geöffnet, und vielleicht besuche ich auch noch den Hölderlin-Turm.«

Ein schönes Zimmer unterm Dach mit Blick auf den Neckar. Janus rief Kitty an, er sei da, er käme jetzt gleich in die Praxis, dann bestellte er einen Tisch für vier Personen in der Trattoria um 19 Uhr.

Kitty und ihr Mann kamen etwas später. Colette spürte Kittys Blick – sie, die neue Freundin des Vaters, die vom Alter her eine ältere Schwester sein könnte, wurde gescannt. Die große Ähnlichkeit zwischen Vater und Tochter verblüffte sie, die gleiche Nase, die dunklen Augen. Im Lauf der nächsten drei Stunden fühlte Colette sich zunehmend ausgegrenzt, die Erinnerungen, die am Tisch hin und her flogen, zogen wie eine fremde Welt an ihr vorüber.

»Was habt ihr vor da oben?«, fragte Kittys Mann.

»Ich möchte Colette das Haus zeigen und außerdem ein paar Kleinigkeiten regeln.«

»Wie immer«, lachte Kitty und wandte sich an Colette: »Freizeit ist nicht seine Sache.«

»Meine auch nicht.« Colette gab sich Mühe, locker und zugewandt zu sein.

»Glückwunsch!« Kitty hob ihr Glas. »Wollt ihr auch mal hoch aufs Sonnhorn?«

Colette erklärte, dass sie noch nie in den Bergen gewesen sei. Sie war froh, als Janus seiner Tochter und dem Schwiegersohn zu verstehen gab, dass sie beide nach der langen Reise sehr müde seien und zu Bett gehen wollten.

Während Colette sich auszog, fragte sie: »Baut ihr nun die Praxis um?«

»Nein. Wir haben durchgerechnet, dass es sich nicht rentiert.«

»Osiander hatte übrigens keinen einzigen meiner Titel im Sortiment, und auch den Weißbach-Verlag kannte niemand.« Colette ruckelte ihr Kopfkissen zurecht. »Aber das Zimmer von Herrn Hölderlin im Turm hat mich sehr beeindruckt. Trotzdem, nimm's mir nicht übel, Tübingen ist nicht meine Stadt.«

»Ab morgen wird's noch besser, Kühe und Schwyzerdütsch.« Janus drehte sich zu ihr.

»Und das alles nur wegen einer gewissen Anisa.«

Janus legte seine Hand auf ihren Arm.

»War nicht so gemeint«, sagte sie.

Da war er schon eingeschlafen.

West-Berlin, 31. Dezember 1968

ABSCHIED VON BERLIN

Der Arbeitsvertrag mit dem Hillcrest Hospital in Cleveland/Ohio war unterschrieben und zurückgeschickt.

Janus packte Aufzeichnungen, Taschenkalender, Quittungen und Akten in Kartons. Die Belege seiner Vergangenheit wollte er nicht mit in die USA nehmen. Harry hatte angeboten, sie in seinem Keller zu verwahren.

Er sah aus dem Fenster. Ein grauer Himmel, kahle Bäume, gegenüber die ihm vertraute Fassade, unten die Straße, gefleckt vom Schneematsch. Ein Mann kam aus dem Haus, ging los, ohne sich nach rechts und links umzusehen. Genauso würde er in zwei Wochen die Notfallambulanz des Hospitals in Cleveland verlassen. Er würde sein Zimmer aufsuchen, die Tür aufschließen, ohne Angst, dass ihm in genau diesem Moment jemand einen Hammer auf den Kopf schlägt. Alle Verhaltensweisen, die er sich in den letzten Jahren angeeignet hatte und die ihm geholfen hatten zu überleben – sich auf der Straße ständig umzusehen, sehr schnell zu gehen, jedem gegenüber misstrauisch, immer in Abwehrhaltung zu sein, nur das Nötigste mit ihm auszutauschen, keine Namen zu nennen, am Telefon nur verschlüsselt zu reden –, würde er drüben ablegen. Niemand würde ihn bespitzeln, ihn entführen wollen, ihm nach dem Leben trachten. Frei wie eine

Schwalbe würde er durch die Stadt fliegen, hin zum Eriesee und über ihn hinweg nach Kanada.

Abends fuhr er zu Harry. Auf den Bürgersteigen lärmten fröhliche Menschen, Jugendliche zündeten Knallfrösche, Kinder rannten mit Wunderkerzen herum.

»Fleißig, fleißig«, kommentierte sein Freund, als er sah, wie sich die Kartons in seinem Keller stapelten. »Da hat sich ja einiges angesammelt.«

Sicherheitshalber sahen sie die Akten der acht Flüchtlinge durch, die Harry kommenden Samstag holen würde; alles war perfekt vorbereitet.

Bis Mitternacht saßen sie zusammen, erinnerten sich an ihr Trio bei der Bunderwehr, dachten an Fabian und lachten noch einmal über die Szene an der Oberbaumbrücke, wie Harry seinen Roller schieben musste, weil die Genossen sein Benzin geklaut hatten. Sie stießen auf ein erfolgreiches neues Jahr an. Alles war getan, beruhigt konnte Janus Berlin verlassen. Maurice und Harry hatten sich vor ein paar Tagen in der *Ciro Bar* kennengelernt und auf Anhieb gut verstanden. Harry beherrschte das Metier, er würde die Franzosen-Tour mit Erfolg weiterführen.

»Schick mir mal 'ne Postkarte vom Eriesee«, frotzelte sein Freund, »damit ich weiß, dass du noch lebst.«

Tübingen, Sonnalp, Sonntag, 4. September 2016

15. TAG

Colette wachte auf, Janus hatte sich ins Badezimmer verzogen, um sie nicht zu stören. »Gibt's dich noch?«, rief sie.

Er kam ins Zimmer, stellte sein Notebook auf den Nachttisch und schlüpfte zu ihr unter die Decke.

»Noch keine Nachricht von Mister X?« Sie drehte sich zu ihm.

»Nein.«

»Du bist heute Nacht im Schlaf gerannt wie ein Irrer. Was war los? Wolltest du weg?« Sie lachte.

»Hab ich nicht mitgekriegt.«

»Beneidenswert. Und ich hatte schon überlegt, ob ich dich wecken soll.«

»Warum hast du es nicht gemacht?«

»Schlafwandler soll man nicht wecken.«

»So, so.«

»Aber vielleicht wäre es gut gewesen, vielleicht hätte ich dich von einem schlechten Traum erlöst. Hast du Angst vor irgendetwas?«

»Kann sein. Wahrscheinlich habe ich eine tief sitzende Angst, dass ich verfolgt werde. Wohl eher aus meiner Kindheit als aus meiner Fluchthelfer-Zeit. Aber was fange ich mit dieser Erkenntnis an? Nichts. Außer, dass wir getrennte Matratzen haben sollten.« Janus zog sie an sich.

»Ich glaube, es gibt vieles zwischen Himmel und Erde, was wir nicht mit dem Verstand durchdringen können. Lass doch einfach ein bisschen Geheimnis zu, das macht dich nicht ärmer.«

Er küsste sie und stand auf.

»Ich habe noch mal über das Gespräch in der Buchhandlung nachgedacht. Irgendwie logisch, dass die nichts von mir im Sortiment haben. Die Texte, die ich verlege, funktionieren in diesem unsäglichen Dialekt einfach nicht.«

»Und die schwäbischen Dichter?«

»Meinst du, Hölderlin oder Schiller hätten gefragt: Wass koscht dees?«

»Ich bin ihnen nie persönlich begegnet.«

»Hübsch ausgewichen, mein Lieber. Aber jetzt fliegen wir mal in deine Berge. Komm!« Auch sie stand auf, umarmte ihn und verschwand im Badezimmer.

Auf der Autobahn hielt sich Janus an die versprochenen 150. Colette saß entspannt neben ihm. »Verrätst du mir ein bisschen mehr über Anisa?«

»Das Wesentliche kennst du. Viel mehr weiß ich auch nicht.«

»Wie ist sie denn so?«

Janus zuckte mit den Schultern.

»Ist sie hübsch?«

»Ja, sehr, und intelligent. Eine intelligente, etwas fordernd auftretende junge Frau, die sich nicht unterbuttern lassen will, mit traurigen schwarzen Augen.«

»Und Kopftuch?«

»Denkste. Für sie ist das Kopftuch die Flagge des Islam und die Burka eine Geheimwaffe der Islamisten, die verboten werden sollte.«

»Klingt fortschrittlich.«

»In ihren Augen ist der Koran ein uraltes Märchenbuch, das die Weiterentwicklung des Islam verhindert und verantwortlich ist für die mangelnde Bereitschaft der Muslime, sich in der westlichen Welt zu integrieren. Wobei man die Integrationsbereitschaft erheblich fördern könne, indem man den Unwilligen die Sozialleistungen kürzt, sie notfalls ganz streicht.«

»Ja, wer durchs Feuer gegangen ist, kann es sich erlauben, die Wahrheit zu sagen.«

»Die Wahrheit ist dem Menschen zumutbar.«

»Ingeborg Bachmann, ich weiß.«

»Wobei ich als Arzt durchaus andere Erfahrungen gemacht habe. Der eine Patient will die Wahrheit wissen, zum Beispiel seine Krebsdiagnose, der andere verträgt sie nicht.«

Sie fuhren auf die Grenzstation zu. Janus parkte und kaufte eine Vignette. »Ab jetzt sind wir Uusländer.«

Weiter, an Basel und Bern vorbei, die Berge rückten näher. Colette wurde immer schweigsamer. Diese gewaltige Landschaft, kantige grauschwarze Felsen mit weißen Flecken.

»Schön, nicht?«, fragte Janus.

»Gewöhnungsbedürftig. Mich erdrücken diese Berge ein bisschen.«

Am späten Nachmittag erreichten sie die Gondelstation.

»Wir müssen noch einkaufen, der Laden oben hat sicher schon geschlossen.«

Mit zwei prallen Einkaufstüten kamen sie zurück zum Auto, Janus öffnete den Kofferraum, um das Gepäck zu holen.

»Was steckt denn in dem komischen Beutel?«, wollte Colette wissen.

»Eine Nachttischlampe.«

»Eine Lampe hinauf, ein Bild hinunter. Du könntest ein Transportunternehmen anmelden.«

Er stupste sie, hängte sich den Beutel über die Schulter und trug das Gepäck in die Gondel.

Colette drückte sich fest an Janus' Brust und schloss die Augen. »Sag mir Bescheid, wenn wir oben sind.«

Nach einer Viertelstunde ruckelte die Gondel in die Station. »Wir sind da! Willkommen in meinem Paradies.«

Colette öffnete die Augen. »Ziemlich groß.«

»Ja, von hier bis zur Milchstraße.«

Sie liehen sich einen Handwagen für das Gepäck und machten sich auf den Weg.

»Da, das ist es.« Janus zeigte auf ein großes Haus in der Ferne, alle Luken verschlossen, einsam auf einer abfallenden Wiese. Schnaufend erreichten sie ihr Ziel. Um sie der Duft von warmem Gras und Wildblumen.

Kaum hatte Janus den Schlüssel im Schloss gedreht und die Tür geöffnet, schien er wie ausgewechselt, stürmte, mit Colette an der Hand, durch alle Zimmer, riss sämtliche Fensterläden auf – hier das Bad, hier die Dusche, Vorsicht, fall nicht über die letzte Treppenstufe –, brachte die Nachttischlampe in das Kinderzimmer, schüttelte die Betten auf, räumte die Lebensmittel ein, holte Holzscheite von der Terrasse. Alles gleichzeitig, wie es Colette schien.

»Gefällt's dir?«, fragte er.

»Darf ich mich erst mal setzen?«

»Heute Abend könnte ich Feuer im Kamin machen.«

»Ja, Janus, kannst du, aber eins nach dem anderen.«

Als die Sonne unterging, rückte Janus zwei Stühle auf den Balkon. »Komm, setz dich, lehn dich an mich, Coco. Ist es nicht schön hier?«

»Ja, sicher, Janus.«

Colette kochte Spaghetti, er deckte den Tisch. Nach dem Essen saßen sie im Schein des Kaminfeuers unter der künstlichen Palme. Das flackernde Licht züngelte über die Bücherregale, die Vorhänge, den großen Rothko, das Klavier.

»Verrückte Berghütte«, sagte Colette. »Ich hatte mir Feldbetten und einen Kohleherd vorgestellt, keinen Kulturschuppen. Hast du das Klavier selbst heraufgeschleppt?«

»Es wurde per Hubschrauber geliefert.«

»Und die Butter täglich aus Paris.«

»Genau so.«

»Und wer bringt mir jetzt einen Kaffee?«

Über die Anrichte hinweg sah er sie vor dem Feuer sitzen. Sie schien nicht glücklich zu sein, auch nicht traurig, eher beklommen oder melancholisch. Eigentlich verständlich, alles, worüber sie sich bisher unterhalten hatten, lag jetzt unten im Tal. Mit den Sagen und Gruselgeschichten über Berghexen und Geister, die hier oben präsent waren, konnte sie wahrscheinlich nichts anfangen. Warum waren Berge – für ihn eine Herausforderung, sie zu bezwingen – für sie so fremd? Überwältigte sie das Haus, weil darin so viel Vergangenheit steckte, mit der sie nichts zu tun hatte? Wie könnte er ihr helfen, sich hier einzuleben? Er brachte ihr den Kaffee, setzte sich neben sie, nahm ihren Kopf in beide Hände und gab ihr einen Kuss. Er hoffte, sie würden bald wieder zu ihrem Wir, zu ihrer selbstverständlichen Vertrautheit zurückfinden.

Sonnalp, Montag, 5. September 2016

16. TAG

Erschöpft von ihrer ersten Wanderung saß Colette auf der Treppe und zog die Bergstiefel aus. Janus hatte sie ihr unter den zig Paaren, die im Regal auf dem Flur standen, ausgesucht: »Auf Pumps läuft sich's leichter.«

Er untersuchte ihre Füße. Keine Blasen. »Bestanden!« Er ging in die Küche, entdeckte im Schrank eine Flasche Campari, vermutlich hatte sein Schwiegersohn sie hochgebracht, und zeigte sie Colette. »Magst du?«

»Gern.«

»Mit Eis?«

»Noch besser.«

Sie verschwand im Schlafzimmer, Janus stellte ihr das Glas auf den kleinen Tisch unter der Palme. In einem frischen T-Shirt kam Colette zurück und ließ sich auf die Couch fallen. Sie brauche wohl noch etwas Zeit, um sich an alles zu gewöhnen, die dünne Luft, die intensive Sonne, diese Mega-Landschaft.

»War es nicht gigantisch, vorhin, an der Bergkuppe? Ich habe mir vorgestellt, direkt in dieses Blau hineinzufliegen, in diese kalte, schöne Unendlichkeit.«

»Ja, du, Janus.« Sie streckte sich aus, sah zur Decke, schloss die Augen.

Sie hatte sich nicht anstecken lassen von seiner Begeisterung, ständig Pause machen wollen, jeden Platz im Schatten zum Ausruhen genutzt. Immerhin sei sie vor drei Wochen noch an Krücken gehumpelt, hatte sie geschmollt.

»Darf ich mal kurz?« Er versuchte, sich neben sie zu legen, kippte über den Rand der Couch und rutschte auf den Teppich. Colette schob lachend den Kopf über die Kante: »Ist es da unten bequemer, Herr Emmeran?«

»Nicht unbedingt.«

»Dann kommen Sie doch wieder hoch.«

»Ich mache mir Gedanken.«

»Worüber?«

»Ob es gut war, mit dir hierherzufahren.«

»Das glaub ich jetzt nicht! Wir sind doch gerade dabei, das Beste daraus zu machen. Außerdem gab es keine Alternative, übermorgen kommt deine verschleierte Schönheit.« Colette ließ sich auf ihn gleiten, sie rollten über den Boden. »Komm, lass uns schlafen gehen, sonst kannst du die Wanderung morgen vergessen.«

»Was schade wäre. Ich wollte dir den Gletscher und zwei Bergseen zeigen.«

»Und Berge und Gipfel und wieder Berge, und vergiss die Kühe nicht!«

»Kühe und Gämsen. Und am Samstag wirst du mich fragen, ob wir nicht für immer hierbleiben können.«

»Sonderbarer Schwärmer, sagte schon dein Landsmann.«

Janus trug sie ins Schlafzimmer.

Sonnalp, Dienstag, 6. September 2016

17. TAG

Früh am Morgen rief Harry an. Anisa werde am Mittwoch mit der 12-Uhr-Gondel ankommen.

»Wir erwarten sie an der Station. Servus!«

»Wir?«, fragte Colette.

Er griff nach ihrer Hand. »Auf zum Gletscher!«

Sie packten Schirmmützen, Sonnencreme, eine Flasche Wasser und Energieriegel in Janus' Rucksack und machten sich auf den Weg. Steil bergan, ohne Schatten. Nach der ersten Kuppe kamen sie auf die Weide. Kühe, breitmäulig vor sich hin kauend, ihre dicken Bäuche erdrückten schon beim Hinsehen. Janus öffnete ein Türchen im Elektrozaun, sie schlüpften hindurch, Colette hielt sich dicht hinter ihm. Er klatschte in die Hände, die Kühe trollten sich, bis auf eine. Er packte sie am Horn und drückte sie zur Seite.

»Hast du keine Angst?«

»Vor Kühen?« Er lachte und versuchte, Colette in den Arm zu nehmen.

»Weg mit deinen dreckigen Pfoten!« Sie umkurvte die schwarzgrünen Fladen. »Zum Glück sind die Hundehaufen in Berlin kleiner.«

Janus stapfte weiter. Waren sie hier oben noch ein Paar? Oder nur zwei Wanderer, die neben- und hintereinander herliefen? Er vermisste sein Herzklopfen beim Anblick dieser Frau, sein Verlangen, sie zu berühren. Ihre Lippen, ihre Lust.

Am Ende der Weide fanden sie einen Ausgang. »Wenn man gegen den Draht pinkelt, bekommt man einen Schlag, Urin leitet.« Ob sie das witzig fand? Er hängte sich den Rucksack vor den Bauch, stellte sich mit dem Rücken vor sie, griff ihr unter die Oberschenkel: »Sitz auf!« Ein Stück lief er Huckepack mit ihr.

»Weißt du«, hörte er ihre Stimme an seinem Ohr, »so wie du hier oben rumtobst, habe ich mir als Kind immer Rübezahl vorgestellt.«

»So, so.«

»Ein Berserker, ein Teil der Natur und ihr Beherrscher.«

Ja, so kam er sich hier tatsächlich manchmal vor. Er setzte sie wieder ab.

»Du siehst gefährlich rot aus«, flapste sie, »willst du dich nicht eincremen?«

»Das macht Rübezahl nicht.«

Sie stiegen höher, wanderten um einen grüngrauen Bergsee, noch höher, bis zu einem großen Blaubeerfeld. Colette hockte sich hin, pflückte und pflückte und aß und schob auch Janus dicke Beeren in den Mund, als er sich zu ihr beugte.

»Willst du hierbleiben? Ich möchte eigentlich noch zum Grat hinauf.«

»Noch fünf Minuten, bitte.«

Janus lief ein Stück voraus und kam wieder zurück. Sie wischte sich die Hände und den blauen Mund mit einem Papiertaschentuch ab und stopfte es ihm in den Rucksack.

Sie erreichten den Grat. Janus breitete stolz seine Landschaft vor ihr aus – uralte Wälder, in der Ferne der Gletscher, darüber schneebedeckte Bergketten. Colette genoss den kühlen Wind.

Auf dem Rückweg amüsierte sie sich über eine windzerzauste Arve. Die sehe aus wie eine tanzende Hexe. Weiter unten endlich wieder Bäume, Schatten spendende Tannen und Lärchen. Das Harz in ihren aufgerissenen Stämmen schimmerte bernsteinfarben. Das könne man, erklärte Janus, wie Kaugummi kauen, sei aber ziemlich scharf, nichts für Berliner Zungen; er habe was Besseres. Er setzte sich auf einen Baumstumpf, zog die Wasserflasche aus dem Rucksack und aus einer Seitentasche eine Tüte Gummibärchen.

»Lustig, Gummibärchen. Die habe ich zum letzten Mal auf einer von Chantals Kinderpartys gefuttert.« Sie aß die Tüte leer.

Nach einer Stunde erreichten sie einen umgebauten Heuschober. Hier habe er oft mit Freunden Beethoven- und Dvořák-Quartette gespielt, prahlte Janus.

»Ich dachte Bach.«

»Wie auf dem Foto? Da war ich mit meiner Tochter noch tausend Meter höher.«

»Ihr habt eure Instrumente hier hochgeschleppt?«

»Ja, die Gondel macht's möglich, und ein kleiner Fußmarsch. Hier konnten wir so lange spielen, wie wir Lust hatten. Schwierig waren nur die Partner und Partnerinnen, die für diese Ausdauer kein Verständnis hatten und uns zum Aufbruch drängten. Oder schon mal vorausgingen und dann allein zu Hause saßen und maulten, weil wir mal wieder so spät kamen. Hier oben habe ich übrigens Dvořák für mich entdeckt.«

Plötzlich blieb Colette stehen, sie habe so ein komisches Gefühl, sie wolle mal kurz Chantal anrufen. Janus lief ein Stück voraus und hörte sie hinter sich fluchen. »Kein Netz!« Er sah, wie sie ihr Handy wütend in die Hosentasche schob.

»Ehe wir's vergessen«, sagte sie, als sie aufgeholt hatte, »Chantal wünscht sich doch ein Foto von mir in den Bergen.«

Janus zückte sein Handy, blickte um sich, ließ es wieder sinken: »Die richtigen Berge haben wir leider da oben gelassen. Hier kann ich dich nur vor einem Hügel mit Kuhweide knipsen. Soll ich trotzdem?«

»Ja, mach schon!«

»Nein, nicht hier, dann lieber mit dem Heuschober im Hintergrund. Geh doch bitte ein kleines Stück da rüber.« Er dirigierte sie mit der Hand.

Colette lächelte bemüht. Er drückte den Auslöser.

»Zeig!«

Sie schauten sich das Foto an.

»Du siehst nicht so strahlend aus, wie ich dich kenne«, sagte Janus. »Soll ich ein neues machen?«

»Nee, lass mal.«

Im Haus angekommen, stürmte Janus in die Küche, um Skiwasser zu machen, seine Spezialität hier oben. Colette griff sich das Telefon. Als er ein Glas vor sie auf den Tisch stellte, schaute sie nur kurz auf. Er verzog sich auf den Balkon. Am gegenüberliegenden Berg färbte die untergehende Sonne das riesige Schneefeld für einen Augenblick rot, rechts von ihm verschwand der glühende Ball Zentimeter für Zentimeter hinter der gezackten Bergkette. Die Wiesen tauchten ins Halbdunkel, wie Glühwürmchen flimmerten die Lichter unten im Dorf.

Colette kam heraus und stellte sich neben ihn. »In der Hauptstadt ist alles okay, aber hier? Was sehe ich? Einen traurigen Mann?«

»Einen besorgten.«

»Weil ich ein Vermögen vertelefoniere?«

»Nein, weil ich mich frage, wie wir die Welt hier und unsere Berliner Welt zusammenbringen.«

»Das geht nicht, Janus«, Colette lachte. »Die sind zu verschieden. Die Frage ist eher, ob wir uns in beiden wohlfühlen können, ob wir in der einen Welt vielleicht das haben, was wir in der anderen vermissen. Chantal lässt dich grüßen. Du sollst ihr bitte das Fotos schicken.« Sie nannte ihm Chantals Nummer, Janus tippte sie in sein Handy und schickte das Foto ab.

»Wie geht es ihr inzwischen?«

»Sie fängt sich. Ich denke, es tut ihr ganz gut, ein paar Tage mit Alex allein zu sein, ohne ihre treusorgende Mutter.«

Er zog sie an sich. »Siehst du die Sterne? Millionen Sterne, die ganze Milchstraße kann ich dir hier oben bieten.«

»Ein romantischer Rübezahl.«

»Nein, der Weltgeist. *Der bestirnte Himmel über mir und das moralische Gesetz in mir.*«

»... mit Kant im Gepäck. Sehr sympathisch!«

»Wie schön, dass ich dich noch überraschen kann. Wollen wir was essen?«

»Wir haben nicht eingekauft.«

»Lass uns runter ins *Boccalino* gehen.«

Eine typische Schweizer Gaststube. Sie bestellten zweimal *St. Galler Schüblig*. Colette flüsterte ihm zu, hier sei die Sprache tatsächlich noch schlimmer als in Tübingen, und auch das Essen sei sehr gewöhnungsbedürftig. Sie danke ihrer Mutter, dass sie sie nicht hier zur Welt gebracht habe.

Janus umarmte sie: »Ja, meine Berliner Schnauze.«

Auf dem Heimweg hörten sie in der Ferne die Kuhglocken.

Fluchend kam Colette aus dem Bad. Gerade begreife sie den Zauber der Berge. Ihr Make-up quelle nach dem Abschrauben des Deckels unaufhaltsam aus der Tube.

»So ist das eben in zweitausend Meter Höhe, hier spuken Hexen und Geister, Tuben quellen über, das Wasser kocht schon bei neunzig Grad, und mein Engel aus Berlin hat schlechte Laune.«

Sonnalp, Mittwoch, 7. September 2016

18. TAG

Wieder so ein herrlicher Tag! Die kühle Luft strömte durch die geöffnete Balkontür, die Berge gegenüber unnahbar in Weiß und Grau, eine mächtige Krone über dem Grün der Wiesen.

Nach dem Frühstück richtete Janus das ehemalige Kinderzimmer für Anisa, nahm zwei Plakate von der Wand, die sein Sohn als Jugendlicher angepinnt hatte, entfernte ein paar Spielsachen der Enkel und schloss die Lampe an.

Colette pflückte einen Strauß Wildblumen und stellte ihn auf den Nachttisch. »Um zwölf an der Gondel?«, rief sie Janus zu, der schon wieder am Notebook saß.

»Ja, wieso?«

»Ich lauf schon mal vor und kauf ein. Bitte lass mich deinen Gast nicht allein willkommen heißen.« Mit Rucksack und Einkaufstasche machte sie sich auf den Weg, blieb vor seinem Fenster kurz stehen und winkte ihm zu. Aber er bemerkte sie nicht. In dem kleinen Supermarkt zwängte sie sich durch die viel zu engen Gänge. Wie fremd ihr diese lärmenden Bergtouristen waren, die mit braunen Gesichtern hinter ihren Einkaufswagen herstapften. Ob Anisa es schaffen würde, hier oben, in der Fremde, ein selbstbestimmtes Leben zu führen?

Rechtzeitig war sie an der Gondelstation. Knapp vor zwölf kam Janus angerannt. »Gute Nachrichten!«, strahlte er.

»Von Mister X?«

»Wie kommst du darauf?«

»So, wie du aussiehst, kann es nichts anderes sein.«

Janus umarmte sie. »Nicht von ihm persönlich, aber von seinem Neffen. Er hieß Chaim Levin, war Rechtsphilosoph und ist 2009 gestorben.«

»Schon der zweite Jurist, den du magst.«

»Ja, erstaunlich. Der Neffe lädt mich nach Washington ein, falls die Reise nicht zu beschwerlich für mich sei. Ich habe für übernächste Woche einen Flug gebucht.«

»Womit die Länge unseres Aufenthalts hier oben abgesteckt wäre.« Sie schnallte den schweren Rucksack ab. »Nimmst du mal?« Erleichtert streckte sie sich. »Dass du nach ihm forschst, verstehe ich, aber dass du da hinfahren willst, in das Land von CIA, NSA und Guantanamo, wundert mich. Deine Amis, das weißt du, sind schon lange nicht mehr die Helden, die sie einmal waren.«

Janus spürte ihr Florett.

»Ich fahre, um zu recherchieren. Außerdem werde ich den Amerikanern ewig dankbar sein, dass sie uns vor Stalin und Genossen bewahrt haben.«

Ein Pulk rucksackbepackter Urlauber zwängte sich durch die Absperrung. Janus entdeckte Anisa, ernst und angespannt, eine Ausstrahlung, die alle auf Abstand hielt. Als auch sie ihn erblickte, huschte ein Lächeln über ihr Gesicht.

Er ging auf sie zu und gab ihr die Hand: »Willkommen auf der Sonnalp!« Er stellte Colette vor und nahm den Koffer. »Noch zwei Kilometer, dann haben Sie es geschafft.«

Schweigend liefen sie über die Wiese zum Haus hinauf.

Anisa schien Übung darin zu haben, sich in fremden Umgebungen zurechtzufinden; sie fragte wenig und richtete sich rasch in ihrem Zimmer ein. Dann bot Janus an, zu dritt einen kleinen Rundgang durchs Dorf zu machen. Vor jedem Haus erzählte er ihr, wer die Bewohner seien, damit sie ein wenig über ihre Nachbarn Bescheid wisse. Die Schweizer seien etwas eigen, aber wenn man sich währschaft verhalte, könnten sie auch herzlich und zugewandt sein.

»Währschaft?«, fragte Anisa.

»Wir würden sagen, solide.«

Anisa wirkte niedergedrückt, ganz anders als vor acht Tagen in Berlin.

»Kommt, lasst uns nach Hause gehen«, sagte Colette. »Ich koch was.« Beim Schuhausziehen in der Diele bot sie Anisa das Du an, dann schnibbelten sie gemeinsam Salat. Anisa gab ihr Tipps für die Soße. Sie sei übrigens Vegetarierin.

»Das ist wohl das kleinste Problem«, sagte Janus. Er deckte den Tisch.

Abends, vor dem Kamin, wurde Anisa gesprächiger, erzählte von ihrem Medizinstudium, welche Zukunftspläne sie gehabt habe.

»Ich erkundige mich morgen nach einem Job für Sie in einem Altenheim«, sagte Janus.

»Warum machst du nicht was mit Sprachen?«, fragte Colette, »Dolmetscher für Syrisch und Arabisch werden jetzt doch überall gebraucht.«

Anisa wehrte ab. Sie sei Deutsche und wolle Deutsch sprechen, und wenn es irgend ginge, auch wieder in Deutschland leben. Von Syrern und Syrisch habe sie genug.

Verständlich, dachte Janus.

Sie verabschiedete sich früh, sie wolle nicht unhöflich sein, aber sie sei müde von der langen Reise.

Janus und Colette blieben sitzen, hingen ihren Gedanken nach, fanden nicht mehr zu einem Gespräch. Janus holte eine Packung Erdnüsse, sie knabberten vor sich hin. Irgendwie war diese Fremde mit ihren dunklen Augen immer noch bei ihnen. Leise schlichen sie ins Schlafzimmer, zogen sich aus. Wortlos lagen sie nebeneinander.

Sonnalp, Donnerstag, 8. September 2016

19. TAG

Nach dem Frühstück sah Janus Anisas Papiere durch, schrieb ihr die Namen und Telefonnummern von zwei Bekannten auf, an die sie sich hier oben im Notfall würde wenden können, rief in einem Altenheim an – man werde sich in Kürze zurückmelden – und vereinbarte für den nächsten Tag einen Termin mit seiner Bank im Tal.

Colette ging ins Dorf, kaufte eine stärkere Sonnenbrille für sich, eine Postkarte für Faizah und ein kurzärmeliges Hemd für Janus. Nach zwei Stunden kam sie schnaufend zurück. »Hier mutiert man echt zur Dampfmaschine. Ich bin gespannt, wie du das packst, Anisa. Ich geh mich rasch umziehen.«

Irgendwann wunderte sich Janus, dass sie nicht zurückkam, suchte nach ihr und fand sie auf dem Bett liegend.

»So anstrengend, das Leben hier oben?«

Colette blickte zur Decke.

»Es macht dir doch nichts aus, dass ich morgen ins Tal fahre?«

»Habe ich eine Wahl?« Er griff nach ihrer Hand, sie zog sie zurück, stand auf und ging zum Fenster. »Ich komme gut alleine zurecht.«

»Beruhigend.« Er wollte jetzt keine Grundsatzdebatte führen. »Ich bin dann unten im Wohnzimmer.«

Als sie beim Mittagessen saßen, klingelte das Telefon. Die Leiterin des Altersheims in Brig bot einen Termin für das Vorstellungsgespräch am kommenden Dienstag an. Janus legte auf und berichtete. »Läuft doch wie am Schnürchen! Bleiben wir eben noch ein paar Tage länger.«

Anisa meinte, ihretwegen müssten sie ihre Abreise nicht verschieben, sie könne sich auch alleine vorstellen.

»Verstehen Sie mich bitte nicht falsch«, entgegnete ihr Janus, »aber es ist besser, wenn ich mitkomme und der Dame klarmache, dass Sie nicht irgendwer sind. Was meinst du?« Mit seinem kleinen Finger strich er über Colettes Hand.

Sie wollte offensichtlich etwas sagen, überlegte es sich, stand auf, ging in die Küche und räumte die Spülmaschine ein. Irgendetwas baute sich hier auf, was Janus nicht verstand. Er fühlte sich angegriffen, bedrängt von Erwartungen, die er offenbar nicht erfüllte. Er brauchte Luft. Er werde jetzt losgehen und Holz bestellen, sagte er, damit Anisa an den langen Abenden hier oben Feuer im Kamin machen könne; außerdem wolle er sich um eine schnellere Internetverbindung kümmern.

Colette lehnte sich über die Anrichte: »Gute Idee, sonst wird das nichts mit meiner Suche nach deinem Maurice via Facebook.«

Er lächelte ihr zu, zog seine Windjacke an und ging.

Colette fühlte sich müde, legte sich hin, konnte aber nicht einschlafen. Sie rief im Verlag an; ihre Mitarbeiterin sagte ihr, auf ihrem Schreibtisch sehe es ähnlich aus wie in der Schweiz, ziemlich hohe Berge. Sonst sei alles okay. Auf die Frage, wie es ihr gehe, antwortete sie, Urlaub sei gar nicht so einfach, aber sie mache Fortschritte.

Sie suchte nach Anisa und fand sie auf dem Balkon mit einem Buch in der Hand. Auf dem Metalltisch standen die Teekanne und zwei Tassen.

»Magst du?«, fragte Anisa. Colette setzte sich zu ihr, Anisa schenkte ein. »Weißt du, was den Tod meiner Schwester für mich so entsetzlich macht?«

Colette war überrascht, dass sie das Thema so unvermittelt anschnitt. »Nein, wie sollte ich?«

»Dass ihr niemand das Totengebet gesprochen, sich niemand im Guten von ihr verabschiedet hat. Sie bekam kein Begräbnis, wurde irgendwo verscharrt. Keiner weiß, wo.«

»Ihre Leiche wurde nie gefunden?«

»Nein.«

Das Gespräch stockte. Colette wollte Anisa nicht kränken, aber auch ehrlich sein. »Ich glaube weder an Gott noch an ein Jenseits. Aber vielleicht ist der Tod leichter zu ertragen, wenn man überzeugt davon ist, dass es irgendwann ein Wiedersehen gibt?«

»Für Muslime ist der Tod das Ende und gleichzeitig auch der Höhepunkt des Lebens. Daran glaube ich immer noch, auch wenn ich sonst nichts mehr mit dieser Religion zu tun habe und nicht mehr bete.«

»Es ist schwer, Gewissheiten aufzugeben, die einem als Kind beigebracht wurden. Geht mir genauso. Aber wenn man es schafft, fühlt man sich unendlich befreit.«

»Aber wenn jemand ermordet wird, kann der Tod doch kein Höhepunkt sein. Oder was meinst du?«

»Ich kenn mich da nicht aus.« Colette wusste nicht so recht, wohin dieses Gespräch führen sollte, und sie war sich auch nicht sicher, ob sie eine engere Beziehung zu dieser jungen Frau aufbauen wollte. »Willst du was essen?«

Anisa schüttelte den Kopf. »Ist dir schon mal jemand gestorben?«

Colette stutzte. »Mein Vater.«

»Wie alt war er?«

»Siebenundachtzig.«

»Was hast du gedacht, als er starb?«

»Er hatte ein erfülltes Leben. Mit siebenundachtzig darf man gehen.«

»Und deine Mutter?«

»Lebt noch. Aber meine jüngste Tochter ist mit fünf Jahren gestorben.«

Anisa schossen die Tränen in die Augen. »Was ist passiert, war sie krank?«

»Sie hatte eine Hirnhautentzündung.«

»Was hast du ihren Geschwistern gesagt?«

Colette musste einen Moment überlegen. »Ich erinnere mich, dass sie mich gefragt haben, wo Valerie jetzt ist, worauf ich ihnen geantwortet habe, dass ich es nicht weiß, dass niemand es wisse. Erstaunlicherweise hat sie das beruhigt. Mein Sohn erklärte mir einige Monate später, er werde es herausfinden, wenn er groß ist, und es mir dann sagen. Das hat mich damals getröstet.«

Anisa setzte ihre Tasse ab und verließ wortlos den Balkon. Colette stand auf und ging ans Geländer. Vor ihr die große Wiese, von Janus war nichts zu sehen. Sie fühlte sich einsam. Er war weggegangen, um irgendwelchen Krimskrams zu erledigen, hatte sie allein gelassen mit dieser Frau, die nervlich am Ende schien. Was, wenn er irgendwann feststellen müsste, dass seine Bemühungen, ihr zu helfen, vergeblich gewesen waren? Sie ging ins Wohnzimmer und suchte unter den Schallplatten ein Violinkonzert von Mozart heraus. Vorsichtig setzte sie die Nadel auf, legte sich aufs Sofa und schloss die Augen.

»Schöne Musik. Was ist das?«

Colette blickte auf. Anisa saß auf dem Sessel ihr gegenüber. »Mozart. Janus könnte dir mehr dazu sagen.«

»Er kennt sich auch mit Musik aus?«

»Er spielt Geige.«

»Ich werde nicht schlau aus ihm.«

»Aus einem Rübezahl wird niemand schlau.«

Zum ersten Mal sah Colette Anisa lächeln. »Rübezahl?«

»Das kann ich dir nicht erklären.«

»Ich meine«, tastete Anisa sich vorsichtig weiter, »warum macht er das? Er kennt mich nicht, aber er überlässt mir sein Haus, will mir ein Konto einrichten ...«

»Der hat schon so viel Verrücktes in seinem Leben gemacht. Jemand anderem zu helfen ist für ihn ganz normal. Ich meine, nichts Besonderes. Darüber musst du dir keine Gedanken machen.«

Eigentlich, sagte Anisa, habe sie zu Männern kein Vertrauen mehr. Aber Harry von Oehringen und Janus Emmeran seien irgendwie anders.

Colette nickte, Harry kenne sie zwar nicht, aber durch das, was Janus und er gemeinsam erlebt hätten, habe wohl einer auf den anderen abgefärbt. »Verrückt sind sie in meinen Augen beide. Sie peilen hohe Ziele an, halten unbeirrt daran fest und geben erst Ruhe, wenn sie diese erreicht haben. Dabei zerdeppern sie manchmal Porzellan, aber das ist wohl der Preis. Wollen wir spazieren gehen?«

Sie bleibe lieber zu Hause, antwortete Anisa.

Colette machte sich zum zweiten Mal an diesem Tag allein auf den Weg, lief in Richtung Dorf. Auf halber Strecke kam Janus ihr entgegen.

Er war erschrocken. »Ist etwas passiert?«

»Du fehlst mir.«

Janus nahm ihre Hand und erzählte ihr stolz, was er alles erledigt habe. Wenn es klappe, käme die Holzlieferung bereits am Montag. Für einen besseren Netzempfang habe er einen Stick besorgt.

Colette kam sich, wie schon in Tübingen, beiseitegeschoben vor. Wo war der Zauber ihres Anfangs, ihres ziemlich verrückten Mailwechsels geblieben, wo der Zauber seiner Berührungen?

Das Abendessen verlief schweigsam. Jeder war zu sehr mit seinen eigenen Gedanken beschäftigt. Anisa ging bald in ihr Zimmer.

»Übrigens«, sagte Colette, »heute sind die ersten Exemplare der Jubiläums-Anthologie im Verlag eingetroffen.« Janus reagierte nicht. Hörte er ihr zu? »Ich dachte, du freust dich.«

»Ja, sehr. Komm, lass uns schlafen gehen.«

Im Tal, Sonnalp, Freitag, 9. / Samstag, 10. September 2016

20. / 21. TAG

»Sie hatten mal schwarze Haare, stimmt's?«

Janus drehte den Kopf. Hinter ihm stand ein etwa gleichaltriger Herr mit roter Krawatte. Er war auffallend bleich. Was wollte er von ihm? Janus versuchte, Zeit zu gewinnen. »Ziemlich viele sogar.«

Die Gondel, die er eigentlich hatte nehmen wollen, war direkt vor ihm weggefahren. Das Vorgespräch zur Einrichtung eines Nummernkontos für Anisa – eine Ausländerin ohne Beschäftigung und ohne Vermögen – hatte länger gedauert als gedacht. Noch immer ärgerte sich Janus über die Bockigkeit dieses Schweizer Bankangestellten, der nicht einsehen wollte, dass es andere als fiskalische Gründe gab, den Namen eines Kontoinhabers zu verschleiern. Hartnäckig hatte er einen Bestandsschutz von zehntausend Franken verlangt. Erst Janus' notariell beglaubigte Bekundung, er werde das Geld gleich nächste Woche überweisen und dafür Sorge tragen, dass ein Grundvermögen in dieser Höhe immer erhalten bleibe, hatte ihn umgestimmt. Die nächste Gondel fuhr in einer halben Stunde, Janus hatte sich ins *Café Alpin* gesetzt und Milchkaffee bestellt.

»Ist aber schon ein paar Jährchen her.« Janus war nicht in der Stimmung, sich mit jemandem zu unterhalten, schon gar nicht mit einem Fremden, der hier, völlig unpassend, mit einer roten Krawatte herumlief. Nach dem mühseligen Vormittag, der ihn überflüssigerweise auch noch Notariatsgebühren gekostet hatte, wollte er jetzt nur noch auf die Sonnalp und Colette in die Arme schließen. Er hatte ein ungutes Gefühl. Aber der Mann verharrte neben seinem Tisch.

»Paul Miersch. 24. September 1961, 23:30 Uhr, Weidendammbrücke. Sie erinnern sich?«

»Geben Sie mir ein weiteres Stichwort?«

»Olaf Lundgren.« Er grinste.

Jetzt hatte Janus ihn wieder vor sich, diesen etwas ängstlichen Philosophiestudenten aus der Auguststraße in Ost-Berlin, den er mit einem schwedischen Pass über die Grenze gebracht hatte.

»Ich feiere den 24. September jedes Jahr wie meinen Geburtstag. Und denke dabei an Sie und an diese fürchterlichen Zigaretten, die Sie uns in dem kleinen Park anboten, als wir drüben waren. Wenn ich mich recht erinnere, waren wir sechs.«

Janus war berührt.

»Dieses Jahr zum fünfundfünfzigsten Mal.«

»Gratuliere! Darf ich fragen, was Sie mit Ihrer Nikomachischen Ethik angefangen haben?«

Miersch lachte laut auf. »Ich habe tatsächlich weiter Philosophie studiert, promoviert und habilitiert. Zuletzt war ich Professor in Frankfurt. Trotzdem, als ich nach der Amnestie 1972 zum ersten Mal wieder in den Osten fuhr und bei meiner Mutter meinen alten Gummibaum stehen sah, habe ich hemmungslos geheult.« Er bestellte einen Kaffee. »Und Sie? Waren Sie nicht Mediziner?«

»Ich hatte fünfunddreißig Jahre eine orthopädische Praxis in Tübingen. Momentan allerdings ...« Er überlegte, ob er Miersch etwas von Anisa erzählen sollte.

»... fragen Sie sich, ob Sie nicht mit einem Boot übers Mittelmeer kreuzen und Flüchtlinge retten sollten.«

»Was nützt ein alter Knacker auf einem Boot?«

Für ihn stelle sich die Frage nicht, meinte Miersch, er habe gerade eine große Darmoperation hinter sich und mache hier eine Reha. »Darf ich Sie was fragen?«

»Bitte.«

»Was denken Sie über die Schlepper und Schleuser?«

Janus rührte in seinem Kaffee. »Wenn sie ihren Job beherrschen und ihre Schützlinge sicher ans Ziel bringen, sind sie ehrenwert. Sie deswegen vor Gericht zu stellen ist absurd. Die Rettung eines Flüchtlings aus der Hölle seines Herkunftslandes wiegt für mich mehr als jedes Grenzgesetz. Kriminell ist nur der, der seine Schützlinge nicht ans Ziel bringt, sie sogar ertrinken lässt«

»Interessant.«

»Ob er Geld nimmt oder nicht, ist nicht entscheidend. Geld nehmen auch Ärzte und Rechtsanwälte.«

»Einverstanden. Obwohl die deutsche Justiz das offensichtlich anders sieht.«

»Das eigentliche Problem ist, meiner Meinung nach, die Integrationsfähigkeit, um nicht zu sagen Integrationswilligkeit der Flüchtlinge. Sie, Herr Miersch, waren in dem Land, in das Sie flohen, sofort integriert. Sie kannten die Kultur, die Sprache ...«

»Stimmt, nur Sächsisch habe ich vermisst.«

»... passten sich den Verhältnissen an und stellten keine Forderungen. Die Flüchtlinge, die jetzt zu uns kommen, werden große Probleme haben, die Vorstellungen, die sie mitbringen, zu korrigieren und sich in unseren Rechtsstaat und unsere Leistungsgesellschaft einzufügen. Einzelne schaffen es vielleicht, aber die Masse?«

»Meine Frau ist Lesepatin für Flüchtlingskinder; diese Themen sind unser täglich Brot.«

»Und wer soll's den Flüchtlingen verdenken? Unsere Gutmenschen bestärken sie unter dem Stichwort kulturelle Vielfalt ja geradezu darin, ihre Sitten und Gebräuche unbedingt beizubehalten.« Janus winkte der Kellnerin und bestellte noch zwei Tassen Kaffee. »Ich darf Sie einladen?«

Miersch bedankte sich etwas verlegen. »Heikle Themen.« Er drückte die linke Hand in die Leiste und verzog sein Gesicht.

»Schmerzen?«, fragte Janus.

Miersch winkte ab. »Nächste Frage: Wissen Sie eigentlich, wie vielen Menschen insgesamt Sie damals zur Freiheit verholfen haben?«

»Etwa tausend.«

»Tausend Niederlagen für die Stasi!«, lachte Miersch, »die müssen einen gewaltigen Zorn auf Sie gehabt haben.«

»Die hätten mich gern einen Kopf kürzer gemacht.«

»Bis wann waren Sie Fluchthelfer?«

»Bis Ende 1968.«

»Und wann haben Sie dann Examen gemacht?«

»1967.«

Miersch überlegte. »Da war ich schon in Amt und Würden, wie man so schön sagt. An der Uni flogen die Eier, und die Studenten wehrten sich gegen meinen Informationsvorsprung.«

Janus war amüsiert. »Wilde Zeiten, ja. Ich habe den ganzen Zinnober nur am Rand mitgekriegt, Fluchthilfe und Studium haben mich vollauf beschäftigt.«

»Wie ging das zusammen?«

»Gutes Management.«

»Das reicht wohl nicht ganz. Woher nahmen Sie die Kraft, die ganze Zeit durchzuhalten?«

»Das habe ich mich auch schon oft gefragt. Vielleicht war es so etwas wie Pflichtbewusstsein. Das steckt in mir wie das moralische Gesetz Kants; Ihr Revier. Aber vielleicht war es auch meine Liebe zur Musik.«

»Haben Sie ein Instrument gespielt?«

»Geige.«

»Ich hätte eher auf Cello oder Bass getippt. Was machen so große Hände mit einer kleinen Geige?«

»Die richtigen Töne zur rechten Zeit.« Janus schaute auf die Uhr, in ein paar Minuten würde die Gondel abfahren.

»Was ich noch sagen wollte, Sie wirkten auf mich nicht wie der Mann von der Caritas.«

»Sie waren nicht der Einzige, Herr Miersch. Nehmen Sie es mal so: Ein Chirurg muss perfekt sein, nicht nett.« Janus stand auf und zog eine Visitenkarte aus seiner Brieftasche. »Melden Sie sich doch bitte, wenn Sie mal wieder in Berlin sind. Ich würde mich freuen, Sie wiederzusehen. Jetzt muss ich leider los.«

Miersch blickte auf die Karte. »*Janus Emmeran*. Der Mann, der in zwei Richtungen blickt. Schön, dass ich nach so vielen Jahren endlich Ihren Namen erfahre.«

Janus verabschiedete sich. »Dass Sie Ihren Fluchttag als zweiten Geburtstag feiern, nehme ich als Geschenk. Vielen Dank!« Er zahlte und verließ das Café.

Es kam ihm so vor, als brauche die Gondel heute länger als sonst. Im Eilschritt verließ er die Station, lief auf das Haus zu, sah Anisa auf dem Balkon sitzen. Sie hielt den Kopf gebeugt, las sie? Sie reagierte nicht auf sein Winken. Janus stürzte ins Haus, hinaus auf den Balkon. Anisa sah nur kurz auf: »Sie kommen spät.«

»Ja, leider hat es länger gedauert als geplant. Wo ist Colette?«

Anisa blickte an ihm vorbei: »Sie ist abgereist.«

»Was?«

»Schon heute Mittag.«

»Was ist passiert?« Er fummelte an seinem Handy. Hatte er eine SMS von ihr übersehen?

Anisa stand auf und ging in ihr Zimmer.

Auf dem großen Tisch entdeckte Janus einen Umschlag: *Für Janus*. Er öffnete ihn.

Lieber Janus, Dein Paradies ist nicht meines, ich halte es auf dieser Alm nicht länger aus, ich muss weg. Ich habe mich hier oben von Anfang an nicht wohlgefühlt. Die Berge, die Kühe, Deine Art, alles zu vereinnahmen – ich gehöre nach Berlin. An Dich kommt sowieso niemand heran. Ich habe begriffen, dass Du mit Dir und Deinen Gedanken allein sein musst.

Ich liebe Dich, aber wir haben uns bei unserem Flug über die höchsten Berge die Flügel verbrannt. Ich glaube, Du empfindest das ähnlich. Alles Gute für Deine Reise nach Washington. Colette.

Janus las den Brief noch einmal. Und noch einmal. Sollte er sie anrufen? Auf seinem Handy ihr Foto, das er vor drei Tagen aufgenommen hatte. Nein, sie sah nicht glücklich aus, das war nicht das Lachen, das er so liebte. Er warf sein Jackett über den Stuhl, nahm die Windjacke und rannte aus dem Haus.

Das Glutrot des Schneefeldes gegenüber sprang ihn an wie das rote Maul im Tunnel damals, das ihn zu verschlingen drohte. Er stürmte die Wiese hinauf, den schmalen Weg in die Berge, ohne Ziel, immer weiter. Über ihm der kalte Himmel, die Sterne, unter ihm die Finsternis der noch warmen Erde. Er blieb stehen. Diese Unendlichkeit des Weltalls, die Lichtjahre entfernten Galaxien, Supernovas, schwarzen Löcher beruhigten ihn.

Am frühen Morgen kehrte er zurück. Anisa wartete. Sie hatte Frühstück gemacht. Ohne ein Wort setzte sich Janus zu ihr an den Tisch. Sie sah bleich aus.

»Was heißt Rübezahl?«, fragte sie.

Janus wollte wissen, wie sie darauf komme.

Colette habe gesagt, aus einem Rübezahl werde niemand schlau.

»Ein Urmensch, ein ...« Er stockte, warum sollte er Anisa erklären, wer Rübezahl war?

»Ich hoffe, Sie haben gute Freunde.«

Er sah in ihre schwarzen Augen. »Machen Sie sich keine Sorgen, mein Leben geht weiter. Für Sie bleibt alles wie abgemacht. Dienstag gehe ich mit Ihnen zu dem Altenheim, Sie bekommen Ihre Stelle, und in ein paar Tagen fliege ich nach Washington. Ich habe eine persönliche Einladung.«

EPILOG

Janus hörte die Ansagen von Kapitän und Crew und lehnte sich zurück. Er war müde. Die drei Tage bei Chaim Levins Neffen hatten ihn angestrengt; er freute sich darauf, in acht Stunden wieder in Berlin zu sein.

Als das Essen serviert wurde, wachte er auf, blickte aus dem Fenster. Es war Nacht geworden. Lustlos stocherte er zwischen Tiefkühlerbsen und Fleischstückchen in der kleinen Plastikschale, schloss die Verpackung, trank die Cola und lehnte sich wieder zurück.

Chaims Neffe John und dessen Frau hatten, entsprechend dem Alter des Onkels, einen etwa Neunzigjährigen erwartet und ihn am Flughafen erstaunt als »The young old German« begrüßt. Während eines ausgiebigen Frühstücks hatte John ihm von seinem Onkel erzählt, den er geliebt und verehrt habe wie einen Vater. Er, John, habe überlebt, weil er mit einem Kindertransport nach England verschickt worden sei, seine Eltern, wie auch Chaims Eltern, seien in Auschwitz umgekommen. Ob er das wisse, hatte John gefragt. Janus hatte genickt und sich daran erinnert, wie Mister X ihn – es musste in den Weihnachtstagen 1961 gewesen sein – bat, noch etwas zu bleiben, sich einen Rotwein bestellte und ihm von seiner kleinen Schwester erzählte.

John hatte ihn zu einer Bücherwand geführt, das sei nur ein kleiner Teil von Chaims Bibliothek. Alle Bücher, die sein Onkel besaß, habe er nicht unterbringen können. Janus staunte über die vielen deutschen Titel, Klassiker, in Leder gebunden, Hölderlin, Goethe, Schiller, Kant. Dazu, wie ihm schien, eine solide juristische Handbibliothek, Philosophie, Geschichte.

Am zweiten Tag hatte John ihm die Notizbücher seines Onkels vorgelegt – unterschiedlich große verschiedenfarbige, abgegriffene Hefte – und ihn damit allein gelassen. *Hat man ein Recht, glücklich zu sein?*, las Janus, oder *Ist der Homo sapiens überhaupt entwicklungsfähig?* Ein Entwurf für eine Rede von 2005 *Ist egalitärer Humanismus noch zeitgemäß?* behandelte das Thema, ob man Zeitgenossen, die sich durch ihr Handeln aus der Gesellschaft ausschlossen, nicht ihre Menschenwürde aberkennen müsse.

Vor fünfundfünfzig Jahren war er diesem Mann begegnet, der bereit gewesen war, für die Freiheit West-Berlins die eigene Freiheit, sogar das eigene Leben zu opfern. Interessanterweise hatte er seine Promotion über eine andere Art von Freiheit geschrieben, *Die temporäre Gültigkeit und Relativität von Gesetzen in Analogie zur Radbruch-Formel.* Janus hatte die Lektüre, nachdem er die ersten Zeilen gelesen hatte, auf später verschoben.

Schon 1971 war Chaim aus dem State Department ausgeschieden und hatte eine Professur für Rechtsphilosophie in Princeton angenommen. Er hatte mehrere Bücher geschrieben und Artikel für die *New York Times* und juristische Fachblätter verfasst.

Seine Frau, eine Geigerin, und die gemeinsame Tochter, hatte John erzählt, seien schon früh gestorben. Danach habe sein Onkel sehr zurückgezogen gelebt. Manchmal, wenn er guter Stimmung gewesen sei, habe er ihm von Berlin erzählt. Als er merkte, dass andere ihn auf das Abstellgleis schoben, seine Schriften als Auswüchse eines missionarisch eifernden Alten abtaten, habe er sich die Freiheit genommen, aus dem Leben zu gehen. Der Neffe hatte kurz gezögert bei dieser Bemerkung. Chaim sei vierundneunzig Jahre alt geworden.

Der Getränkewagen wurde durch den Gang geschoben, Janus bestellte sich eine weitere Cola. Wie würde Chaim – jetzt vielleicht in einem Ledersessel sitzend, die Beine übereinandergeschlagen – über den Umsturz der Jahre 1989/90 dozieren, durch den ihm sein Erzfeind abhandengekommen war? Was würde er über den enthemmten Kapitalismus, die CIA und die aktuelle Politik der USA sagen? Wie würde Chaim seine Ideale Freiheit und Verantwortung heute, in dieser zunehmend chaotischeren Welt, verteidigen? Hatte er zuletzt gehadert, seine Vorstellungen von Humanismus nicht besser in der Welt verankert zu haben? Oder konnte er mit Hölderlin sagen: *Wir, so gut es gelang, haben das Unsre getan*?

Janus hatte die Chance, ihm noch einmal zu begegnen, verpasst. Hätte er sich doch früher auf die Suche nach ihm gemacht! Seltsam, dass es dafür eines Anstoßes von außen, von Colette, bedurfte. Er hatte sie nicht angerufen, nachdem er von der Sonnalp zurückgekehrt war; er wollte ihr Zeit lassen, die Alm, das Haus, ihre Wanderungen vergessen. Ob sie manchmal noch an jenen Morgen in dem Café am Spittelmarkt dachte, an ihre gemeinsamen Nächte? An ihren Ausflug auf den Drachenberg, an ihre mäandernden Gespräche, daran, wie selbst seine Hände sie geliebt hatten? Ihre Zurückweisung, ihr abruptes Verschwinden war zu eindeutig, als dass er in irgendeiner Weise darauf hätte reagieren können. Aber jetzt, nachdem er das Geheimnis um Mister X gelüftet hatte, würde er sie anrufen, gleich wenn er zu Hause war. Vielleicht würde sie sich über die Ergebnisse der von ihr angeregten Recherche freuen, vielleicht würden beim Erzählen Erinnerungen wach, Erinnerungen an ihr »Strawberry or me?«, vielleicht würde sich die alte Vertrautheit wieder einstellen?

Als die Maschine in Berlin aufsetzte, schien es Janus, als habe er eine lange Wanderung hinter sich. Sollte er alles aufschreiben?

Wir haben uns beim Schreiben dieses Romans an die historischen Daten und Fakten gehalten und ihnen unsere Fiktionen zur Seite gestellt.

Roswitha Quadflieg und Burkhart Veigel,
Berlin im April 2018

DMITRY GLUKHOVSKYS GNADENLOSE ABRECHNUNG MIT PUTINS MOSKAU

Als Ilja nach sieben Jahren Straflager entlassen wird, sucht er im Rausch der Verzweiflung jenen Fahnder auf, der ihn einst zu Unrecht hinter Gitter brachte. Im Affekt ersticht Ilja ihn und nimmt ihm sein Smartphone ab. Als Ilja nach seiner Tat im Handy des verstorbenen Petja stöbert, stößt er auf verstörende Spuren aus dessen Vergangenheit. Und immer wieder erreichen ihn besorgte Nachrichten von Petjas Familie. Ilja beginnt, ihnen an Petjas Stelle zu antworten, und seine Identität verschmilzt immer mehr mit der jenes Mannes, den er getötet hat.

Meisterhaft verknüpft Dmitry Glukhovsky das Schicksal zweier junger Männer, die sich schuldig gemacht haben. Und so fühlt sich der eine dazu verurteilt, das Leben des anderen zu Ende zu führen – hat er doch mit dessen Smartphone sein Seelen-Reservoir gefunden, die Bilder und Chats, den TEXT seines Lebens. Ein außergewöhnliches Werk, das an die große russische Erzähltradition mit ihrer immer wiederkehrenden Frage nach Schuld und Sühne anschließt und Bestsellerautor Dmitry Glukhovsky von einer aufregend neuen Seite zeigt.

www.europa-verlag.com

DAS DEUTSCHE »VOM WINDE VERWEHT«

Münster, kurz nach Ende des Zweiten Weltkrieges. Die Stadt ist zerstört, es ist Winter, die Menschen kämpfen um ihre Existenz. Die junge Anna hält ihre Familie mit einer Stelle als Dolmetscherin bei der britischen Besatzungsmacht über Wasser. Als sie eines Tages mit Fieber bei der Arbeit erscheint, bietet ihr der englische Captain Jeremy an, sie nach Hause zu bringen – es ist der Beginn einer leidenschaftlichen Liaison, die im Nachkriegsdeutschland verpönt ist, denn mit dem Feind lässt man sich nicht ein.

Vierzig Jahre später findet Annas Tochter Charlotte Tagebuchaufzeichnungen und alte Tonbandaufnahmen – und sie macht sich daran, das Geheimnis der großen verbotenen Liebe von Anna und Jeremy zu lüften. Warum verschwand er eines Tages spurlos aus Annas Leben, obwohl sie seine große Liebe war? Was ist das Geheimnis des charismatischen und so undurchschaubaren Mannes, der ihr Vater ist? Und was ist der Grund für Annas Selbstmordversuch Jahrzehnte später? Je mehr Charlotte in die Geschichte ihrer Familie eintaucht, desto lebendiger wird für sie auch die deutsche Nachkriegszeit, als die europäischen Völker einander als Feinde galten und in vielen Familien das Gespenst des Nationalsozialismus noch lebendig war.

www.europa-verlag.com